U0438903

69届初中生

王安忆 —— 著

人民文学出版社

图书在版编目(CIP)数据

69届初中生/王安忆著.—北京：人民文学出版社，2018
ISBN 978-7-02-013823-4

Ⅰ．①6… Ⅱ．①王… Ⅲ．①长篇小说-中国-当代 Ⅳ．①I247.5

中国版本图书馆CIP数据核字(2018)第027123号

责任编辑	甘　慧　杜玉花
装帧设计	汪佳诗
封面绘画	林　田

出版发行	人民文学出版社
社　　址	北京市朝内大街166号
邮政编码	100705
网　　址	http://www.RW-cn.com
印　　制	上海利丰雅高印刷有限公司
经　　销	全国新华书店等
字　　数	259千字
开　　本	890毫米×1240毫米　1/32
印　　张	11.375
版　　次	2018年8月北京第1版
印　　次	2018年8月第1次印刷
书　　号	978-7-02-013823-4
定　　价	49.00元

如有印装质量问题，请与本社图书销售中心调换。电话：010-65233595

目　录

说说《69届初中生》（代自序） / 1

第一章 / 1

第二章 / 33

第三章 / 83

第四章 / 136

第五章 / 175

第六章 / 231

第七章 / 283

第八章 / 322

第九章 / 356

这是与上下几届毕业生全然不同的中学生，
以前没有这样的中学生，
以后也不会再有这样的中学生。

说说《69 届初中生》(代自序)

王安忆

远方有朋友来信，问我："如果不熟悉我们 69 届，或今后谁都不知何谓 69 届者的后人，读你的书会怎样？"

我想了想，又想了想，还是不知道。

凡属"届"内的人们，碰在一起，只要互问一声："几几届？"然后互答一声："几几届。"便全熟悉了。

那每一届都有着每一届各不相同的命运和经历，大凡这一届的人都难逃脱。而随着世态的回复正常，那一届一届的内容开始逐渐失去其特殊的意义，仅只标志年龄和毕业的时间。因此也渐渐地不再被人用来互报山门。况且，即使是相同的"届"在各地区各城市也有着各不相同的情景，因此，那"届"所能表示的内容是太狭小了。

可是，我却升起一个妄想，要在最狭小的范围内表现最阔大的内容。我想，每一个人都是个别的，每一份生活也都是个别的，每一个个别的人依着每一份个别的生活走着其个别的人生，然而每一程个别的人生却总是具有着一种普遍的意义。许是因为每一份个别的生活都是依着那一时那一地的理由而发生，历史虽长久,却是由每一时来连成,每一时就具有了一种承上启下的意义;而世界虽广大,却是由每一地来拼成,每一地就同样有了连接的意义。那么看来,每一份个别的生活便都有了永恒的含义。还许是因为人虽个别,却都是走了同样漫长曲折路途的生命,只不过依着各不相同的境遇而演出了各不相同的人生剧,如能够还原回去,大约又都是一样的人。这么看来,人和人的了解,也是能够跨越时间和地域的了。

我写《69届初中生》,这是一个上海的69届初中生,她懵懵懂懂地经过了"反右""大跃进"三年困难时期,"文化大革命"掀起的时候,她小学毕业,升了中学,却没有上一天课,然后下了农村,然后又抽到了县城,然后又回了上海,然后考大学,没取,又考,又不取。这是与上下几届毕业生全然不同的中学生,以前没有这样的中学生,以后也不会再有这样的中学生。可是以前和以后,也许是有着许多许多学生或非学生和这位69届初中生一样,永远和所处的环境别扭着,总是需做着细碎却费力的抵抗,总是错了节拍,不是晚了,就是早了,于是便永远达不到预定的目标……这命运的内涵,大约会出现在许多不同的经历之中。"文化大革命"结束近十年了,将来也许不会再发生这样的"革命"了,可是总要发生一些别的,比如西线反击战,比如西陵峡新滩北岸大滑坡,比如……这种百年不遇、千年不遇的事情里所包含的永恒意义大约要比永远发生着的事情更为永恒。无论是自然,还是人,在这不平常的瞬间所显露的状态大约是更为本质,更为真实。

为这小说起名时,费了好一番脑筋,最终叫了《69届初中生》,并嘱咐封面设计,一定要用阿拉伯数字的"69"。细细看来,甚是有趣,6是一个倒过来的9,而9在中国人的观念中向来是个概数，比如九重天、九重地，即便是十八层地狱，也是从9演算而来。我恰恰是写了此人的半生，尚有半生未了。一个9是已知的，另一个9是未知的。写的又确是一个69届初中生，没有半点附会。但等那"届"的意义随着时间的流逝去尽，就只剩下个69，却是还有着一番去不尽的意义。虽旁人并不以为多么精彩，自己却越想越得意，不曾料到生生的一个"69"届里，还裹着这么个契机，真是上帝的恩赐了。可再一想，别的"届"数里，谁知道有没有别的契机？只不过还不曾细细去想罢了，那得意便慢慢平静。又一想，名字虽不错，然而那内容要是先于名字早早地去尽了，只留个空名，又有何趣，于是就悲哀了起来。

1984年春

第一章

妈妈天不亮就走了，天黑才回来，雯雯见不到妈妈；
爸爸天黑了才起来，天亮才睡下，雯雯也见不到爸爸；
雯雯哭了。

阿宝阿姨一边颠着雯雯，一边告诉她："妈妈去上班，爸爸在写字。"

小姐姐霏霏扯着阿宝阿姨的衣角，补充道："爸爸妈妈在工作。"

爸爸妈妈都在忘我地工作，每个人都在忘我地工作。这是一个忘我的时代。

这一年里，雯雯终于懂得了"我"，知道了"我"是谁。在这之前，她只会说，"雯雯要""雯雯饿"。如今，她会说，"我要""我饿""我听见""我看见""我知道"或者是"我不知道"。

一

雯雯是先认识别人，然后才认识自己的。

眼前是黑暗，她正茫然，正气愤，正不知所措，却被一团温暖包裹了。这温暖很巨大，无边无际，柔和地包围着她，使她的手、脚、脑袋、身体,都有了依傍。她安心了。接着,一个柔软的东西碰在了她的嘴上,她含住它,吮吸它,那温暖便流入并注满了她的全身。她惬意地合上了眼睛,却还悻悻地、不肯罢休地抽动着鼻翼。她睡着了——以后,她知道了,这一片温暖的境地,叫作妈妈。

她好好儿地躺在那儿,骤然间,腮帮上感到一阵刺毛。她很疼,很委屈,要哭,那腮帮却又被无端地挤压了一下——这是爸爸。爸爸的爱抚,使得她在一个较长时期内,老是绵绵地流着口水。

那温暖的境地,很快地就与她疏远了。代替那境地的是一种轻轻地荡漾,和着一种轻轻的声音,那是拖长的、曲折的、有高有低、有紧有慢的一种声音,比说话要悦耳。后来她知道了,这是唱,唱的是"小别重逢梁山伯……"而她又听成是"小兵冲锋梁山泊……"一直到她很大,她还以为这是一支冲锋陷阵的歌。在那悦耳的声音伴随下,她被轻轻摇晃着。雪白的天花板,浅蓝的墙壁,墙壁上一个"嘀嘀嗒嗒"响着的东西,和她一起晃着——这是阿宝阿姨。

她的胁下还常常被一种软弱而又固执的力量箍紧着。这时候,她的腰间会感到一阵凉飕飕,衣服被提了上去,裤子却垂了下来。她的脸紧紧地贴在另一张脸上,那脸上有一双细细弯弯的眼睛,两片红红的嘴唇,这嘴唇老是无休止地亲她。有一次,在这种腰间凉飕飕地箍紧时,天蓝色的墙壁,还有那"嘀嘀嗒嗒"的东西忽然翻了个个儿,而那棕色的一细条一细条的地板,却贴在了她的脸下。她被这迅疾的调整吓慌了,忘了哭。此后,她的两胁就不常被箍紧了。那细细弯弯的眼睛却仍然贴得很近地看她,她也看她。这种太近距离的凝视使得她的两个眼珠子永远努力着往中间靠——这是姐姐的功绩。

天暖了,雯雯的衣服开始一件一件往下脱,她可以自由地挥舞着手,踢着脚。她可以毫不困难地看见自己的手,看见自己的脚。并且,可以随意地把手塞进嘴里,用牙床啃着,那牙床不知为什么有点发痒。假如她愿意再稍稍花点力气,便可以把脚也塞进嘴里,帮助手一起摩擦牙床。

她对水不再惧怕了,洗澡成了每日三次的功课。不冷不热的水从身上滑下去,像是一阵熨帖的抚摸。她踢腾着水,笑着,叫着,当被从水里提起来时,她愤怒地哭了。她哭着被擦干,敷上一层白粉,被放在小车里,小车被推到院子里。有时候,院子的门被打开,车子推进了一步,出了院子,面对着宽大的弄堂。她把手塞进嘴里,不再哭了。

弄堂里很安静,所有的门都关着,院墙上探出几枝藤叶,几朵花。

大门对着一排黑漆的高篱笆。篱笆里升起尖尖的楼顶。隔一会儿便传出一阵铃声,还有隐隐约约的歌声。她静静地听着,可姐姐不时地要来打搅她。

"雯雯,喝橘子水。"她捧着一个奶瓶,将奶头往雯雯嘴里塞,那是一个橡皮的奶头,与妈妈的奶头全然不是一回事。橡皮奶头里流出的只是奶、橘子水、葡萄糖水、米汤水。

雯雯坚决地推开奶瓶,她宁可吮自己的手,也不愿吮那橡皮的玩意儿。

隔壁院子的门开了,跑出来一个人,和霏霏一般高,一般大,不同的是他头发很短,只有前边一缕是长的,搭在眉毛上。他手里拿着一根长长的、方方的、橘红色的东西,不时将它伸进嘴里,然后便发出一声响亮的"呼——"。他向雯雯走来,将那橘红色的东西伸到雯雯嘴边，说：

"吃。"

霏霏说："雯雯不吃。"

雯雯伸出舌头小心地碰了碰那东西，她感到舌头被扎了一下，赶紧缩回舌头，可舌尖上却留下了一丝沁凉甜蜜的快感。

"好吃，吃。"他弯着腰，一手撑着膝盖，一手握着那奇怪的长方块，伸在雯雯嘴边。

"不吃！雯雯不吃！"

雯雯又伸出舌头，舔了舔那橘红色的东西。

"让我抱抱好吗？"他进一步提出了要求。

"不让！"霏霏骄傲地说。

"就抱！"他用嘴含住那橘红色的东西，腾出手上前箍住雯雯的胁下——这箍法与霏霏也是相同的。

霏霏扑上去，拖住雯雯的脚。

他使劲把雯雯拖过去。

霏霏使劲把妹妹拖过来。

雯雯哭了，声音洪大而嘹亮，这境地是太悲惨了。阿宝阿姨闻声赶了出来，雯雯伤心地抽噎着。

"乖宝，不怕！"阿宝阿姨抚慰着雯雯，同时呵斥着那蛮不讲理的人，"小赤佬，作死！"

那隔壁的门里，忽又跑出来三个人，比刚才这个略高一点，或是略矮一点，每人手里拿着一根长长的、方方的、橘红色的东西。他们四个对着阿宝阿姨一起跳着叫着："抱过了，抱过了！"

阿宝阿姨相骂着："小鬼头，小赤佬！"

霏霏扯着阿宝阿姨的衣角，助着威："坏蛋！强盗！"

雯雯哭着，眼睛则盯着那伙人手里的东西。她知道了那滋味：甜的，凉的，像被针扎了一下却十分好受的。她远远地无望地用手指着。

阿宝阿姨牵着霏霏，推着雯雯，关上院子的门，来到弄堂口，对着马路，站着。

雯雯惊异地睁大了眼睛：这么多的人，各式各样的，高的，矮的，大的，小的，长头发的、短头发的，没有一个重样的。从这边往那边走，从那边往这边去，去了再也不回头，而人却一点不见少。源源不断，源源不断。除了人，还有那么多怪东西：那么高那么大的一个大盒子，里边也装满了人，"叮叮当当"地跑着，或者是"嘀嘀嘀嘀"地跑着，跑得飞快。雯雯眼花缭乱了，看多久也不腻烦，不哭也不闹。人家都夸她乖。

弄堂口，有一个小小的蓝色的木板房子，里面放着几张桌子，几条板凳，坐着一些人在吃东西。门口架着一个大铁锅，嗞嗞地唱着，锅边团团围着白汽。一个人腰里围着块白布，站在锅边忙着。他不时走到雯雯跟前，对着雯雯笑。这人笑起来脸上会出现很多很多条纹路，密密的、深深的、黑黑的。雯雯有点怕，总要往后缩。他说话的声音跟别人很不一样。他管雯雯叫"妞妞"。

"妞妞真乖！吃包子不吃？"他手里拿着一个黄灿灿的圆东西，恐怕就是那个"包子"了。

"她吃不来，牙还没出呢。"阿宝阿姨代她回答。

"这妞妞真好啊，雪白雪白，像个粉团子。一点儿不闹人哩。"他把脸凑到雯雯脸跟前，一脸皱皱巴巴的纹路，雯雯直往后躲。

"在家里可吵了，喜欢看热闹呢！"阿宝阿姨换了一只胳膊抱雯雯，让她和那皱脸更贴近了一些。

"这小囡长得好味，像一只洋娃娃。"一个和阿宝阿姨一样高的人走过来。她的头发很长，披在肩上，穿着红衣服，绿裤子，对雯雯眯眯笑着，还伸手摸了摸雯雯的腮帮。雯雯笑了，可是阿宝阿姨却变了脸色，骂道："神经病！"抱着雯雯，牵着霏霏，快步走了回去。

慢慢地，雯雯对弄堂口，对弄堂前的马路，熟悉起来了。

她认识了那"叮叮当当"跑着的盒子，那"嘀嘀嗒嗒"跑着的盒子，她统统把它们叫作"巴巴乌——"。

她知道了橘红色的，又甜又凉会扎人的东西，是装在店门口那个天蓝色的，嗡嗡作响的箱子里的。她一到这箱子旁边，就充满期望地看着阿宝阿姨。

她知道了"包子"的滋味儿。她那牙床发痒的地方顶出几个小硬粒儿的时候，她尝过了一次。那是需要花点力气才能吃下去的。那味道她觉不出太多，只觉得努力嚼动的快感，她喜欢咀嚼。

她见了喊她"妞妞"的人不再害怕了，却知道应该害怕的是那个穿红着绿的女人。她是神经病，神经病是什么，她不知道，只知道神经病是十分吓人的。

在弄堂口，最快活的时刻，是在人群里看见了妈妈。

偎依在妈妈怀里，同偎依在别人怀里，是完全不一样的。在妈妈怀里，她才觉得安心，觉得安全，觉得快乐，觉得心安理得——这才是自己的所在，真正的所在。再没有比妈妈的爱抚更丰富、更多样的了。妈妈用头顶着雯雯的头；妈妈挨个儿亲着雯雯所有的手指头和脚指头；妈妈把雯雯举得老高老高；妈妈让雯雯骑在腿上，骑马似的颠着，一边颠，一边唱：

"嘿啦啦啦啦嘿啦啦啦，天空出彩霞呀，地上开红花呀……"

"嘿嘿嘿嘿。"雯雯唱。

"妈妈忙啊，要看稿子呀，好多好多的稿子啊！"妈妈告诉雯雯。

"啊，啊！"雯雯答应妈妈。

"爸爸在写书呢，写一本打仗的书呢！打淮海大战，打蒋介石……"

"呀呀。"

"雯雯只好受点委屈啦，对不起啦！"

"啦啦！"

两人谈得很投机。妈妈的话，雯雯全懂；雯雯的话，妈妈也全懂。雯雯发出的第一个音，就是"妈——"，然后是"爸——"。这不难，会了"妈——"，只需把嘴唇碰响，便是"爸——"，爸爸总要比妈妈喧哗一些。就好比妈妈亲雯雯，没有声音，悄悄的。爸爸亲雯雯，则非常响亮："咂！"妈妈抱雯雯，抱多久都嫌不够。爸爸抱雯雯，把雯雯搂得很紧很紧，可不一会儿就放下了，甩着手腕叫道："累死了！累死了！"

然而，无论妈妈，还是爸爸，和雯雯在一起的时候都很少，他们很忙。雯雯绝大多数的时间，都是和阿宝阿姨在一起。她跟着阿宝阿姨学话，阿宝阿姨说什么，她学什么。阿宝阿姨唱："小别重逢梁山伯……"她跟着唱："小兵冲锋……"

阿宝阿姨说："你是嗲妹妹。"

雯雯也说："你是嗲妹妹。"

阿宝阿姨说："你的肚肚饿吗？"

雯雯回答："你的肚肚饿。"

阿宝阿姨说："你要困觉觉了。"

雯雯回答："你不要困觉觉。"

阿宝阿姨拿起雯雯的小裤子："这是谁的？"

雯雯说："雯雯的。"

"雯雯是谁?"

"不知道。"

"雯雯是你呀!"

雯雯笑了:"雯雯是你呀!"

阿宝阿姨很犯愁,雯雯不知道"我"是谁。心想:这孩子会不会是呆子?可又不像,眼睛很灵活,说话很清楚,小小的人,居然会唱:"小别重逢……"她认为雯雯唱的一定是"小别重逢……"。

忽然有一天,阿宝阿姨问她:"雯雯要喝牛奶吗?"

雯雯清清楚楚地回答道:"我要吃糖糖。"

阿宝阿姨喜出望外,晚上特地告诉雯雯妈妈:"吴同志,雯雯晓得说'我'了。雯雯,这是谁的妈妈?"

雯雯清清楚楚地回答道:"我的妈妈。"又补充了一句:"雯雯的妈妈。"

妈妈在雯雯脸上亲了一下,然后就睡觉了。她觉得这是很自然的事,并且,她很累,太忙了。

阿宝阿姨不免有点失望,抱着雯雯回到自己屋里,继续帮助雯雯巩固着对"我"的认识。

"雯雯要困觉觉了吗?"

"我不困觉觉。"

"雯雯是哪个小囡呀?"

"雯雯是我呀,我是雯雯呀!"

二

雯雯的牙齿全出齐了,可以轻松地吃生煎包子了。除了包子上那块烤焦的底子以外，全能吃下去了。她喜欢在弄堂小板房里吃生煎包子，她喜欢那叫她"妞妞"的老人，她叫他山东爷爷，大人都叫他老山东。山东爷爷见雯雯来吃包子，总挑煎得最黄、皮儿最薄、馅子最多的包子给雯雯。有一回，还不顾阿宝阿姨的反对，硬给雯雯吃了一小滴醋。雯雯咧开嘴，皱起眉头，直摇脑袋。阿宝阿姨在老山东背上啪啪地拍着："要死了，害我们囡囡吃苦头。"

山东爷爷呵呵笑着："吃包子不蘸醋有个啥滋味儿？"

雯雯咧过嘴，摇过头，却又要求再吃一点醋。她好像对世界上任何一种滋味儿都不舍得放过，不惜花尽全身的力气和解数。比如，看见爸爸妈妈在吃甘蔗，她也要吃。

妈妈说："好孩子，你啃不动的，吃苹果，好吗？"

她坚决地推开苹果，向甘蔗伸着手。

爸爸说："给她吃，吃不动就罢休了。"

可她一点儿不肯罢休，百折不挠地对付着一截甘蔗，从头上啃，从侧面啃，汁水顺着手腕往下流着，她便去舔手腕。

阿宝阿姨不由得赞叹道："雯雯的牙好。"

雯雯的牙出得又齐又好，牙床再不需要用手去摩擦了。能吃生煎包子，甚至能啃甘蔗了。吸吮奶头对她早失去了魅力。可她仍然吃手。沉思着，握着拳，吸吮着右手大拇指的第一个关节，以致这里长出了一个厚而柔韧的疙瘩。

大人们千方百计要帮助她改掉这个坏习惯，在那疙瘩上涂辣椒水、紫药水、贴胶布。把她的手从嘴里拖出来，甚至打她的手心。可是全然无效，她吃得比过去更厉害了。玩累了，或是玩腻了，一旦安静了下来，便不由自主地把手塞到了嘴里，一边吸吮，一边想着什么。她确实是在想着什么，吃手可以帮助她思索。

她在想什么呢？谁也不知道，她自己也不知道。也许她自己是知道的，只不过不会传达。而当她会传达的时候，却又不知道了。别人只知道，有时候她吃着手，忽然把手拿出来，说道："一只鸟。"碧晴的蓝天上果然正飞过一只鸟。有时候，她吃着吃着忽然说："一只虫。"地上果然正蹒跚爬着一只蚂蚁，负着一粒沉重的面包屑。有时候则说："一个人。"一个人匆匆忙忙地走着。

阿宝阿姨说："雯雯，别吃手了，到前门口玩一会儿吧。"于是，雯雯打开院子门，在门口对着弄堂站着。弄堂里一个人也没有，黑篱笆里边有歌声、笑声、铃声。她就扒着篱笆，从篱笆缝缝往里望。

这是一个中学校，里面的学生都是女的。她们排队，做操，跑步，跳高。她们非常爱笑，经常无缘无故地笑，一个人笑，其余的人都跟着笑，嘻嘻哈哈。笑得连雯雯也想笑了。有一回，黑篱笆上忽然敞开了一个门，女学生们排着队从门里跑出来，从院子门前跑过，从雯雯身边跑过。

雯雯愣愣地站着。那么多的人，全是陌生人，潮水似的涌出来，从她面前奔腾而过，这叫她很害怕。她想回转身去，可舍不得离去。这时，队列中忽然跳出一个女学生，穿着花格子背带裙，活泼地向雯雯跑过来，伸出手要抱她。雯雯赶紧转过身，逃进了院子。她气喘着，心跳着，觉得是遇到了很大的危险。她把门紧紧关上，门外响着"嗒嗒"的脚步声，银铃般的笑声，门外有很多人。她小心地把门开了一条缝，往外张望，一直望到最后一排人跑过，黑篱笆门重又关上。弄堂里一个人也没有了。

雯雯好冷清，她天天盼着星期天。最快乐的就是星期天，爸爸爸妈妈终于在家了，尽管他们常常要加班，可是两个星期天中，总有一个星期天是在家的。爸爸妈妈带霏霏雯雯上街，看电影，逛公园，买玩具，吃东西。妈妈总是尽力使雯雯快乐：

"雯雯，要这个娃娃吧？"

娃娃戴着花帽子，穿着花裙子，脸蛋儿红扑扑的。可是雯雯不满足，还想要更好的，她摇摇头。

"小汽车？"

小汽车滴溜溜地跑着，灯一亮，转弯了。可是雯雯还是摇摇头。

"小锅小碗吧？"

锅、碗、瓢、勺，一整套办小人家的用具。雯雯摇摇头。

"你要什么呢？"

雯雯自己都糊涂了。

"什么都不要？"

"不！要。"

"要什么，说呀！"

雯雯惟恐什么也得不到，赶紧点了一盒极普通的积木。走出玩具店时，她忽然哭了起来。

"她怎么啦？"爸爸问妈妈。

"谁知道啊，乐极生悲。"妈妈也不高兴，感到很扫兴。

雯雯哭得很有点伤心，她对这一天的要求是过高了，简直无穷无尽，无边无际，以至于自己都弄不清究竟想要什么了。妈妈看见雯雯哭得可怜，便抱起她，温存地抚慰了一番。在妈妈怀里，雯雯终于得到了满足，于是便安静了下来。

渐渐地，妈妈也觉出了雯雯的冷清，和爸爸、阿宝阿姨商量，让雯雯进幼儿园，她已经三岁了，可以进幼儿园。雯雯很兴奋，霏霏也兴奋，不断地向妹妹介绍情况：

"幼儿园有很多很多小朋友。"

"真的啊！"

"有很多很多玩具，积木好大好大，在地上搭的。"

"真的啊！"

"每天吃钙片，喝豆浆。"

"真的啊！"

"我们还上图画课，手工课，唱歌课。"霏霏热情地宣传着幼儿园的好处，全然忘记了刚进幼儿园时，每日里啼哭不止，一边哭，一边说："我还小呢！我还小呢！"好不凄惨。

"我也要去幼儿园。"雯雯急不可待了。

去幼儿园的这一天终于到了。幼儿园的小车子到家门口了。这是一辆普通的三轮车。只不过在周围加了一圈绿色的栅栏，栅栏里坐着一个老师和许多个小朋友。踏三轮车的叔叔把霏霏、雯雯抱上车子。车子里都是陌生人，只有一个霏霏是熟悉的，可霏霏挤在人群中，显得那么小，那么没力量，那么依靠不得。雯雯有些怅惘。车子开了，阿宝阿姨站在门口，远远地喊：

"雯雯听老师话啊！雯雯不要哭啊！雯雯乖，雯雯不哭！"

阿宝阿姨提醒了雯雯，她哭了起来。

霏霏拉着雯雯的手，劝道："雯雯不哭，多难为情啊！"可劝着劝着，自己也忍不住哭了。

紧接着，一车的小朋友，全都哭了起来，此起彼落。就这么热热闹闹地哭了一路，开进了幼儿园。

绿色的草坪，五颜六色的鲜花，蝴蝶飞来飞去。滑梯、秋千、跷跷板，还有一个小小的水池子。奶黄色的楼房，谁在弹钢琴，"叮叮冬冬"。房间里有着许多蓝色的小桌子，小椅子，许多小朋友，全是陌生的。

雯雯紧紧地拉着霏霏的手。霏霏把她领进小班，交给小班的老师。老师说："雯雯，这是你的位子，坐下吧。"

可雯雯不坐下，拉着霏霏的手。霏霏走一步，她跟一步，走两步，跟两步。霏霏急了，掰她的手，雯雯不得已松开了，霏霏逃跑似的跑回了自己的大班。雯雯噘着嘴坐在小椅子上，老师弹琴，让大伙儿拍手，她不拍；让大伙儿走成一个圆圈，她不走，坐在那里，像是在生气。老师和她说话，她不理；小朋友要和她拉手，她把手背到身后。吃午饭的时候，她跟着队伍走进饭厅，一眼看见了霏霏，二话不说，径直向霏霏走去，要和霏霏挤坐在一把椅子上。霏霏说："你是小班，在那张桌子上吃饭。"雯雯不搭理。霏霏推雯雯，雯雯岿然不动。霏霏毫无办法，哭了。老师也没有办法，又好气又好笑，商量了一下，只能暂时让雯雯跟着姐姐在大班里待几天。

这么着过了几天，雯雯总算勉强习惯了下来，愿意回到小班，跟着大伙儿唱歌、排队、做操了。可是，她仍然和小朋友们很疏远，她不知道该怎么才能和小朋友熟悉起来。红红她们在办小人家家，她站在一边，满心希望受到邀请，可她们连看都没看她一眼，白等了半天。豆豆他们用积木造大房子，她蹲在一边，很想和他们一起造，可他们不叫她，她也不好插手，等到豆豆扭头看见她叫她，她却一转身走开了。大家玩得再热闹，她也只是站在一边，心情十分复杂地吮着手上那个硬疙瘩。她渴望走进热热闹闹的人群，却又惧怕人群，觉得很难走进去。

幼儿园对于她越来越索然无味，唯一的安慰是和姐姐在一起。而姐姐虽然和妹妹很好，可在幼儿园里，却并不愿意和妹妹在一起。霏霏是个活跃人物，也许是天性如此，也许就是因为从小在托儿所长大,很合群。她是班长,上图画课,她负责收发纸头;排《小白兔》,她演兔妈妈;荡秋千,她一蹬脚就上了天;跳集体舞"找朋友",她不停地被小朋友找去。而雯雯站在那里拍着手,唱着"找呀找呀找"一遍又一遍,常常从头至尾,不能被人找去做朋友,因此也就无从去寻找别人做朋友了。有这样一个妹妹,确实没有什么光彩。霏霏常常会得到这样的报告:"你妹妹又哭了。""小班玩老鹰捉小鸡,就你妹妹一个人不玩。"而雯雯一见霏霏就盯上去不放,所以大班的小朋友管雯雯叫"霏霏的尾巴",简称"尾巴"。霏霏简直要羞死了。

有一天早上,三轮车铃声在门外响起的时候,雯雯忽然说:"我不去幼儿园了。"

阿宝阿姨看看雯雯,雯雯闷闷的,牛奶只喝了一半,像是有病,便同意了。

第二天,雯雯还是说:"不想去。"阿宝阿姨又同意了。

第三天是星期天。星期一,雯雯更不想去了。于是,一发不可收拾,一连六天没有去幼儿园。霏霏回到家又噘嘴又抹眼泪,说小朋友都叫她"赖学精的姐姐",而雯雯,就直接被叫成"赖学精"了。这么着,雯雯就是想去,也去不成了,何况她再不想去了。

雯雯不去幼儿园了,重新又是一个人了。她又轻松又自在,每天自个儿过小人家,给娃娃梳小辫,帮阿宝阿姨择菜,和阿宝阿姨上街买酱油,听阿宝阿姨唱"小别重逢梁山伯"。

阿宝阿姨也喜欢雯雯不去幼儿园,她一个人在家同样挺寂寞。她又是喜欢说话的,没有人,她也会自言自语。她会对着手里的青菜说话:"你这个菜呵,绿得讨人喜。"会对着煤气灶说话:"你这火苗苗咋是蓝的呢!我家火苗苗是通红通红的。"还会对着盆里的衣服说话："你这个小雯雯的小裤呀，一股子小猫味儿。"现在，雯雯在家了，她的话就更多啦。她对雯雯说：

"我和你这小丫头有缘分呢！"

"什么叫缘分？"雯雯不懂。

"就是说，我和你，命里注定能合得来。那时候，我正找人家，有人给我介绍了你们家。说夫妻两人都是干部，还是知识分子，刚刚养了一个小丫头，想找个干净点、厚道点的人带带。我一听是个小丫头，就直摇头。"

"为什么呢？"

"小丫头脏。"

"小男孩才脏呢！"雯雯愤愤不平。

"你长大就懂了。那介绍人劝我说：'你去看看嘛，那家大人知书识礼，为人好。'我想，去看看再说吧，反正去不去还是由我。我走进你们家，一眼就看见你。你正睡觉，小脸儿红扑扑的，像朵花。我马上就答应了下来，一直把你带这么大了。"

"哦，这就是缘分啊！"雯雯懂了，"怎么才能有缘分呢？"

"那是前世修的。"阿宝阿姨告诉她。

"什么叫前世？"雯雯又不懂了。

"前世就是上一世，上一回做人的时候。"

雯雯稀里糊涂："一个人要做好几次人哪？"

"投一次人生可不容易了，要做几世猪，几世狗，轮好多转才轮到做人呢！"

雯雯更加糊涂了，决定去问妈妈。妈妈笑了笑，说："迷信。"

雯雯也不懂什么叫迷信，而心里却暗暗庆幸自己总算做到了人。

阿宝阿姨爱讲话，还爱唱绍兴戏，而且爱唱悲剧。夏天的午后，在地板上铺一张凉席，阿宝阿姨一边摇着扇子，一边唱《杨乃武与小白菜》，唱《玉堂春》，唱《祥林嫂》，连唱带说带流泪。雯雯听着听着便合上了眼睛，那悲凄的离怨渐渐远去，只留下一扇一扇轻和的凉风。再过一会儿，凉风远了，消失了。窗外梧桐树上，一只蝉在唱。

一天，阿宝阿姨把所有的戏文全唱完了，而雯雯却要求来一段崭新的。阿宝阿姨想了想，把扇子往大腿上一拍，说："我给你学段乡下人哭。"说罢，便拉开嗓门哭了起来，或者说是唱了起来，雯雯咯咯地直笑。

"我的个死鬼男人啊，啊啊啊啊，好狠心啊，啊啊啊啊，你走就走吵，为什么把我的儿，啊啊啊啊，也带了跑啊……"阿宝阿姨真的哭了起来，眼泪决了堤似的泻了下来。

"阿宝阿姨，你别哭呀！"雯雯吓坏了，扑到阿宝阿姨怀里，"我不要听了，不要听了呀！"

阿宝阿姨搂住雯雯，反倒笑了："不怕，阿囡。阿宝阿姨命苦呀，死了男人，又死了儿子。阿宝阿姨前世作了孽，今生今世遭报应了。"

雯雯睁大了眼睛，一眨不眨地望着阿宝阿姨，对前世感到莫大的神秘。自己的前一世是怎么样的呢？知道就好了，知道了前一世，也就能晓得这一世了：和谁有缘分，会遭什么报应，等等。她努力想着前一世，可惜什么也想不起来了。阿宝阿姨鼻梁两边，缓缓地流着两行泪，流也流不断。雯雯伸出手帮她抹掉眼泪。

阿宝阿姨把雯雯搂得紧紧的，一声不响，过了好一会儿，才幽幽地唱道："小别重逢梁山伯……"

雯雯跟着唱:"小兵冲锋……"

三

雯雯一个人办小人家。空锅空碗地腻味了,向阿宝阿姨讨了几片菜叶,几粒米和一杯自来水,从锅里舀到碗里,又从碗里倒到锅里。水洒光了,菜叶剁烂了,米落在地上找不着了,小锅小碗生锈了。

雯雯一个人带娃娃上外婆家。外婆家就在小院子的梧桐树下。她跑了几个来回,觉着娃娃脸脏了,就用湿手巾给娃娃擦脸,一擦两擦把娃娃脸上的颜料擦没了,露出了斑斑驳驳的泥底儿,看着怪吓人的。她把娃娃脸朝下塞进柜子里,不想再看它!

雯雯一个人开小汽车。小汽车左拐右拐,红灯亮亮,黄灯亮亮,好得意。雯雯想着让它载着跑一圈。她扶着椅子背,将两只脚紧紧并拢地站在汽车背上,只听"咔嚓"一声,汽车趴下了,一只红灯可怜地一眨一眨。

雯雯一个人在房间里走来走去,看见爸爸书桌上有一个玻璃球,沉甸甸的,里头有一个红羽毛的小鸟。她想着把小鸟放出来,要是它愿意留下,就留下和雯雯做伴儿,要不愿意,就飞走吧,找它的朋友去。一个人,多没意思啊!她用根小棍敲玻璃球,又用块砖头砸玻璃球,玻璃球一点儿也没破。雯雯一着急,玻璃球从手里滑落了,摔在水泥地上,碎了。小鸟没有了,只有一堆红红绿绿的碎玻璃。雯雯抬头看看天,湛蓝湛蓝的天上,一缕白云慢慢悠悠地飘着。

四下里冷冷清清,雯雯没劲了,坐在台阶上,望着梧桐树。梧桐树叶"沙啦沙啦"响着,好像幼儿园的小朋友在唱:"找呀找呀找朋友。"雯雯又看看墙角一棵狗尾巴草,狗尾巴草摇头晃脑,好像幼儿园的小朋友在做点头操。脚边一群蚂蚁在搬一颗大毛豆,齐心协力地推呀拉呀,一点一点挪远了。好像上回幼儿园的小朋友,一起去帮老师推风琴,也是这么挨着挤着,齐心协力,一点一点挪,一点一点挪。雯雯总也挤不到风琴跟前,她不晓得该怎么才能挤进去摸着风琴,挨着一点儿也好呀!她只摸着豆豆罩衫上的一颗扣子,也跟着一起使劲儿了,也出了一身汗呢。

　　雯雯正出着神,忽然听隔壁院子里传来轻轻的沙哑的唱歌声:"太阳光晶亮亮,雄鸡唱三唱……"

　　这歌雯雯也会唱,跟着姐姐学的,她自信要比这人唱得更好一些,于是跟着唱道:"花儿醒来了,鸟儿忙梳妆。"

　　唱完了一支,那边又换了一支:"窗下一朵大红花,开在金色阳光下。"

　　雯雯唱:"每天我去浇浇水,红花对我笑哈哈。"

　　这支唱完了。雯雯赶紧抢在前面另起了个头:"戴花要戴大红花,骑马要骑千里马。"这是已经上小学的姐姐新近教她的,她以为那边一定不会唱。不曾想那沙哑的声音居然跟了上来:"唱歌要唱跃进歌,听话要听党的话!"

　　这支歌结束以后,两边都静默了。过了一会儿,那个沙哑的声音说:"我还会唱《小斑鸠呀咕咕咕》!"

　　停了一会儿,雯雯说:"我会念诗:'什么是好,什么是不好……'"又停了一会儿,那边说:"我会跳绳,你看。"那边响起一阵"哒哒哒哒"绳子甩打在地上的声音,果然是跳绳。

　　雯雯说:"我会骑自行车,你看。"她骑着车子在院子里兜了一圈。

"我会炼钢。"那边说。

雯雯怔住了。炼钢,她是知道的,那是桩极重大的事。钢窗、铁门都换下来去炼钢了;家里的废铜烂铁都叫姐姐收罗起来交到学校去炼钢了;爸爸妈妈通宵达旦地在炼钢;弄堂里砌了个炉子,烧得通红通红,在炼钢。隔壁院子里居然也有会炼钢的,雯雯很意外也很崇敬。

"你想炼吗?"听这话的口气,就好像在问:"你想吃糖吗?"雯雯不曾料到自己也能有权利"想"炼或是不"想"炼。停了一会儿,她说:

"想啊。"

"你来吧。"

雯雯犹豫着:"我不认识你。"

"我叫黑熊。"那边自报山门了。

"我叫雯雯,我姐姐叫霏霏。"

"我大哥哥叫狮子,二哥哥叫老虎,小哥哥叫豹子。"

"你是男的?"

"是男的,你呢?"

"是女的。"

"哦——"那边好像叹了一口气,停了一会儿才说,"来吧。"

雯雯去了。又是一个意外,她没想到炼钢会是这么容易,有点像烧饭。

院子里有一个用泥垒成的炉子,炉子里塞了一些枯树叶,炉子上架了一个破脸盆,脸盆里放了一个钝刀片,一把破锁。黑熊正趴在地上点火。点过的火柴撒了一地,灰抹了黑熊一脸,却看不见一点火星。

"你来点一根吧。"黑熊把火柴递给雯雯。

雯雯触电似的缩回了手:"我怕火。"

"嘿嘿,火有什么好怕的?我还敢吃呢。"说着,他真的擦着了一根火柴,径直送进了嘴里。

雯雯尖叫了一声。

"哈哈。"他张开嘴,嘴里空空的,火没了,给吃掉了。哦,这真是一个伟大的时代。

雯雯和黑熊很快就熟悉了起来,并且很快就认识了黑熊的哥哥们:狮子、老虎、豹子。狮子上二年级,老虎和霏霏同班,上一年级,豹子上幼儿园大班。他们很整齐地一个挨一个,彼此长得很相像,很团结。一个人说话,其余三个都一起响应。二年级的狮子很矜持,不屑于理睬雯雯,一句话也不和她说。老虎只从眼角里瞅了雯雯一下,说:"你小时候,我抱过你。"

黑熊陪雯雯办小人家,雯雯是妈妈,黑熊是爸爸。妈妈要烧饭了,让爸爸抱一会儿娃娃。爸爸把娃娃夹在胳肢窝底下。

"不是这样抱的,要这样。"妈妈教爸爸。

爸爸抱着娃娃,东看看,西看看,觉得无聊。

"你让她看看花呀!"妈妈吩咐。

爸爸把娃娃别转身子,握着两条腿,举到一朵花的紧跟前。

"唉!"妈妈叹了一口气,终于把饭烧好了,端了上来。雯雯烧饭,黑熊吃饭,把每个碗往嘴里倒倒,鼓鼓嘴。雯雯烧了半天,黑熊一分钟就吃完了。又无聊起来,东看看,西看看。然后忽然问:

"你会打弹子吗?"

"不会。"

"会打仗吗?"

"不会。"

"你怎么什么都不会？"

雯雯低头不语。

"你真笨啊！"

雯雯不吱声。

"这么笨，长大能干什么？"黑熊不禁要为雯雯的前途担忧。

"和你在一起真没意思啊！"

雯雯抬起头，动了动嘴唇，终于说出了口："我学好了。"

于是，他们开始打仗了。黑熊背着刺刀枪，脖子上挂着望远镜，手里端着冲锋枪，腰里别着手枪。雯雯手里只有一把古人用的大刀，那木头的刀刃已经破了很多缺口。装备的优劣很不平衡，可雯雯不计较。黑熊上蹿下跳，又叫又嚷，雯雯只是默默地对抗着，任他的手枪顶住自己的腰，任他把泥土灌满她的颈脖，她不哭也不动气。她懂了，要想不一个人，要想有伴儿，总得受点委屈，得忍着点儿。

再说，黑熊终究是个不坏的伴儿。他会玩，玩的花样多。对雯雯也不错，虽然那方式有点专横。比如，有一次，正玩着，黑熊奶奶送过来两颗糖，一人一颗。雯雯脸涨得通红，不肯吃。怎么可以吃人家的东西呢，这太难为情了。黑熊把糖硬往她嘴里塞，雯雯忍不住哭了，因为嘴给碰疼了，也因为她太难堪了。她一边哭，一边吃糖，糖是甜的，眼泪是咸的，就这么乱七八糟掺杂着咽下了肚。

一次，黑熊端着冲锋枪向雯雯扫射，雯雯当胸给了他一刀。黑熊"啊"的一声仰天倒下，倒成个"大"字形，紧紧闭上了眼睛。阳光照耀着他，风暖暖地抚着他。他的裤扣开了，那个使人类得以繁衍的东西，骄傲地立着，挺挺的。雯雯呆呆地看着它，半晌说不出话来。

黑熊还偷偷地带着雯雯上街，过马路。有一回，正碰上弄堂口在拆房子，拆山东爷爷那间天蓝色的小木板房。山东爷爷自己也在拆。

雯雯说："山东爷爷，你不要房子啦？"

"不要啦。"

"你上哪儿煎包子呢？"

"不煎包子啦。"

"那你干啥呢？"

"劳动。大跃进嘛！"山东爷爷乐呵呵地说，说着还唱了起来，"戴花要戴大红花……"

黑熊和雯雯也跟着唱："骑马要骑千里马……"

唱完了，板房也拆完了。天蓝色的小房子成了一堆破木板，几把烂钉子，还能派什么用场呢。弄堂口猛一下宽敞起来，倒叫人有点不习惯，好像空空落落的。

雯雯对黑熊说："我喜欢吃生煎包子。"

"你就知道吃。"黑熊指责她。

"你不爱吃？"

"我爱劳动。"

"你昨天还和豹子哥哥抢带鱼吃呢！"

"瞎说，瞎说。"

"你自己瞎说。"

"你瞎说。"

"你瞎说。"

一时上没完没了，谁都要说最后一句。最后住嘴，才能胜利。不过，最终还是雯雯让步，让他把最后一句讲掉算了。因为黑熊讲不到最后一句，有时会发急，一发急就会打人，拉雯雯头发。这口气，雯雯忍了。

黑熊很得意地挺了挺赤裸着的胸膛，胸脯很瘦，一条条肋骨显露了出来，肋骨之间有一小块皮肤在"扑扑"地颤动。雯雯盯着那地方，愣住了。

"怎么样？"黑熊又挺了挺胸。

"你，你这儿在动。"雯雯惊慌地指了指他的胸。

"嗯？这是心在跳，你懂吗？"

原来，这是心跳。雯雯看着那"扑扑"的心跳，黑熊也看着，两个人都有些害怕。

心，"扑扑"地在跳。

终于有一天，雯雯忍无可忍，起来反抗了。

是在雯雯家的院子里骑自行车玩。讲好的，一人骑三圈，轮流骑。可黑熊骑了三圈，还要再骑三圈。雯雯让了一次，又让了一次。当他骑了九圈，还厚颜无耻地不愿下来时，雯雯走过去，坚决地拉住了车把。黑熊掰她的手，她不松。黑熊用又长又脏的指甲抠她的手，她仍然不松。黑熊硬往前蹬，车轮子压在她脚上，她还是不松。黑熊叫道："让开！"

"这是我的车子！"雯雯义正辞严，眼泪却一大滴一大滴地滴了下来。

"上次你还吃我的糖呢！不怕难为情！啾啾，吃人家糖……"黑熊用手刮着自己的脸皮羞她。

这句话触到了雯雯的痛处，这是她最不堪回首的一件事。她脸涨得通红，眼泪却止住了。她大声说："滚出去！"

黑熊一愣，他没料到雯雯会这么凶。

"滚出去！"雯雯更大声地说，一边说一边上前推黑熊。黑熊很容易地被推下了车子。

"滚！"

"滚就滚！"黑熊不失英雄气概地嚷着，急流勇退了。

暑假到了，雯雯家来客了，是住在虹口的表哥阿卫。阿卫已经上了三年级，是大队长。无论多热的天，他都紧紧地系着红领巾，使得脖子上发出了一层痱子；为了能够经常地别着三道杠标志，他立志不穿背心，总穿短袖衫。他带着雯雯出去时，雯雯是十分骄傲的，以致有一次碰到黑熊，她装作没看见，把头昂得很高。阿卫喜欢动物，在院子里掘了一个又一个小坑，为了找蚯蚓。他把一条蚯蚓一斩为二，那蚯蚓非但没死，反而变成了两条，这是雯雯怎么也想不明白的。夜里，他随时注意蟋蟀的动静，时刻准备跑到院子里，用电筒乱照一气，毫无顾忌地当着霏霏、雯雯的面，对着墙脚撒尿，引虫出洞。

全家都欢迎他来，只有阿宝阿姨见了他怕。因为这次他来雯雯家，带了一项暑假任务——扫盲，扫盲对象便是阿宝阿姨了。他郑重其事地送给阿宝阿姨一个本子和一支铅笔，阿宝阿姨像烫了手似的赶紧丢下了。雯雯却很热心，她愿意做扫盲对象。阿卫哥哥给阿宝阿姨上课，她必定坐在旁边。

阿卫很严肃地举起一个方块字，将有图的一面对着"学生"，那上面画了一只家禽。

"这是什么？"

"鸭子。"雯雯说。

阿卫皱皱眉头，看看阿宝阿姨，阿宝阿姨手里拿着一个鞋底，头垂着，一点一点。阿卫温和地问："阿姨，你醒醒，你说这是什么？"阿宝阿姨一惊，勉强睁开眼睛，看了看说："是只白乌龟。"（上海人称鹅为白乌龟。）

阿卫脸涨红了，他克制着咳嗽了几声："这是鹅。"他翻过方块,把有字的那面对着学生们,"记住了,跟我念,鹅——"

"鹅——"雯雯念。

阿宝阿姨的头,一点一点,越垂越低。

阿卫住了一个星期,要回去了,大家都留他:"再玩几天嘛。"

他说:"不行,要出大队墙报了。阿白还不知怎么了呢!"

阿白是一只小狗,是阿卫从马路上拾来的,因为它前额上有一片白毛,所以就叫它阿白了。据阿卫说,它会作揖,会"再见"——挥动前爪,非常聪敏。本来他要带它一起来的,可舅舅不让,说:"你一个人去已经够麻烦人的,还带条狗?"

阿卫走了,走之前邀请霏霏姐妹俩去玩。

"阿白会欢迎你们的。"

快活的日子总是过得很快,暑假,一眨眼就完了。姐姐上学了,家里又只剩雯雯一个人了。她想起了黑熊。可是,黑熊家的院子里挺热闹。"乒令乓郎",像在搬动什么重东西,还有"叮叮当当"敲打的声音。偶尔一两回,看见黑熊跟着他爸爸从外面回来,手里抱着很多东西。他骄傲地昂着头,看都不看雯雯一眼。雯雯又气愤又纳闷。

有一天,霏霏回家说:"老虎要转学了,他们一家都搬到黑龙江去了。"

"黑龙江在哪里?"雯雯问妈妈,可妈妈沉着脸,不太高兴似的。

阿宝阿姨说:"黑龙江很远很远,要乘十天十夜的火车。那地方,走出一百里也见不到一户人家,六月里还下大雪,一出门,耳朵鼻子都冻化了。前世作孽!"

"阿宝阿姨,你不要乱说。"妈妈制止她。

"为什么要到那儿去呢？"雯雯却还要问。

阿宝阿姨不响，爸爸妈妈都不响，只有霏霏自以为是地说了一句："工作需要嘛！"她已经上二年级了，懂很多道理。

雯雯开始可怜黑熊了。不过他可能还不知道自己的鼻子有冻化的危险，有一次，在院子里大声嚷嚷："我们要坐火车了。'轰隆叱咔'，'轰隆叱咔'，坐到黑龙江去了。"弄得雯雯茫然起来，不晓得应该可怜他还是妒忌他。

在一个下着蒙蒙秋雨的早晨，黑熊走了。一辆大卡车，载着几件简单的行李，狮子、老虎、豹子、黑熊，挨个儿兴高采烈地进了驾驶室，爸爸妈妈也跟着坐了进去。车子开了，从一地的落叶上轧过去。树上不断有叶子飘下来，落在湿漉漉的地上，无可奈何地停住了。山东爷爷拄着大扫帚默默地望着汽车出了弄堂。山东爷爷不煎包子了，他扫弄堂。黑熊家的院子被人锁上了，雯雯还来得及瞅见院子中央有一个大洞，是那炼钢炉的遗迹。

四

雯雯开始惦念阿卫哥哥的阿白了。舅舅来，和雯雯说："什么时候去看看阿白呀，你可以把手放在它嘴里，阿白不会咬，只是舔，舔得手心好痒痒。"舅母来，告诉雯雯："快去看阿白呀，它会立起来走路呢。"于是雯雯老催着妈妈去舅舅家。妈妈说："下星期天吧。"到了下星期天，妈妈要加班，妈妈很抱歉，说："下星期天吧。"到了下星期天，妈妈要去人家家里谈稿子。就这样，一星期推一星期，雯雯对看小狗都失去了指望，那兴趣也不由得淡漠了。

可是，有一天，弄堂里忽然纷传着一桩可怕的新闻。传闻是这样的,就是在这个垃圾箱里,拾垃圾的小瘪三发现了一个小女孩儿的尸体。从此,雯雯连弄堂口都不敢去了,她眼前老是闪过一个死去的女孩子的影子。而且不晓得为什么,她想象那女孩儿穿了一件红色的裙子。虽然她并没见过这女孩儿,甚至也根本没见过死人。她问阿宝阿姨:

"坏蛋为什么要害死那小姑娘?"

阿宝阿姨说:"要剥她的衣服呀,剥去了好卖钱。"

"有这么坏的人?"雯雯哆嗦了起来。

"坏人多得很哪!所以小孩子千万不能乱跑,要碰上拐孩子的,就糟了。拐子往小孩的头上这么一拍,小孩子就跟着他走了。"

"他这么一拍,小朋友就跟他走啦?"

"他一拍小孩子的头,小孩子就什么也看不见了,只看见一条路,只好走这条路。"

"他一拍小朋友的头,小朋友就什么也看不清啦?"

"他手上有一种药水……"阿宝阿姨自己都糊涂了,"这种人有鬼气呢!"

"什么叫鬼?"

"人死了,还留下个魂,这个魂啊,到处游来游去……"

雯雯眼前又出现了那死在垃圾箱里的小姑娘,她尖叫了一声。

"不怕,阿囡不怕,好人碰不到鬼,恶人才能碰到鬼呢!雯雯是好小囡呀!"阿宝阿姨把雯雯搂在怀里,轻轻地拍着。窗外的天很暗,北风呼呼地怪叫着,扑打着玻璃窗。厨房里很温暖,黄澄澄的电灯照着淡蓝的火苗,火苗舔着焦黑的钢精锅底,满屋子里飘着饭香。雯雯偎在阿宝阿姨怀里,又害怕又有点兴奋。多么大的世界呀,有那么些人,好人、坏人,还有鬼。周围布满了种种危险、种种威胁,可她却是绝对安全地被保护着。她深深地偎进阿宝阿姨怀里,小声说:

"你给我讲鬼。"

从此,雯雯变得特别胆小,特别怕黑。后弄堂的对面,有一幢房子,房子的侧面正对着弄堂,上面有一扇窗,长年是黑洞洞的,从没见那里亮过灯。有时候,雯雯坐在后弄堂帮阿姨剥豆,会望着那黑窗口出神,望着望着,她居然在那黑窗口里望出许多鬼魂。阿宝阿姨说,鬼是没有脚的,走路是飘的。于是,那黑窗口里的鬼便飘来飘去,腾上腾下。她越看越害怕,脸涨得通红,呼吸也急促起来。阿宝阿姨以为她不舒服,摸摸她的额头,额头凉冰冰、湿漉漉的。

这阵子,不知道怎么回事,雯雯和霏霏都变馋了。雯雯以前不吃肥肉,可现在连肥得起泡的肉都吃了。霏霏过去不吃皮:肉皮、鱼皮、鸡皮、牛奶皮,凡是皮,都不吃,现在连苹果皮都要吃了。雯雯常跟着阿宝阿姨采购东西,她发现阿宝阿姨钱包里多出许多票来:肥皂票、糖票、肉票、鱼票……阿宝阿姨老弄错,拿了肥皂票去买肉,拿了鱼票去买肥皂,她甚至后悔夏天时没跟阿卫好好"扫盲",书到用时方恨少啊!雯雯帮助阿姨认票,她虽不识字,可她会认画。她认出:肉票上画了一头猪,鱼票上画了一条鱼。雯雯还发现,买东西不容易了,要排很长的队。阿宝阿姨有时让雯雯排一个队,自己排另一个队。有一次,雯雯这边快排到了,可阿宝阿姨还不来,她又着急又生气,一边哭,一边自己回家了,穿过了两条马路。爸爸急得跳脚,在他看来,世界上最大的危险就是穿马路了。阿宝阿姨带雯雯出去,他总要讲:"穿马路小心。"雯雯居然自个儿穿马路,那还得了?爸爸说:

"宁可不吃,也不能叫小孩子排队。"以后,阿宝阿姨就不敢让雯雯排队了。

然而,不多久,爸爸自己也带着雯雯排队了,那是在西餐馆排队。假如这天晚上,阿宝阿姨对妈妈说:"米没有了。"那么第二天下午,准得上西餐馆排队吃饭。在西餐馆吃饭不用粮票,用就餐券——这又是多出来的一种票,上面画的是一块蛋糕。当然,还要钱,很多的钱。爸爸那本书写出来了,得了一些钱。这是阿宝阿姨告诉雯雯的,钱是邮局送来的,阿宝阿姨在收条上盖的图章。

排队要有耐心,要排上几个小时才能吃到饭。爸爸排队远远没有雯雯耐心,他总是大踏步地踱来踱去,踱来踱去。不过,他也不敢中途退出,总算是坚持到底了。看来,人还是要吃的,"宁可不吃",不过是说说而已。

可是,假如没有很多的钱,就真的饿肚子吗?雯雯没有饿过肚子,她觉得人是不应该饿肚子的。有一次,她跟爸爸到老大昌吃点心,看见门口站着两个男孩,脸蛋紧紧贴在玻璃橱窗上,把鼻子都压扁了。他们用手指点着橱窗里的蛋糕:

"这块给爸爸吃。"一个说。

"这块给妈妈吃。"另一个说。

"这块给姐姐吃。"

"这块给你,这块给我。"

爸爸看着他们,先是笑,然后便沉默了。雯雯则感到,没有东西吃是十分悲惨的。她算有的吃了,可还馋,随时都可进食。

这时候,还经常传说抢劫的事情。抢的最多的是食品,被抢的最多的是小孩子。

一天,妈妈带雯雯去食品商店,买了个水晶包子,让雯雯坐在桌子边上吃，自己到别的柜台上买东西去了。雯雯捧着包子，珍惜地一小口一小口吃着，吃了半天也没接触到馅。她忽然发现桌子对面有一个老头，正对着她笑，笑着笑着忽然张大了嘴巴，"啊呜"一下合上了，然后又笑着张大嘴巴，"啊呜"一声合上。雯雯心跳加速了，她觉得他马上就要扑过来了，马上就要夺走她的包子了。她想喊妈妈，可是不敢出声，她想把包子放在桌上，自己赶快逃跑，可动弹不了。她机械地啃着包子，咬破了一个洞，糖馅流了下来，顺着手腕，热热的，黏黏的。老头对她笑着，大大地张开嘴巴，威吓地"啊呜"一声闭上。雯雯马上就要尖叫起来了，她从没经受过这么大而且这么贴近的恐惧，她要不顾一切地尖叫起来了。这时，妈妈来了。她把包子交给妈妈，浑身打着哆嗦。

"不吃了？"

她说不出话来，眼睛看着那老头。老头哈哈一笑，起身走了。

"回家吧。"妈妈拉着雯雯走了，什么也没发觉。回家的路上，雯雯终于缓过气来，把那场危险的遭遇告诉了妈妈，可她却无论如何传达不好那种恐惧的心情。妈妈笑了起来，说：

"老爷爷逗你玩呢！"

"不，不是的。"

"老爷爷喜欢你呢。"

"不是的，不是的。"雯雯连连摇着脑袋，那恐惧是无论如何与"喜欢"联系不起来的。她不晓得世界上有许许多多不相干的事情却都奇奇怪怪地联系着。她只是一心一意地体味着这莫大的威胁和恐惧。相比之下，那黑窗口的恐惧不由得模糊起来，虚渺起来。

舅舅带着阿卫来了,大家一起排了三小时队,吃了一顿西餐。阿卫把肉骨头仔细地收拾起来,用纸包好,要给阿白带回去。

"阿白已经有好久好久没尝过肉味儿了。"阿卫说。阿卫这次来比暑假里高出一个头,人却瘦得很,细细的脖子上露出蓝颜色的筋。

"阿白好吗?还会站起来吗?还会再见吗?"雯雯重新又想起了阿白,提了一串问题。

"你自己来看好了。"阿卫冷淡地说,他对雯雯霏霏迟迟不去看阿白,很有些不满。等他们走后,雯雯又开始缠着妈妈,要上舅舅家去。

这一天,阿卫给霏霏雯雯来了一封信,他居然会写信。可贵的是他居然能想起来写信,这使得事情有了一种庄严的气氛。信里说,阿白吃了那天带回去的肉骨头,拉肚子了,病得很厉害,快来看看它吧。

妈妈终于决定晚上去舅舅家了。可是她下班回来的时候,带来了四张杂技票子。因此,去舅舅家只能改明天了。杂技很好看,走钢丝、顶坛子,最奇怪的是一个阿姨钻进一个大火箭,只听"轰"的一声,那阿姨出现在天幕上的一个月亮里,正朝大家招手呢。

"真快啊!"雯雯惊叹道。

"火箭嘛。"霏霏不以为然。

"火箭比飞机还快?"

"飞机老早不稀奇了,现在都是火箭啦!"

雯雯张大了嘴,久久说不出话来。她的肚子轻轻地"叽咕"了一声,有点饿。

还有一个最好玩的节目,是小狗算算术。一排小狗坐在椅子上,穿着各式各样的小裙子,小背心,问它:"二加二等于几?"它回答:"汪,汪,汪,汪!"一点不错。

第二天,妈妈带着霏霏雯雯到了虹口舅舅家。阿卫哥哥沉着脸不说话,眼圈儿一红一红。舅舅告诉她们,阿白昨天晚上死了,拉肚子拉死的,最后,拉的是血。雯雯终于没有能看到阿白。

雯雯感到一种很特别的难过。她不想哭,也不想闹,好像是后悔,又好像不是,她说不清是什么滋味。她想,昨天台上那小花狗做算术时,阿白却在死。她想,她还没见过阿白呢,它怎么"再见",怎么立起来走路,她没见过,再也见不着了。

妈妈说:"真遗憾。"

哦,这种难过叫作遗憾,雯雯想:"遗憾是很难过的。"

这天夜里,雯雯做梦了。她梦到自己忽然从一个很高很高的楼上摔下来,心里害怕极了,想叫,叫不出声。身子直往下落,却落得好慢,好像在飘,慢慢地慢慢地飘下来,总也飘不到地。早上醒来,她把这个梦告诉阿宝阿姨,阿宝阿姨说:

"你在长高。"

"真的吗?"

"真的。"

可雯雯还有点不明白,长高,应该是往上长,为什么却是往下落呢?可是阿宝阿姨坚持说这是长高,雯雯也就相信了。

雯雯确确实实在长,长高,长大,过了夏天就要上小学了。

第二章

爸爸到农村体验生活,写一部知识分子终于和工农相结合的小说。

妈妈在跑工厂,要把一批工人培养成作家。

少先队开展歌咏活动,上千个小朋友一起唱:"我有一个理想,一个美好的理想,等我长大了,要把农民当……"

这一年,雯雯在长个子了,比小朋友们高出半个头。人家喊她留级生,她很难堪,老弯着腰,有点驼背了。

一

"小朋友们,你们好。"许老师笑盈盈地对着小朋友们说。

小朋友们愣着,无言以对。他们第一天来学校,什么都不懂呢。停了一会儿,老师准备接着往下说了,却响起了一个声音:

"老师好。"

那声音很轻,很弱,只不过是嗫嚅了一声。但教室里很静,听起来还是很清晰的。大家全向声音转过头去——雯雯背着手,挺着胸,脸涨得通红,但却勇敢地迎视着大伙惊讶的目光。上学前半个月,霏霏就在家里训练雯雯:

"坐得要直，手背在身后，胸要挺起——是挺胸，头不要抬这么高。见了老师要问好。老师说：'小朋友们好！'小朋友们就要回答：'老师好！'懂了吗？"

雯雯练习了整整半个月。果然，在这教室里，就数她坐的姿势最正规了。刚才老师向大家问好，她尽管很胆怯，犹豫了一小会儿，可最终还是说了"老师好"。

老师对着她微笑了，点点头，然后说："从今天起，小朋友们就是一年级小学生了。我们先来选一个班长，好吗？小朋友们坐坐好，我来看看，请哪一个小朋友来当班长。"

大家的表情顿时严肃起来，有点紧张。老师背着手在课桌前踱过来，踱过去，走到雯雯面前时站住了。她端详着雯雯，又微笑了一下，然后转过身对着大家说："咱们就请这个小朋友当班长，好吗？"大家从四面八方打量着雯雯。雯雯被看得低下了头，可心里却十分快乐，兴奋得红了脸。放学回到家，还没进门，她就喊了起来："我当班长了！"

班长的职责十分简单，只需在上课之前，站在老师旁边，喊："起——立——"然后再喊："坐——下——"就完事了。可是雯雯仍然感到有点困难。

她怕羞，当着这么多人的面，她说话的声音一下子小了很多，像蚊子叫似的。有一回，几个坐在后排的调皮男生，大声地喊了起来："听不见，我们听不见。"老师也对她说："声音响一点嘛！看你平时说话声音蛮响的嘛。"雯雯心里很难过，下决心要说得响亮一些。放学回到家，她就反复练习，声嘶力竭地喊："起——立——""坐——下——"阿宝阿姨觉得很好笑："才几个字，用得着下这么大功夫！"

雯雯不理会，依然练。阿宝阿姨又说："你喊不好，让别人喊好了。"

雯雯急得跳脚:"这是老师让我喊的。"

她准备得很充分,心想:明天喊"起立",一定要叫老师满意,她很不安地等待着这个时刻。

上课铃响了,大家全坐好了,就等着一声"起立"。可是没有声音,老师身边没有人。四下里一找,雯雯坐在自己位子上,背着手,挺着胸,紧张地睁大着眼睛。

许老师皱起了眉头。

雯雯红着脸,赶紧跑上讲台。

"以后别忘了!你看耽误了好几分钟时间。"许老师嘱咐。

"嗯。"雯雯使劲儿点点头,心想以后再不敢忘记了。可越想着不忘,忘性却越大,不过三天,她又犯了一次错误。一回,两回,三回,许老师有些不耐烦了。

雯雯的座位在里面,走进走出都需要同桌的男生站起来让。那男生名字叫陈建江,平时闷声不响,脾气却很大。雯雯喊过"坐下"之后,回到位子上,劳驾他起来让一下,他很不满意。开始,他只是用眼睛瞪雯雯,而后就骂雯雯:"烦死了,死小姑娘。"接着是威胁:"明天不让你进去了。"最后,终于动手了。雯雯从他身边走进去时,他提起拳头就给了雯雯一下。雯雯哭了,老师让陈建江给雯雯道歉。他马马虎虎地说了声:"对不起。"一声"对不起"怎么能补偿这偌大的委屈呢?雯雯还是哭,老师说:"他向你道歉了,你还要怎么样呢?"雯雯不敢哭了,硬忍着,眼泪却更加汹涌澎湃,足足流了半堂课。第二天,她生病了,发高烧。

老师终于发现了自己判断的错误:雯雯做班长是很不合适的。她及时地纠正了这个错误,在雯雯生病的时候,另选了一个名叫方平的女生把她换下来了。

这纯粹是一场误会,在这场误会中,雯雯自始至终都感到莫名的委屈。这么结束了,虽有些难堪,但她终究觉得轻松了。

不过,她仍然很难合群。她个子比同班的小朋友都要高出半个头,因此,玩跳皮筋时,小朋友们都不大情愿和她一起来,那是很不合算的。她跳的时候,长腿一够一够,很容易赢,而轮到她拉着皮筋让别人跳时,别人就太吃亏了。她一举手,把皮筋举那么高,叫别人怎么够得着。雯雯说,她不一定非举那么高不可,她可以稍微放低一些。可是同她一家的小朋友又该坚决反对了,她可不愿意牺牲雯雯的优势。这么一来,局面就变得很复杂,雯雯只能说:"算了,我不来了。"班级里偶然要排一个小节目,愿意参加的小朋友,举起手来。雯雯犹豫着,不好意思地也举了手,可老师从她身边走过,没有挑她。她的个子会使队伍不整齐,而集体表演最要紧的是整齐。集体出去搞活动,看电影或者上公园,大家排成二路纵队,一个对一个地拉着手。偏不巧,全班人数是单数,排到最后,必有一个人没人拉手做伴,这个人就是雯雯。大伙儿手拉手地走着,雯雯一个人孤单单地跟在最后。有时候,马路上的行人会指着雯雯说:"这个小朋友一定是留级生。"于是,班上有些调皮男生开始喊雯雯"留级生"了。雯雯开始为自己的身高感到羞愧和烦恼,她不由自主地弯下背,低下头,好像这样便矮了一点似的。可是并没有用处,只落了个驼背的习惯。

不过,这些羞辱与雯雯在学习成绩上的骄傲比起来,是算不得什么的。雯雯很喜欢学习,做算术、写字,都极有兴趣。她永远是迫不及待地想要知道得更多一点,就好比小时候她渴望尝到所有的滋味儿一样。常常是,老师刚教到第十课,她已经把第十五课、第十六课的内容都学会了。要不是她常常粗心的话,她门门可以得五分。由于学习成绩好,那些成绩不好,常常给老师留晚学的同学,她是不屑于理睬的。于是,雯雯学生手册上品德评语的一栏中,许老师用很潦草的字体大大地写着:

"和同学们的关系不太融洽,有点孤僻,不合群。"

霏霏也说:"妹妹总是一个人,总是一个人。"霏霏和雯雯在一个学校,和小时候一样,霏霏的好朋友总是很多,什么活动都少不了她:到少年宫接待外宾啦,合唱团啦,美术小组啦——天晓得她怎么会到美术小组去的,她曾经画过一个苹果,一半是红的,一半是绿的,红和绿逐渐汇合,掺和相交在一起,那苹果便显得十分可怕。同学们都喜欢和她在一起,她也喜欢和同学们在一起。妈妈对雯雯说:"你要多和同学们在一起。"

雯雯感到很困难。她是想和同学们在一起的,可她实在不知道该怎么才能和同学们在一起。直到下半学期,她才交上了一个朋友。

这是一个很漂亮的女孩子,长长的睫毛,大大的眼睛,皮肤很白,嘴唇很红润,冬天总是戴一顶白颜色的带尖顶的毛茸茸的帽子,像个大洋娃娃,而且有一个洋娃娃似的名字,叫忻娜娜。

忻娜娜的学习成绩很好,而且很全面:体育、唱歌,样样都行。她在班上也挺孤独,不过那孤独的原因是与雯雯决然不同的。排演节目,她不举手,老师也选她,可她不要参加,放了学,提起书包就走了。集体出去搞活动,她永远不和旁边的小朋友拉手。可是不知道怎么,她却愿意同雯雯好。雯雯很高兴,想起了阿宝阿姨关于缘分的理论。心里断定,自己和娜娜有缘分。娜娜邀雯雯上她家做功课,雯雯去了。

娜娜家是很大的,而且很漂亮。打蜡地板又亮又滑,必须小心地慢慢地走，否则就会跌跤。娜娜自己有一个单独的小房间，有一架钢琴，娜娜在钢琴上漫不经心地弹了一支《东方红》，是用一只手弹的，小手指头高高地翘着，像一只小鸟。钢琴上放了一排娃娃，从大到小，有男有女。靠墙放一张床架高高的小床，铺着绣花的床罩，床边小柜上有一架留声机。墙上挂着娜娜一张很大的着色的照片。娜娜的妈妈和娜娜一样好看，而且眉毛更黑，嘴唇更红。她管娜娜叫"囡囡"，好像娜娜是个小毛头似的。

"囡囡，肚子饿吧？"说着便端来一碟小蛋糕。娜娜请雯雯吃，雯雯羞红了脸，怎么也不肯吃。娜娜只好一个人吃，她若无其事，雯雯却很难堪，心怦怦跳着，转过头去不看她。直到娜娜吃完了，雯雯才松了一口气，放下心来。做功课时，娜娜放了一张唱片，这是一个配着音乐的故事："在美国，有两个流浪儿，一个叫金发，一个叫银发……"

于是，她们一边做功课，一边听音乐，一边还聊着天。

"方平唱歌唱得蛮好。"雯雯说。

"不好，一点儿不好。"娜娜直摇头。

"高音，她都能唱上去呢，声音很尖的。"

"那是硬挤出来的声音。"

"真的？"

"当然是真的。"

"昨夜，我进入梦乡……"留声机里在唱。

"于小蔓今天又动气了。"

"她也太会动气了，一碰两碰就会动气。"

"她跳皮筋老输。"

"自己输的，怪谁呢？"

"她的鞋不好，褡襻老是勾住橡皮筋。"

"唱吧,跳吧,心里多么快乐……"

"做好功课,我带你去一个地方,可好玩儿啦!"娜娜说。

"什么地方?"

娜娜不响,只是神秘地笑。雯雯飞快地写着生字,一个比一个大,下一行,又一个比一个小。

作业终于做完了,娜娜领着雯雯,轻轻地上了楼梯,上到第三层,楼梯没有了,到顶了,很黑很暗。待了一会儿,雯雯的眼睛才适应过来,看见墙跟前,斜靠着一把没有扶手的梯子。雯雯跟在娜娜后面,颤颤巍巍地爬上梯子,原来,墙上还有一扇小门。

"吱扭"一声,小门推开了,这是一个很大的阁楼。天花板是斜下来的,顶上的老虎天窗口,透进来一方朦朦胧胧的昏黄的阳光。阳光里,团团地飞扬着细细的灰尘,因此,便成了一柱昏黄的烟。阁楼的角上,挂着蜘蛛网。阁楼有一股淡淡的霉味儿。地板上乱七八糟地堆着生了锈的床架,破沙发垫,瘸了腿的长西餐桌,盖满灰尘的大衣柜,还有一盏很大却没破的吊灯,忻娜娜从上面摘下一颗玻璃珠子,送给雯雯。起先雯雯不要,推辞了一会儿,实在推辞不掉。娜娜坚决要送给她,而且雯雯也实在抵制不了那珠子灿烂光彩的诱惑。她郑重地把珠子包在手绢里,放进口袋,收下了。

"雯雯,来找我!"娜娜叫道,雯雯抬起头,娜娜不见了。四下里看看,仍然没有娜娜的人影。雯雯便在杂物堆里爬来爬去找了起来。结果,在一口破橱里找着了娜娜。雯雯拖娜娜,娜娜赖在橱里不肯走。雯雯个儿大,使劲一拖,把她拖出来了。娜娜脚没站稳,扑在雯雯身上。雯雯没防备,于是两个人抱成一团摔倒在沙发垫子上了,蓬起了一团灰。两人"咯咯"地笑成一团,爬也爬不起来。

"你们家真好。"雯雯终于坐了起来，摸摸口袋，那珠子还在，她放心了。

"我们家不好。"娜娜也坐了起来。

"怎么不好？"

"成分不好呀，"娜娜认真地说，不笑了，脸上横七竖八抹了很多灰，"我们是资产阶级。"

"资产阶级？"

"哥哥老和爸爸吵，说爸爸害他不能入团。爸爸叫他滚！"

雯雯说不出话来了。

"雯雯，你们家好玩吗？"

"我们家？"雯雯想着，"有一个小花园。"

"有花吗？"

"没有，只有草，"雯雯抱歉地说，她努力想着，"有个姐姐。"

"她会骑自行车吗？"

"不会，"雯雯感到惭愧，"哦，我们后弄堂对面，有一个黑窗口。"

窗口，黑洞洞的，嵌在灰拓拓的墙壁上。那墙壁斑斑驳驳，石灰剥落了几片，露出暗红色的砖块。墙根长了几丛枯黄的野草。

雯雯和娜娜站在狭窄的后弄堂里，望着那窗口。暮色渐浓，弄堂口的路灯亮了。

"那窗口里，从来没有亮过灯。"雯雯小声说。

娜娜紧紧地拉住雯雯的手。

"有时候，那里会有影子晃来晃去，是鬼。"

黑窗口里，似乎真有什么在晃，影影绰绰的。

"鬼？"娜娜的声音在颤抖。

"人死了，总要留下一个魂，在世界上飘来飘去。"

"哦——"娜娜轻轻地惊呼了一声。

天色，很快地黑了下来。娜娜如何回家，就成了一桩很大的问题。雯雯把娜娜送过那黑洞洞的窗口，送到弄堂口，可是雯雯又怎么回去呢？于是娜娜又把雯雯送过黑窗口，然后再由雯雯送娜娜，再是娜娜送雯雯……

雯雯和娜娜成了好朋友，雯雯学生手册的品德评语栏中，老师这么写了："只和个别同学接近，集体主义观念很不强。"对雯雯仍然不满意，雯雯却很满足：她有朋友了，她决心好好地待这个朋友。她和娜娜越来越好，好得分也分不开。

课间休息，她俩在一起跳短绳，踢毽子，玩一切不需要第三者加入的游戏。放学了，她们在一起做功课，今天上娜娜家，明天上雯雯家。每次分手时都要反反复复地说："再见。"每次见面，都像隔了三个月没见似的，老远就飞奔着跑拢来。

她们在雯雯家的小院子里种下很多东西，西瓜子、南瓜子、葵花子、黄豆、珍珠米等等，又松地又浇水。忙了半天，最后只有两根葱栽活了，长出两根细细的绿苗苗。她们商量着学北方人那样，用饼子卷着葱吃，她们曾在一个电影上看到过这种吃法。雯雯求阿宝阿姨摊了一张面饼，一人分一半，再一人摘掉一根葱，卷在半块饼里，吃了起来。生葱很辣，说不上是香还是臭，有点呛鼻，夹着搅了鸡蛋、煎得黄澄澄的面饼，那味道莫名其妙极了。她们默默地吃完了，一时上谁也谈不出任何感想，只是一个接一个地打着气味怪诞的嗝儿。

有时候，她们走出院子，扒在门前黑篱笆上，看女子中学的学生做操。那些女学生总是咯咯地笑，笑得直不起腰。

"像疯子一样，"娜娜说，"我不要进女子中学。"

"我也不进。"雯雯赞同。

"我们毕业了，一起考圆明中学。"圆明中学是一所重点中学，男女同校。在娜娜家的阳台上能看见这学校的一角，那气氛比女子中学庄严多了。

她们已经要好到了这样的程度，彼此对对方的要求提高了，成了一种苛求。于是她们渐渐开始生气了，吵嘴了。

"雯雯，走呀！"娜娜叫。

"等一等，我把这块纱头拆好。"雯雯飞快地拆着一块粉红色的纱头。这是好不容易从于小蔓那儿讨来的。小朋友们都喜欢拆纱头，劳动课上很难得让大家拆一回纱头。而于小蔓却有大量的纱头可以拆，一下课就用一只汽水瓶盖子快快地拆着，大家羡慕得了不得，纷纷向她去讨。讨到讨不到，全凭她的情绪。而她难得有高兴的时候，经常是在生气。

"快点呀！等你呢！"娜娜急了。

"马上就好了。"雯雯也急了，偏巧又打了结，拆不动了。她把纱头还给于小蔓，于小蔓噘起了嘴："拆成了这样给我？你赔！"

看来只能拆完它了。雯雯使劲地扯着纱头的边缘，额头上冒出了汗珠。而娜娜一扭身，走了。等雯雯终于拆完了这块倒霉的纱头，追出去时，娜娜连影子也不见了。假如这时雯雯再追到娜娜家里，那也没事了。偏偏雯雯也会动气："不等拉倒！"一扭身，回了自己家。

第二天，她们不说话了。娜娜心里说："我知道你是想和于小蔓好，搭什么架子！"雯雯心里说："我知道你是故意不和我玩，有什么稀奇！"

第三天，她们还不说话，娜娜心里说："你先来和我说话。我才和你说。"雯雯心里说："你先来和我说话，我才和你好。"

第四天，她们仍然不说话，娜娜心里说："你先朝我笑，我就和你说话。"雯雯心里说："你先朝我笑，我就和你说话。"

第五天，娜娜忽然和于小蔓好了起来，给于小蔓讲故事听，于小蔓给了她三块纱头拆。雯雯瞅着这些，很愤慨，也考虑着物色一个新朋友，便去和留级生魏玉娥好。她所以选中魏玉娥，是因为她和自己一般高。她教魏玉娥做算术，魏玉娥送给她两根鸡毛。雯雯觉着，魏玉娥要比娜娜好相处得多，她很随和。魏玉娥见雯雯和她好，很高兴，一有时间就偎着雯雯，有一搭没一搭地找话说。可雯雯却有点烦她，和她玩不起来。

第六天，于小蔓把一本童话书还给了雯雯，这是雯雯借给娜娜的。于是雯雯便把那颗吊灯上的珠子让魏玉娥还给了娜娜。

局面就这么绝望地僵持着。到了第十天，老天忽然给了她们一个机会。上算术课，老师让雯雯到黑板上去做道题，雯雯从两排课桌间走过去，口袋里的手绢落在了地上，当时她没发觉。从黑板前回来时，却看见自己的手绢放在了娜娜的桌子角上。雯雯拿了手绢，忽然对娜娜说了声："谢谢你。"她的脸唰地红了，娜娜的脸也红了。

下午，她们就恢复了友谊。

这么吵吵好好，好好再吵吵。越是好就越是挑剔，吵得也越凶，彼此就有了一些失望。她们的吵架越来越有了一种严肃的意义。

"别以为你有什么了不起。"雯雯说。

"你呢？你以为你就有什么了不起？"娜娜说。

"你真自私!"

"你太自私了!"

她们都很自私,都还没学会宽容。渐渐,她们之间有点淡淡的了。虽然还是形影不离,不过,那狂热的高潮已经是过去了。

二

老师说,要成立学习小组了。每天放学以后,一个小组的小朋友在一起做功课,这样可以互相督促,互相帮助。学习小组是根据地段划分的,家靠得近的小朋友分在一个组里。雯雯他们这一组,只有四个人,雯雯、娜娜、于小蔓,还有陈建江。

雯雯和陈建江坐同桌,已经坐得苦透了,想不到还要在一起开小组,雯雯打心底里不乐意。这个陈建江,好像和谁都有仇似的。有一次,他在校园里打一只野猫,用棍子打,打得那么狠,那么毒。雯雯看了一连几天心里不舒服,一吃饭就想吐。他恨每一个人,而所有被他恨的人中间,又是最恨雯雯。雯雯穿件新衣服,他也要骂一声:"小阿飞!"雯雯早饭来不及吃,在教室里吃面包,他就骂:"当心噎死!"雯雯已经非常当心了,走进走出,缩手缩脚的,尽可能不碰到他,坐位子也尽可能让他,可他还找事,常常把雯雯惹哭。雯雯告诉老师,老师只会让他向雯雯说:"对不起。"说一声"对不起"又有什么用呢?

娜娜帮雯雯出主意,要她回家告诉妈妈,让妈妈帮她到学校去和校长说,把她的座位换开。可是陈建江把她的脾气给惹上来了,她心里说:"就不换开,就坐在这里,怕你吗?"同时,暗暗策划着,要给他一点颜色看看。雯雯比他高出半个头呢,也比他胖,要真打,不见得打不过他。就在这一触即发的关头,发生了一桩事，使得雯雯自动放弃了这个自卫还击的计划。

星期天，她和阿宝阿姨到隔壁弄堂口的老虎灶去喊水洗澡。老虎灶成年累月烟熏火燎，这弄堂变得十分龌龊，黑乎乎的墙，湿漉漉的地，飘着煤烟的空气。弄堂里正有一个妇女在打孩子，用鸡毛掸子狠狠地抽。那孩子抬起胳膊挡着。旁边有人大声对那孩子说：

"快哭，快讨饶，傻小孩！"

可那孩子就是不哭，也不讨饶，于是那鸡毛掸子便一下比一下重地落在了他的胳膊上。雯雯看得直打哆嗦，手都凉了。这时，她忽然认出了那孩子，"陈建江！"她差点儿要喊出声来。

一个老太太感叹道："没有娘的孩子，真是苦哇。"

阿宝阿姨问："那女人是后娘？"

"是亲娘能这么打？人也要打死了。"老太太撩起衣襟抹了抹眼泪，阿宝阿姨也跟着抹眼泪。

雯雯怔怔地站在那里，不知怎么，她想起了那次，陈建江打小猫的事，她又要想吐了。

雯雯决定，要对陈建江好。

第二天，她走进教室，在陈建江旁边坐下，心里盘算着对他说句温暖的话。可是说什么呢？雯雯不知道什么话才是温暖的。忽然看见他手腕上有一条紫色的印痕。她伸出手，去抚摸那伤痕：

"疼吗？"

陈建江拿起垫板就朝雯雯手上剁去。雯雯赶紧缩回手，铅皮垫板剁在桌子上，桌上留下了一道印子。

雯雯一下子泄气了。

学习小组在娜娜家活动，娜娜妈妈让他们在楼下厨房里做功课。每天放学，娜娜、雯雯、于小蔓三个人一起走，陈建江远远地跟着。到了娜娜家，三个女生围着一张靠墙的方桌，各占一方。陈建江背着书包站在窗台跟前做作业，做完就走。后来，老师又布置，让做完功课后再在一起活动活动，做做游戏啦，讲讲故事啦。搞什么活动呢？娜娜和于小蔓说要来跳皮筋，陈建江不干："这是小姑娘玩的。"

娜娜说："你又分男女生了，少数服从多数。雯雯，对吗？"

雯雯看看娜娜，又看看陈建江，说："你想玩什么呢？"

陈建江有意为难地说："打弹子，来吧？"

娜娜火了，拉过雯雯："让他一个人打弹子好了。我们跳橡皮筋。"于是，她们三个跳橡皮筋，陈建江一个人打弹子。一个人打没味儿，打了一会儿，还是走了。谁也不留他。娜娜一边跳皮筋，一边说："就咱们三个人一个小组好了，让他去和男生在一起好了。"

于小蔓说："我们明天就去和老师说。"

雯雯不响。

第二天，娜娜真的和老师去说了。老师考虑了一下，把陈建江调到另一个组，那组里全是男生。可是陈建江和男生也搞不好，男生们都不喜欢他，孤立他。终于有一天，他一个人和他们五个人打了一架。第二天，他又回到了娜娜家的小组，额头上凸起了一个肿包，袖子上多了一块补丁。他依然站在窗台前做功课，做完就走。

这一天，娜娜生病了，扁桃腺肿大，发烧。开小组只能换地方了，暂时换到雯雯家里。正做着功课，忽然妈妈回来了。雯雯把手里的笔一摔，朝妈妈扑了过去。妈妈高兴地告诉雯雯，她这么早回来，是为了去参加文联的一个联欢会。联欢会上有电影，有演出,还有糖果点心。每张请柬可以带一个小孩子,妈妈准备带雯雯去。雯雯激动得话也说不清了,心急慌忙地收拾起桌上的作业本,乱七八糟地往书包里塞着。于小蔓早已知趣地在整理书包了。可是陈建江一动不动,嘴里咬着铅笔头,忽然说道:

"现在开小组,不可以走。"

"我有事,我妈妈要带我出去。"雯雯语无伦次地解释着。

"你去向老师请假好了,"陈建江蛮不讲理地说,"要不然,我去告诉老师。"

于小蔓说:"让他去告诉老师好了,咱们走,让他在这里开小组,假积极!"

"开小组不开,自己出去玩,这种人可以戴红领巾?哼!"陈建江恶狠狠地说。前不久,大家都交了入队申请书。他们快九岁了,入队,成了他们最最热心向往的事。

雯雯气得一句话也说不出来,于小蔓直推她:"走嘛!别理他。"陈建江耍赖地叫:"噉,噉!不请假就不开小组噉!噉,噉!不请假就不开小组噉!"

雯雯嘴唇微微哆嗦着,她咬住嘴唇,重新打开书包,把作业本和课本取出来,坐下了。陈建江这才住嘴,不响了。

"雯雯,走呀。"妈妈换好衣服,梳好头发,招呼雯雯了。

雯雯摇摇头:"我不去了,要开小组呢。"

妈妈奇怪地看看大家,说:"早点结束行吗?"

于小蔓和陈建江一声不响,埋头写字。

雯雯大声烦躁地说:"不行,不行!"

妈妈有点生气了:"不去也好,在家做功课吧。"

妈妈走到门口,又停了一会儿,又一次问:"你真不去?"

雯雯呜咽着说:"不去。"

妈妈走了，门轻轻地关上了。雯雯的眼泪掉了下来。屋子里很静很静，铅笔写在纸上沙沙作响，雯雯轻轻地抽泣着。

然而，事情就此却有了意外的变化。

第二天，雯雯不小心踩了陈建江的脚，心里准备着被他"踩"还，这往往是变本加厉的。不料，他一声也没响，看也没看雯雯一眼，好像根本没觉出那一脚似的。

语文课上，陈建江把字写得歪歪扭扭的，他功课还不坏，就是字写得难看。雯雯忍不住说："写字要横平竖直。""你写得好死了！"陈建江回敬她，不过口气已和以前大不一样了。雯雯便认认真真地写了一行给他看。雯雯的字也不算好，可是写得很干净，并且确实是横平竖直，像火柴梗搭出来的。陈建江斜着眼睛瞅着。

上体育课，爬竿。雯雯看见爬竿就怕，她怎么努力也还是爬不上去，她沮丧地坐在沙坑旁边发呆。忽然，有人在她耳边说："笨死了，赤脚爬好了。"回头一看，是陈建江，他正冷冷地藐视地看着她。雯雯决定试试，把鞋袜脱了，果然好了许多。脚心有点湿，使得竹竿不那么滑了。她终于爬上了二三十厘米，老师吹了声哨子"嚯——"通过了！雯雯一激动，几乎是摔了下来。

陈建江又和同学打架，老师批评陈建江不该动手。陈建江说："他们先骂我的。"雯雯出来作证了："是他们先骂他没有爷娘教训！"于是，形势有了改观，各打四十大板，草草了事。

他们之间，渐渐地友好起来，互相帮助，互相袒护。可是谁也不明说，脸上依然是冷冷的，平时没有一句闲话，半点玩笑。那友好，成了一种默契。

转眼间，"六一"儿童节到了，马上就要批准二年级的第一批少先队员了。大家都很兴奋不安。第一批名单宣布了，宣布名单时还出了一个差错。老师读完名单,却没有雯雯的名字。这是绝不可能的,雯雯已经满了九岁,学习成绩好,上课纪律好,怎么会没有雯雯?雯雯脸都白了,一动不动地坐着,背着手,挺着胸。老师很快发现了这个错误,原来,应该是没有娜娜的名字,因为娜娜的生日是七月份,到"六一"节她还不满九周岁。于是赶紧把娜娜名字抹掉,写上雯雯。这下轮到娜娜脸白了。她的脸白了一阵又红了,脸红了一会儿,她终于哭了。老师安慰她:没有被批准完全没有别的原因,只是因为年龄不够。劝了好一会儿,她才不哭,这场风波算平息了。只是见了雯雯,她们彼此都有些不自然,好像她的名额是被雯雯夺去了似的。接下来就是选举中队干部和小队干部。

有人提雯雯名了,可是附议的人很少,有人大声说:"雯雯不行,雯雯不关心集体。"

"雯雯功课好!"有人帮雯雯说话。

"雯雯一放学就往家里跑,只和少数人要好。"

雯雯背脊上出汗了。

"雯雯关心集体的,"陈建江忽然站了起来,大声说,"有一次我们开小组,她妈妈要带她去看电影,还看戏,还吃东西,她就不去,就要开小组。"

雯雯眼睛都湿了,鼻子一阵阵发酸,她低下头,不去看陈建江。陈建江脸涨得通红,站在那里,像一只好斗的公鸡。

放学后,雯雯忽然对陈建江说:"上我们家去吧!"

"今天又不开小组。"他说。

"不开小组,我们自己玩好了。"

"跳橡皮筋啊?"

"不跳,随便你玩什么。"

陈建江搭了一会儿架子，做出极不情愿的样子说："去吧，去吧……"

陈建江对雯雯家的院子很有兴趣，第二天放学，他对雯雯说："我帮你们家种花吧，你们家院子光秃秃的，难看死了。"他果然从口袋里摸出了几颗种子。

细细地刨土，挖坑，浇上一点水，然后便耐心地等种子发芽。雯雯很性急，实在忍不住了，偷偷地扒开土看那种子。她惊喜地发现，那种子裂开了一个小口，吐出嫩嫩的一点芽。她赶紧去告诉陈建江，陈建江一忍再忍，才没动手给她一拳。过了两天，那芽儿终于顶出土来了。陈建江望着那绿绿的小芽儿，眼光变得很温和。

"它是绿的。"他说。

"是绿的。"雯雯说。

"它还要长的。"

"要长的。"

"你不许碰它啊！"陈建江瞪了雯雯一眼。

"我不碰它。"雯雯赶紧说。

陈建江不再说话，看着小芽儿，搓着小芽儿周围的土，搓得很细很细。

雯雯忽然有点心疼他。她朝他跟前蹲了蹲，轻轻地说："你妈还打你？"

"关你什么事？"陈建江机警地看了她一眼，脸又绷紧了。

雯雯不敢吱声了。

过了一会儿，陈建江眼睛看着她说话了："我才不怕她呢。等我长大了，赚钱了，就不给她用，她来讨也不给。"

"给你爸爸吗？"

"看在我妈妈面子上,给他用一点,我的钱全给妹妹。"

"你还有妹妹?"

"妹妹还没看见过妈妈呢,她挺可怜的。"

"哦。"

"我妈妈可好看了,不像娜娜妈妈全靠打扮,我妈妈是天生的。"

他不再说话,对着小芽儿出神,雯雯不知道该怎么安慰他,过了一会,她忽然说:

"我告诉你一个秘密。"

"什么秘密?"

"你跟我来。"雯雯站起身就走。

"你看,那个窗户。"

陈建江看了一眼那窗户,又看看雯雯。天色很暗,路灯亮了。

"那窗户从来没亮过灯,一直是黑洞洞的。"

陈建江看看雯雯,又看看那窗口。

"有时候,那窗口里会有影子晃动。"

陈建江看看雯雯,又看看窗口。

"那是鬼在飘。"

陈建江忽然说话了:"你再瞎说我揍你,那是我们家。"

雯雯的眼睛瞪起了。

"这窗口是楼梯拐角上的窗口,我们楼梯上没有装灯呀。"

雯雯还是瞪着眼。

"你不信?我带你去。"

雯雯跟着陈建江,摸索着走上一条漆黑不见五指的楼梯。

"等等我。"雯雯小声叫,声音有点发抖。

"小姑娘胆子真小。"陈建江不情愿地拉住了雯雯的手。

拐了一个弯,陈建江停住了。前面有一扇玻璃灰蒙蒙的窗户。陈建江使劲摇了几下,才拔起生了锈的插销,推开窗户,落下一阵灰尘和腐朽的木屑。

雯雯看见了自己从小熟悉的后弄堂,自己家的后门。后门口,坐着阿宝阿姨。阿宝阿姨在择菜,身边那只篮子,远远看过去,小得像玩具似的。

三

不久,少先队选举结果公布了。陈建江所提的那桩事情很有说服力,雯雯终于被选上了,当上了小队副。除了脖子上的红领巾外,雯雯胳膊上还有一道红杠。在少年宫的草坪上,面对着刘胡兰姐姐的塑像,高年级大哥哥大姐姐给她戴上红领巾,佩上小队副标志,她幸福得快要哭了。队鼓咚咚响,队号很嘹亮,少年先锋队队歌庄严而雄壮。她举起右手宣誓:

"时刻准备着。"

她的声音融入大家的声音,她听不见自己的声音了,可她还是热情地大声喊:

"时刻准备着!"

她懂得了共产主义,懂得共产主义是大家,也包括她雯雯将努力奋斗之一生的目标。她成日价在家里唱:"我们是共产主义接班人。"

阿宝阿姨向她打听:"共产主义是什么样子的?"

雯雯说:"共产主义是天堂呀,吃的、穿的都不要钱,你要多少就拿多少。"

阿宝阿姨不理解："这不是要抢起来了。"

"不会的，那时候，人民的觉悟都提高了，不会抢的。"

阿宝阿姨仍然怀疑："要是有人觉悟不高呢？"

雯雯急了："不会，人人觉悟都高了，才能到共产主义呢！"

阿宝阿姨恍然大悟："哦，原来，共产主义就是人人觉悟高哇！"

雯雯反倒糊涂了。

这时候，全国上下都在轰轰烈烈地学习雷锋。学校里一放学，小朋友们就四处找好事做。

一个小男孩自个儿站在马路边上，嘴里含着一根手指头，扭来扭去地东看看，西看看。雯雯和娜娜朝他走过去，问道："找不着妈妈了吗？"

小男孩不说话，依然扭来扭去。

"小弟弟，我们送你回家好吗？"

他斜起眼睛看了一眼雯雯和娜娜，依然不说话。

娜娜搀起他的一只手，雯雯去搀另一只，把他的手从嘴里拉了出来，不料他尖厉地叫了一声："啊——"把雯雯吓了一跳。

"你别急，我们带你找妈妈。"她们安慰他，并且拉他走。

可是他"哇"的一声哭了，嘴张得很大，像一个黑洞。

她们慌了："别哭，我们帮你找妈妈，能找到。"

"哇哇！"他响亮地哭着。

雯雯从口袋里摸出一颗糖，剥掉糖纸，送进他的嘴里。

"哇哇！"他依然哭，那颗绿色的糖在他颤动的舌头上起伏着。

"别哭呀，我们送你回家。"娜娜和雯雯一人拉着他一只胳膊，他则挺着胸大哭，哭声嘹亮。

"你们干什么?"一只胳膊把娜娜拨拉开了,一个中学生站在她们跟前。他胸口佩着一枚团徽,手里拿着一本新书,是从新华书店走出来的。

"他,他……"雯雯结结巴巴,说不出话来了,只是用手连连点着那男孩。

男孩哭诉着:"小娘舅,她们,坏,拉我!"

小娘舅气红了脸,胸口一起一伏,那团徽便一闪一闪地发光,像一只愤怒的眼睛:"现在人人都在学雷锋,你们倒欺侮小朋友。"

"不,不是的……"娜娜也说不出话来了。

男孩不哭了,一抽一抽的。那颗糖已经在他嘴里周转起来,发出"咯咯"的声音。

"还是红领巾,配吗?"中学生拉着小男孩愤愤地走了,留下雯雯和娜娜站在那里发呆,两人眼里都噙着眼泪。

娜娜叹了一口气:"回去吧。"

雯雯也有点灰心,却不肯罢休,东张西望:"再等等嘛!"

天快黑了,娜娜坚持要回家:"功课还没做呢。"

雯雯这才欲罢不能地跟娜娜走了。

一进门,看见阿宝阿姨在炒菜,雯雯忽然想起老师的话:"做好事要从身边做起。"她立即振奋起来,非要帮阿姨炒菜,阿宝阿姨犟不过她,只能由她去了。雯雯蹬着小板凳,围个大围裙,三炒两炒,把菜炒了一地。吃过饭,她又要洗碗,洗过碗,又要拖地,临上床,她才想起作业没做,脑袋一下子涨大了。

学校里要评学习雷锋积极分子先进个人和先进集体了。班会课上,老师让每个同学都把自己所做的好事写下来。老师再三说:

"不要谦虚,要实事求是!"

雯雯一边回忆一边端端正正地写道:

有一天,我看见低年级小同学在倒开水喝,开水很烫,我就帮他端回了教室。

有一天,我在操场上拾到一颗纽扣,交给了老师。

有一天,魏玉娥不会做算术,我就去教她。

有一天,……

雯雯写的时候很注意,注意不要流露骄傲自满的情绪。所以她免掉了一切带有感情色彩的修饰成分,比如,本可以写"我耐心地、满腔热情地帮助了她"。她却很朴素地写:"我就去教她。"

当写完第十五条时,便再也想不起什么了。雯雯很犯愁,托着腮望着窗外发呆。

窗下是街道花园,扫得很干净,花红柳绿的。花园前的马路上,走着一些行人,一个小孩在吃棒冰,棒冰纸随手丢在了地上。有一个大姐姐弯下腰拾起棒冰纸,扔进了废纸箱。

陈建江用胳膊肘捅了捅雯雯。

"干什么?"

陈建江不说话,递过来一张条子。条子上写着:

有一天,我看见陈建江的字写得很不好,就热心地帮助他,告诉他:写字要注意横平竖直,从此,陈建江的字就好起来了。

有一天,陈建江没带手绢,我很热情地把自己的手绢借给他用。

有一天,陈建江上课做小动作,我热情而严肃地批评了他,从此,他不再做小动作了。

陈建江的措辞是很不客气的,不仅大量运用了修饰语:"热心地""热情地""热情而严肃地",而且,每一项行动后面几乎都有辉煌的成果："从此，陈建江的字就好起来了。""从此，他不再做小动作了。"雯雯看着，都觉着难为情了。可是她又不得不承认，上面写的都是事实，她把这些都忘了，她以为这不是好人好事呢。雯雯犹豫了一会，还是红着脸抄了过去，不过把那些太不谦虚的词儿都去掉了。

每个中队选五个积极分子，以所做好事的多少为依据。雯雯和方平并列第五名，老师决定投票选举。选的结果，方平二十二票，雯雯也二十二票，事情就有点复杂了。这时，陈建江举手要求发言：

"雯雯功课比方平好，应该雯雯。"

陈建江支持雯雯，总是无所顾忌的。而他的支持有时并不能起什么作用，他在班上太孤立了，没有朋友。他明明说的是实话，也不会有多少人响应的。果然有人站起来反驳了：

"方平参加集体活动积极，对中队的事情很热心，我们选方平。"

又有人站起来说："雯雯在家像个小姐，看电影还要她家阿姨送，她根本不够格。"非常遗憾，雯雯在家炒菜拖地那一幕谁也没看到。这条意见很有力量，不同意选方平的同学低头议论着，也想找几条方平的缺点。可是找不着，方平没有像雯雯这样致命的缺点。而这时候，雯雯心里展开了激烈的思想斗争。一个月前，方平曾经借过雯雯的皮筋，那皮筋是极好的，全是牛皮筋，双股的，很长，还套有两个洋线轴子。方平借去之后就再没还来，雯雯向她去讨，她转转眼珠说丢了，再找找吧。雯雯讨了几次也没讨回来，好心疼。雯雯这会儿很想把这事说出来，这种行为是不诚实的。可是雯雯又觉着这么做是违反谦虚的原则的。她想到雷锋叔叔做了偌多的好事都不留名，甘做无名英雄……她思想激烈地斗争了很长时间，终于没说出来，眼睁睁地看着自己的名字从黑板上被擦去了。雯雯心里感到非常委屈，很痛苦，而又感到一种献身的幸福。这幸福和那痛苦搅和在一起折磨着她。要是老师知道了，准会同意雯雯当积极分子的，但这决不能让老师知道。这伟大全在于这无人知晓之中。

雯雯克服着私心杂念，努力当一个真正的合格的少先队员，一心要当共产主义接班人。娜娜却很忧虑，她不晓得自己能不能当接班人。雯雯安慰她：

"出身不能选择，道路是可以选择的。"

娜娜把这句话用美术字写在铅画纸上，再把纸贴在铅笔盒里边。她现在已经不肯烫头发了，也不肯让保姆洗手绢，自己洗，学校里的活动也积极地参加。她对雯雯说：

"听说只要表现好，很好很好，成分可以改。"

雯雯不知道这条政策，为了安慰娜娜，她点了点头。

她们还经常到三层阁楼上去玩。

有一日，她们玩捉迷藏，雯雯躲在一堆破幔子下面，等了好久，她快闷死了，可娜娜还没找到她。她又坚持了一会，却听外面没有动静了。她实在憋不住了，从幔子下面伸出头。没有娜娜的人影。

"娜娜！"雯雯害怕地叫。

"哎。"娜娜小声答应着。

雯雯循着声音找过去，娜娜坐在破大橱后边地板上，手里拿着一本大本子。

"娜娜！"雯雯叫。

"你看。"娜娜回过头来，她的脸色苍白极了，十分紧张。"什么东西？"雯雯凑过头去，见是一个线装的旧本子，纸发黄了，破破烂烂的，很脏。上面用毛笔写着端端正正的小楷：

民国三十七年 × 月 × 日

鸭 × 元 × 角 × 分

桂鱼 × 元 × 角 × 分

钱家礼钱 × × 元

再翻一页：

民国三十七年 × 月 × 日

绿杨村 × × 元

汤妈 × 元

"民国三十七年。"雯雯轻轻地念道。

"解放以前。"娜娜颤着声音。

1949年以前，对于她们是又可怕又神秘的，充满了苦难和罪恶。

"这是你们家的吗？"

娜娜不回答雯雯，牙齿打着战："这，这，是不是变天账？"

"变天账！"雯雯轻轻地呼了一声。她们最近看了不少书和电影，听老师讲了很多故事：《夺印》《二十响驳壳枪》《箭杆河边》等等，懂得了世界上有一种罪恶的账本，叫作变天账。

"怎么办？"娜娜可怜地看着雯雯。

"你应该交给老师。"雯雯说。

娜娜哭了，一颗一颗很大的泪珠从她长长的睫毛下滚了下来。雯雯不忍看她，扭过头去，坚持说：

"应该交给老师。"

娜娜害怕地摇摇头。

"你不是要选择道路吗？"雯雯提醒娜娜。

娜娜无声地流着泪，最后，终于决定了：账本放在雯雯书包里,先带出去,明天,再由雯雯陪着一起去交给老师。做出决定之后,娜娜却再也不愿意下阁楼了,她没有勇气见家里人。雯雯十分同情娜娜,而同情之余,又不可抑制地很有一点兴奋。雯雯经常有一种埋怨,前辈们把什么都做好了,打日本啊、打蒋介石啊、炸碉堡、堵枪眼,把世界弄得那么干干净净,一点儿事也没留给他们,这真是太不公平了。现在好了,总算出事了。

第二天,她搀着哭肿了眼睛的娜娜,走到办公室,把账本交给了老师。

老师翻翻账本,没说什么,收进了抽屉,让她们先回教室。放学以后,老师把娜娜一个人叫了去,把账本还给了她,说这只是一本普通的家用账本。

雯雯失望极了。娜娜第二天没来上课,生病了,发烧发到三十九度八。

四

娜娜病好了以后,同雯雯之间像有了什么默契,再不上那阁楼去玩了,也不大去娜娜家玩,更多的是去雯雯家。

霏霏今年要考中学,学习很紧张,家里不让雯雯带同学来家。雯雯只能和娜娜在院子里玩,玩腻了,就开开门,在弄堂里玩,扒着黑篱笆看女中学生出操。

雯雯觉着那些女学生越来越小了。从前,她看她们,像看很大很大的大人。如今,发现她们不过和阿卫表哥差不多大,就算大一点,也大得有限。小得很啊!而她们依然很疯,咯咯咯地笑个不停。

"这些学生功课都不好,一点没有读书人的样子。"娜娜说。

"她们这么疯,一定考不取大学。"雯雯说。

"都是做家庭妇女的料。"娜娜断定。

"我们一定不能进这个中学。"

"当然,我们要进圆明中学。进了圆明中学,就等于一只脚跨入了大学。"

"我姐姐也要考圆明中学。"雯雯说,回头望望屋里,姐姐在埋头做功课。这些日子,妈妈命令她把一切课外活动都停止了,专门复习,准备考中学。霏霏每天晚上温课温到十点钟,人瘦了很多。雯雯有点可怜姐姐,想到将来自己也要考中学,心里不由得有点害怕。

篱笆那边坐了一圈女学生,好像在开什么会,说话的声音很清楚地传过黑篱笆来。

"你有男朋友了吧?"

"嘻嘻,没有,你呢?"

娜娜和雯雯听了这话,如雷贯耳,都怔住了。你看我,我看你,雯雯小声问:

"她们是在说男朋友的事?"

"是的,在说男朋友。"娜娜小声说。

"她问她,'你有男朋友了吗?'"

"是的,她问,'你有男朋友了吗?……'"

"真不害臊!"

"太不害臊了。"

"真是不要脸!"雯雯气愤地推着篱笆,篱笆"哗啦啦"地直响。"不要脸极了!"娜娜也推篱笆。

"小鬼头真讨厌。"那群女学生搬起凳子走了,在极远的沙坑边安顿下来,继续开会。

雯雯和娜娜却还不能完全平静下来,娜娜轻声神秘地说:

"听我妈妈说,这个女中风气不好,有女学生大肚子的。"

"大肚子?怎么会大肚子?"

"肚子里有小毛头呀!"

"怎么会有小毛头?"

"反正,是做坏事了,做下流事了!"娜娜也弄不明白,武断地下了结论。

"哎呀呀呀!多么下流啊!"雯雯脸都气红了,莫名其妙踢了篱笆一脚。

"妞妞和谁生气哪?"山东爷爷扛着扫帚走过来了。

"和你生气。"雯雯没好气地说。

山东爷爷很老了,脸上的皱纹乱成一团糟,背驼了,而且还咳嗽,一咳就咳出一摊浓痰。雯雯恶心死了,转过头去不看。

"妞妞胳膊上还有一道杠哪!什么军衔哪?"山东爷爷笑眯眯地问。

"少先队小队长。"雯雯嫌山东爷爷没有知识,不屑和他多说,拉着娜娜跑了。

"时间过得多快呀。小时候老吃我的煎包子,想起来像是昨天的事。"山东爷爷还在啰唆。

雯雯还经常上陈建江家玩。那是和娜娜家全然不同的。

一栋房子里,上上下下住了有一二十户人家。楼梯"吱吱嘎嘎"地响,过道的墙壁漆黑,充满了一股油烟的气味。吵吵嚷嚷的,总是响着纷乱踢沓的脚步声。"噼里啪啦"作响的,是小孩子的脚步,"窸里嗦啰"作响的,是老鼠的脚步。

雯雯一次也没遇到过陈建江的妈妈,他总是在妈妈不在的时候带雯雯去玩。雯雯见过陈建江的爸爸,那是一个很沉默的人,从来不笑。雯雯有点怕他，他常常默不作声地看着雯雯，然后摸一下雯雯的头。陈建江的妹妹长得挺可爱，头发很黄。雯雯没有弟弟妹妹，很喜欢小孩，常常给她梳小辫，用红毛线扎两个小刷把。可那头发太软了，一会儿便耷拉下来，松了。于是又重新梳。小妹妹很乖，偎着雯雯的膝盖坐在小板凳上，由她摆布。

楼里还有一个穿红着绿的老女人，灰白的头发编成细细的两条小辫子，笑眯眯地坐在楼梯口。陈建江告诉雯雯："你别看她是疯子，她过过好日子，享过福的。她从前有个老公，是个小开，住花园洋房，还有小汽车，佣人有十几个。"

"后来呢？"

"后来那小开把她掼掉了，她就发神经了。"

"哦，"雯雯抽了一口冷气，世界上竟会有这么可怕的事，"是什么时候的事？"

"解放以前吧！"

"噢。"雯雯释然了。

雯雯怕她，上下楼都要求陈建江搀着她的手，这要求使陈建江为难透了。他说："她不打人，笑嘻嘻的，有什么怕头？"

而雯雯就是怕她笑，她越笑，雯雯越觉着毛骨悚然，那笑容是阴森森的，她怕。

有一次，陈建江搀着雯雯的手从楼上下来，正好遇到邻居家几个男孩上来。他拼命要甩脱雯雯的手，而雯雯死不松手。他急了，用指甲掐雯雯的手。而那伙男孩早已看见，哄笑了起来："嗷嗷！啥人头上有朵花，明朝夜里要结婚！"

这件事，不知道怎么传了出去，班级里都传遍了。而且传到后来，就有些走样了，变成是：陈建江和雯雯手拉手去看电影。

班里有个连留三级的留级生，叫舒志刚。他个子老高，走起路来一晃一晃，老是没事找事，哪儿有热闹，总少不了他。他好像对这个传说特别感兴趣，老是推波助澜。有时，看见陈建江走进教室，他就对陈建江说："人家等你都等急了，你还慢慢吞吞。"这个"人家"自然是指雯雯，大家都会意地笑了。有时，他拿着陈建江的作业本，却塞给雯雯。雯雯要接呢，那你就看他乐吧；雯雯要不接呢，他就说："你不要思想复杂嘛！"

这会儿，同学们最最忌讳"思想复杂"这个词儿了，他们认为是个极坏极可耻的毛病。同时还非常非常忌讳一个字"发"。这个"发"，是"发育"的发，可是弄到后来，连"发神经"的"发"都不敢说了。有一回，魏玉娥交给老师一张请假条，从此她的体育课就免上了。后来，有人听见舒志刚悄悄对人说："她发啦！"于是，那"发"便格外地神秘了起来。

雯雯见了陈建江，不由得要脸红。陈建江见了雯雯，也很不自然。他们不说话了，一句也不说。雯雯终于跑到老师那里，要求换位子。

"为什么？"老师和蔼地问。

"不为什么。"雯雯低着头。

"总该有个理由吧。"

雯雯不响，那理由她实在说不出口。

"说呀！"老师耐心地等待着。

雯雯还是不响，用脚尖点着水泥地。

"没有理由，我不考虑换位子的事。"

"他们说我……"雯雯急了，说话了。

"说你什么？"

"说我和陈建江——"雯雯的眼泪一滴一滴落在地上。

"哦——"老师沉吟了一会儿，"最近，班上分男女生的风气很厉害啊!"

好像是和那些难听的传说同时开始的,班上忽然分起男女生来了。假如教室里有女生在,那么男生无论如何也不肯进去,站在门外,你推我,我推你,有一个人不设防被推了进去,别人就"噘噘"地乱起哄。一直到预备铃响了,才"噘"的一声,一拥而入。出去活动,男女生再也不肯拉手,实在被逼不过,就拴一根树枝,一人拉一头。当初,雯雯被陈建江欺负得走投无路也没分开,如今,却分开了。

老师同意了雯雯的要求,把她和陈建江分开了。他们一共做了三年的同桌。

从此,他们俩成了彻底的陌生人,见了面眼睛都不抬。那可恶的谣言,总算是平息了。雯雯重新又快活起来,她和娜娜玩,和于小蔓玩,她现在朋友多了,不寂寞了。而陈建江依然很孤独,而且更加沉闷了。雯雯虽然有些可怜他的孤独,可又一想:"这怪谁呢!怪你自己。你不理人家,人家怎么会理你呢!"这会儿,雯雯再回想当时对他俩的传说,真感到羞愧难当,恨不能一头扎地底下去。好像是为了补偿,人家数落陈建江时,她也数落,而且说得比别人更凶。

人家说:"陈建江真可气,我好好和他说话,理也不理。"

雯雯也说:"就是,天下第一号怪人!"

人家说:"你和他说话,他总是理的。"

雯雯反驳:"瞎说,我和他坐在一起,又去一个组,总要说话呀,没有办法呀!"

大队开展歌咏比赛活动,以中队为单位组成合唱团,每个少先队员都要参加。而且唱的都是同一支歌:"我有一个理想,一个美好的理想。等我长大了,要把农民当,要把农民当……"

雯雯很积极,她难得有机会参加这种活动,一下课就等在教室里,哪儿也不敢去,生怕人家把她落下。而陈建江却特别反感这活动,每次都要溜,都要好几个男生一起把他拖着揪回来。有一次把他拖疼了,他恶狠狠地说:

"我就不唱,为什么一定要当农民,我就不当!"

同学们都愣住了,静场片刻,然后哗然:

"他多么反动!"

"告诉老师去!"

雯雯惊叹道:"他不配戴红领巾,有这种思想,太落后了。"

雯雯的话被陈建江听见了,他抬起头瞪了雯雯一眼,转身跑走了。

老师来了,看见这情景,皱皱眉头:"他不愿参加就算了。"

陈建江不参加合唱了,歌咏比赛时,全体少先队员都在大声唱:"我有一个理想,一个美好的理想。等我长大了,要把农民当,要把农民当……"他一个人坐在台下非队员中间,讪讪的,也不知道在想什么。

雯雯站在最后一排中间,大声唱着,很骄傲,很幸福。不过,一到轮唱部分,她就紧张起来,顾不上自我陶醉了。她老是不能把自己的一部坚持到底,经常被另一个声部拉过去,拉过去唱了一句又被拉了回来,然后再拉过去……她全神贯注地唱着自己的声部,不让别人拉过去,这使她感到很困难。

这天,山东爷爷扫弄堂,扫过雯雯家院子前,院子门正好敞着,阿宝阿姨在院子里晒衣服。山东爷爷把头探进来看看:

"你们家这棵杜鹃开得不孬!"

"是我家雯雯的同学种的。"

"哦。"

"这院子里种什么都种不活,这孩子倒怪,一种,就种好了。"

雯雯看看那杜鹃,那杜鹃开了满枝的花,像一团粉红色的云。

雯雯托着腮看呆了。

阿宝阿姨还在说:"那孩子挺可怜,没有妈妈。和我家雯雯合得来,有点缘分呢。"

雯雯听见了,不高兴地叫道:"阿宝阿姨,你又迷信了。什么缘分不缘分,都是封建迷信。"

阿宝阿姨说:"怎么是迷信呢!人当然有个缘分。世界上这么多人家,我为什么不在别人家做,要在你家做?这不是缘分吗?"

"那是碰巧了嘛!"

"碰巧?我怎么不和人家碰巧,要和你家碰巧呢?"

"你这是歪理,我不和你说。"

"我也不和你说了。"阿宝阿姨也有点气了,这雯雯近来老和她过不去。要她洗过澡再吃饭吧,她非要吃了饭再洗澡;要她睡午觉,她不睡,在那儿大声朗诵什么:"听,队鼓在敲;看,队旗在飘!"放了学在学校出墙报,一出出到天黑,阿宝阿姨去找她,她对阿姨发脾气:"你拉我后腿!"让她帮着记账,她不肯;让她帮着念封家信,她也不肯。阿宝阿姨有点伤心了:小孩子大了,主意越来越大,一点儿不听话了。

雯雯一直不让人:"你没有道理,你死落后!"她也越来越对阿宝阿姨感到失望。老脑筋,一天到晚魂灵啊!前世啊!雯雯烦死了。"好了好了,莫吵了,"山东爷爷劝解道,"妞妞学习了,思想进步了,当小队长了,莫吵架呀。"

"去去。"雯雯朝山东爷爷翻眼。她变得蛮不讲理起来。她还烦这个山东爷爷,也是个老落后。有一次,雯雯买生煎包子回来,碰到他。他揭开雯雯的锅盖看了看说:"哟,姐姐!赶紧和他换去,这包子面没发开,是死的。面里的碱太大了,蜡黄。"雯雯说:"这不挺好的,你也太斤斤计较了。"山东爷爷说:"当年,我要是煎出这样的包子,就倒给狗吃了,说啥也不能坑人啊!""你好。"雯雯讽刺他,他也听不出,还说:"唉,我那个铺子,硬是给大跃进'跃'掉了。"雯雯眼睛瞪了起来:"你,你反动!"

山东爷爷不生气,摸摸雯雯的头,"咳咳"地咳嗽起来。

山东爷爷又去劝阿宝阿姨:"行了行了,和小娃娃生气,值得吗?"

"这小丫头太气人了,真不想做了。做佣人,还受小丫头气,我的命真是苦。"

雯雯又反了:"什么佣人不佣人?现在新社会,人人平等,是革命分工不同。"她学来了很多道理,乱七八糟地往外倒,叫人对她一点办法也没有。

山东爷爷摇摇头,摸摸雯雯的脑袋。雯雯头一歪,叫他摸了一个空。

雯雯从饼干箱里摸了几块饼干,跑了出去。跑过山东爷爷和阿宝阿姨身边时,故意一蹦一跳的,把饼干嚼得很响,"咕嗞咕嗞",表示胜利的喜悦和骄傲。

她一蹦一跳地跑出了弄堂,忽听身后有人叫:"雯雯姐姐。"

"嗯。"她站住了。从没有人喊她做"姐姐",所以她一定要看看究竟是谁在叫,可别是听错了。

"雯雯姐姐。"一个黄毛小丫头站在她身后,是陈建江的妹妹,身边还站着他爸爸。

雯雯僵住了,说不出话来。

"你怎么不来我们家玩了?"他爸爸难得地微笑了一下。原来,他微笑起来也挺和气的。

雯雯不说话,低着头,眼睛看地。小妹妹拉她的手,她把手背到身后,手里捏着饼干。

"来玩吧。"他爸爸摸摸雯雯的脑袋,带着小妹妹走了。

雯雯偷偷抬起眼睛,看着他们走远了。她有些泄气,愣了一会儿,转过身子,向回走了。一边走,一边踢一块小石头,小石头一蹦一蹦。她从后弄堂回家,走到门口,回头望了一下,那扇黑窗户紧紧地关着,里面黑洞洞的。

五

霏霏考中学了。妈妈把自己的钢笔给她带着,连同霏霏自己的,一共两支钢笔,都满满地灌了墨水。爸爸把自己的表给霏霏带去,可以掌握时间:"十分钟审题,四十分钟作文,三十分钟抄写。"霏霏不肯戴表:"这么小的人戴着,同学要说的。""这有什么可说的!"爸爸硬要她戴,她硬不肯,哭了起来。她这几天是太累太紧张了,在找茬发脾气呢。最后还是没有戴,爸爸悻悻地把表系回自己手腕上:"你要考不好,我不管!"好像考好考不好的关键全在这只表上了。

霏霏的第一志愿填的是圆明中学。圆明中学的分数线大约是一百八十五分。这样的话,就是说,算术必须得满分,然后,作文再争取得八十五分以上。作文得八十五分是很不容易的。一个标点,一个错别字,一个病句,都要扣分。最重要的则是审题,假如审题审错了，一扣就是二十分。真要是这样——可千万别是这样——圆明中学就算是彻底完了。

爸爸妈妈跟霏霏进行细致的分析，霏霏战战兢兢的。雯雯可怜姐姐，想安慰她，就去挨在她身边。霏霏烦躁地推开她："别挤我，热死了！"雯雯很委屈："我又不是一只炉子。"

爸爸妈妈告诫霏霏，假如考上了圆明中学，考取高中的希望就大了。假如能考取高中，并且考取圆明中学的高中，那么考上大学就更有希望。反过来说，考不取圆明中学，就很难考取高中，即使能考取一个普通的高中，考大学也没门。考不上大学，怎么办？就得当社会青年。

哦，社会青年，多么可耻的称号。隔壁住着一个社会青年，考不上大学，又不肯去新疆，都不敢出门，出门也抬不起头。据阿宝阿姨说，他天天在家哭呢。

"我宁可去新疆，也不做社会青年。"雯雯插嘴说。

"你就不能争气，考上大学！"妈妈白了雯雯一眼，又转脸对霏霏说，"所以，你一定要考好。"

说来说去，霏霏一生的前途和幸福，全押在这个圆明中学身上了。

"倒霉的圆明中学！"雯雯真想把它砸掉算了。她简直不愿意长大了，就这么老是上三年级吧。不过，她又不愿意不长大。不长大，就不能当中学生，当团员，当大学生，当党员，工作，还当妈妈……前边有多少有意思的事等着她长大啊，可是这又需要越过多少难关！她矛盾极了。

考试完了，霏霏像是病了一场，无精打采，饭也不想吃，而且老是疑神疑鬼的：一会儿说某某道应用题忘了写答案；一会儿说作文写错了一个字，"或者"的"或"少写了这一撇。妈妈和爸爸商量着，让霏霏去舅舅家玩几天。雯雯一听也要去，非去不可。妈妈说：

"这不是给人家添麻烦吗？"

爸爸出主意："让阿宝阿姨跟去。"

雯雯把头摇得像拨浪鼓："不要不要，不要阿宝阿姨。"

"雯雯别去，妈妈带你到办公室看画报。"妈妈动员雯雯。

"我一定要去！我自己洗衣服，我帮舅舅舅妈做家务，我乖，我听话！"雯雯下了一连串的保证，最后，终于得逞了。

雯雯和姐姐一起到了舅舅家，阿卫哥哥很热烈地欢迎了她们。让两只大王蟋蟀曜曜地斗了一场，然后让小花猫滚皮球。最精彩的表演就是那只麻雀了。首先必把小花猫关在门外，这猫老是不怀好意地窥视着麻雀。然后把麻雀轻轻朝上一抛，它便在房间里飞来飞去。飞了一会儿，阿卫伸出手，尖起嘴"啧啧"一叫，麻雀掉转脑袋直飞过来，停在阿卫手掌上。阿卫疼爱地用嘴梳理着麻雀的羽毛。那麻雀"叽叽喳喳"地撒着娇，两人亲热得了不得。雯雯都有点妒忌了。

"麻雀是害鸟。"雯雯说。

"就你知道得多。"阿卫哥哥白了她一眼。

"是害鸟嘛，农民伯伯辛辛苦苦种出的粮食，全叫它们吃了。"

"你没吃？"阿卫哥哥又白了她一眼。

"老师说……"雯雯直着脖子还要据理力争。

"吵什么呀，益鸟害鸟关你什么事呀！"霏霏不耐烦地阻止妹妹。她现在对什么都没兴趣，心不在焉的，话也少了很多，好像有了心事。

在舅舅家玩得很开心。舅舅家很自由，主要是因为没有阿宝阿姨一天到晚在背后叫:"雯雯,吃饭了!""雯雯,洗澡了!""雯雯,睡午觉了!""雯雯,不要过马路!"在舅舅家,想干什么就可以干什么。可以用勺子直接舀白糖吃,可以赤着脚在地板上走来走去,可以放一大澡缸自来水洗冷水澡,可以自己炒菜吃。阿卫哥哥很会炒鸡蛋,又快又熟练。他先把锅洗一洗,放在煤气灶上。不等锅里的水烧干,就把油倒下去,油上的泡沫还没消失,就把蛋倒了下去。静悄悄的,一点声音也没有。然后就默默地但很快地炒了起来。阿卫哥哥带她们去钓鱼、游泳、看电影、看球赛。这球赛,雯雯是一点也看不懂。坐在晒得滚热的水泥看台上,头顶火辣辣的太阳。阿卫哥哥去买棒冰,买回来时已化了一半。雯雯被晒得头昏眼花,还大声地乱叫好。她的情绪非常高涨,就是霏霏时常扫大家的兴。她常常沉默着,不时地叹口气。有一天,正吃饭,她忽然丢下筷子啜泣起来。

舅妈问她:"怎么啦,霏霏?"

她不说话。

舅舅说:"又在想考试的事了吧。没问题,你能考上圆明中学,你的功课一直很好,有把握的。"

阿卫哥哥说:"霏霏的作文不是还登过《少年报》?"

舅妈也说:"没问题的,霏霏。我们阿卫常常得三分,结果一考还考上个复旦附中。"复旦附中也是市重点中学。

"是的是的,姐姐你一定能考上。"雯雯热情地鼓励着姐姐。

霏霏却放声大哭起来:"我考不上圆明中学了,我审题审错了。"

大家怔住了。过了一会儿,舅舅小心地问:"你怎么知道审错了?"

"我和同学对过的。作文题目叫《记一次课外活动》,人家都写春游、扫墓,写学习雷锋活动,写去少年宫举行队活动……"

"你写什么？"舅舅轻轻地问，好像声音一响，"希望"就会吓跑了。

"我写了一堂课外活动课，呜呜呜！"

这显然是审错了题，大家再也说不出话来，也吃不下饭了。

霏霏把心事说出来，大哭一场，倒轻松了一些。舅舅和舅妈商量，决定去一次霏霏家，把这事婉转地告诉霏霏的爸爸妈妈，好比打个前站，让他们有个思想准备，录取通知来的时候就不会太生气了。

阿卫哥哥和姐姐都在睡觉，雯雯不想睡。她总是不想睡午觉。

她觉着，一天二十四小时，不睡觉都不够玩的，为什么非要睡午觉呢？她总是不睡，就是不睡，可却总是不知不觉地睡着了。就是睡着了，她也睡得比谁都晚。这会儿，她一个人东荡荡，西荡荡，摸摸姐姐的脚底心，姐姐把脚一缩，没醒。她又去呵阿卫哥哥的胳肢窝，阿卫哥哥很坦然地张着胳膊，一动不动，他不怕呵。阿宝阿姨说不怕呵的男人不怕老婆。雯雯很失望，东看看，西看看，看见了竹棍儿编成的小鸟笼。麻雀在笼里并着脚一蹦一蹦，精神抖擞的。雯雯走过去，轻轻地抽开小门，摊开手掌，"啧啧"唤着。小麻雀对着她怔怔地站了一会儿，好像在细细地打量她。然后一跳，跳上了她的手掌，手心里痒痒的，雯雯想笑。可是它张起翅膀飞了。雯雯还没来得及失望，忽然蹿出了小花猫，它一跃而上，咬住了麻雀。雯雯紧紧地闭上了眼睛。

"你是故意的。"阿卫哥哥眼睛通红地逼视着雯雯。

雯雯害怕地后退了一步："我不，不是故意的。"

"因为它是害鸟，你就有意害死它吗？"

雯雯连连摇头后退着："不，不，我根本没想到它是害鸟。"

"你想的,你还赖!刽子手!"阿卫哥哥吼了起来。

雯雯说不出话来,又不敢哭,眼泪潸潸地流着。她后退了一步,碰到了小花猫,她忍不住踢了它一脚。

"你踢小花干吗?你滚!从我们家滚出去!"阿卫哥哥把雯雯的游泳衣扔了出去,把她的牙刷、毛巾、拖鞋、连衣裙都扔了出去。他扔一件,霏霏拾一件,放在床上。当舅舅下班回家时,便看到雯雯的东西全集中在床上,雯雯和霏霏对着这堆东西无声地流着泪,阿卫哥哥脸朝下趴在床上大声地哭。小花猫大模大样地靠在他身边,它是一点儿过错也没有的。

雯雯想起那小小的麻雀刚才看了她好一会儿,眼睛圆溜溜的,还在她手心里停了一下,手心里痒痒的。雯雯用指甲抓抓手心,眼泪扑簌簌地又掉了一串。阿卫哥哥的声音放低了,肩膀却剧烈地起伏着。

舅舅说阿卫:"你自己也不好,养这两个东西,是矛盾的嘛!"

"为什么矛盾,为什么矛盾!"阿卫蛮横地喊。

"猫天生要吃麻雀的嘛!"舅舅又好气又好笑。

"为什么要吃麻雀,为什么要吃麻雀!"

"就是要吃嘛!"

"为什么就是要吃,为什么就是要吃!"

舅舅不理他了,和这样伤透了心的人是没有道理好说的。

整整两天,阿卫哥哥一句话也不说。晚上在阳台上乘凉,他坐在小板凳上,背靠着墙,仰脸看星星。小花猫睡在他膝盖上。雯雯悄悄地坐到阿卫哥哥身边,也仰起脸看星星。

天是深蓝深蓝的,星星很多很亮,一闪一闪地眨着眼睛。一条淡淡的银河把天分成两半,把星星分成两群。

"阿卫哥哥,你以后别养动物了。"雯雯忽然说。

阿卫哥哥不响,看着星空。

"动物是活的,活的东西会死的。"

阿卫哥哥不响,看着星空。

"死了,心里好难受。"

"我喜欢。"阿卫哥哥闷闷地说了一句,不再开口。动也不动,望着星星,一颗流星划过天空,在云边消失了。

两个星期过去了,妈妈来接霏霏和雯雯了。她带来了霏霏的中学录取通知。霏霏考入了一个普通中学,还好,是个带高中的高级中学。霏霏胆战心惊地看看妈妈。妈妈脸上很阴沉,但也没有说什么,毕竟舅舅已经打过前站了。

回到家里,阿宝阿姨一见雯雯就惊叫了起来:"这么黑,像一块黑炭。"

真的,雯雯又黑又高,胳膊、腿细溜溜的,像抹了一层油,又黑又亮。

六

雯雯的身高越来越惹人注意了,区少年业余体校来学校物色篮球运动员,一眼看中雯雯,把她收进了篮球班。从此,她每星期二、四、六下午,还有星期天上午,都要到少体校去训练。篮球班的教练是个女的,姓王。她对雯雯的心情是很矛盾的。雯雯的胳膊腿又长又结实,爆发力、耐力都还理想,各种动作她都做得符合要领,挑不出刺儿,可她总觉着雯雯不大像是打篮球的。比如,每次训练结束之前,她总留个十五分钟,把大伙儿分成两队比赛,不分中锋、左右锋和左右卫,全体上,打着玩。为了提高学员对篮球训练的兴趣,也为了培养学员的拼搏精神。每逢这种时候,雯雯总显得很窝囊。她空着手跟着大伙儿跑来跑去,始终抓不到球。偶尔球到了她手里,又很快失去了,别人一来抢,她马上就放弃了。王教练急了,有时候忍不住推她,想把她推进正抢球的人群中去。她挤进去了,又很快被挤出来了。

雯雯呢,少体校的训练越来越成为她的沉重负担。篮球班的一伙小朋友来自全区各个学校,个儿都很高。雯雯在这里,一点儿不显得突出,她完全不必弯着背了,不会有人注意她,更不会有人骂她"留级生"。这伙小朋友,都是极好动、极活泼的。雯雯只有在熟悉的人群中才活泼得起来,而她向来很难和陌生人熟悉。人家都已经成为无话不谈的好朋友了,她却仍然独自进,独自出。人家都在体校食堂吃晚饭,热热闹闹地围着一张桌子,你吃一口我的菜,我吃一口你的菜。雯雯总是挤不进去,一个人端着碗远远地站着吃,冷冷清清,食而不知其味。她不等把刚买的饭票吃完,就退伙回家吃了。人家都在体校洗澡,雯雯看她们赤身裸体地在莲蓬头下追追打打,很为她们难为情。再出汗她都不去那儿洗,宁可到老虎灶叫水来在家里洗。于是,小朋友们就说她"骄傲"。

雯雯也感觉到了小朋友们的情绪,她很苦恼。她是想和人家接近的,人家在谈笑聊天时,她总是硬着头皮凑过去,也想说几句有趣的笑话。有一次,教练和大家说,要锻炼锻炼左手,左手也应该像右手那样能够自如地运球,准确地投篮。"怎么锻炼呢?"小朋友们问,雯雯也跟着问:"是呀,怎么练呢?"可她说晚了,就有人阻止她:"别说话,听教练说。"教练说:"你们吃饭可以学着用左手拿筷子。""那不成了左撇子了!"有人说,大家都笑了。雯雯也想凑凑趣,说:"用左手吃饭要打架的。"她意思是用左手吃饭，那筷子会与旁边用右手吃饭的人的筷子打架。可她怕这句话太复杂、太冗长，别人会没得耐心听完，便说得很简短。不料没有表达好，招来了很多非议："没有这种道理的！"

"怎么会打架？"

"迷信！"

雯雯脸红了，有点害羞，后悔不该说话，于是不再说话了。她不知道该怎么让别人理解她的意思，她感到被人准确地理解，是很难的。她不由想念起娜娜、于小蔓，甚至陈建江来。她和他们已经熟悉了，他们一起做了三四年同学呀！雯雯和人熟悉，总是很艰难，需要很长的时间。

她对篮球一无兴趣，她不明白怎么可能从一个带球疾跑的人手里夺过球，也不明白怎么可能带球跑着却要防止别人夺去球。她上了球场，面对那激烈的竞争，总是一筹莫展。她只能跟着人们跑过来跑过去，累出了一身热汗，窘出了一身冷汗，热汗冷汗交流，她比谁都更辛苦。她觉着大家都在看着她，笑话她。她不想跑了，而刚想停下来，教练却在她背上猛推一掌，她简直难堪得要哭了。

更难堪的是，小朋友们都有点看不起她。分队比赛时，谁都不愿意要她。虽然谁都没说什么，可雯雯看得出来。看出了这一点，她就更难和人们接近了。在学校里，她是拔尖儿的，同学们老师们很器重她，她习惯了那器重。她不明白，一个人在世界上不可能处处受器重的，只有在他最合适的位置上才可能受器重。而那合适的位置，也许一个人只可能有一个，偌大的世界，全凭着运气和勇气去撞去碰了。反正，她不喜欢这个地方，她看出这个地方不属于自己，她不该来的。

她对篮球很淡漠，倒对体操班的训练很陶醉。她常常跑到体操房去看体操队训练：吊环、平衡木、高低杠、自由体操……她都喜欢。她喜欢那舒展的动作，喜欢那钢琴伴奏的优美的声音，喜欢那紧身的尖领中袖色彩鲜艳的体操服，喜欢体操班女孩子在脑后高高束起的长头发……篮球班，都要求她们把头发剪短。雯雯不喜欢短头发。她甚至暗暗希望能到体操班去，可她自己知道不可能。篮球班里有好几个从体操班转来的小朋友，转来的原因均是因为个子太高了。雯雯为自己的身高深感遗憾，它造成了那么多的误会。

雯雯想走，又没勇气。怎么和教练说呢？教练要不同意怎么办呢？教练要生气又怎么办呢？再说，能在少体校毕竟是一种光荣，学校里好多男生因此都羡慕并钦佩雯雯呢。她顾虑很多。教练和她一样为难，想不要她，又舍不得，小姑娘个子高高的，动作协调。要她吧，看她打球实在来气。有时，教练看着她，问她："你到底想不想在篮球班了？"雯雯不响，她等着教练做决定。而教练还是问她："你是不是不想打篮球了？"雯雯仍不响。两人这么对峙着，好像互相都下不了决心，希望对方下决心。

有一天，训练的时候，她不小心摔了一跤，胳膊肘上擦破了一块皮，感染了。教练让她休息一周再来训练，她很高兴。一周过去了，伤口结了一层嫩嫩的皮。她想，让这皮长结实了再去吧，于是又休息了一周。闲着无聊时，她有意无意地把那长好的疤盖揭了下来，露出了嫩肉，还沁出几丝血。她叹了一口气，再休息两天吧。三个星期过去了，她越拖越不想去了。好比小时候不愿去幼儿园赖学时的心情，而比那心情要沉重得多了。她觉着少体校一定是要去的，不去是不对的，不好的，不可以的，不负责任的。她自以为对那篮球班，对那教练，对自己，都有了责任，并且夸大了那责任，于是搞得自己沉重不堪。

学校的功课比上学期紧了,老师动不动以考中学来威胁。毕业班的一个留级生退学了,在里弄缝纫组里当了一名裁缝。老师便以此为例,来教育班上的老留级生舒志刚:

"你要再留一级,也要退学的。让你爸爸去做些准备吧,去当裁缝还是修皮鞋?"

同学们听了都笑,老师却说:"你们不要笑,考虑考虑自己的前途吧。"

忽然之间,每个人面前都有了一条偌长偌艰难的路途,叫人胆战心惊。

中学里正热火朝天地动员去新疆,新疆被描绘成了天堂。哈密瓜比蜜甜,葡萄大得像宝石,新疆歌,新疆舞,一片歌舞升平。大家对新疆向往得不得了。雯雯脑子里的新疆是这么一幅图画——背景是白雪皑皑的天山高耸入云,山脚下牛羊成群,葡萄架下堆着哈密瓜——她脑子里的哈密瓜和西瓜是一样的,但比西瓜大得多,因此就有些像冬瓜了。哈密瓜前是载歌载舞的新疆姑娘。好像去新疆就两件事,一是吃水果,二是跳舞唱歌。接着,班上就传开了一本名叫《军队的女儿》的小说。大家抢着看,一本书被翻得破破烂烂。这几期的黑板报上,全抄录着其中的豪言壮语,比如:"宝贵的生命属于人民,让生命的火花放射光芒。"

班上的留级生舒志刚报名去新疆了。他自己跑到新疆军垦农场来招人的地方去,七弄八弄,填了表格,还体检了。最后,居然被批准了。学校里特地为他召开了欢送大会。

他穿着崭新的没有领章帽徽的军装,拘束地坐在主席台上,面前还有一杯茶。他在小学里一共念了八年书,被老师训斥了八年。

忽然之间,他坐上了主席台,老师们对他客气起来,他有点不习惯。他坐在那里，一动不敢动，也不敢喝茶，不时地擦擦前额，前额上不断地冒着汗。二年级小队员给他戴了一朵大红花，他脸都羞红了，不时低头看看大红花，从来没见过似的。轮到他发言了，他从口袋里掏出一张已经汗湿了的信纸，结结巴巴地念了起来：

"我将要离开亲爱的母校了，心里很激动，非常恋恋不舍……"

"一定是人家帮他写的。"娜娜轻声对雯雯说。

雯雯不搭她的茬，头也不回，心里觉着娜娜太挑剔了。她愿意相信这是舒志刚自己写的发言稿，虽然她知道舒志刚的作文很糟糕。

"他也只好去新疆了。假如他再留一级，就要被开除了。"娜娜还在说。

雯雯冷冷地说："你错了，他去新疆是为了建设边疆。"

娜娜不响，从鼻子里轻轻哼了一声。

"再见了，亲爱的老师，再见了，亲爱的同学们。让我们在不同的岗位上战斗吧！"舒志刚越说越流畅，动了感情，声音哽咽了。他从讲台上走下来，大家都抢着去和他握手。同班同学一拥而上把他围了起来，再不让外班的同学与他接触，舒志刚是他们的。舒志刚掉眼泪了，大家从来没看见过他的眼泪，好像他是没有眼泪的。舒志刚说："我有很多缺点，拖了班级的后腿，请你们原谅我。"大家不许他再说下去。这时候，大家全在想舒志刚的好处，他是多么好啊！他的缺点是一点儿也想不起来了，也不愿想起来。大家无数次地去握他的手，每个人——包括娜娜，都掉眼泪了。他们要分别了啊，分别的滋味怎么这样难受呢。

舒志刚走了，班级里一连几天不能平静下来，好几个同学在

动脑筋报名去新疆。雯雯也想去,和娜娜商量着不考中学,去新疆。娜娜不同意:

"考不取中学的人才去新疆呢。"

"你怎么这样想呢?"雯雯很生气,好像娜娜亵渎了新疆。

"反正我要考中学,"娜娜说,"人,还是要读书的,不读书没有前途。"

"你思想太落后了。听姐姐说,以后考中学,不光看分数,还要看思想呢。"雯雯说。

"我知道,要看成分的。"娜娜闷闷地说,她不想和雯雯吵嘴。这些日子,她性格有点变了,变得有点闷。

"你别老是成分成分的,出身不能选择,道路可以选择嘛!"雯雯有点可怜她,又有点埋怨她扫了自己的兴。

"怎么选择呀?"娜娜无精打采地说。

"你看这期《少年文艺》了吧?上面有一篇小说,写一个资产阶级出身的女同学和家庭划清界限。"

"我要靠他们养呢,等我工作了,就可以划清了。"

可是,那还早呢,雯雯也有些为她发愁。

"我就是想读书。"娜娜忧郁地说,叹了一口气。雯雯也叹了一口气,她想去新疆,可眼下还得读书,还得去少体校。哦,少体校。

她终于决定重返少体校了,她硬着头皮走进体校大门,走过体操房,走进操场,看见了王教练正带着队员们绕场跑步。他们跑过她身边,看见了她。王教练朝她点点头,小朋友们叫她,"雯雯!""怎么来了?""下午没课吗?"大家很热情,看到雯雯很高兴。可雯雯看出来,她们根本没打算让她重新来训练,她们以为雯雯不来了,她们早已把雯雯除名了。

雯雯呆呆地站着，队伍跑远了，每个人的脚后跟都扬起一股灰沙。看过去，像是跑在一层阴天的云上面。队伍跑了回来，跑过雯雯身边。雯雯向教练走去，想说什么，教练说："等一等。"雯雯只能退后，站着。队员们穿着枣红色的运动衣，轻松地迈着长腿，"沓沓沓沓"，跑过来，又跑过去。终于，队员们停了下来，队伍解散了。教练向雯雯走过来，雯雯不等她开口，便递过去一张"租衣证"，嗫嚅着说："我来还这个的，教练。"说完，转身就走了。

走出少体校，雯雯感到一身轻松，可心里却有些难过。她说不出是为什么，只是情不自禁地又回过身去，望了一眼少体校的大门。那是一扇转门，记得第一次来时，雯雯老转不进去。转转，到了原地。转转，到了原地。

回到家里，妈妈已经在家了，她说晚上要带霏霏、雯雯去看电影。雯雯告诉妈妈，她不再去少体校了。她以为妈妈会追究原因，不料妈妈却说：

"不去也好。好好温课，明年你也要考中学了。"

雯雯读的是小学五年制，下半年就是毕业班了。

"你要争气，好好考。"

雯雯不响。

"我和爸爸商量，让你考上海中学。"

雯雯吃了一惊，上海中学是全市第一重点中学，学生要住读，考分要达一百九十五分以上。进了上海中学，就等于一只半脚踏入了大学。

"雯雯，有信心吗？"妈妈看着雯雯，眼睛里充满着热望。好像姐姐未完成的希望，妈妈全委托给雯雯了。

雯雯点点头，那头沉甸甸的。

晚上的电影叫《运虎记》，是个喜剧。一艘运送老虎的船上，由于一只猩猩的误会，一群老虎全从笼子里跑了出来，闹了不少又吓人又逗人的事情。观众中不断爆发出热烈的笑声，霏霏从头到尾都是前仰后合的。霏霏在中学过得很如意，当选为中队长，又在听团课，交了很多朋友。考试伤的元气，如今彻底恢复了。她很爱自己的学校，说她们学校有很多同学是优等生，不少人考中学的分数是一百九十分，一百九十五分，只是因为家庭成分不好，没有录取到重点中学，而到了她们学校。她还用一种十分藐视的神气谈到圆明中学，说圆明中学质量要降低，因为照顾进了不少分数不够但成分优秀的学生。总之，重点中学并没什么了不起，普通中学也不见得不行。她希望人们都能纠正那种偏见，反正，她自己是没有偏见了。

雯雯却一直没笑，一直绷着脸："有什么好笑。"她真觉着没什么好笑。猩猩把跳舞跺地板当成了敲门声，于是去开了老虎笼子的门，这有什么好笑？老虎闯到浴室里，那洗澡的人当然来不及穿衣服就得逃出去，这又有什么好笑？相反，这都是十分严肃的事情。

雯雯不懂，有时候，十分严肃的事情可以表现得很好笑；又有些时候，十分可笑的事情却可以表现得很严肃。

第三章

墙：红的；

人：蓝的，灰的，草绿的；

头发：男，平顶，女，耳下两分；

裤腿：男，七寸，女，六寸；

名字：凡爱文的均改为要武；

世界：成了个清一色的世界；

读书的，教训教书的；教书的，听训；

做工的，写大字报；写字的，做工；

有钱的，抄个精光；

没钱也能周游世界；

十字架、老佛爷一概砸烂，家家供起忠字台；

世界，成了个颠三倒四的世界。

这一年里，雯雯知道打扮了，一会儿系红发带，一会儿系蓝发带。借了当今最摩登的时装——军装，去拍"咪咪照"。

一

考中学，越来越临近了。可不知为什么那气氛却紧张不起来，相反，好像越来越轻松愉快了。

学校在学习之余组织了很多义务劳动。大队部组织了上番瓜弄工地搬砖送瓦，中队组织上西郊公园扫树叶子，小队也要组织义务劳动。上哪儿去义务劳动呢？小队长去问老师，老师说："发动群众开动脑筋嘛！"于是，放学以后，教室里、操场上，这儿、那儿都在开小队会，"群众"一起讨论上哪儿去劳动。

第一小队有个同学的妈妈在街道工作，帮助他们联系到了街道食堂。每星期一、三、五下午，他们就去街道食堂帮那些阿姨们择菜、扫地、擦桌子。

第二小队，方平爸爸介绍他们去海燕食品店劳动，每星期二、四、六他们去食品店专门打鸡蛋，鸡蛋黄放一只碗，鸡蛋清放另一只碗。

第三小队，想来想去想不出办法。老师请第一、第二小队帮助帮助他们。第二小队的方平说，海燕食品店不需要太多的人。第一小队勉强收容了他们，让他们跟着去了街道食堂。却又很小气，什么活儿也不舍得让给他们做，他们经常只能靠墙站着看第一小队扫地、抹桌，飞快地剥毛豆。

第四小队，雯雯是小队长。她和于小蔓商量，看能不能弄点纱头来让大家拆拆。于小蔓脸一沉，说："不行！拆纱头不是随随便便就可以拆的。"好像拆纱头是她的专利，别人一点侵犯不得。实在动不出脑筋，想来想去，最后决定自己上街去找。于是，他们就沿着淮海路出发了。雯雯要求大家排着队，这样显得严肃一点，可没走出一百米，队伍就散了。娜娜老是要和雯雯并排走，一边走一边说话。陈建江一定要和队伍保持一段五米左右的距离。于小蔓一走过布店必要停留下来议论一会儿："这块布好看，那块布不好看。"几个男生一边走一边盘着小足球。

走过百货商店，他们决定进去问一下。一伙人挤在羊毛衫柜台前，谁也不肯开口，你推我，我推你，最后是一起开口了，七嘴八舌地说："我们要劳动，你们要不要？我们干什么都行。"柜台里站着一个老伯伯，笑眯眯的，很慈祥，看看这个，摸摸那个，和蔼地问："你们会算账吗？"

"会——"大伙儿响亮地回答。

"一件羊毛衫二十五元四，顾客给三十元，应该找多少？"

大伙儿认真地算了一会儿，异口同声地说："四元六角钱。"

老伯伯笑得更慈祥了："好聪明的小人。"

"老伯伯同意了，同意了！"大家跳了起来。不曾想老伯伯却说：

"小朋友，好好读书吧，快点回学校去。"

走过电影院，他们又进去了，一个年轻的叔叔正拿着水管子在冲地。不等他们说明来意，就直起眼睛说："去去去！捣蛋鬼！"还威胁着用水管子冲他们，雯雯跑在最后，鞋都湿了。

最后，大家泄气了，一起坐在马路边沿，看着穿梭似的汽车、行人发呆。对面酒店门口架着油锅，正煎臭豆腐，一股又臭又香的气味传来，使人肚子里一阵"咕噜咕噜"地叫唤。身后水果店门口排着长队买白糖青梅，一个小女孩手里拿了一颗，炫耀地站在他们面前吃。她先舔青梅上那层厚厚的白糖，青梅被舔得青绿青绿地发亮。然后她小心翼翼地咬了下去……哟，雯雯嘴里全是口水了。一队幼儿园的小朋友像鸭子似的摇摇摆摆走过来，一个牵一个，连成一串，一个摔倒了，一串就都连着倒下了。

雯雯他们都笑了，站起身七手八脚地去搀扶小弟弟小妹妹。雯雯忽然灵机一动，大叫了起来："咱们到托儿所去劳动，走，到托儿所去。"

学校附近就有个民办托儿所，雯雯他们跑了去，好说歹说，又发誓又下保证。那些家庭妇女出身的阿姨们商量了一会儿，终于同意了。每星期三和星期六下午3点半到4点半，他们可以来劳动，带孩子们做做游戏，讲讲故事，但不许和他们疯。雯雯他们连连点头，就这么说定了。

于是，每星期三和星期六下午3点半，第四小队就去托儿所劳动了。而在这之前两三个小时内，队员们就都激动不已，坐立不安了。在每星期其余的时间里，大家则忙着翻阅《儿童时代》《少年报》，学游戏，找故事，做备课工作，等待着幸福的义务劳动时刻的来临。

阿宝阿姨说雯雯野了，雯雯说："不要你管。"阿宝阿姨说："我不管，我告诉你妈妈管。"雯雯气她说："你去告诉呀！"她知道阿宝阿姨告诉不了。妈妈去工厂搞四清，一星期回来一次，爸爸去农村搞四清，一个月回来一次，雯雯完全可以无法无天了。

凭良心说，雯雯是喜欢读书的，只是她觉着光是读书终究有点单调，况且，一想到那可恶的考中学，她对读书也生起了反感。

秋天，中学照例参加郊区的三秋劳动。小学打破往年不下乡的惯例，也要下乡了。不知为什么，交涉了很久，等小学生下乡时，中学生都回上海了。稻割过了，棉花也摘过了，只剩下一地光秃秃的棉花秆。他们就拔棉花秆，一天拔一亩也行，拔半亩也行，一根不拔也行，只要别捣蛋，别闯祸，别掉进河里去，这是生产队对他们最高的要求了。

然而，很快就有一个人掉到河里去了，是娜娜。早上刷牙洗脸，是在门前的一个小池塘里。池塘的水是深绿的，边上浮着一些水草、泡沫。娜娜嫌边上的水太脏，就尽量往河里走，尽可能把身子往前探去,长长地伸着胳膊,去舀那中间的,她自以为清洁一点的水。不料脚下一滑,一下子滑了下去。水不深,只到她胸前。房东家大儿子把娜娜拽了上来,老师帮娜娜把衣服换了,让她躺在被窝里暖着,又烧姜茶给她喝。娜娜嫌姜茶辣,只敢用舌尖轻轻地点一点姜茶,蜻蜓点水似的。她呜呜地哭个不停,她是给吓坏了,哭到下午便发起烧来。老师慌了,晚上便把她送回了家。第二天,天忽然变了,来了一股西伯利亚寒流,气温骤降。大家没有思想准备,都没带棉衣。到棉花地里拔了两根棉花秆,一个个冻得鼻青脸肿。老师也冻得受不了了,赶紧带大家回来。回来仍然是冷,都抢着去烧火,锅溢了,还要烧。干脆,老师下命令,统统钻被窝,她自己一个人慢慢地烧。做好了饭,再把饭一个个端给大家,像侍奉一群病号。

大家蜷在被窝里,不知是谁开的头,讲起了鬼故事。草屋里很黑,只有一小方窗口,装了一块灰蒙蒙的玻璃,勉强透进一些光线。

"……那人胆大,什么都不怕,硬要上山。人家劝他不要去,他不听,非要去。山上风景很好,有树、有花,还有小鸟在叫……"方平娓娓地讲着。她是个伶牙俐齿的小姑娘,很会说话,难怪招老师喜欢。大家敛声屏气地听着。窗外的风呼呼叫着,被窝里很暖和。

"那人想,这里不是挺好的吗?哪有什么鬼啊!他加快脚步,继续往上走。越往上,风景越好看,树丛里,有一个亭子。那人走过去,看见亭子里的桌子前趴着一个女的,穿一身花衣服,后边梳一根长辫子。他轻轻地拍拍那女人的肩膀,这时,那女人转过脸来……"

"啊——"已经有人尖叫了起来。大家的心都提了起来,神经紧张到了极点，准备着要看到一个青面獠牙的鬼。

"那女人的脸上也是一条长长的辫子。那人尖叫一声，吓死了。"

静默，然后哗然。不曾想这鬼的面目会这么简要，简要到只剩下一条辫子。然而简洁到了这般地步，反而更加令人毛骨悚然。

"太吓人了！"雯雯打着哆嗦，怀里紧紧抱着一个盐水瓶。妈妈要她带热水袋，她不肯，说这是资产阶级生活作风。妈妈硬把这个盐水瓶塞进了她的背包，盐水瓶的作风似要比热水袋嫌疑小一些。这会儿真派上大用场了。

"我来讲一个鬼把脑袋摘下来梳头的故事。"雯雯说。她本想这么介绍一下内容提要，可以提起大家的兴趣。却不曾想到一上来就把悬念公布了，听下去便索然无味，达不到效果了。她自己也没了兴趣，匆匆忙忙地讲完，松了一口气，大家也都松了一口气，总算听完了。

"世界上真有鬼。"于小蔓忽然轻轻地说。

"迷信。"有人反驳她。

"真有的，"于小蔓固执地说，"不过，不是全部鬼都是坏的，每个人死了都会变成鬼。"

"瞎说：鬼住在哪儿呢？"

"住在阴间。"

"我们呢？"

"住在阳间。"于小蔓对答如流。看来她对鬼的了解比较全面系统，大家没有话说了。

"人死了以后还会想家，有时候要回来看看。外公死了以后就回来过，一天晚上，外婆房间里的东西都被他摸过了，抽屉被他翻乱了,床也被他坐皱了。"

"你外婆怕吗?"

"我外婆光是哭。"

谁也没有尖叫,心里凉飕飕的,有点压抑,谁都不说话了。屋外,风"呼呼"的,越刮越起劲了。

第二天,气温又降了两度,池塘结薄冰了。下午,老师便带着大家回上海了。

爸爸、妈妈、姐姐全在家,看见雯雯突然回来,喜出望外。阿宝阿姨忙着去老虎灶喊水给她洗澡,妈妈忙着给雯雯下面条,煎荷包蛋,爸爸忙着问长问短。雯雯洗完澡,提前穿上过年的新棉袄,香喷喷地吃面。一家人都围着她,看她吃。津津有味地看她怎么把面条挑到嘴里去,指导她吸吮溏心蛋的蛋黄。姐姐站在她身后,帮她扎两个刷把辫。雯雯发现自己原来在家里是很重要的,她鼻子有些发酸,老想掉眼泪。她看着谁都觉着亲,暗暗下决心,再不和爸爸妈妈闹别扭,不和姐姐吵嘴,也不顶撞阿宝阿姨了。雯雯没发觉,离开这三天,她是想家了。

不久,全国掀起了批判海瑞的运动。雯雯他们的作文课,就写批判海瑞的文章。

不久,全国开始批判"三家村",雯雯他们的作文课就写批判《燕山夜话》的文章。

这种文章,不叫记叙文,也不叫议论文,叫作批判文章。雯雯他们新学会了一种文体。同学们中间传说,考中学很可能就是写一篇批判文章。

太太平平的世界,出了这么几个大坏蛋、反革命,雯雯真是开心死了:总算有点事干干了。她和同学们对反革命感到极大的神秘。还是上三年级的时候,有一次,学校里一个校工被公安局逮捕了，全校都轰动起来。这个校工是极不惹人注目的，专门刻蜡纸印试卷的。雯雯想不起来是不是见过他，大家都在回忆着是不是见过他。有人说："那次速算比赛，他给咱们送卷子的，站在教室门口，个子不高，也不矮。"又有人说："有一次，我去领卷子，他对我笑笑，脸不白，也不黑。"于是，大家都慢慢地想起了他："哦，是他呀！"雯雯也说："是他呀，想起来了。"其实她根本没想起来，她这么说，完全是为了安慰自己，使自己不至于太遗憾了。大家纷纷地议论着，交换着消息，知道的情况却很少，只有两点：第一点，那校工是在夜里被抓去的，还戴着手铐。哦，手铐！第二点，那校工名叫汤焕荣，进了监狱，就改叫作汤犯焕荣了。这两点，就被大家翻来覆去地议论着。有人斗胆去问老师，想了解更多的情况。老师缄口无言，看样子，这事是保密的。尤其要对小朋友保密，真令人失望极了。

而如今，小朋友们也被发动起来，参加大批判了。还不断被提醒着要提高警惕，千万不要忘记阶级斗争。这么一提高警惕，果然能看出一些问题。这几天班上在传着一张报纸，报纸上有一幅画。这幅画粗看没什么，细看起来可就太反动了。第一，上面画了一个解放军，背了一杆枪，那枪口正好对着天安门。第二，画的角落里有几树梅花，那梅花是朝下开的，成了"倒梅"，这不是暗指天安门"倒霉"吗？天安门里有谁呢？啊，这简直想都不敢想。第三……反正，有七八处问题呢。这张报纸传了几天之后，便被郑重地交给了校长。

现在，不仅作文课写批判文章，有时候，语文课，班会课，也写批判文章了。

优秀的批判文章被老师挑出来，让同学们抄在旧报纸上，贴在走廊里。雯雯的文章被选中了，她很激动地跑回来拿毛笔砚台。山东爷爷正在厨房里和阿宝阿姨聊天。听说,山东爷爷想和阿宝阿姨结婚,阿宝阿姨不肯,嫌他老,嫌他穷,还嫌他是北方人,脏。不过,他来坐坐谈谈,她倒不反对,还挺高兴。真怪啊!

"有人看见,天开啦!"山东爷爷说。

雯雯站住了脚:"天怎么开的?"

"就这么开的,"山东爷爷把手合在一起,然后猛地分开,"像开了一扇门。"

"门里有什么?"

山东爷爷不搭理她,继续对阿宝阿姨讲:"跑反的那年,有人也看到过天开呢。"

"就是小日本打来的那年吗?"阿宝阿姨也不纳鞋底了,眼睛牢牢地看着山东爷爷。

山东爷爷点点头,又摇摇头,然后"咳咳"地咳了起来。

雯雯撇撇嘴:"迷信。"

山东爷爷破天荒地沉下了脸:"你懂什么!"

二

这是一个闷热的星期天的下午,雯雯和姐姐去看电影,一走出电影院,便发现马路上的气氛全两样了。行人拥挤着拥过来拥过去,人人脸上的表情都有些反常,有的兴奋,有的激动,有的恐慌。

"出什么事了?"雯雯问霏霏。

"出什么事了?"霏霏问雯雯。

马路对面,忽然围起了一堆人,马路上的行人都朝那里奔去,那人堆迅速地膨胀开来,占去了大半条马路。

"看看去!"霏霏拉着雯雯奔过马路,正要往人堆里挤,那人堆却移动起来,稍稍松散了一些。两个穿扮很时髦的男女,脸色苍白,两人都很奇怪地赤着脚走在水泥马路上,各人手里提着一双锃亮的皮鞋。一些男孩子乱七八糟地叫着:"尖头皮鞋脱下来,尖头皮鞋脱下来。"雯雯的心收紧了,她突然感到很不舒服,她走不动了。

"快走!"霏霏拉她,"那边又围起来了。"

"好的。"雯雯回答,霏霏嫌她走得慢,松开手,自个儿在前面跑了,长长的辫子在她背上活泼泼地跳着。

那边围着一个年轻阿姨,几个说北京话的红卫兵一定要剪她的裤腿。那阿姨和他们商量:"我回去就换掉,现在剪掉多难看。"

"最难看的是奇装异服!"一个女红卫兵说,她身穿绿军装,头发全塞在帽子里,腰间扎着好宽的皮带。

"我一定换掉,马上就回去换。"那阿姨苦苦哀求着,马上就要哭了。

红卫兵不和她啰唆,弯下腰就去剪她的裤腿,一下子剪到膝盖上面。风一吹,四片布前后左右乱飘。她脸一阵红一阵白,眼泪夺眶而出。雯雯正站在她旁边,转过脸,不敢看她。

"小妹妹,帮我去喊辆三轮车好吗?"她低下头对雯雯说。

雯雯浑身都在打哆嗦,一句话也说不出,动也动不了。

一个老太太看不下去了,喊来一辆三轮车,让那阿姨坐上车走了。这天三轮车的生意特别好,到处看到三轮车在飞奔。

"姐姐,我们回家吧。"雯雯轻轻说。

"再看一会儿。"

"回去吧。"雯雯的声音在哆嗦,霏霏奇怪地看了她一眼:

"你怕什么?你又没穿奇装异服。"

雯雯确实有点怕,怕什么?她自己也不知道。雯雯不肯承认自己这种莫名其妙的胆怯,只好跟着姐姐走。

马路当中架起了几条板凳,一个红卫兵站在最高的板凳上,大声讲着什么。雯雯一句也听不清,只听见一口清脆滑溜的北京话。讲着讲着,红卫兵一挥手,红红绿绿的传单飘飘扬扬地落下了。人们争着去抢那传单,霏霏运气好,抢到了一张,一看,上面写着赫赫的几个大字:"论辫子的十大罪状"。霏霏脸色唰地白了,手一松,传单被人抽走了,她拉着妹妹走出了人群,向家跑去。越跑越快,另一只手紧紧地拽着她的长辫子。

一到家,她就要阿宝阿姨立即给她剪辫子。阿宝阿姨说:"那么好的辫子,剪了多心疼。"霏霏说:"有什么心疼的,快剪快剪。"辫子剪了,留下两个只能编两股的小刷刷,在肩膀上扫来扫去。霏霏对着镜子愣了半天神,好像不认识自己了,又好像要重新认认自己的模样。愣着愣着,她忽然哭了起来,她心疼了。这两条辫子是她从小养起的,考中学功课那么紧张,妈妈让她剪,她都不肯。同学告诉她,城隍庙里一对长辫子换一辆自行车,她也不肯。这会儿,突然之间,辫子没有了。

第二天,雯雯和霏霏去上学,发现一条淮海路的商店全换上了新名字,用大黑字赫赫地写在红纸上:四新茶叶店,兴无服装店,灭资体育用品商店,红旗合作食堂……走了几步,又发现了一个四新布店,一个四新文具店,一个灭资五金店。

"难道想不出别的了吗?"雯雯不满意地说。

"恐怕是因为太急太快了,来不及想新名了。"霏霏说。

"那也不能老重复呀!"雯雯还是不肯原谅。

班里的同学都在闹腾着改名字。雯雯觉着自己是太需要改了，怎么能叫"文文"呢？毛主席不是对那宋彬彬说"要武嘛"，雯雯想改"爱武"，可是于小蔓说她也想叫爱武，雯雯不和她争，她好动气。雯雯继续想着，由武想到兵，于是说："我改成志军吧。"有个男生却说："我早说过了，我叫志军。"他原来名字叫王彧，刚来班上时，连老师都叫他王或，其实应该念"玉"。他白白胖胖的，戴了一副眼镜，有一种什么血小板缺少的病，体育课都免上，还志军呢。雯雯撇撇嘴，不屑于和他争。翻着字典，看到了一个斌，可把雯雯乐坏了，斌字，念起来像是兵，写法上则又有文又有武，太全面了。她回家和妈妈说，霏霏却叫了起来："我已经和妈妈讲过了，我叫斌！"

"我叫'斌'！"

"我叫！"

妈妈烦了："一个都不叫，仍然叫老名字。"

雯雯吵了几次，无效，只好作罢。

霏霏参加红卫兵了。凡是红五类都能参加红卫兵，霏霏和雯雯填表，在家庭成分这一栏里，填的是革命干部，简称"革干"。"革干"正好算进"红五类"，所以霏霏是有资格参加红卫兵的。她胳膊上戴着一个红袖章，还不知从哪儿弄来一顶军帽，卡在头上，露出两根小辫，很神气。遗憾的是没有军装，霏霏做梦也在想军装。可是，这上哪儿去弄呢？买也买不到。当然，可贵就可贵在这是买不到的。中学虽然停课了，可是比上课还忙：要贴大字报，要大辩论，还要抄家。雯雯看见过抄家。

隔壁一号里，是个很大的资本家。过去，他们家的门从来不打开，如今打开了。一米高的大花瓶举过头顶往地上摔，碎瓷片在院子里铺了一地，太阳照上去，闪闪烁烁地发亮，像是一地的银子。一捆一捆的钱搬出来,堆在院子里,那钞票有点两样,雯雯从没见过,听红卫兵说,这是美钞。还有金子做的小碗、小碟,还有各色的毛线、各色衣料,还有一盒一盒的小元宝。阿宝阿姨告诉雯雯,这是长锭,那是锡箔,是鬼用的钱。鬼还需要钱用?看来,真有个阴间了,让于小蔓说对了。院子里堆满了从箱底翻腾出来的东西,散发出一股浓郁的霉味,那是一种令人很不好受的气味,雯雯却断定这气味全是来自那"鬼钱"——她这么称呼长锭,那是阴间里的气味。她想吐,想走开,可又不承认自己的软弱,硬忍着恶心站在那里看热闹。

一号里的大人孩子全被赶到院子里来站着,接受群众批判,其中有个小女孩,雯雯认识。她原来也是她们学校的,比雯雯高一班,去年毕业考上中学了。有一次,学校里跳集体舞,她们还拉过手。她知道她叫张维真,张维真也知道她叫雯雯。她们互相都知道,可是从来没说过话。这时候,张维真正好站在雯雯对面,她低着头,稍长的短头发慢慢地从耳后滑下来,遮住了脸。她忽然抬起头,甩一下头发。雯雯一惊,赶紧往阿宝阿姨身后躲,她怕张维真看到自己,不知道为什么,她觉着很窘。

娜娜家也被抄了,她主动向老师汇报的。在她汇报之前,有好多同学都已经去和老师说了,他们都是亲眼看见的。从此,娜娜在学校就再也抬不起头了,被叫作狗崽子。小学虽然还没被批准开始"文化大革命",可是同学们已按照大人们的政策,根据家庭出身划分了阶级阵线。雯雯自然是属于无产阶级的,她是红五类啊。

而这么一划分,却出现了一个意外的情况。不少小队干部,中队干部,甚至大队干部,比如方平,都是"黑五类",或什么类也不是。却有不少差生、落后生、留级生,比如魏玉娥,都是

"红五类"。原来的阵线就被打乱了,一时上谁都有些无所适从。

雯雯不能和娜娜好了,她和娜娜彼此都觉得再好下去是不合适的。雯雯的新同学平时都和她比较疏远,比较起来,她还是和魏玉娥合得来一些。

魏玉娥的兄弟姐妹很多,家里十分困难,她穿得特别破。在雯雯记忆中,她从来没穿过一件没有补丁的衣服,而且那补丁的颜色总和衣服原色相去甚远,好像家里连补丁都困难得很。她穿得太破,同学们都不太愿意搭理她,和她走在一起总不太光彩。而她的脾气也挺倔,你和她好,她对你又热情又厚道,你不理她,她决不会巴结你。并且,她有许多家务,一放学就往家走,决不会有时间和大家一起跳橡皮筋啦,造房子啦,所以她在班上挺孤独的,没什么朋友。她爸爸是一个老工人,很纯朴。有一日,他加了工资,第一件事就是跑到学校里来,要求将孩子的学费全免改成半费。老师说:"您就是加了工资,也还是够全免标准的,还是给魏玉娥做两件衣服吧。"他说:"玉娥穿得不挺好,能给国家减轻一点负担,就减一点吧。"老师很感动,在班会课上把这事说了,并且发动大家帮助魏玉娥。那之后的两个星期里,魏玉娥每天都能从台板里发现一捆铅笔,一叠本子,或者一双半新的布鞋。但这些也解决不了魏玉娥什么大问题,她依然穿得很破,依然一放学就要回家带弟弟,依然没有什么好朋友。

如今,雯雯同她接近起来了,常常到她家里去玩。魏玉娥家里只有一间房间,一张大床占去了一半地方,床上躺着她妈妈。

"就一张床?"雯雯环顾着房间问。

"就一张。"

"你睡哪儿呢?"

"我和大妹妹睡地上,爸爸、妈妈、弟弟、小妹妹睡床上。"

"一张床睡四个人?"

"这床大着呢。"

雯雯不说话了,她想起了娜娜的小房间。

魏玉娥家居然没有煤气,五六只煤炉把间厨房熏得漆黑。而魏玉娥家为了省钱,舍不得买煤球,搞来很多煤屑,自己做煤饼。雯雯帮着做,她很起劲。这些事儿,她在家争也争取不到的。魏玉娥除了两只手上有煤泥,一身都干干净净。雯雯则是脱了鞋袜,挽了裤腿,衣服上、脸上都给煤泥弄得斑斑驳驳的。

"雯雯,别干了,把你衣服都弄脏了。"魏玉娥很不过意。

"没关系,我喜欢干。"雯雯气喘喘地回答。

"雯雯,你挺好,没架子。"魏玉娥由衷地说。

"嗯,我一点不好。"雯雯忸怩了起来。

"我不喜欢娜娜。"魏玉娥直爽地说。

"为什么?"

"她完全是资产阶级小姐。我永远忘不了,有一次,她生病,老师让我到她家给她送一本练习本,顺便问问她身体怎么样了。我在她家门口喊了半天,她妈妈从二楼窗口伸出头来,看了我一会儿,缩回头去喊了声:'阿姨你下去把娜娜的本子拿上来。'连门都没让我进去。"

"她们家就是这样。"雯雯低着头说。她知道自己在为娜娜说谎,娜娜妈妈不是对所有人都这样的。

"雯雯,你说公平吗,我们家这么穷,娜娜家却这么有钱,不是解放了吗?"魏玉娥气愤地说。

"所以要搞'文化大革命'呀。"雯雯安慰她。

"哼。"魏玉娥从鼻子眼里哼了一声,好像不大相信"文化大革命"似的。

这天,魏玉娥终于同娜娜吵起来了。有人在娜娜座位上写了狗崽子三个字,娜娜一边擦一边嘀咕:

"写的人自己是狗崽子。"

魏玉娥马上回敬道:"你骂谁?"

娜娜说:"骂写字的人。"

"你凶什么?现在还想凶啊!"

"你也不要凶。"娜娜回嘴道。

"狗崽子,狗崽子!""红五类"的同学群起而攻之。雯雯没有喊,她傻眼了。

娜娜忍无可忍了:"出身不能选择,道路可以选择,重在表现的。"她瞟了雯雯一眼,有点指望雯雯为她说话。

"老子反动儿浑蛋,就是狗崽子!雯雯,你说对吗?"魏玉娥拉雯雯,雯雯挣脱魏玉娥的胳膊,站远了一些。

"去问老师嘛!"娜娜说。

"去找老师来。""红五类"们喊。

非"黑五类"、也非"红五类"的那类同学把老师找来了。老师站在同学们中间,皱着眉头问:"究竟是为什么事哪?"

大家七嘴八舌地把事情说了一遍,而老师还是皱着眉头问:"究竟是为什么事哪?"

老师显然解决不了这事情了,同学们很快意识到应该依靠自己的力量,于是又对着娜娜叫:"狗崽子!滚出去!"

娜娜的眼泪,一颗一颗滚了下来。雯雯站得远远的,低着头。娜娜哭着从她身边跑过了,雯雯感觉到娜娜幽怨的目光。她想起娜娜贴在铅笔盒里的字:"出身不能选择,道路可以选择。"她当时同意来着,可如今……雯雯对娜娜觉着抱歉了。虽然,也用不着她抱歉什么。

"你去不去，雯雯？"有人推她，是姜爱国，过去的少先队中队副，如今无形中成了"红五类"的头，虽然并没有进行过任何选举。看来，在新的划分中，旧有的权威还起着一定的作用。

"上哪儿去？"雯雯愣愣地问。

"你在做梦啊！"姜爱国不满地瞪着她，"去要求在小学里开展'文化大革命'，成立红卫兵。"

"上哪儿去要求？"雯雯振作了起来。小学里不能开展"文化大革命"真是太不公平了。

"上区接待站，区里不行就上市里。"

"当然去！"雯雯说，回头又喊魏玉娥，"去不去啊？"

魏玉娥犹豫着："去吵有用吗？"

姜爱国说："革命不是请客吃饭。人家不会上门来请你去革命的，要靠自己争取。"他这么理解这段毛主席语录，也行。

"走吧，走吧，你不去我也不去了。"雯雯动员魏玉娥，魏玉娥看看雯雯，答应去了。

区接待站里，满满地挤着人。十几张嘴一齐说话，谁的话也听不清。雯雯也分不清哪些是接待站里的人，哪些又是来提各种要求的人。只看见人群中有一个戴眼镜的男人，他一直和蔼但疲倦地笑着。不知为什么，雯雯断定他是接待站的人，也许就因为他那和蔼的微笑，别人都很凶地在嚷。

姜爱国在班级里挺神气，说话一句算一句，加上他那山东人的血统，使他长得很高大结实。他是班上唯一穿着真正的军装的人。那军装已经洗得发白了，帽子里面还有部队番号、姓名——当然是他爸爸的。他俨然是一副领袖的模样，可是在这里，挤在那么些大人中间，他的威风全没了。面对着这一番混乱，他也是一筹莫展，只能领着大家齐声有节奏地喊：

"革命，不是请客吃饭！革命，不是请客吃饭！"

魏玉娥想走了："雯雯，我回家了，一大盆衣服还没洗。"

雯雯正喊得上劲："别走，等一会儿嘛。我帮你洗衣服。"

"你在这儿吧，我要烧饭了。"

雯雯有点不高兴："平时这会儿还在上课呢。"

魏玉娥温和地说："现在不是没在上课吗？"

魏玉娥走了，雯雯有点扫兴，喊声不由得低了下去。姜爱国他们还在喊："革命，不是请客吃饭！革命，不是请客吃饭！"

喊了一阵，姜爱国一挥手，喊声停止。他对大家说："走，咱们回学校找老师要求去。"

"走，回去！"

"杀他一个回马枪！"大家纷纷嚷着，挤出了接待站。

这学期的班主任刘老师对学生是空前的客气，见姜爱国一帮人拥进办公室，马上站起来笑着说："上教室谈，上教室谈。"像对客人说话一样，大家倒有点不好意思起来。过去她可不，过去她对同学说："上办公室谈谈去。"那"谈"意味着批评、训斥、留晚学、告诉家长，反正没有好事，同学们最怕"谈"了。这会儿，无论她是多么客气，雯雯都觉着她有些虚伪。她记得有一回，她从楼梯上下来，老师正好上楼，两人碰了个面对面。雯雯往左让，刘老师也往左，雯雯又往右让，老师也往右。这么让了几个来回，两人还是没能错开走过去。老师急了，说："你这人怎么没有脑子！"雯雯很委屈，可又不能生老师的气，硬忍下了。雯雯心里想着，一定得给她贴一张大字报。可是，小学里什么时候才能开展"文化大革命"呢？

中学里的"文化大革命"，闹得可厉害了。雯雯经常扒着黑篱笆，看那女子中学开会斗老师，文艺演出。她喜欢看她们文艺小分队表演，一群女红卫兵，穿着军装，戴着军帽，军帽下垂着两根粗粗的短辫，神气极了。雯雯细细地端详她们，自个儿在心里评价着哪个漂亮，哪个不漂亮，哪个跳得好看，哪个跳得不好看。那造反舞，也可以跳得好看的。雯雯觉得那前排左起第二个女红卫兵最好看，脸儿白白的，眼睛大大的。跳"滚他妈的蛋"时，她不像别人把脚跺得那么响，踢得那么高，她只是轻轻地一跺，娴娴地一踢，很优雅的。雯雯偷偷地对着镜子学她的动作。

斗争会，就远不是那么轻松有趣了。雯雯对斗争会的心情，要复杂得多，她又要看，又怕看。有一次，斗一个女老师，那女老师的头发被剃了一半，另一半披下来遮住半个脸。雯雯想吐，她常常会莫名其妙地恶心，从小就这样，阿宝阿姨说她喉咙浅。这天夜里，她做了噩梦。她梦到自己来到了阴间，那阴间好像和阳间区别不大，也有街道、商店，有很多鬼飘来飘去地买东西。他们花的钱全是那种小小的元宝——长锭，有一股霉味儿。其中有一个鬼，只有半边头发，它还满不在乎地甩来甩去，回头对雯雯微笑。啊，分明是刘老师……雯雯吓得叫了起来，叫也叫不出来。姐姐把她摇醒，她喘着气坐起来，再不敢睡了。然而等天亮了，到了白天，再回想那梦，似乎并不可怕了。雯雯笑话自己胆小、迷信。女子中学一开斗争会，她照样去看，照样的恶心，想吐，然后再做噩梦。那女中操场里的斗争会，越开规模越大。开始，斗争对象只有一两个，后来有三个、五个、七个，如今是满满的一台了。同时，弄堂里，被抄家的人家也日益增多。几乎每天夜里，都有一家被"砰砰砰砰"地敲着门，这家或是那家。爸爸妈妈也有点紧张起来，自己先把家抄了一遍。把穿旗袍、穿西装的照片撕了，把一些毒草书当废纸称斤卖了。这还不放心，晚上睡觉前，妈妈总要把姐姐别着红袖章的外套放在最最显眼，进门便可看到的地方。意思是，咱们家也有个红卫兵，你们看着办吧。

雯雯问妈妈："咱们家不是'革干'吗？"

妈妈说："是'革干'。"

"那还怕什么呢？"

"有备无患嘛。"

"其实人家不会来抄的，是吗？"

妈妈不回答。

"其实人家不会来抄的，是吗？"雯雯要问个明白，才能放心。

妈妈说："是的，是的。"

妈妈虽然回答了，可雯雯反而不相信了。她发现，连妈妈也不能给予她安全感了。

雯雯夜里睡不好觉了，一听到敲门声，她就会惊起。后来，没有敲门声，她也会惊起。到了最后，她反而在盼抄家的人了。要抄就快抄吧，抄了就完事了。雯雯夜里睡不着，一心等红卫兵上门抄家。

霏霏说，她们学校一个老师自杀了。

黑篱笆里的女中有一个老师自杀了，贴了一操场的大字报："×××自绝于人民，罪该万死。"

九号里一个人自杀了。白天，单位的造反派来贴大字报，要家属表态，夜里，那门里关着灯压着嗓子哭。

阿宝阿姨买菜回来，说那边妇女商店大楼上跳下了一个人，血肉模糊。好多人都跑去看，雯雯也跑去了。人围得里三层外三层，雯雯低着头使劲往里挤。挤到跟前，她却紧紧闭起眼睛不敢看，回转身去又里三层外三层地往外挤。

没过多久，霏霏回家来说，那自杀的老师平反了，她是被资产阶级反动路线害死的。篱笆里的女中，换了一操场的大字报，"控诉资产阶级反动路线对我的迫害"。据说，这资反路线全是当权派们阴谋策划的。

九号的门上贴了一张平反的通告，一连几天，门里白天黑夜都是凄惨的号哭声。

走在街上，常常能看见哪一家门上贴了这么一张平反的红纸。雯雯为他们懊恼死了，再撑几天，再咬着牙撑几天就好了，雯雯想。

雯雯走过妇女商店大楼底下，想起这里曾有个人躺在血泊里，这人恐怕也平反了。可是哪怕平反一百次、一千次又有什么用呢？人已经死了。阿宝阿姨说，做一个人不容易，要先做几世猪几世狗，才轮到做人。当然，那是迷信。可人毕竟不应该随随便便死的，死了就什么也不知道，什么也没有了。多可惜啊！都怪这个可恶的资反路线，分明是搞"文化大革命"，怎么半路上跑出个资反路线来？这一错，害死了多少人啊，以后可千万别出差错了。

三

"文化大革命"已经这么轰轰烈烈了，已经犯了差错，又已经纠正了过来，可小学里仍然不让开展"文化大革命"。中学里一支红卫兵已经分为了两支，小学里还不让成立红卫兵。姜爱国带着同学们，跑了市接待站，还是不行。他动脑筋跑北京去告状，可是上面规定小学生不准参加大串联，这不活活地要憋死小学生吗？

小学不搞运动，课又上不起来，同学们想干什么就干什么。雯雯和同学们上电影厂去看大字报。他们都喜欢看电影，对电影世界感到神秘。他们跑到电影厂，好奇地东张西望。电影厂的大字报全挂在一些很大很高的房子里，这房子叫作摄影棚。雯雯看着这摄影棚，无论如何想象不出《马兰花》里的小兰曾经在这里腾云驾雾地飞。她期望看到一个电影演员，她很喜欢《马兰花》里的小兰，《红色娘子军》里的琼花，《五朵金花》里的金花。她们跑到少年宫里去看大字报，少年宫是个真正的宫殿，他们很难得有机会去。有一次暑假里，他们班级轮到去少年宫玩，排很长很长的队伍走"勇敢者的道路"，排了半个上午，总算排到跟前了，可雯雯的凉鞋忽然坏了，连走路都困难，更不用说走"勇敢者的道路"了，好失望啊。少年宫里也贴满了大字报，他们不看，专门去走"勇敢者的道路"，独木桥下面的小河干涸了，铁索桥的铁索锈了，篱笆倒了。他们跑到美术家协会去看大字报，那里贴了很多画，上面都打了叉叉。有一幅画很古怪，还配了一首同样古怪的诗，第一句便是：西边出了个绿太阳。这不是明目张胆地攻击毛主席吗？这么明白的事情，为什么到现在才揭露出来批判呢？雯雯不明白。他们还跑到音乐家协会、儿童剧院、美术电影厂、越剧院，这是魏玉娥提出来的。她想看看王文娟，可王文娟没看到，只看到王文娟三个字被倒写着打了三个叉。当同学们提出去作家协会看大字报时，雯雯默然了。爸爸妈妈在那里工作，她不知道在那里将会看到些什么，她不去，同学们去了。她心里很忐忑，不晓得第二天会发生什么事情。第二天什么事情也没发生，她又继续不安了好几天，才想起同学们并不知道她爸爸妈妈的名字。再说，他们讲是讲去看大字报，实际上主要是去玩，去看看那些画家、音乐家、演员、作家的模样，当然，他们从来看不到。从那以后，雯雯对看大字报就不大有兴趣了，她热衷抢传单了。

雯雯已经攒了半抽屉传单了，各种各样的，红的、绿的、油印的、铅印的，这派的、那派的。雯雯不管，在她看来，都是一样的。她热衷的不是内容，而是这收集的本身。过去，她收集过糖纸，那也是十分有趣的。糖纸是一套一套的，雯雯有好几套稀有的糖纸，比如唯多利小白兔、小白熊，比如牛郎织女，比如金鱼太妃。为了收齐它，全家人一下买了三四斤金鱼太妃糖。这传单没有什么套数，也很难分类，每时每刻都有着无穷的形形色色的传单产生。雯雯也不管这些，反正，越多越好。雯雯抢传单很虔诚，看准了发传单的人，跟着不放，一直跟到人家给她，或者人家确实已经撒完，她才罢休。她的挚诚，有时是很能感动人的。有一回，一个中学生坐在黄鱼车上发传单，雯雯紧追不舍，可是与黄鱼车的距离还是在拉远。雯雯不放弃一点希望，仍然穷追不舍，全速奔跑着。眼看着那中学生手里的传单只剩一张了，雯雯还追。横里窜出几个男孩，叫喊着去夺他手里的传单，那人却站起来向雯雯探出身子："给这个小姑娘。"他朝雯雯扔去，传单太轻了，没到雯雯手里就轻轻地飘落了下去。那几个男孩子一拥而上。雯雯不顾一切地和他们扭成一团，她已经不单单是为了传单了，而是为了，为了什么呢？她也说不清，她只是再三嚷着："这是红卫兵给我的，他指名给我的。"雯雯奋力抢着，好像抢不到这传单就会辜负了那红卫兵似的。

渐渐地，大家的热情从抢传单发展到了发传单。发传单显然要比抢传单有趣也神气很多。可是发什么呢？他们就决定把抢来积攒起来的传单发掉。

魏玉娥发传单很小气，走了半条马路才发掉一两张，姜爱国很看不起她，说："又不是割你的肉。"他发起来是一把一把撒的，那气派就要大多了。然而，传单的数量是绝不够这么大手大脚挥霍的，所以他不时要从别人那里搜刮一点。雯雯看见他都有点怕了，不给不好意思，给吧，自己实在是不多了。最后，姜爱国提议一起跑到龙飞大楼顶层，一下子把传单撒个纷纷扬扬。大家都同意了，应该这么气派一下。于是一起跑上了龙飞大楼，那红红绿绿、大大小小，这派和那派的传单飘落了下去，很快就看不见了。只有一张粉红色的传单孤零零地落在人家屋顶上头。雯雯心里空落落的，有点怅惘。辛辛苦苦攒起来的传单，这么一眨眼就全没了。

是啊，辛辛苦苦攒起来的，一眨眼全没了。

今天来学校，班里传着一件极可怕的事情，于小蔓快要死了，她生的是癌。好久没见她，说她是生肝炎住院呢，怎么是癌啊！她爸爸到学校来了，正在办公室里哭呢！大家神情紧张地纷纷议论着。"红五类"，"黑五类"，不黑不红的类，全混在一起议论。因为，于小蔓以及癌的情况，"红五类"知道一些，"黑五类"知道一些，不黑不红类的也知道一些，而谁都想知道得多一些，所以就不管三七二十一地交流起来。至于那些传单啊，大字报啊，小学生能不能参加"文化大革命"啊，统统地给丢在一边儿了。这里，有一个人要死了，一个活活的人要死了啊。

"癌，是要活活地痛死的。"方平说。

"癌，治得早还是能治好的。"雯雯说。

"癌，再怎么早都治不好的。"王彧说。

"好好治，好好养，能好。"娜娜也参加了意见。

"癌是气出来的，喜欢生气的人就容易生癌。你们看，小蔓就是喜欢动气。"魏玉娥说。

"哎，真的喏。以后千万不要动气了。"

"我本来就不喜欢动气，老是笑眯眯的。"

"我也不大动气的。"

大家纷纷澄清着自己，似乎这可以保证不生癌。

"癌，也叫恶瘤，"王彧神秘地说，"恶人才生的。"

"瞎讲！"陈建江腾地站了起来，他握着拳头，朝王彧瞪着眼睛，"你再瞎讲我揍你。"

"人家说的嘛！"王彧害怕地扶了扶眼镜。他最怕打架，他有血小板缺少症，流了血不容易止。

"你怎么知道王彧是瞎讲？"

"没有根据的嘛！"大家都帮王彧说话。

"你们懂个屁！"陈建江从牙齿缝里挤出几个字。

"你懂！"

"就你懂！"

"我就懂！我妈妈就是生癌死的。"说完他坐了下来，把头埋在胳膊里，一动不动。

教室里静悄悄的，方平轻轻地对王彧说："你要向他道歉。"

"对，王彧，向陈建江道歉！"

王彧往后缩着，喃喃地说："我又不晓得，我是瞎讲讲的，我是讲讲玩玩的。"

大家都用白眼瞪他。

"陈建江，王彧向你道歉了。"魏玉娥走过去对陈建江说。

"陈建江，你别生他气，王彧就是喜欢瞎三话四。"姜爱国也走了过去。

"陈建江，别动气了。"娜娜也说。

大家都围着陈建江，陈建江的头还是埋在胳膊弯里，但他的肩膀耸动起来,他哭了。只有雯雯一个人远远地站着,她不好意思走过去,倒不是怕人家笑话,那些无聊的闲话早已被人淡忘了。她是觉得陈建江不会接受她的安慰,陈建江一定很恨她,雯雯心里很难过。

"癌,能治好吗?"大家小心地向陈建江打听。

陈建江摇摇头。

"癌,是活活痛死的吗?"

陈建江点点头。

"那怎么办呢?"

陈建江脸埋在胳膊里,呜咽着说:"给她吃点好的,让她开开心心的,多活几天。"

大家真正地呆住了。呵,于小蔓,于小蔓,老是噘着嘴生气,用一只汽水瓶盖飞快地拆着纱头的于小蔓,怎么可能呢?活活的一个人,成天和大家在一起的,忽然之间,要死了。

大家决定去看小蔓。老师说:"你们应该多去看看她,陪她玩玩。不过,你们千万要记住,不要在她面前提起她的病。她不知道自己的病,一知道就糟了,千万不能说漏了嘴。"

大家的心情陡然地紧张起来,越走近于小蔓的家,那心情越是紧张。一方面是生怕自己说漏嘴,另一方面是马上要看见一个垂死的人了,哦,而且是一个熟人。虽然大家明白人是会死的,可总觉得自己熟悉的人是不会死的,这想法真是莫名其妙极了。到了于小蔓家门口,大家的紧张已经变成了胆怯,犹豫了起来,你推我,我推你,最后还是雯雯下了决心,颤着声音叫道:"于小蔓……"

街面房子二楼的窗口推开了,伸出了于小蔓的头。她好好儿的,还和过去一样,好像还胖了一些,只不过稍稍苍白了一点。

大家很意外，却都不由自主地松了口气，于是一起响亮地叫道："于小蔓！于小蔓！"

"快上来！快上来呀！"于小蔓看到同学们高兴极了，连连叫着，"妈妈，我的同学来了。"

于小蔓穿着一件枣红色的灯芯绒上衣，头发蓬蓬松松地编了两个短辫子，穿着袜子坐在床上，大声地叫着小朋友的名字："雯雯，娜娜，陈建江，王彧……"很久没见面，连过去不怎么太好的同学，她都觉着亲。她把一小筐纱头放在桌上，让大家随便拆，还要妈妈给找几个汽水瓶盖子。妈妈说：

"小蔓，怎么好叫同学拆纱头呢！"

"我们小朋友喜欢拆的，是吧？"于小蔓说。

"是的，是的。"大家都纷纷地向筐里伸手拿纱头。

"雯雯，你拆这块，那块不好拆，"于小蔓帮雯雯挑，她变得气量大了，"你们怎么老不来，我一个人闷死了。"

"以后我天天来。"雯雯说。她看着活泼泼的于小蔓，怎么也和死联系不起来。她想，恐怕是医生搞错了，医院里常常有搞错的事，她心里轻松了一点儿。

"你们天天干什么啦？"于小蔓问。

"我们……"雯雯想说她们上接待站去要求成立红卫兵了，可她立即想到于小蔓是小业主成分，成立红卫兵也没她的份儿。因此改口道："也没干什么。"

"谁来讲个笑话？"姜爱国说。

"对对对，讲笑话。"大家一致欢迎，不是说癌是气出来的吗？那么多笑笑，说不定能笑好。

方平说："我来讲个笑话，一个跷脚，一个驼背，一个摇头疯，三个人一起走路……"她连说带表演，效果强烈。于小蔓笑得眼泪也冒了出来。这时,她妈妈端来了一碗蒸蛋,要小蔓吃。

"吃不下,妈妈。"小蔓说。

"能吃多少吃多少。"

小蔓无可奈何地叹了口气:"妈妈,我想吃的时候你不给我吃,我不想吃的时候,你硬要我吃,我怎么能不生病呢?"

她妈妈转过身去时,雯雯看见她眼圈红了。大家都不说话了,看着小蔓吃蛋,小蔓尖起嘴小口小口吃着。

以后,雯雯就常常来小蔓家了,有时和娜娜一起来,有时和魏玉娥一起来,有时自己一个人来。姜爱国他们有时也来,来得不多,他们仍然在闹着要成立红卫兵,搞"文化大革命"。雯雯在于小蔓家小小的、整洁的房间里,面对着于小蔓,就觉得那些事情有点虚渺。资本主义复辟,修正主义路线,中国要吃二遍苦,受二茬罪,这些危险虽然重大,然而究竟比较遥远。这里有着更贴近,更切实的威胁,这威胁无一时不在,无一刻感觉不到,那是"死"。

于小蔓的脸越来越黄,肚子有点大,有时里面"咕咕"地响,是腹水。她的脚肿着,上厕所也要人扶。她的肝部有时候会疼,一痛起来就冒汗。雯雯看着她,觉得她在慢慢儿地走远、离去,留也留不住。可雯雯还是不明白,她怎么可能离去。她是那么熟悉、那么贴近,笑起来,嘴角往下弯,生起气来,嘴就噘了起来。她睡着的时候,嘴还一动一动的,像是笑,又像是生气。她是这么活活的一个人,她能到哪儿去?

她妈妈老是背着她哭,有时还对着雯雯哭,一边哭一边说:

"小蔓以前要吃这吃那,我说她嘴馋,不给她吃。这孩子营养从小不好,都是我害的。"

雯雯不知道该怎么安慰她,沉默着。

"老是要她拆纱头,小蔓手指甲都秃了。"

"她喜欢拆的。"雯雯终于想出了一句话来安慰小蔓妈妈。

"小蔓很懂事,她知道家里困难。"

雯雯这才明白,拆纱头是为了挣钱。

"我对不起小蔓,我悔死了。"

雯雯想起她也曾做过对不起小蔓的事,她在背后说过小蔓的坏话,说她动不动就生气,碰不起。其实,她喜欢动气全是因为她有病,她生了癌。

马路上到处搭起了宣传台,小分队在上面演出。鼓声震天,一个人挥动着一面大旗,走了个满台红。然后他一招手,一群红卫兵一拥而上,高唱战歌。雯雯挤在人群里,踮起脚尖,伸长脖子,津津有味地看着。如今,没有任何电影和戏剧,这是唯一的表演艺术了。雯雯喜欢看演出。一列红卫兵做着骑马状上了台,节奏强烈的歌声响起了:"我们是毛主席的红卫兵,从草原来到天安门……"把观众的情绪都振奋起来,雯雯在这振奋中忽而又想起了于小蔓,她心想:于小蔓要死了。

唉,这么多的人,都能发动起一场轰轰烈烈的大革命,却救不了一个小孩子,那小孩子生了癌。

小学不能开展"文化大革命",又没法上课,学生们经常在操场上听报告。雯雯听不太懂,听着听着便没了兴趣,旁边的娜娜却在"嘀嘀咕咕"地自言自语着什么。

"娜娜,你在讲什么?"雯雯推推她。

"我在背毛主席语录呢。"娜娜说。

"谁让你背的?"

"听说咱们这一届考中学,就考毛主席语录呢。"最近,同学们都填了中学志愿表。

"现在，所有的中学都一样了，没有什么重点不重点了。"

雯雯解释着，她觉着好笑，娜娜好像天上掉下来的人，一点不懂世面。

"重点中学到底两样，师资力量强呀！你的第一志愿不也填了圆明中学吗？"

"我是随便填填的，都一样。你看，大家都不考了，师资力量有什么意思。"

"这大概是暂时的吧，将来一切又会正常起来的。"娜娜左右看看，压低了声音说，原来她还存着复辟的心思。

"你简直在做梦，"雯雯有些生气了，"旧的制度要彻底改革了，哪能又改回去。"

娜娜不响了，她想起了雯雯的身份。过了一会儿，她又说："雯雯，其实你的功课也蛮好的呀，难道你就一点儿也不想读书吗？"

雯雯说不出话来了，过了一会儿，才说："我恨读书。"

娜娜一撇嘴："不相信。"

其实，雯雯自己也有点疑疑惑惑的，她好像是恨读书。读书，负着的责任太大太重，重大得有点不公平了。可是这些日子老是闲逛着，她又有点想读书。填表，她第一填的就是圆明中学，她仍然向往圆明中学。

"我全靠读书了，"娜娜忧愁地说，"我成分不好，只有读书一条路。"

"你怎么这样说！"雯雯不满地瞅了她一眼，不再和她说话了。娜娜也不说了，她们越来越谈不拢了。

这天，她去于小蔓家，她家锁着门。她敲了半天门，旁边的门开了，出来一个老奶奶："他家人都出去了。"

"上哪儿去了?"

"去火葬场了。"

"什么火葬场?"

"她家小姑娘死了。"老奶奶缩回头去,关上了门。

雯雯打着冷战,磕磕碰碰地下了楼。一个活活的,会笑会生气,会用汽水瓶盖子拆纱头的于小蔓,忽然没有了。

中午的太阳明晃晃的,照得人眼花。行人像潮水,涌过去,涌过来,涌得人头昏。

有一个小朋友,活活的没有了。

宣传台上,红卫兵们做出乘风破浪的造型,高唱着:"大海航行靠舵手,万物生长靠太阳……"

哦,这一个热热闹闹的世界,那阴间许是要冷清得多。雯雯愿意有阴间了,愿意阴间和阳间有相通的路,这样,人和人就不会分开了,就能永远在一起了。

四

小学里到底开展"文化大革命"了。整整一上午,校长在广播里做动员报告,不断地说:"向我开炮,向我开炮!"那声音听到后来,变得有些凄厉了。

班级要成立红卫兵战斗队了,"红五类"们聚在一起,讨论着应该给战斗队起什么名字。

姜爱国说:"叫作董存瑞战斗队。"

雯雯说:"叫作海燕战斗队。"

王彧说:"叫作尖刀战斗队。"

魏玉娥说:"叫作雄鹰战斗队。"

谁也不听谁的，吵个不休，一直吵到印章店。印章店现在也管做红旗和红袖章。一个老伯伯从老花镜上面看着他们，等待他们做出决定。

"董存瑞！"姜爱国说。

"海燕！"雯雯说。

"尖刀！"王彧说。

"雄鹰！"魏玉娥说。

"要么干脆叫代代红战斗队。"姜爱国想解决这相持不下的局面，不曾想又多出了一种意见。

"要么叫遵义红卫兵。"雯雯也提出了一条。

"要么叫破旧立新。"

"要么叫……"

没完没了了。

雯雯忽然有些失望，这么吵吵嚷嚷的。一支战斗队的名称就产生于这吵吵嚷嚷七嘴八舌之中，无论哪个即兴而起的念头都可能作为一项决定而实现，"文化大革命"的庄严似乎少去了很多。

这是一场推翻权威的革命，然而一旦没了权威，又令人有些怅惘起来。

接下来便是写大字报，礼堂里、食堂里、风雨操场里，拉起了一根一根的绳子，专门给学生挂大字报。尽管校长在广播里一刻不停地叫"向我开炮，向我开炮"，可同学们依然不向她开炮。大家对她是太不熟悉了，几乎没有任何接触，对她没有任何意见，所以大字报都是给各个老师写的。

"×××上课时，用粉笔头扔同学，居心何在？"

"×××上课时，鼓吹学而优则仕，说：'学习不好没有前途'居心何其毒也！"

"×××对学生说要艰苦朴素,自己却是资产阶级生活方式,春游带了三个荷包蛋。"

"×××……"

雯雯忙了起来,霏霏却闲了。她站错队啦!她参加的那派成了保皇派,是错误的。这个判断是两派红卫兵上北京询问所得到的答案。霏霏在家闲了几天,被几个同学约去大串联。妈妈不让她去,她非去,留了张字条偷偷跑了。字条上写着:"我去北京了,不见到毛主席决不回来。再见了,爸爸、妈妈、妹妹,致以'文化大革命'敬礼,霏霏。"

妈妈急了,想到霏霏身边只有三角钱。妈妈从来不随便给她们零用钱,她们身边有多少钱,她都有数的。爸爸先是和妈妈一起着急,可当妈妈要他去火车站找霏霏时,他忽又豁达起来,说:"让她出去锻炼锻炼也好嘛!"妈妈只好自己去找,火车站人山人海,挤都挤不动,她空着手又回来了。妈妈天天晚上睡不着觉,一睡着就做噩梦,一会儿梦到霏霏在讨饭,一会儿梦到霏霏在生病,有一次居然梦到霏霏被火车轧死了,从梦里惊叫起来。妈妈又气又急,咬牙切齿地说,一定要打断霏霏的腿。可霏霏不在家呀,雯雯在家,于是妈妈的矛头直接指向了雯雯:

"你要敢学姐姐,我宰了你!"

"我真是白养活了你们,越大越不听话,真后悔啊!"

"雯雯,你怎么这么邋遢!还像个女孩子样吗?看到你就惹气,见鬼!过来,听见没有!"

十天以后,霏霏回来了,没饿着,也没病着,就是长了几个虱子。妈妈不让她挨着家里任何东西,端了张方凳放在房间中央,让她坐着,然后对她进行大扫除。妈妈忙得忘记打她了,连骂也没骂,那骂全让雯雯挨了,雯雯倒霉死了。听着姐姐叽叽呱呱讲她们有趣的经历,看着妈妈对她无微不至地嘘寒问暖,雯雯又委屈又妒忌,眼泪都要掉下来了。

霏霏说她们上了一列开往北京的火车,可是中途她们那节车厢被甩下了,另外接上了一列开往韶山的火车。因此,她们去了韶山,参观了毛主席故居,买了韶山纪念章,还照相留了念。虽然没见到毛主席,可是到了毛主席出生的地方,那幸福也是一样的。姐姐带回来一壶韶山的水,那水壶从此就被尊敬地挂在门背后衣钩上了。

雯雯管写大字报,她从小就喜欢写作文,却有点怕开斗争会。有一次,斗刘老师,有人揭发她选干部和积极分子,总是包庇右派子女方平,而打击"革干"子女雯雯。刘老师挺骄傲的,不肯认罪,说她当时根本不是有意的。大家朝她嚷:"你再不认罪,就剪你的头发!"有人把一把剪子塞到雯雯手里,要雯雯去剪。刘老师铁青着脸,闭着眼睛,那头发乌黑发亮地披在脸上。雯雯的手直哆嗦,举了几次没举起来。她知道,她可以剪,刘老师不会反抗,她没法子反抗。只要一动剪子,那头发就会纷纷落下。雯雯腿软了,胳膊也软了。大家在后面推她,挤她,不知谁还帮她抬胳膊。雯雯颤着声音对刘老师说:"你,快认罪,快认罪呀!"

刘老师睁开了眼睛,看了雯雯一眼,说话了:"我认罪。"

雯雯松了一口气,汗像水一样从背上泻了下来。

开过几次斗争会,大家都看出了雯雯的胆小,纷纷笑话她,叫她"叶公",就是"叶公好龙"的那个叶公,是姜爱国想出来的。雯雯为自己辩解道:"我心脏不好,我妈妈说我心脏不好,是先天性的。过马路、爬高楼,腿都要发软,这是心脏的问题。"她还让大家听她的心跳,说那心跳的声音很特别。大家挨个儿把耳朵贴在雯雯胸口上听了一会儿,那心在很深很远的地方"怦、怦、怦、怦",轻快地跳着,果然有点神秘。

这天,雯雯一回家,就催着阿宝阿姨:"我要吃饭了,晚上还要开会。"

爸爸听见了,烦躁地说:"开什么会,不许开会。"

雯雯想顶嘴,可一转脸,发觉爸爸的脸色有些阴沉,妈妈也闷闷不乐的,阿宝阿姨则坐在小凳上掉眼泪。她不知道出了什么事,不敢吱声了。晚上,妈妈对霏霏雯雯说:

"爸爸靠边了,家里的存款已经交上去,恐怕还要扣工资。所以,阿宝阿姨也要走了,我已经让她另外找人家。以后,你们都要学着做点家务。我们分一下工,雯雯买菜,霏霏烧饭,妈妈洗衣服,自己的东西自己收拾。"

"那么我们还算'革干'吗?"雯雯紧张地看着妈妈。

妈妈看了看雯雯胳膊上的红袖章:"你们得做好思想准备。"

雯雯晚上没去开会,第二天也没去,她不想去了。她亲眼看见,姜爱国的红袖章给当众拉了下来。她不想叫别人这样对待她,她宁可自己脱下来。

阿宝阿姨很快找着了一份人家,也是给人家看孩子,那是个男孩。雯雯想起,阿宝阿姨是不愿带小女孩的,她完全是个例外,完全是因为缘分的关系。雯雯难过起来,用妈妈给的很少的一点零用钱买了一块手帕,送给阿宝阿姨。阿宝阿姨抱着雯雯大哭,一边哭一边嘱咐:"买蹄髈要买后蹄,不要买前蹄。去排队要带两个篮子,好占位子。不要买盆菜,盆菜欺侮人,总要搭点烂污菜……"雯雯抹着眼泪一一答应着。阿宝阿姨走两步,回一回头,走两步,回一回头,总算走了。可第二天下午就又来了,抱着个肉团子似的小毛头,不停地亲他,对他唱:"小别重逢梁山伯……"他"咯咯"地笑,懂个屁!雯雯冲着小毛头说:"难看死了!"转身跑了出去,很晚才回来。回来时阿宝阿姨已经不在了,姐姐告诉她,阿宝阿姨骂她"小没良心的!"雯雯不说话。

雯雯好几天没去学校,魏玉娥来喊她。她告诉魏玉娥,爸爸靠边了,她们今后不再是"革干"了,还让魏玉娥把她的红袖章送回学校。她奇怪自己并不怎么太难过,而魏玉娥也并没表现出太多的惊讶和惋惜,她说:"我也不想去学校了,妈妈又生病了。"她教雯雯烧了一碗雪里蕻炒肉丝才回去。

于是,雯雯每天在家买菜,帮姐姐择菜,收拾房间,看看书。姐姐从学校搬回来很多书。她们学校的资料室被砸烂,书扔得满地都是,谁都可以抱回去,只是要偷偷的。那书都是很厚很厚的一本一本,大多是外国的。什么《安娜·卡列尼娜》《约翰·克里斯朵夫》,什么《烟》《包法利夫人》等等等等。要竖着看,人名字很长,要死劲记,总之看起来很吃力。雯雯似懂非懂,看不懂的地方就大段大段跳过去,看得懂的地方就细细看。看完了,再重新看。看第二遍时,有些跳过去的地方似乎也看懂了一些。看完了自己的,姐姐又和别人换着看。借来的书,就不能由着性子慢慢儿看了,那都是限时限刻的。而等姐姐看完之后,所剩时间就更有限了。雯雯就夜里看,趁姐姐烧饭的时候看,囫囵吞枣地看,一目十行地看。别的看不懂,只看来一肚子的才子佳人,悲欢离合,缠绵悱恻,销魂断肠。

除了看书,她还抄。抄马恩列斯语录,抄毛主席著作,抄普希金的诗,抄裴多菲的诗,抄着抄着,自己也想作诗了。作了一首关于洋娃娃的,作了一首关于红卫兵闹革命的,作了一首关于蓝天白云的,又作了一首关于五星红旗的。每作一首,还配上一幅画,画是用彩色铅笔涂的颜色。雯雯弄不好水彩颜料,她向来弄不好这汤汤水水的东西,写个毛笔字都会弄得脸上身上到处是墨汁。那彩色铅笔画倒也十分鲜艳,妈妈很得意,心想雯雯说不定是个人才呢,拿着她的作品到编辑部给人家看。文字编辑看了说:"画比诗好。"美术编辑看了说:"诗比画好。"是画和诗都好呢,还是画和诗都不怎么样?叫人很难判断。雯雯不管这些,她依然是勤勤恳恳地抄,她把这作为每日里的功课,她想做功课了。

转眼间到了阳历年,雯雯看着新日历上那个鲜红的"1"字,忽然想到,要是一切照常的话,她现在就是中学生了。她会考取上海中学的,为什么考不取呢?考算术时不要粗心,多检查几遍;做作文嘛,沉住气,别着急,雯雯的作文还是有把握的。不管怎么样,咬咬牙,总挺得过来。本来,这时候,中学考过了,通知发过了,已经上了三个月的课了。而现在,什么也没有。时间是这么一种怪东西,你干这些事,它这么过去;你干那些事,它也这么过去;你干得多,它这么过去;你什么不干,它还这么过去。区别只是在它过去以后,你干这些事,心里好受;干那些事,心里不好受;你干得多,心里踏实;你什么不干,心里空落落的。雯雯心里空落落的,有点惆怅。

快过阴历年了,学校忽然把同学们都召去,告诉大家,马上——啊——马上就要发中学通知了,要大家做好思想准备。哪个人进哪个中学,由学校统一安排,不需要考试,学校自有凭据。大家很兴奋,却又很不安。这天早上,雯雯老早老早爬起来,站在弄堂口,等邮递员。一直等到9点钟,那邮递员才不紧不慢地踏着自行车来了。

雯雯接过通知,手抖得厉害,拆了半天才拆开来。通知上写着"圆明中学",再定神一看,还是"圆明中学"。至于前前后后写着些什么，雯雯全没看见。她拔腿就往家跑，一边跑一边颤着声音喊：

"我考上圆明中学了！我考上圆明中学了。"

姐姐拿过通知，挑剔地看了两遍，撇撇嘴说："这有什么稀奇，又不是你自己凭成绩考上的。"

雯雯说："肯定是根据平时一贯的学习成绩分配的，考试制度改革了嘛！"

娜娜来了，脸通红通红的，手里拿着通知单："雯雯，你是什么中学？"

"你呢？"雯雯怕娜娜受刺激，不肯先说。

"我是圆明中学。"娜娜高兴得哭了。

"我也是的。"雯雯跳了起来，抱住了娜娜。娜娜笑着，眼泪滚到了嘴里。

"我是七班。"

"我是五班。"

"我还怕……真是重在表现呢。"娜娜不好意思地擦去眼泪。

这时，魏玉娥来了，她也是圆明中学。

"你也是圆明中学啊！"雯雯有点惊讶，她想到魏玉娥功课是极差的，本来连毕业都成问题。

"是呀，是圆明中学。"魏玉娥把通知给雯雯看。果然，雯雯的兴致不由得低落了一半，她清清楚楚地看到霏霏在做鬼脸。

魏玉娥说："好像这条街道的学生统统是进圆明中学，是划地段分配的。"

"哦。"雯雯娜娜相视了一眼，泄气了。

然而，无论如何，雯雯是中学生了。

五

魏玉娥说的没错，是按地段分配的，成都路一条马路上的小学毕业生，不管是男是女全都进了黑篱笆后边的女子中学。从此再没有女子中学了，这完全是封建思想的残余表现，应当消灭。听说报到的第一天很有意思，那些男生们都不敢踏进学校，他们被人家叫作"上门女婿"。

雯雯在中学，同班同学中只有姜爱国几个男生是小学同班的，其余都是陌生的同学，她一个也不认识，只好独来独往。没有人可做伴，她感到挺孤单的。虽然姜爱国他们是熟识的，可是中学同小学不一样，中学里，男生女生是绝对不说话的。决不说话，认识的也装作不认识。教室里像是有一条无形的界河，左边是女生，右边是男生，分得清清楚楚。抑或是右边女生，左边男生，抑或是前边女生，后边男生，纵然千变万化，那界河总存在着。

老师说，这样不行，每个人都应该有固定的座位，要重新统一安排位子。他考虑了一晚上，第二天便拿出一个座位表，贴在黑板上，让大家按着表上的指示坐到自己应该坐的位子上。大家都去看了座位表，先是男生看，后是女生看，女生看完之后，男生又去看。看归看，坐归坐，仍然男一半，女一半。老师说："同学们，请按照表上的安排坐。"谁也不理会他。老师现在是一点权威也没有了。这个老师姓邹，瘦瘦长长的个子，穿一身洗得发白的蓝色中山装，袖口、膝盖都打了补丁。他戴一副近视眼镜，框架旧得发黄，脚上是一双军用跑鞋，倒是新的，却又新得有点扎眼了。他邋邋遢遢的，叫人引不起一点敬意。那师道尊严算是彻底肃清了，肃得过于彻底，好像连人道尊严也蹭去了一点。

他让大伙儿翻开毛主席语录，读了一段"不可以没有自由，也不可以没有纪律；不可以没有民主，也不可以没有集中"。又详细阐述了一番自由和纪律的辩证关系："假如一点纪律也没有，也不会有真正的自由。打个比方，一个班级里没有任何纪律约束，你喜欢坐哪儿就坐哪儿，那么，同学们，假如你也喜欢坐这儿，我喜欢坐这儿，怎么办呢？于是你抢着了这个座儿，就不能离去，因为一离开，我就要把这座儿占去，你就只能一直坐着。这样，同学们，你不就失去了自由吗？……"他深入浅出地说了一堂课，不时恳切地唤着"同学们"，同学们无动于衷。

第二天，邹老师早早地就守在教室门口了。来一个同学，就领着他到指定的座位上去，然后再回到门口站着，一刻不敢离去。看来，没有纪律和集中，谁都有自由，就是他没有自由。总算，有一天，大家按着座位表男女混合着坐了。而一旦坐下，谁也就不再离去，似乎内心里也并不十分反感男女同坐。由于男女生是绝对不说话的，所以教室里变得十分安静，安静得有点沉闷了。然而，这么安静了下来，是要做什么呢？连邹老师自己也有些茫然。他两手撑着讲台，看看这边，又看看那边，像是有一肚子的话要说，终于没有说出来。于是又看看那边，再看看这边。

终于开始安排课程了，有语文，上的是毛主席诗词：北国风光，千里冰封，万里雪飘。有英语，上的是 long long live Chairman Mao。代数课，学有理数，更多的是政治课，学语录，学老三篇。其余暂时不开课，旧的教育路线已经砸烂，新的尚在摸索中。这摸索是几代人的事业，万万性急不得，耐心等着吧。

同学们都是经受过"文化大革命"洗礼的。上着课，会突然站起身扬长而去，连招呼也不打一个。假如老师过问，学生便反问："难道你还要我们两耳不闻窗外事，一心只读圣贤书？"窗外事，风起云涌，"反到底"和"井冈山"天天为捍卫革命路线辩论交战，这关系到江山谁手，谁主沉浮，谁敢不闻？老师当然不敢，只会领着学生大声诵读："加强纪律性，革命无不胜。"

校领导为了加强纪律性，派了一批高年级的红卫兵到新生各班帮助工作。"反到底""井冈山"，各一半。他们像播种机，又像宣传队，孜孜不倦地向新生们传播着自己的观点。召集出身好，又有战斗力的同学开会，成立了班级领导小组，直接参加学校"文化大革命"。于是，语文、英语、数学，统统停课，只剩下政治课。政治课的内容日益丰富多彩起来，开辩论会，开斗争会，各种报告会：忆苦思甜，学校修正主义教育的罪恶史，学校"文化革命"史——"文化革命"虽则只一二年，然而在那波澜壮阔的大革命时候，一年等于二十年。有低潮，有高潮；有白色恐怖，有红色风潮；出了叛徒，又出了壮士；友人成了敌人，敌人又成友人；歧路分道，又同归，浓缩了上下五千年的春秋。直听得新生们昏头昏脑，晕头转向。最后一声召唤：愿革命者，跟我来，不愿或不能者，不来也罢，反正，革命不是请客吃饭，革命大有人在。

雯雯头昏了，分不清东南西北、是非曲直了。而且，自从她晓得自己那"革干"的出身，并非很纯粹，自觉革命没了她的份儿。她很失望，对中学渐渐地没了兴趣，三天去，两天不去，始终也没交上一个朋友，也就更不想去了。她在家里看看书，抄抄书，和姐姐一同料理家务，倒也安闲自在。近来，她忽然对购买紧缺物资产生了浓厚的兴趣。

事情是这样开头的。一天，姐姐从学校回来，说米店开始卖年糕了，早去早买到，晚去，恐怕就买不到了。雯雯拎着篮子，跑到米店，那里已经排起队来了。雯雯顺着队伍往后走，总也走不到尾。才只几分钟，就排了这么长的队，这年糕确有号召力。

忽听有人叫："雯雯。"

回头一看，见是十号的张维真，排在队伍里。她向雯雯笑着，招招手。

雯雯犹豫着，不晓得是进还是退。

张维真伸出手把雯雯拉了过去，让雯雯排在自己前边，伏在雯雯肩上，小声说："马上要发号头了。"

"小姑娘插队！"后边有一个男孩子叫道。

雯雯慌了："算了，我走吧。"张维真拉住雯雯，回头说："她本来就排在这儿的。"

"我们没看见。"男孩子叫。

"我帮她排的位子。"张维真把一个小板凳朝他们晃晃。后边的，没话说了。按不成文的规定，板凳、空篮子，甚至一块砖头，确可以算作一个人的。不一会儿，发号头的老伯伯来了，一人一张小字片儿。他舔一舔手指头，拈一张，舔一舔，拈一张。发到她们跟前，张维真甜甜地喊一声："老师傅好！"老伯伯眼睛笑得眯起来了，说："妹妹好。"忘了舔手指头，拈了几次才拈起一张号头，塞在张维真手里。雯雯珍惜地拿着宝贵的号头，一张薄薄的纸片，上面写着57，不晓得该放在哪里。

张维真对雯雯说："把号头放在手套里最保险。"她还给雯雯看，在她鹅黄色的无指手套里，除了号头，粮票和钱也全在里面。雯雯也学着把号头放进她的大红手套里，号头贴着她的手心，很安全。

老伯伯走远了，张维真悄悄地对雯雯说："他发错了，发给了我两张号头。"她揭起手套,果然那里有两张号头,一张58,一张59。"我们一人买半张。"一张号头可以买十斤年糕,待会儿卖起来,只认号头不认人。排队买东西,人时常是被象征着,刚才是板凳,这会则是号头。

米店的年糕还没到,至于什么时候到,不知道。但有了号头,就有了保证。人们纷纷走动起来,有的走出队伍,前后跑跑观察观察形势;有的放下篮子,托前后人照看着,自己跑开干别的了。张维真比雯雯多半年的买菜排队历史,有了经验,知道带个小板凳来。她让雯雯坐,雯雯不肯,要张维真自己坐。张维真说:"我坐在板凳上,你坐在我身上。"雯雯硬被她拉在腿上坐下了,两只胳膊很亲热地抱着雯雯的腿。雯雯很不自然,她和张维真还不熟悉呢,对这样的亲昵就觉着有点难受。她一动不敢动,也不敢完全坐下去,用脚尖支着身子,一会儿就累了。可又不好意思站起来,因为那是很辜负张维真的。犹豫了半天,背上出了一层汗,终于支不住了。她小心地挣脱掉张维真的胳膊,站了起来:"我来抱你一会儿吧。"

"不要,不要,我不累。"张维真还拉她,可雯雯坚决不肯了,一定要站着。张维真干脆也站了起来,两个人就面对面站着说话了。"不晓得要什么时候才开始卖呢,等得真心焦死了。"张维真说。

"哎,心焦死了。"雯雯说。

"又不好走开,弄不巧走开了,它倒卖了起来。"

"不好走开的。"

"你每天买点什么小菜?"

"买点肉,买点雪里蕻,买点黄芽菜。"

"总归是这么几种菜,吃不出花样来。"张维真老气横秋地说。她长得很漂亮,是和娜娜完全不同的漂亮。娜娜的漂亮叫人想起孩子,张维真的漂亮叫人想起成年女人。两道细细弯弯像是修过的眉毛,一双眼梢微微牵起的凤眼,鼻梁很细巧,嘴唇有点薄,人中稍有点长,笑起来难得露牙齿,一旦露出牙齿,那牙齿又整齐,又洁白,叫人眼睛都亮了一下。

"你们家怎么也不用阿姨了?"张维真问雯雯。

"我爸爸靠边了,"雯雯不好意思地嗫嚅着,"反正,我和姐姐也没事,妈妈让我们锻炼锻炼。"

"其实,'红五类'也没什么稀奇,他们不也一样没有书读吗?"张维真很豁达,也很直爽,这同她秀气的形象似乎不太统一。

"就是。"雯雯很同意。

"我看他们也蛮吃力的。开会啰,写大字报啰,吵架吵得喉咙也哑了。"

"就是。"雯雯觉得和张维真在一起很轻松。她和娜娜不一样,娜娜太认真了,把什么都看得很严重,把一场闹剧都要当作正剧看,这样,日子过得就很沉重了。

"我们学校小分队,有个男生,脸这么尖,两只眼睛贼溜溜的,还跳什么'草原上的红卫兵见到毛主席'。这么样一蹦一蹦跳上台来,像只猴子。"张维真学着。雯雯笑了起来,笑弯了腰。她喜欢张维真了。

"还有一个演白求恩的,装了只假鼻子,是用硬板纸做的。腰里围了块橡皮围裙,就像我们弄堂里那个倒泔脚的老阿姨……"雯雯又笑弯了腰。

队伍忽然动了,开秤了。时间已经是中午十一点半。直到十二点多,才排到她们。她们一人拎了十五斤年糕,一起回家。

张维真一路上都搂着雯雯的肩膀,雯雯很自然地伸过手去搂住她的腰。分手时,张维真说:

"我们明天一起去买黄鱼好吗?"

"好的。"雯雯高高兴兴地答应了。

"要起得早一点噢,四点钟我来叫你。"

"好的,你叫得轻一点噢。"雯雯嘱咐道。

第二天四点钟,天漆黑漆黑的,她们俩人已经从家里出来了。

雯雯伸出手去勾张维真的肩膀,张维真却让开了,说:"昨天我姆妈看见我们了,说我们这样勾肩搭背,是小姊妹派头,不大方。"

雯雯有些尴尬,缩回了手。

两人到了小菜场,直到天大亮,才买到鱼,高高兴兴往回走。小菜场里有很多早点铺,有大饼油条,有小馄饨,有阳春面,五花八门。张维真提议吃碗面,雯雯也同意了。她每天有一角零用钱,她花得很节省,已攒了有五角多了,和"公款"分开来放在另一个钱包里。

张维真说:"我可以克点小菜钱。这下真变成买小菜阿姨了。"

雯雯说:"我们阿宝阿姨不克小菜钱。"

张维真哼了一下:"那是你不知道。"

雯雯心里有些不舒服起来,可是没吱声。她不想和张维真吵嘴,她知道交朋友不能太挑剔了。

张维真看了黑板上的牌价:"阳春面,一角二分二两。"

雯雯希望不要超出一角钱,这是一天的指标:"假如我不要阳春,可以便宜一点吗?"她以为阳春是一种浇头。

张维真说:"不可以不要阳春的,要么我们吃碗小馄饨,一角一分一碗。"

雯雯不响,在考虑。

张维真说:"我们再往前走走,兴许有更便宜的。"

穿出长长的菜场,走上一条窄窄的马路,看见了一个四新合作食堂。这食堂设在一条弄堂口里,弄堂口架着一个大平锅,煎着油亮亮的炒面,发出"嗞嗞啦啦"馋人的声音,旁边还有一个滚开滚开的大汤锅,冒着黄澄澄的气泡。

"我们喝牛肉清汤,三分钱一碗。"张维真说。

"好,喝牛肉清汤。咦,为什么牛肉汤要一角七分一碗呢?"

"牛肉汤里有牛肉,牛肉清汤里没有牛肉。"

"哦。"雯雯觉得很合算,只三分钱便能吃着一餐早点了。当她们看到牛肉汤和牛肉清汤是从同一口大锅里盛出来的时候,便更加欣慰了。

"营养和味道,全在汤里。"张维真说。

"牛肉已经熬干了,像渣一样了。"雯雯也说。

她们很满意地喝完了汤,拎着篮子回了家。

从此,她们每天早上都结伴去排队买菜,排鱼、排小排骨、排脚爪、排青菜、排油条,一人排买筹子的队,一人排领油条的队,就快了一倍。排好队回来的路上,必定喝一碗牛肉清汤。于是买菜这桩事就变得十分有趣。她们越起越早,霏霏还在做梦呢,雯雯已经出门了。而雯雯自己也不知道,是为了买菜而喝牛肉清汤,还是为了喝牛肉清汤而排队买菜。她也不想弄清楚。世界上有多少大事都说不清因和果,果和因。

而雯雯近日内越来越觉着嘴馋了,饭量从一碗半上升到两碗半,爸爸都吃不过她。常常是吃过饭了,还能吃下东西。爸爸连说:"可怕可怕!"姐姐说她是"饿死鬼投胎",只有妈妈谅解她,说雯雯到了长身体的时候了,再加上这阵子菜金上比较克俭,油水自然清淡了一些。而雯雯自小是个"肉和尚",喜欢吃荤的,因此造成了这等局面。

雯雯和张维真对牛肉清汤已感到不满足了,她们对食堂门口平锅里的炒面很关注,那炒面是一角八分二两。有一天,她们合资吃了二两,觉着好吃极了。遗憾的是炒面实在太少了,牙缝还没塞满,盘子里已经光了,只剩下一腔无穷无尽的回味。她们商量着五天不花零用钱,然后痛痛快快地一人吃二两炒面、喝一碗牛肉清汤。有干的,有稀的,正正式式吃一顿。这五天,她们便用回忆和憧憬充实着。

"小时候,我妈妈带我去老大昌吃烙面,一个玻璃车料盆子,亮晶晶的,上面一层黄颜色的奶油,边上一圈烘得有点焦,脆脆的,我最喜欢这层脆的了。"

"小时候,我妈妈带我和姐姐去吃荤素豆皮,豆皮下面有肉丁,豆腐干丁,可好吃了。"

"小时候,我妈妈带我吃小笼包子,蟹粉的。"

"小时候,我妈妈带我吃奶油蛋糕。"

"大后天,我们去吃炒面,让那阿姨炒得黄一点。焦一点香。"

"面上浇一点点米醋,恐怕更好吃。"

"吃过炒面,我们再存几天钱,去吃春卷。"

"哦,春卷!"

雯雯跟着张维真,还学会了逛马路。两人买一小包话李,含在嘴里,一边走,一边东聊西聊。好像走动着比坐下来有更多的话说。她们这么说着走着,可以从瑞金路走到八仙桥,再从八仙桥走回思南路，一点儿不觉着累。妈妈不许雯雯出去逛马路，要她在家待着。可雯雯在家待不住，书也不抄了，诗也不做了，她的心好像有点野了。春天的阳光很明媚，小鸟在梧桐树上懒懒地唱着，杜鹃花开了一枝粉红的花朵。雯雯总有点六神无主，坐立不安。自己也不知道自己想要什么，想干什么。只有在马路上走走，才觉着心情安定一点。

学校里依然是轰轰烈烈的"文化大革命"，一会儿大联合，一会儿又武斗。经常开大会，新生们坐在操场最后面，连主席台都看不见，只听见广播里"嗡嗡嗡嗡"，口齿不清地聒噪着。新生们坐在地上，腿麻了。太阳越来越热，头也昏了。还经常游行，庆祝毛主席最新指示，那往往是在晚上。先是聚集在校园里等待，广播里嘟嘟嘟地响了八点钟，最新指示下达了。于是大家听一遍，欢呼一阵，再听一遍，再欢呼一阵。然后，队伍就欢呼着走出学校。锣鼓震天，红旗漫卷，哪个学校高举着火炬在奔跑。

雯雯走在队伍里，心里有点激动。她不甚明白那最新指示的内容，可她陶醉于这种气氛，她感到血液在沸腾。她随着队伍走着，浑身洋溢着一种莫名的热情。

六

四旧方破，四新尚未立，正有一段青黄不接时期。

电影院关着门，连一部电影都没有，几乎所有的电影都是毒草了。一部部电影的解剖、批判材料被消息灵通人士抄成大字报，贴在马路上，招来很多读者。人们饶有兴味地读着，在批判的同时回忆起了这些电影的种种细节。于是，毒草电影的批判专辑,也成了大家争相传阅的东西。慢慢地,不知是怎么开的头,出现了一种批判电影。召开批判大会,会后放映一个批判电影,《早春二月》啦,《林家铺子》啦,《不夜城》啦等等。批判电影在放映过程中,不时会有人慷慨陈词,进行驳斥,掩去了电影中的对话,使观众免遭毒害。大批判的形式日益完善,讲究起生动性、形象性。于是,人们参加批判大会,出现了一个十分踊跃的局面。在送旧的同时,新的毕竟也在慢慢儿地建设起来。终于有了新的电影,最起初是毛主席接见红卫兵的纪录片,每一次接见都有一部纪录片。学校、工厂、机关、里委都组织观看了。接下来,又出了一些纪录片,其中有一部名叫《红太阳照亮芭蕾舞台》。这是雯雯最最热衷的电影,她和姐姐一块儿看了两遍,和张维真一块看了两遍,自个儿看了三遍。雯雯反反复复地看都看不厌。她看这电影,注意力全在那些漂亮的演员们身上。她觉得她们个个都好看,虽然装饰很普通:短辫子、军装,可是显得那么漂亮。无论是在跳舞,还是拍手鼓掌,举臂高呼,都显出一种与众不同的漂亮。雯雯好像有些仰慕她们了。看过电影,她回到家里,会对着镜子发一阵呆,发过呆之后,她决定改变发型了。

　　她把两个刷把解下来,努力编成辫子。而那头发不够长,编了一股半就到头了不说,前前后后的短头发都披了下来,显得蓬乱不堪。雯雯不罢休,打散了重编,想尽一切办法编成辫子。为了使短头发不披下来,前前后后夹了很多夹子。爸爸、妈妈、姐姐都说很难看,让她恢复原样,可雯雯不听,依然固执地编着辫子。每天早上雯雯须花很多时间对付这对"辫子",最终梳成后,那"辫子"也十分不牢固,轻轻一碰就会碰坏。为了使它能维持到晚上,雯雯连午觉都免了。她知道这是最艰难、最容易动摇的时刻。她想：只要再长一点，再长一点就好了。怀着这样的信念和决心，那头发果然是渐渐长了起来，并且越梳越顺了。雯雯终于有了一对垂在肩上的短辫子。有人说好，"文气了"。有人说不好，"老气了"。雯雯回敬说："我还小吗？我十四岁啦！"不管人家怎么说，她自己是很爱惜这好不容易留起来的辫子的。她把零用钱省下来，买各种各样颜色的玻璃丝。今天系红的，明天系紫的，后天系天蓝的。她现在不爱吃东西了，而且觉着在马路上吃东西很难为情，她开始注意自己给人的印象了。

雯雯个子长得快，裤腿永远是待在脚踝上的。过去她从不在乎，现在却觉着不自在。她自己学着把裤腿放长，另外缝上贴边。裤脚管稍稍搭着方口袢扣布鞋，自我感觉陡然良好起来。她仅有的两件两用衫，一件米色，一件藏青，她换洗得很勤，洗得很仔细，干干净净的。她想要一件草绿的军装，因为当前服装，只有军装才有权利享有一点腰身，其余一概直统统。她希望妈妈能想起来给她做一件军装，她自己是不好开口的，她认为开口要新衣服是一桩很不好、很难为情的事。她只能暗示妈妈：

"妈妈，我们班上有个同学做了一件军装。"

"你不是刚买了件米色两用衫吗？"妈妈说，一点没接受暗示。雯雯很失望，可是对一套军装的向往是那么不可抑制，她想借来穿着照一张相片，也算是了此心愿了。

过去，雯雯是很不喜欢照相的，周围耀眼的灯光，摄影师的左右摆弄，都叫她不自在，叫她生气，所以她小时候的相片，总是哭着的比笑着的多。当她长大了，不易哭闹的时候，那相片又都是绷着脸，噘着嘴，怎么也引不起她笑。一旦她笑了，那笑又比哭还难看，算了，就这样吧。摄影师对她没了信心，雯雯看着相片上的尊容，自己也没了信心。这会儿，雯雯想照相了。同学们相传着，不远的一条小马路上，有一个小小的照相馆，经营一种业务，叫作"咪咪照"。那照片极小极小，小得一咪咪，半寸里的一半，只有小手指甲这么一点点，所以叫作"咪咪照"。这"咪咪照"的价格很便宜，只要一角四分，雯雯的经济状况是不难胜任的。

雯雯思想准备了好几天，终于下了决心，向那同学开口借了。那同学名叫梁芬芬，黑黝黝的皮肤，眼睛很灵活，嘴角也有一对小而深的酒窝，很丰满。她曾经在社会上的小分队里跳过舞，所以走起路来，挺胸吸肚，很有一副"小分队"的派头。传说她生活作风不太好，经常有外校的男生上她家找她。还传说她母亲为这事常常关起门打她，把她打得身上青一块，紫一块。她走到学校里，经常有人对着她脊背点点戳戳。她似听到非听到，总是满不在乎，挺胸吸肚走得很利落，两个小短辫，棒槌似的在她肩上甩打着。她在班上是不大有人理的，而雯雯在班上则是不大理人的。要开口向她借东西，雯雯心里犹豫了很久，然而终于敌不住那军装的诱惑。

"梁芬芬，你这军装能借我一下吧，我想，做个样子。"

梁芬芬先是睁圆了眼睛，不相信自己耳朵似的看着雯雯，一时没说出话来。雯雯以为她不愿意，窘红了脸，赶紧说：

"不行就算了。"

"为什么不行？"梁芬芬说话了，"你拿去用好了。"

"不行就算了。"雯雯真心地说，她不愿意人家有半点勉强。

"不要紧，不要紧，你拿去用好了，随便你用多久。"梁芬芬热情地说，已经把军装脱下来了，硬往雯雯怀里送。雯雯只好接了过来，把自己的米色两用衫脱下换给梁芬芬。梁芬芬穿上米色两用衫，前拉拉，后拉拉，对着教室玻璃窗照了照，脸上露出很满意的神情。

"我还有一顶军帽呢,你要不要?要的话,我下午就带给你。"

现在工宣队进校了,上下午都要到校。

"好的呀。"雯雯小声说,她的脸一直涨得很红,窘极了。

雯雯穿了梁芬芬的军装回到家,妈妈问她:"你穿了谁的衣服?"

雯雯含含糊糊地回答:"一个同学向我借衣服做样子,把她的暂时换给我穿几天。"

"你最好明天就去换回来,别让人家把你的新衣服弄坏了,你弄坏了人家的也不好。"

"晓得了。"雯雯说。她也不想拖久,人家的衣服再好,穿在身上也有点不是滋味。不过衣服有了腰身,哪怕只是浅浅的一点腰身,就显得很不一样了。人,好像高了一些,苗条了一些,挺拔了一些。雯雯对着镜子左照右照,照个没完。下午,梁芬芬果然把军帽给她带来了。她从学校出来,直接去了照相馆。稍稍绕了一点路,因为怕被同学看见,她觉得被人发现是很狼狈的。

在刺眼的灯光照耀下,她居然微笑了一下,摄影师叫了一声"好",灯光灭了,咪咪照照好了。咪咪照毕竟是咪咪照,有很多待遇不能享受。比如,不予看样片,照坏了不予重照。总之,一锤子买卖。一周之后来领照片。这一周是相当漫长而难熬的。

第二天,雯雯去和梁芬芬换衣服,梁芬芬却说:"不着急的,你用好了。"

雯雯说:"我用好了,还给你吧。"

"明天再给我好了。"梁芬芬执意不要,她好像对雯雯这件衣服挺满意的。雯雯倒有些急了。一直拖了三天,她们才换回了衣服。

总算熬过了一个星期，雯雯战战兢兢地去取照片了。她几乎认不出自己了，戴着军帽，穿着军装，脸上的肌肉有点僵硬，尴尬而紧张地咧着嘴，看上去，照片上的自己要大得多。雯雯感到一种深深的遗憾，她完全可以笑得更自然、更好看一些。唉！这一闪即过的咪咪照。

第四章

学校里召开全校师生大会，会上宣布，有一个反革命分子已经暴露，给他两分钟的时间，自己站出来。会场上，人人忐忑不安，明明知道这个人不会是自己，偏又想："这个人千万别是我呀！"自己究竟是怎么样一个人，一时间全没了把握，全有了怀疑。自己不知道自己是什么，只能听凭旁人，旁人说你是红，你是红；说你是白，你是白；什么也不说你，你就什么也不是。

革命小将自己革命，自己管理自己，自己教育自己。雯雯喜欢造反派的脾气，她就是造反派，于是便演了一出革命剧；喜欢达吉亚娜，她就是达吉亚娜，于是便演了一出爱情剧。她想做谁就做谁，想不做谁就不做谁，很自由。

一

阿宝阿姨抱着那胖毛头来了，一看见雯雯，就惊讶得张大了嘴，愣了半晌才说："真正是女大十八变哪，变得叫人认不出来了。"她看着雯雯洗衣服，拖地板，淘米，烧饭。一边看一边夸："坐有坐相，站有站相，像个大姑娘了。唉呀呀，这个小丫头。"

确实的，雯雯如今不但坐立有相，连睡相也好起来了，不再踢打被子。

学校里要求每人到校都要背语录包。为了这个小小的红色的语录包，雯雯犯了多少难啊。这么个红塑料皮儿的小包，她不晓得怎么样才能背得好看一些。她试着斜背，直背，试着把带子放到各种长度，使之背着好看一点。学校还要求每人都必须佩戴毛主席像章。雯雯每一件衣服都有相应的不同颜色不同样式的像章。比如，穿藏青色的衣服，她就戴小小的红色的毛主席头像；穿白衬衫，她则戴灰色有机玻璃的像章。她有着种种的讲究。她不喜欢大声大气地说话，撒手撒脚地跑来跑去。开大会，她不喜欢高高举起手臂响亮地呼口号，能不呼就不呼。

有一次，在大礼堂开全校大会，不断地呼着口号，雯雯觉着那很蠢，不想呼。她矜持地坐在那里，难得举两下手。邹老师走到雯雯跟前，说："雯雯，你为什么不呼口号？"

雯雯不响，不理睬老师。她自从进了中学，对老师都是这个态度，反正老师也不能拿她怎么样。

"雯雯，你不呼口号不好的。"

雯雯仍不响，看都不看他一眼。虽然她还没有正式地参加过造反派，不过，造反派的脾气还是学来了一点。

"我说你还是应该呼口号的，这是一个态度问题。"

雯雯还是不说话。她不尊重老师，她又为什么要尊重老师？这老师有什么可尊重的？她凭什么要叫他老师？她有一肚子似是而非的歪理。

"你自己考虑考虑后果。"这一句话里带着明显的要挟意味了。

雯雯回过头白了他一眼，邹老师悻悻地走了。本来邹老师不来说她，她偶尔还举两下手。这么一说，她干脆一动不动了，就不动。

第二天，一位负责他们全年级工作的工宣队汤师傅来了。他走进教室，虎视眈眈地巡视了一圈，然后厉声地喝令雯雯站起来。雯雯又惊恐又惶惑地站了起来，汤师傅便劈头盖脸地训斥了起来：

"全校师生开大会，庆祝红卫兵团的成立，你为什么不呼口号？你是什么态度？你这个女同学平时对学校工作毫不关心，一心追求的是什么？成天只知道打扮……"

雯雯懵了，想分辩，可是根本插不进嘴。

"你有什么要说的？你说嘛！你看看全班女同学，谁像你这样打扮的……"

真正天晓得，雯雯究竟和别人有什么不同呢？唯一不同的只是辫子上的发带，别人都是用玻璃丝或橡皮筋系的，只有雯雯用的是黑颜色的发带，仔细地结了一个小小的蝴蝶结。雯雯咬住了嘴唇，不让自己哭出声来。

"你鼓什么嘴哪？还不服气吗？明天就给我交张检讨上来！"

工宣队汤师傅发作了一通扬长而去了。雯雯整整一上午都在伤心地流泪，连平时不大接近的同学都过来劝她了，连男同学都有些看不下去了，纷纷回过头来看看她，同时又好像为自己的心软难为情，于是便有意大声地调侃道：

"当心眼睛哭瞎掉。"

"当心眼泪把学校淹掉。"

女同学们都劝她，越劝她哭得越伤心，她从来没有这样地受过屈辱。她从小长大都不曾有人这样粗暴地伤害她，而且，这伤害永远得不着纠正了。因为工宣队是谁也反驳不了的，他总是正确的，他总是对的，他连侮辱人都是对的。这伤害也永远得不着慰问,谁也帮不了她的,爸爸妈妈都保护不了她的。这时面前假如有条河,雯雯都会一头栽下去的。她是最要面子的时候,却这么严重地伤了面子。

"工宣队怎么知道你不呼口号的呢?"梁芬芬说。

雯雯哭着不说话,一句也说不出来了。她感到天旋地转,世界整个儿地变了个样儿。

邹老师轻轻地拍拍雯雯的肩膀:"别哭了,雯雯,好好儿写份检查就行了。"

雯雯把他的手从肩膀上狠狠推下去,站起来冲出了教室。她恨邹老师!她就不交检查,看能怎么样。

邹老师几乎每天都要向雯雯讨检查,雯雯就是不交,理都不理他。她变得十分傲慢。有一次,实在逼急了,雯雯嘲笑地看着他说:"你想写你自己写就是了。"想不到邹老师真的自己起草了一份检查,只求雯雯抄一遍。雯雯不抄,她看出邹老师在求她。看着他发急,雯雯心里涌起一种恶意的快感。"活该!"在她痛恨邹老师参与伤害她的时候,她完全忘记了,她也正不公平地伤害着邹老师。这会儿,雯雯特别自私。在她这个年纪,注意力全在自己身上。

终于,那汤师傅自己出面了,把雯雯找到办公室里去谈。雯雯准备豁出去了,她什么也不怕。她在心里准备了很多还击的话,一心要和那工宣队师傅拼个你死我活。她走进办公室的时候,又兴奋又紧张,激动得气都要透不过来了,身上一阵冷一阵热。

可是,那工宣队汤师傅的态度出奇地温和,根本没提检查的事,连批评都没批评。只是正面地说了一通应该关心国家大事,艰苦朴素,把自己锻炼成一个红卫兵战士等等。他好像把那天当众侮辱雯雯的事忘了,彻底忘了。见了雯雯又和蔼,又亲切,那态度极其自然,没有一丝成见,心地纯净极了。雯雯倒有点奇怪起来了。也许他那天正赶上什么生理周期,心绪不好,本来就想发作,正巧让雯雯给碰上了。也许他根本不认为他那是侮辱人,他根本没打算侮辱人,有口无心地说一通就算了。唉,雯雯多倒霉啊!她忽然发觉这些天来的痛苦有点不值得了。不过,要她不痛苦,她又做不到,她永远消除不了那屈辱了。

"好了,就这样吧!"他大手大脚地拍拍雯雯的肩膀,结束了谈话。事儿就算这么了了。雯雯虽然还是心存芥蒂,不能彻底地原谅他,然而她更不能原谅的,也不想原谅的,是邹老师。

她学着捣蛋了,班上出大批判专栏,随便批判什么。她不批"三自一包",不批"学而优则仕",不批"吃小亏占大便宜",偏偏要批"师道尊严",而且还结合实际来批。邹老师的尊严已经很可怜了,她还要去"肃"掉一点。班级里抽查背诵老三篇,抽到她,她说:"邹老师先背一段,我再背。"这要求确也不过分,老师,老师,为人师表嘛。邹老师无奈,只好背一段《纪念白求恩》,一紧张,漏了一段。同学们大呼小叫起来,雯雯趁乱坐下,不背了。奇怪的是,雯雯平时朋友很少,而这么一调皮,不知怎,就有许多同学主动和她交上了朋友,和她一起捣蛋。学校决定组织春游,由各班自己安排具体时间地点。邹老师提出去桂林公园,当时大家没说什么,可第二天,大部分人都去了虹口公园。总之,老师向西,她们向东,想着点子和老师作对,其乐无穷。

邹老师也恼火了,居然跑到雯雯爸爸的单位里了解情况。回来后邹老师便对同学们说,雯雯的父亲在靠边,有问题哩,和这种人的女儿在一起,有什么好处。这话传到雯雯耳里,雯雯对邹老师简直是恨之入骨了。她从来没有这样地恨过一个人。而且，也从来不知道恨一个人会有偌大的痛苦和同样大的快感。她回家和霏霏商量，霏霏献出一条计策，是当年她们两派红卫兵交战时的一种作战方案。她建议雯雯给救护大队、救火会打电话，告之邹家着火，并有垂危病人，让救护车、救火车火速前往，救死扶伤。雯雯听了兴奋不已，跃跃欲试，只等时机一到便行动。至于什么是时机，她自己也有点茫然，只是一味地今天推明天，明天推后天。

这天，全校突然召开大会，通知说每个革命师生都要到会。会场上的气氛好像有些奇特，工宣队员们绷着脸走来走去，表情严肃，步履匆忙。红卫兵头头们台上台下忙着，交头接耳，像有什么重大事件在酝酿，马上就要发生。人们都感觉到了这气氛，连刚进校的70届新生们也悄悄地坐着，不吵闹了。

开会了，一名工宣队头头从主席台后面走出来，走到台前，眼光深沉地看着会场，慢慢地开口了。他说得很慢，声音很低沉，但每个字都极有分量。他说到圆明中学的革命形势，两派的久久不能联合。雯雯听不太懂，她的理解力越来越跟不上这形势了。她对革命的理解只达到破四旧，立四新，也只停留在这上面。这革命蓬蓬勃勃、锐不可当地向前而去，离她越来越远，与她越来越无关。雯雯对它也就越来越无趣。她只关心自己，比过去任何时候都更关心自己。自己的头发、衣着，举手投足的姿态，给旁人的印象，以及自己的痛苦和欢乐，她的注意力全在这里。周围的世界，离她越来越远，世界不关心她，她也就无须关心这世界了。

工宣队头头说的，雯雯不理解，可她却也被这严肃沉重的气氛深深地感染了。她的思想没有开小差，一字一句地把那些话都听了进去。慢慢地,他说话的声音提高了一度,速度加快了一些,节奏紧了起来。他说,经过这阶段的内查外调,三查两找,他们发现了一个阶级敌人。这个人貌似革命,貌似"左派",实质上却是一个漏网的"右派",漏网的历史反革命,破坏大联合的现行反革命。他忽然厉声喝道:"请他自己站出来,给他两分钟的时间。"

一阵极短促的骚动,接着便是紧张的沉默,好像马上要爆炸了,好像马上就地震了,好像马上要打第三次世界大战了,好像地球末日马上要来临了。每个人的脸色都有点发白,每个人心里都有点忐忑。明明知道这个人不会是自己,可是仍然害怕,于是便不停地念叨着:"这个人千万别是我呀!"好像一时间对自己的所作所为都有了怀疑,都没了把握。这真是一个奇怪的年代,每个人对自己都做不出判断,它全听凭旁人。旁人说你是红,你是红;说你是白,你是白;假如什么也不说,你就什么也不是了。雯雯也有点胆战心惊,这害怕很沉重,与缩在被窝里听鬼故事完全不一样。躲在被窝里听鬼故事,那恐怖虽大,可安全是绝对的。如今,恐怖虽不大,安全却也不绝对。人好像悬在天地之间,找不着任何依傍和安慰,只能孤零零地挨着。

雯雯微微战栗着,无意中瞥见了邹老师。他脸色苍白得可怕,透出菜青色,额上缓缓地流着几道汗。他伸长了脖子,喉结不时一动,一动,脸上僵持着一个似是而非的微笑,那咧开的嘴唇,那嘴唇扯开的皱纹,全在看不出地颤动。那人可不会是他啊!哦,但愿是他,雯雯的心愿可以满足了,不用去给救火会和救护大队打电话了。可是,雯雯一点儿也不轻松。那两分钟,"嘀嗒","嘀嗒",捉弄人地、慢慢地、残忍地走过去,"嘀嗒","嘀嗒"……

一名红卫兵头头,猛地一拍桌子,霹雳似的喝道:"把反革命分子×××揪出来!"

礼堂的东北角上,一个女教师被揪了起来,一左一右被架着胳膊推上了台,在她周围早已有了安排。全场喧声大作,人们在自己的座位上辗转起来,如释重负。邹老师脸上的肌肉松了下来,把那微笑扯走了。他真心地想微笑一下,可那肌肉太疲惫了,只是不停地颤抖着。他掏出手绢,满头满脸地擦起汗来。取下眼镜,擦擦眼窝,再擦擦眼镜。手在哆嗦,一失手,眼镜落了下来,他赶紧并拢膝盖,夹住了。雯雯转过了脸。

回到家,一进门,姐姐就说:"打电话了吗?"雯雯说:"算了,不打了。"

"你手软了?"霏霏一针见血地说。

"我才不怕呢,我是不和他计较。"说着,雯雯逃跑似的跳进了洗澡间,好像怕霏霏盯住不放似的。

第二天,上课听广播,好多同学都趴在桌上打瞌睡。邹老师挨着个儿把同学唤起来:

"坐好坐好,像什么样子!"

雯雯怜悯地看着他,心里想:"何必呢!"

二

"我爱你,(我告诉了你,难道这还不够吗?)……"

雯雯往她的本子上,整篇地抄下了普希金的《欧根·奥涅金》。她被达吉亚娜的爱情感动得流了很多眼泪。当达吉亚娜在窗户上无数次地写着奥涅金的名字,当达吉亚娜浑身战栗地等待回信,当达吉亚娜被拒绝……雯雯完全能体味到那希冀、那悲哀、那战栗,她好像和达吉亚娜合二而一,混为一体了。

雯雯迷上了屠格涅夫,最迷的是《贵族之家》,那只能深埋在心底的爱,那哭不得、语不得的悲哀,雯雯全了解。玛莎在修道院里,睫毛微微地,几乎不可察觉地颤动,这颤动之下所有的爱情和绝望,雯雯全了解。她透不过气来了,她好像和玛莎共生死了。

雯雯看了三遍《红楼梦》,从黛玉进贾府至黛玉香魂归西天,一头一尾均不看。那花飞花落,燕去燕来,将雯雯缠得死去活来。

雯雯被《呼啸山庄》震住了,她觉得自己快疯狂了,也想往那荒原上去奔走一番……

雯雯又开始埋头看书了,与以往不同的,她不仅是在旁观主人公的悲欢离合,而是与主人公——尤其是女主人公同演着悲欢离合。她用她所有的真实的情绪投入那虚拟的世界和人生中去,那情绪莫名其妙地在她心里膨胀着,翻腾着,使她莫名其妙地兴奋,莫名其妙地烦躁不安,常常会无缘无故地和爸爸妈妈,或者姐姐吵嘴。

"雯雯,你衣服换得太勤了。"妈妈说。

"又不要你洗,我自己的事。"雯雯一开口就没好声气。

"我不和你吵嘴,你这么凶干吗?"

"谁凶啦?谁凶啦?"雯雯感到委屈,竟会哭了起来。

"她是怎么啦?"爸爸问妈妈。

"谁知道!无事生非。"妈妈不高兴地说。

雯雯哭得好伤心,妈妈看不下去了,过来想安慰她,可雯雯一扭身跑了。她不要妈妈的安慰,谁也安慰不了她。她感觉到寂寞,莫名其妙的寂寞。明明身边有这么些亲人,可她却觉着孤独，谁也不了解她，谁都不能与她沟通。

在她很小很小的时候，星期六妈妈带她去买玩具，她由于不了解自己究竟要什么而哭了。如今好像也是，她也不明白自己究竟要什么。然而那时妈妈能安慰她，如今不能了。妈妈对雯雯生气了，觉得雯雯变得别扭了，她自己也觉着自己别扭了。到底要什么呢？哦，这个恼人的春天，明媚的阳光却叫人惆怅，她无法排遣，只有看书。

她看书，完全地进入了角色。因此当她抬起头面对现实世界时，就有些迷茫起来。

"雯雯，你买的什么菜呀，菜花全烂啦！"霏霏抱怨。

"这是盆菜。蘑菇搭菜花，蘑菇可是极好的。"雯雯说。

"你，怎么买盆菜啦！又贵又不好。"

"有什么不好？国家会欺骗你？"雯雯强词夺理。她现在经常买盆菜，盆菜柜台比较清静，不必挤来挤去地排队。

"这，怎么吃啊？你说说。"

"随便！"雯雯对吃随便起来，甚至很不愿讨论吃的问题，她认为吃是很庸俗的事情。

这是一个春天的下午，爸爸妈妈上班，霏霏去学校了。这几天，传说着66届、67届的毕业分配方案要下来。有的说是去工厂，有的说是下农村，众说纷纭，人心惶惶。姐姐每天去学校，想探听点什么消息。

雯雯一个人在家里。太阳明晃晃地照在梧桐树上，树叶轻轻晃动着一片片阳光。阳光像水银一样，从这片叶滑到那片叶，从那片叶滑到这片叶。雯雯看书，看不下去，想干点事：擦擦玻璃窗，或者洗洗衣服，可又懒得动弹，下了半天决心，却又觉得困了。躺在床上，不知不觉中又睁开了眼睛，看着梧桐树上的阳光。阳光慢慢地从梧桐树叶上走开了，梧桐树暗了下来，寂寞地"沙沙"摇着。雯雯无端地叹了口气，站起身准备烧晚饭。她开开房门，看见门外地上有一封信，一定是邮递员扔进来的。雯雯拾起信，却意外地看见那信封上写着自己的名字。真怪啊！雯雯还没有收到过信呢，有谁会给她写信？她的同学朋友都在附近，完全用不着写一封信的。雯雯有些心跳，快快地拆了开来，那信果然是写给自己的。

雯雯同志——信上这么称呼雯雯。雯雯赶紧去看落款，是一个陌生的名字。看完落款，又看内容，来不及地看了一遍，一点没看明白，心却狂跳了起来。再看一遍，还不怎么明白，只觉着一场祸事降临在头上了，于是又看一遍……

霏霏从学校回来，正看到雯雯脸色苍白，惊慌失措地站在门前，手里拿着一封信，那信抖索得像一片秋天的树叶。

"怎么了？"霏霏吃了一惊。

"糟了，姐姐。"雯雯哭丧着脸，把信塞给姐姐。

姐姐飞快地看了一遍，吐了一口气："哦，这个人你认识吗？"

雯雯摇摇头，她马上就要哭了。

"你看见过这个人吗？"霏霏冷静地询问。

"没有。"雯雯不停地摇头。

"纯粹是单相思。"霏霏一语道破，她好像很老练。她把信还给雯雯，转身拿锅舀米烧晚饭了。

"怎么办呢？"雯雯捧着信，像捧着一蓬火似的，跟在姐姐身后。

"你把信撕碎了，塞在信封里，寄还给他。"霏霏简要地说。

雯雯立即把信撕成了几半。这时，魏玉娥忽然来了。

"哦，魏玉娥，你快来，你看呀！"雯雯叫道。这会儿，雯雯看到一个熟人就像看到一个救星。似乎每个人都能帮助她分担一点重负，这事情太可怕了。

魏玉娥把撕成几半的信拼起来看着，还没看完就失声叫了起来："要死了，这个下流胚！这个流氓！"

雯雯更觉着事情严重了。

霏霏却说："你们别乱骂人家，这人也并不是流氓，不过是太空虚，太无聊罢了。"

雯雯觉得这么大的事，自己偷偷地处理是不合适的，应该告诉大人。于是，爸爸妈妈一回来，她马上把那信拼起来给他们看。爸爸看了之后也是一迭声地骂"流氓"，妈妈比较冷静，也和霏霏一样仔细地盘问了一番，雯雯是一问三不知，泪眼婆娑的。霏霏在旁边积极陈述自己的处理意见。妈妈警惕地注视了霏霏一会儿，然后说：

"可以退回给他，不过也不必撕碎。这不礼貌，记住：礼貌就是距离。"说着，意味深长地看了霏霏一眼。

霏霏不动声色，雯雯赶紧找信封，找邮票，装好、封好，连夜寄走了。晚上，雯雯睡在床上，惊魂未定地想："明天，那人就可以收到信了。"她忽然想到，自己还没好好看这封信呢！那信里是怎么写的？她努力回忆着，只想起一些片言只语。

第二天，雯雯去上学，走进学校，她就觉得身后有一双眼睛注视着她。于是她感到有点不自在，却又隐隐地有点骄傲。她态度越加矜持，越加注意自己的一举一动，对人，也越加傲慢了。坐在教室里听广播，坐在礼堂里开大会，或是课间一个人在哪儿独坐，她心里总是不自觉地在回想那留有记忆的片言只字。她发现那片言只字中是有很多内容的，有很多温存……哦，她害羞了，不觉红了脸。那片言只字日益地在雯雯的回想中扩大内容，渐渐地连成句，连接成篇，雯雯有足够的空闲去完成这桩事。终于有一次，雯雯发现这封退回的信是被她彻头彻尾地记住了，背熟了。她常常一个人默默地沉醉在一个只有她自己知道，却又连自己都不承认的心境里，她平静了。

可是，渐渐地，她开始觉得这心境有点满足不了她了。一封信的内容究竟有限，它能激起的想象也有限，而雯雯的闲暇是无穷无尽的。雯雯的心绪有点坏了，没有来由地有点忧伤。

自那封信后，妈妈对她的管束更加严了，妈妈一下子发现雯雯长大了，而且模样看上去要比她的实际年龄更大。雯雯看场电影，妈妈都要了解和谁做伴，几点至几点，并且尽可能地要求加以证实。雯雯开始后悔当时把那信向妈妈公开了，她还后悔向魏玉娥和姐姐公开。魏玉娥有时会对着雯雯骂那人："流氓！下流胚！"雯雯不愿意听了，她不愿人家议论他了。这个他似乎是雯雯一个人的，是留给雯雯一个人回味的。别人最好别提他。姐姐也不时地要打听打听："雯雯，你到现在还不知道那人是谁吗？"

雯雯摇摇头。是啊，到现在还不知道那人是谁呢！那人究竟是谁？是怎么样的一个人？有一次，她做梦梦见了他，是这样一个梦：她站在一扇窗户后边，这扇窗户好像是达吉亚娜在上面写着奥涅金名字的那扇。远远地走来了他，不晓得为什么，雯雯断定这就是他，毫无疑义。他走了过来，却永远也走不近。刚走近，又远了；刚走近，又远了。梦醒之后，雯雯久久睡不着了。第二天，她抱着再一次梦见他的希望入睡了，可是，没有梦。第三天，第四天……都没有，他再不来了。他真像一个梦，飘忽而来，飘忽而去。

雯雯惊慌失措地发现,自己好像是想他了。她实在不该把这信公开的,她应该自己一个人,慢慢儿地处理。当然,她也还是拒绝他,她又怎么能不拒绝他呢!然而,尽可以从容一些,再周到一些的啊!比如,可以写几个字。就这么一封信撕得粉碎地迎头掷回,他受得了吗?他会是如何失望、伤心、难堪!唉,为什么要去伤人家心呢?人家又没什么过错。爱上一个人,哦,天哪,爱上一个人——她又勇敢地想了一遍——难道有什么过错吗?她原谅了他,虽然他本来就没什么需要原谅的。她很同情他,很为他难过,对他感到抱歉,一心想着他的痛苦。其实她心里想着的全是自己,她彻头彻尾是为了自己而在想他,她太寂寞了。

一天,学校开大会,请了一个全市著名的文艺宣传队来演出。大家一反开会的常规,都往前靠,找前排的座位。雯雯去晚了,礼堂里坐得满满腾腾,正找位子,忽听梁芬芬叫她:

"雯雯,上这儿来!"

雯雯往那边看看,问:"有位子吗?"

"有,快来。雯雯!"

雯雯往那边走去,这时,梁芬芬旁边站起了一个人,低着头往外挤去。雯雯与他擦肩而过时,目光忽然相遇了。雯雯心里"怦"地一跳,她认出了,这就是他,是他!虽然没有任何根据,可她就是这么肯定。他看了雯雯一眼,迅速避开了眼睛,走过了,从雯雯身边走过了,雯雯也从他身边走过了。仅只一秒钟,却像过了半个世纪。雯雯一晚上神魂不定,台上在表演什么,她一无所知。

第二天去学校,雯雯期待着再看见他,可是没有。第三天,第四天,一直没有再见过他。他可不会真是一个梦,飘忽而来,飘忽而去。他的印象渐渐地模糊了，雯雯再怎么回想那相遇的一瞬间，也回想不出他的模样。雯雯惆怅地想：也许再认不出他了，她要错过他了。

这些天，白天黑夜地去学校，等待"九大"闭幕的喜讯传来，时刻准备上街欢呼游行。不晓得怎么回事，每天都有消息来，"今天闭幕！""今晚闭幕！"可大家白等了一场，却偏偏不闭幕。有一次，雯雯已经睡熟了，梁芬芬得了学校通知，把她叫起来去等闭幕。等到半夜，"九大"仍然执意不闭幕，大家只好回家去。回家的路上，大家挥着红花，呼着口号，莫名其妙地欢呼了一阵。不知在欢呼什么，也不知这些消息是从哪里传来的，有时明知那消息不可靠，也不敢不做准备。总之，那开幕和闭幕都须有一场锣鼓，要不怎能显示出胜利的威势呢。在一个下雨的晚上，"九大"终于闭幕了，全校师生统统参加游行。雯雯忽然看见他了，是他，虽然他穿着雨衣，戴着雨帽，尽管雯雯早已把他的模样忘光了，可她仍然准确无误，确信无疑地认出了他。是他，雯雯这才觉着心里踏实了。

有一天，雯雯在学校门口看见了他，他没有看雯雯，却无端地红了脸。

有一天，雯雯在操场上军体课，看见他从操场边上走过，他向操场上望了一眼，只一眼。

有一天，雯雯买菜回来，远远看见他迎面走来，雯雯不由自主地把菜篮往身后徒然地藏了一下。他走近了，手里端着一个锅子，反过来的锅盖上放了几根油条，雯雯这才坦然了。

有一天，……

如果有一天，雯雯遇到了他，这一天便成了雯雯的节日。一整天，心情都很快乐。在没有遇到他的日子里，雯雯的情绪会消沉，百无聊赖。而当遇见了他之后，那遇见之前的黯淡的日子便也有了光彩，也列入了回味的范围。他，或者说是想他，成了雯雯生活的主要内容，除此之外，她别无内容。即使有一些别的，也与她没有直接的关系。雯雯变得极端自私，她只想着自己的心情，她有足够的空闲体味自己的心情，别的，都不重要了。

姐姐她们的分配方案下来了，百分之四十去上海工厂，其他均是下乡：黄山茶林场、大丰农场、黑龙江军垦农场等等，还有少数插队落户：安徽、江西。姐姐的情况有利有弊，她是长女，规定长子长女可以得到照顾。但家庭平均生活费超过了四十元，这又不属照顾之列。身体良好，没有慢性病——本来这是好事，这会儿却成了不利之处。爸爸妈妈从来都是自觉革命派，尽管爸爸还在靠边，但他对组织仍是无限信任，思想上没有一天是正式靠边的。他们根据分配方案的精神，自觉地将霏霏的情况做了认真仔细的分析。最后认为，她没有理由留上海工厂，但也应给予一定的照顾，应该去崇明岛农场或者是大丰农场。于是便让霏霏第二天就去报名上农场，姐姐报名了。报名的第二天，舅舅来了。阿卫哥哥比霏霏高一届，也面临着分配。不过他的问题很简单，独子，百分之一百留上海。舅舅一听说姐姐报名去农场，几乎从沙发上跳了起来：

"为什么不争取留上海？"

"希望很小啊。"妈妈说。

"百分之一的希望也要付出百分之一百的努力。"舅舅说。

"反正，政策是两丁抽一。霏霏去了农场，雯雯说不定就可以留上海了。"

"这政策千变万化，雯雯那时候再说吧。你们赶紧去霏霏学校，争取争取。"

"不行,不行!"霏霏急了,"一会儿报名,一会儿又要留上海,给人家看了像什么?成两面派了。"

"小孩子懂什么!报名是应该的,是要求进步,有觉悟。可也应该实事求是地考虑具体困难,这是党的一贯政策。"舅舅虽然不是党员,但比起在座的这两位中共党员,好像他更能吃透党的政策。

"没有理由啊。"妈妈犹豫地说。

"霏霏是长女,再说她身体不好。"

"我没有病!"霏霏嚷。

"怎么没有?你有气管炎。你们对学校说,霏霏身体不好,留在上海。以后雯雯毕业了,雯雯去农村。"

"你看,怎么样?"妈妈显然动摇了,问爸爸。

"不必了,不必了。让孩子锻炼锻炼也好嘛!"爸爸总是很豁达,其实他是害怕一切竞争。去买鞋,营业员错拿了大一码的给了他,回到家才发现,妈妈要他去换,他犹豫着,想到要费很多口舌,也许还要吵架,便退缩了。"大一点好,不挤脚,我是有意买大点的。"他这么骗着妈妈,把自己也骗了。恍恍惚惚,似乎真是自己有意要买大一码的,于是便心安理得了。只是鞋子不大跟脚,跑快一点,就有脱落的危险。

妈妈想了一晚上,还是决定去霏霏学校争取一下,霏霏可不愿意跟妈妈去:"我不去。"

妈妈火了:"你不去,我自己去。"她一个人跑到霏霏学校去了。霏霏和雯雯提心吊胆地在家等着。妈妈很快就回来了,神情很开朗。

"怎么样?"雯雯抢着问。

"学校考虑得还是很周到,"妈妈说,"把霏霏的情况反复衡量过了，霏霏去农场是比较合适的。"

"你看——"霏霏说。

"你们学校留上海的孩子都确实有困难。有一个男同学，没有爸爸妈妈，靠老祖母生活，当然要照顾。"

"那是周介龙。"

"还有一个女生，父母工资一共九十元，要养活七个孩子，她是老大，当然也要照顾。"

"是李秀英。"

"还有一个同学，胃切除了五分之四……"

"黄芸！"

"还有……"妈妈一一列举着应该留在上海的学生，心中十分坦然，她完全被说服了。

"我叫你不要去嘛！"霏霏说。

"不去心里老觉着有桩遗憾，去了才安心呢。"

妈妈真正安心了。她和爸爸不同，她是一定要去争一下的，尽管常常争不赢，可必须争一下，她才问心无愧。

姐姐的通知来了，去大丰农场。大丰在苏北，据说那里是一片盐碱地。姐姐要走了，一天到晚忙着上同学家告别，和同学拍照留念。同学们纷纷赠送礼物，大都是日记本，扉页上写着：

"海阔凭鱼跃，天高任鸟飞，祝战友霏霏在广阔天地大有作为。"

"农村是一个广阔的天地，在那里是可以大有作为的。与战友霏霏共勉。"等等。

走的那天下午，足有二十个同学来送行，把家里挤得满满腾腾，爸爸妈妈要和霏霏说几句话都插不进嘴去。霏霏胸前佩着大红花，把脸都映红了。同学们前呼后拥地把她送上游行的汽车，然后直接到十六铺码头去等着送行。雯雯也跟着姐姐的同学们去了，她牢牢地跟定那位贫苦的周介龙，她觉着周介龙是很可以信赖的。他很沉着，大家都听他的。而且，他对霏霏很好，他送给霏霏的日记本上写的是：

"海内存知己，天涯若比邻，愿我们永远携手前进。"

街上锣鼓震天，好几路汽车中断行驶，马路两旁站满了欢送的人群。汽车缓缓地从人墙之间开过，鞭炮声大作。

雯雯和周介龙他们过了一个多小时才到达船码头。因为公共汽车要给游行的汽车让道，开开停停，停停开开，比走还慢。好几次他们都想下车走，可是走也是走不通啊。欢送的人群站满了人行道，好几个路口被封锁，要绕远路，还是老老实实随着汽车开吧。

船码头外面早已挤了一大堆赶来送行的人了，可是码头的铁门锁着，不让进，说是知识青年的汽车还没到。等啊，等啊，天傍晚了，铁门还是不开。周介龙去打听，回说，知青没到。天色渐渐黑了，路灯一盏一盏地亮了。忽然有人说："知识青年的车子早来了，从那边门里进去的。"人群一下子乱了，一起推着铁门。铁门就是不开，外面的人就对着里面的人喊："你们对上山下乡是什么态度！你们对革命小将是什么态度！""冲啊！一、二、三！"大家齐心协力地撞击铁门，铁门"咣当当"地一阵阵乱响。

雯雯挤在人群里，不合节拍地乱喊："快开门！快开门！"她忽然非常想看一眼姐姐，姐姐马上要走了，到江那边去了。那边是一片盐碱地，盐碱地是什么样的雯雯不知道。她和姐姐从小一起长大，没有分开过。尽管每天都要吵架，可是不吵她会感到寂寞的。

终于有人过来开铁门了,是由于大家的革命行动起了作用,还是确实也到了开门的时候,总之,铁门哗地开了。人群像潮水一样拥了进去,"嗒嗒嗒嗒",跑向码头。

码头上静悄悄的,几个强壮的男人在收着一些粗而长的绳子。远远的,有一艘船。

"姐——姐——"雯雯大声地叫道。

"霏——霏——"周介龙叫道。

"霏——霏——"大家一起叫。

"杨——红——兵——"那边在叫。

"赵——反——"这边在叫。

"姐——姐——"

船,越去越远。慢慢地驶进天和水那深黑色的交接处。

"霏——霏——"

忽然,那即将消失的轮船船尾亮起了一抹小小的灯光,好像是手电筒的灯光。它亮了一下,灭了,又亮了一下,又灭了,一共亮了三次。当它最后一次灭了的时候,轮船被浓重的江雾吞没了,再也看不见了。

"是杨红兵在向我们致意。"那边欣喜若狂地喊起来。"赵反在向我们告别呢!亮三下手电是我们造反时的联络信号。"这边在说。

雯雯默默地跟着周介龙走出码头,忽然说:"那是我姐姐在和我告别。她的手电筒就放在身边书包里,拿出来很方便。"

周介龙看了雯雯一眼,不说话。

码头上重又安静下来,一个高大的男人抱着胳膊面对江水,寂寥地抽着烟。

三

　　姐姐走了。她那份家务移交给了雯雯，雯雯的负担加重了一点。

　　姐姐不在家了。没人和雯雯说话吵嘴，雯雯的空闲又增多了一点。

　　少了一个霏霏，妈妈的管理就更集中了，眼睛几乎长在了雯雯身上。雯雯动一步都需要请示汇报，雯雯烦死了。

　　霏霏不在眼前，雯雯在眼前。妈妈想起霏霏的全部是优点，看到雯雯的全部是缺点，而且用霏霏的优点来比雯雯的缺点。动不动就要说："你烧的菜多淡啊！霏霏炒的……"或者说："家里真乱，唉，霏霏不在家了！"有时候则说："雯雯，你老发什么呆呀！真无聊，霏霏在那里累得饭也吃不下，你不能找点正事干干吗？"

　　"你叫我干什么呢？难道我自己喜欢无聊吗？"雯雯觉着委屈，妈妈是毫不同情的。

　　雯雯觉着妈妈不喜欢自己了，觉着没人了解自己，她觉得自己很孤独。

　　生活很单调，每一天和每一天，如同每滴水和每滴水那么相近，合在一起，就分不出谁是谁了。雯雯不知道干什么才好，她不知道这么一天天地过去，是为了什么。她不知道前边有什么等着她。而她总觉得前边有什么在等着她。她耐心而烦躁不安地一天一天过着。她每天早起都抱着一个希望，希望这一天能发生些什么。甚至，甚至再给她送来那么一封叫她魂飞魄散的信也好。可是，什么也没发生，天已经晚了。吃晚饭，洗碗，热剩菜，妈

妈念叨霏霏,爸爸宽慰妈妈,雯雯坐在角落里翻书:

"我爱你,我告诉了你,难道这还不够吗?……"

在这些寂寞的日子里,唯一能安慰雯雯的,就是他了。看见了他,心中便觉得安定了一点。为了能常常看见他,雯雯变得喜欢去学校了。

有一次,她看见他和邹老师很稔熟地在谈话,她忽然觉得一阵亲切。尽管她讨厌邹老师,至今不和邹老师说话,可是,毕竟邹老师是和她有着贴切的联系。与她有着联系,又和他熟识,雯雯便觉得和他贴近了一些。他,显得切实了一些,他究竟不是一个飘飘忽忽的梦啊。

那天晚上,欢呼最新指示"知识青年到农村去,接受贫下中农再教育"。雯雯看见他和他们高班的男生在开玩笑。一个大个子抱住他的后腰,可不知怎么一弄,那大个子自己摔倒了。他们大笑了起来,他也在笑。他在笑,这又使他具体了一点。雯雯心里又踏实了一点,她怕他飘走,像一片云一样,一吹就去了;像一个梦一样,一惊就醒了。她将自己那一片无根无底,云似的梦想寄托在他身上了,他必须坚实一点才好。

这一天,正上着课,邹老师深入浅出地讲解自由主义的十一种表现。校园里忽然响起一阵急骤的锣鼓,大家都跑到窗户跟前,伸出头去看。只见一伙人正穿过校园,往大批判专栏走去。他们在专栏跟前停住了,开始贴一张大红纸。雯雯看见那人群中有他,他在刷糨糊呢。锣鼓跟在他们后边,一刻不停地敲。红纸贴好了,大家对着红纸鼓了一会儿掌,锣鼓才停了下来。

下课的时候,雯雯跑到专栏跟前,装作随意的样子停下脚步看那红纸。这是一张宣言书,宣布成立赴井冈山插队落户战斗队,签名的是七个高中生,有他的名字。这名字曾经叫雯雯战栗了半天，困惑了半天。雯雯曾经在一个信封上写过这名字，雯雯在心里无数遍地写过这名字，这名字是熟悉到了陌生的程度。常常有这种时候，看着一个见惯的字，越看越觉着不像，越看越觉着不像，突然变得不认识了。

雯雯莫名其妙地心跳着，慢慢儿地从宣言书前走过了。

以后的日子里，这七个学生，便成了圆明中学的风云人物。他们从校园里走过，总会有人回头看他们，指指点点地谈论他们，雯雯他们班上也常常传播着有关他们的点点滴滴。这七位好像都是"老造反"，是"井冈山"战斗队的，都是"很有水平的人"——同学们这么说，这回他们是真的要去井冈山插队落户了。男生们议论，女生们从不参加，只是在旁边悄悄地听。女生们议论起来，总是背着男生：

"他们头头和那个女同学是朋友关系呢，那头头本来已经留上海工厂了，就是为了他的女朋友去插队的呢！"

"这几个男生长得都蛮神气的噢。"

"哎。不过那个女生长得不大好看。"

"太粗气了。"

雯雯不插嘴，一字不漏地听着。她们谈到"朋友"的时候总压低了声音，露出极神秘的表情。

学校为他们召开了欢送大会，他们七个人坐在主席台上，从容自如地和工宣队、老师们交谈着。他坐在那里，话比别人要少，常常是垂着眼睛看着桌子上的一个什么东西。偶尔有人和他说话，他总是微微一笑。他好像有点忧伤，他在想什么呢？他远远的，坐得高高的，在想什么呢？这个人，曾经给雯雯写过一封信。这桩事现在想起来是多么不可思议，可他确确实实写过的，有姐姐、妈妈作证。

锣鼓响了,广播里放起了《大海航行靠舵手》,几个70届的同学上去给他们戴花,给他戴花的是一个小小的男生,他亲切地摸了摸那男孩子的脑袋。

雯雯随着大家有节奏地鼓着掌,心里非常激动,对他的感情中又新添了一种崇敬,使那感情充实了一些,新鲜了一些,也更强烈了。

那位头头代表他们七个人发言了:

"工宣队师傅们、老师们、领导同志们、同学们、战友们,明天,我们就将踏上征途……"雯雯再也听不清他在说什么了。

哦,明天,明天,他们就要走了,就要去井冈山了。井冈山在哪里?井冈山在雯雯心目中是一首颂歌,那是极崇高、极崇高的,崇高得使她忍不住怀疑地球上是否确有这个地方。然而,他就要去那极崇高、极辽远,可望而不可即的井冈山了。留下雯雯在这里,买菜、烧饭、背语录、洗衣服、洗碗、吃饭、睡觉……这怎么可能。从明天开始,雯雯再不会遇见他了,再不必希望着遇见他了,就一心一意地买菜、烧饭、背语录、洗衣服、洗碗、吃饭、睡觉……她简直透不过气来。

雯雯心绪坏透了,晚饭烧焦了,赶紧加水,又夹生;炒青菜没放盐,炒榨菜倒放了一把盐;洗碗时,把碗打了两个。妈妈说:"你怎么搞的,像掉了魂似的。"

"我烦死了,我烦死了!每天干不完的家务,没完没了,还是不讨好。"雯雯哭了起来。

"就这点事你就不耐烦了!姐姐天天在那里吃苦。"

"我去农村好了。我知道你烦我,我去好了。"雯雯撒起无赖。

"莫名其妙!"爸爸跑到里屋去了。他只敢在极平定的气氛下发脾气，真的有了纠纷，他就只能回避了。

"砰砰！"忽然有人敲门，雯雯和妈妈都吓了一跳。妈妈去开门，雯雯赶紧擦眼泪。

"电话，雯雯电话。这里有个雯雯吗？"是传呼电话间的一个瘸子，"要回电的。"

"有的，谢谢！"妈妈付了三分钱传呼费给他，仔细地看那传呼条子，"怎么会有雯雯的电话？雯雯，这是谁，你知道吗？"

"不知道。"雯雯接过条子，看着那个回电号码。她心里好像有点知道，可她不敢想，她的心"怦怦"乱跳着。"我去回个电话。"她装作若无其事的样子，走了。她一出门就跑了起来，跑到弄堂口设公用电话的小烟纸店里，气喘得话也说不出了。

3—6—9—1—5—5 她拨着号，手指头冰凉的。

"喂——"那边说话了。

"哎——"雯雯颤着声应。

"是雯雯吗？"那声音很轻，很弱，但很清晰，好像来自一个极远极神秘的地方。

"是，是我。"

"我，我明天就要走了。"

"哦，明天。"雯雯嗫嚅着，她自己都不知道自己在说什么。

"我想和你谈谈。"

"我就在瑞金路口的公用电话。"

雯雯困惑地回头看看，那地方距离这里只有半条马路远，真有点咫尺天涯的感觉。

"你是在你的弄堂口吧？你等着我，好吗？"

"不，不，"雯雯忽然害怕起来，"我不能出来太久，妈妈要骂的。"

"那么，你愿意和我通信吗？"

"你愿意吗？"

"好，好的。"雯雯啪地把电话挂上了。她跑了回去，连电话费也忘了付。那瘸子直着嗓门喊才把她喊醒，她慌慌张张付了四分钱。

一进门，妈妈就问："谁打的电话？"

"周，周介龙。"雯雯说谎了，她奇怪自己会说得这么从容。"他有什么事？"

"他问问姐姐有没有信来。"周介龙确实问过雯雯，不过，那是在马路上，而不是电话里，并且是前天下午。

妈妈不再问了，雯雯也不再发脾气了。爸爸重新从里屋走出来了。一个晚上，平静地过去了。

雯雯失眠了，这是极甜蜜的失眠。一直到天快亮她才睡着，睁开眼睛，天已大亮，一屋子都是金灿灿的阳光。今天是星期天，雯雯可以休息一天了。可她夺去妈妈手里的菜刀，"嚓嚓嚓"熟练而轻快地切起茭白丝。枯燥的家务琐事，忽然有了很多新的乐趣。她又可以希望了，希望收到他的信。生活中不能没有一点点盼望，哪怕是极小极小的一点，一件新衣服、一块蛋糕。当然，雯雯大了，新衣服和蛋糕安慰不了她了，她的盼望是另一种。

他来信了，雯雯谁也不告诉，这是她一个人的。然而她的快乐，她的好心情，她又觉着一个人是享用不了，盛不下的。她想告诉别人，可是不行啊！她得忍着，尤其不能让妈妈知道，妈妈知道一定会阻止的。雯雯这么断定，她认为这种通信是不大应该的，她是够大胆的，她有点害怕。于是，这通信便有了一种受压抑的色彩，这色彩越发地吸引她，她决心好好保护它。

她花了很多时间写回信,她要努力写得好一点,有意思一点,别让他觉着,和这么一个69届的人写信有点无聊,有点不值得,一定不能让他有半点失望和后悔。她描写自己的忧愁,"像轻纱一样笼罩着我的心。"她描绘自己枯燥的生活,"青春就消磨在这一千遍、一万遍的重复之中了。"……如此这般。

他的信写得很好,内容充实,语句通顺,显然是另一个量级的了。他写那里的山,那里的水,那里的老表,他们的劳动、学习,他们的收获、想法,谈到改造主观世界和客观世界的那种辩证的微妙关系。有些段落,雯雯看了似懂非懂,于是更加崇拜他,而写回信这桩工作也越加使她感到困难了。

他的信息是写得很矜持,很严肃,这使雯雯有勇气也有理由和他继续通信。她想:"这没什么。"好像假如有了什么便不合适了似的。可是这天,他信的末尾,写了那三个字:"我爱你。"哦,"我爱你",他没写别的山盟海誓,只写了三个字,因而使这三个字包含了一种郑重其事的意味。雯雯惊呆了,那心情是十分复杂的。她觉着这样不好了,不再是"没什么",而是"有什么"了。可她又不可抑制地感到幸福,是的,幸福,并且隐隐地觉得自己是早就在期待这三个字了。然而,她又到了拒绝他的时刻,她认为这样的关系是不应当继续了。因此,她恨他了,为什么要说出来呢,不说多好。唉,她心烦死了,她下决心,写了一封回信,表示以后不要再通信了。这信是她所有信中写得最流畅、最充实、最顺利的一封,因为有了内容,有了一个目的。而其他信里,没有目的,全是为了写信而写信。信寄出了,她自己则痛苦不堪,衣食无心,夜不成眠。那边再也没有信来了,他沉默了。他沉默了,他总是那么矜持、尊严、自爱。雯雯受不了了,她觉着自己不能失去他。经过几天几夜的矛盾斗争,更甚于达吉亚娜给奥涅金写信时的那种战栗和苍白。她终于又写了一封信，信的第一句便是：

"我爱你，我告诉了你，难道这还不够吗？"

解冻了，春水推着冰块直泻而下。

这时候，中学毕业分配方案彻底改变了，中学毕业一律赴农村插队落户，包括前两届尚未落实分配的学生。上海工厂、郊区农场，一律没有了。独生子女、家庭困难，一律不照顾了。总之，只有一条光明大道：知识青年到农村去，从今以后，"一片红"。人们跑到区革委会、市革委会去打听"一片红"的方案要执行多久。回说：十年、百年、千年、万年，这样才能代代红。雯雯对"一片红"不但不惧怕，还有一点儿向往。她不想待在上海了，上海的生活叫她腻烦透了，她简直不能想象怎么过一辈子这乏味沉闷的生活。她渴望离开家，渴望出去，她暗暗希望着去井冈山。大家惶惶恐恐地谈论"一片红"，她总是积极地参加着：

"听说不肯走的人，派出所就把他户口销掉。"

"是吗？怎么能这样不讲道理！"同学们听了这可怕的传言，很紧张。

"不可能的。我妈妈就叫我赖，她养活我，最多做家庭妇女。"

"怎么能做家庭妇女呢？亏你想得出！"雯雯对这种想法感到特别不可思议。

"有什么不行呢？我姆妈就是家庭妇女，过得也蛮好。"

"做家庭妇女，太没有前途了，不行不行。"雯雯极力反对。她好像有点希望世界上一切路都绝了，只剩下一条——去井冈山。

"雯雯这么愿意去插队落户啊！"

"谁说的,我才不想去呢。"雯雯莫名其妙地红了脸,极力否认,要自己也相信自己实在是不想去的。

张维真是68届的,她总归逃不掉了,决定去安徽,通知已经拿到了。雯雯去她家,她正给自己用旧衣服改劳动服。她垂着眼睛飞快地踏着缝纫机,说:"反正,谁也逃不脱插队落户,早去还能去安徽,听说晚了,就只剩下新疆、西藏、内蒙古了。雯雯,大概你也逃不掉的。"

"大概是的,"雯雯说,"假如我要插队,就到你那儿去,好吧?"

"太好了!还不晓得让我和什么人在一个集体户里呢!可千万别让我和杨浦区的苏北人在一起。"

"是怎么组织集体户的呢?"

"听说是一男一女搭好的,三个男就三个女,四个男就四个女。好像要叫我们下去结婚似的。"张维真说着自己也笑了起来,有点不好意思,又辩解了一句:"这有什么,人总归要结婚的。听说,就有不少人谈好朋友再一起下去,这样互相有照应一点。"

"真的啊!"不知为什么,雯雯有点儿扫兴。她视为很神圣的事,从张维真嘴里说出来,就变得这么简单,这么平常,这么毫无诗意可言。

"对了,给你吃糖,"张维真站起身,从柜子里拿出一包糖,"喜糖。"

"谁结婚了?"

"我表姐姐。你不要跟别人讲噢!"张维真压低了声音。在这种轰轰烈烈的大革命时代,结婚好像是一桩极不适宜的事,尤其是像张维真这种人家。张维真的表姐偷偷地在"绿杨村"办了两桌,吃完一道菜,就把盘子叠起来,怕人家说话。"我表姐他们是在寄卖商店里抢一只吉他认识的,谈了六七年恋爱了。"

"蛮有意思的嘛。"

"我听见我妈妈对我表姐姐说,结婚头一天晚上,一定不要睡床的里边。谁睡里边,谁一辈子就要受欺,睡外边才能强过男的。"张维真说着又笑了。

雯雯没笑,她有些惊异,抢一只吉他认识了、恋爱了,最终还是结婚,并且要睡在一张床上。这简直具体得过分了,爱情怎么可以是这样的归宿,只能落实到这里吗?要问她自己,究竟应该归到何处,她答不上来。她的爱情是永远没有归宿的,永远这样遥遥的、远远的、隐隐约约的。

张维真走的时候,雯雯去送她。她一直开开心心,她妈妈哭了,她都不伤心,还笑。上了火车,她才意识到事情的严重性,大哭起来,眼泪顺着秀气的鼻梁汩汩地流着。她拉着雯雯的手,一迭声地说:"雯雯,你也要走的,你也要走的,到我们这里来吧。"好像只有雯雯走,才能安慰她似的。

锣鼓震天震地地敲,广播里一遍遍放着语录歌:"知识青年到农村去,接受贫下中农再教育,很有必要……"汽笛长鸣,"轰隆刺嚓"地向前去了,哭的、喊的、唱的一一掠起。一个车厢门口,站着一个小伙子,流着眼泪,大声朗诵着:"再见了,爸爸妈妈。再见了,老师们……"更增添了一种激情洋溢的气氛。

雯雯被这气氛感染了,她目送着远去的火车,心想:"我一定要走。"

四

又要下乡。这是正式的下乡劳动,整整三个星期。

三个星期总算快到头了，肚子里的油水刮得干干净净，每个女同学一顿都能吃半斤白饭；一身的水土不服红疙瘩抓破了，感染了，结上了疤，新的一批又在萌生；床单、被里脏了，要洗了；平均每人为想家哭过一场半了；天冷了，树叶子落完了，河里结了薄冰，农活清闲了。总之，天时、地利、人心，都到了该回去的时候了。可是忽然有一天，所有的老师、工宣队，全集中到大队部开了一个晚上的会。第二天宣布，不回去了，继续在农村坚持。这是思想改造的需要，防修反修的需要，也是备战的需要。

备战，这倒是个新鲜的提法。紧接着，各人的家信里便开始传递新的信息了。

"我爸爸来信说，上海每个单位都在挖防空洞，家里如果有小花园，也要挖。我们家天井里正在挖。"

"我姆妈来信说，家家户户的玻璃窗上都贴上米字条，这样，轰炸时，玻璃碎掉就不会有'乒乒乓乓'的声响，不会暴露目标。"

"我哥哥讲，黑龙江珍宝岛那边，已经开战了。形势很紧张，一级战备。"

他从江西来信，大谈第三次世界大战的不可避免，而焦点就在中苏。

看来，真是要打仗了，好像都能嗅到火药味儿了。大家又兴奋又紧张，一个个跃跃欲试，恨不能马上报名参加义勇军。然而，不晓得是谁说了一声："弄不巧，我们再也见不到家里人了。"大家方才冷静下来，女同学开始流泪了。男生们则大吵大嚷："我们要回上海，我们去和工宣队讲，回上海去嗷！要打在一起打，要死在一起死。"

哭过了，吵过了，大家默默相对了一会儿，便开始考虑最实际的问题了。首先是打扫卫生，把铺下潮湿的稻草换上新的，并且加厚一倍。洗床单、洗被子。老师让伙房烧大量的开水，向房东借了个木盆，让大家挨个儿洗了个澡。每个宿舍发了一张从小学校借来的课桌，一个热水瓶，安居乐业了。接下来，便是肚子里的油水问题了。工宣队和老师、骨干们做了认真的研究，决定：上陈水桥镇。

陈水桥镇，是离此地最近的一个大镇，有二十里路，没有汽车，来回四十里全靠两条腿走。据说镇上什么都有，百货大楼、食品店、饭馆、点心店、馄饨、油条、烧饼样样有。

出发的前一天晚上，大家就都兴奋不安起来，连夜准备好钱和粮票，准备好空的饭盒，放在书包里。早上，伙房没开早饭，早饭是完全没有必要的。就这样，大伙儿带着一只空的饭盒同一个空的肚子上路了。

天，很冷，风吹在脸上，刀割似的疼。手塞在口袋里，口袋被风刺透了，冰凉冰凉，只能把手握成拳，五个手指互相温暖着。没吃饭，从心底里升起了一股寒意，那是怎么暖也暖不热的。路，很长，一直是向前，向前，没有变化，感觉上就好像是在原地踏步。只能以憧憬为动力：

"我要吃两碗馄饨。"

"豆腐浆、油条，我也要吃的。"

那馄饨和豆腐浆，远远地，在陈水桥镇，冉冉地冒着热气。大家不由得加快了脚步。男生们跑到前边去了，越来越远。好像是在渐渐地往下走，不见了他们的脚，又不见了他们的腿，只剩半个身子，只剩半个脑袋了。最后，他们贴着地面消失了，地球果然是个圆的。腿快的和腿慢的拉开了距离，腿快的和腿更快的，腿慢的和腿更慢的，拉开了距离。雯雯和梁芬芬几个女生走在中间,她们决定不再分开了,好歹都要走在一起。

两只脚替换着向前迈,已成了机械的动作,她们不觉得累了,只觉得绝望。那陈水桥镇,那馄饨,那豆腐浆,已是无可指望,想都不忍去想了,只是机械地迈着腿。可是,那陈水桥镇陡然地出现了。

一顶圆拱的石桥,高高的,上面走着挑粪桶的、挎竹篮的、担稻米的,自行车"咣啷啷"推上桥,"丁零零"溜下桥。桥下,有洗衣服的、淘米的,几只煤炉啪啪地生着。歪斜的木屋临水站着,石头的房基插在水里,爬了一层厚厚的青苔。一个小女孩趴在窗口吃荸荠,把皮吐在水里。

走过桥,便看见一个点心店,透过玻璃橱窗,看见几笼包子在腾腾地冒着热气。赶紧推开门,里面烟雾弥漫,一团热气把她们包围了,她们舒服得有点头晕。

吃了馄饨、包子,然后便去逛镇,等待着吃中午饭。这么路远迢迢地跑来,决不仅仅为了一顿区区早点。镇很小,转来转去老遇见自己人。这一天,一整个陈水桥镇,到处都看见穿得邋邋遢遢,冻得抖抖索索的上海人。他们漫无目的地走来走去,东看看,西看看,并不买什么,只是不时地跑到店里看看钟点。

中午,雯雯她们来到一个镇中心的饭馆,上了二楼,一眼看见邹老师和汤师傅几个人围着一张方桌,耐心地等待上菜。汤师傅抽着烟,邹老师两手插在裤袋里,身子前倾,面带微笑,伸直双腿,两个膝盖轻轻地碰着。

"呀,邹老师在这里呢,咱们换个地方吧!"梁芬芬说。

大家都很不自在,可是上哪儿去呢?这么个小镇,上哪儿都免不了要碰上老师或者工宣队,这实在有点狼狈。

"咱们装没看见他们,别和他们说话。"梁芬芬又说。

她们找了张离他们最远的桌子坐下，都低着头背过身子，不去看他们。好像不看他们，他们也就看不见自己了似的。只有雯雯不老实，忍不住要回头去看邹老师和汤师傅，他们那副喜滋滋地等吃饭的模样，给她的感觉很滑稽。他们这会儿的样子，和在学校里站在讲台上，完全不一样了。当他们站在讲台上时，好像只是个象征。而如今，他们，他们在等吃饭，他们肚子里也没有油水了吧。

"哎，雯雯。"邹老师发现了她们，汤师傅也看见了，两人站起身向这儿走过来。

她们脸都羞红了，躲都没处躲。在她们这种年龄，吃饭，是一桩极要不得的丑事。

"你们吃什么哪？"邹老师笑嘻嘻地问。

"还不晓得呢！"梁芬芬说话的声音像一只蚊子在叫。

"吃只糖醋黄鱼嘛，"汤师傅遥指着柜台上方的菜单说，"小姑娘都喜欢吃糖醋的东西。"

"好的呀。"她们小声地答应。往日的威风一扫无遗，像是被人抓了短处。

"吃个炒猪肝，"邹老师说，"猪肝有营养。"

"好的呀！"

"再要个红烧肉。"汤师傅说。

"女孩子不爱吃肥肉，还是炒肉片吧。"邹老师与他商量。

"现在什么不吃？红烧肉油水足。"

"好，好，红烧肉，"邹老师让步了，工人阶级领导一切嘛。"再要一只三鲜汤。"

"可以了，蛮好，蛮好！"汤师傅大声说。

"好的呀。"她们小声地说。

"快去柜台上买票,快去,雯雯。"邹老师轻轻推着雯雯的肩膀,雯雯侧过身让掉了,她不和邹老师和解。

从陈水桥镇回来,天已经漆黑了,雯雯看到了妈妈的来信。信上说,妈妈爸爸都去了干校,上海已经开始疏散人口了。这样,他们四口人就分在了四个地方,也不知什么时候才能碰面。妈妈走以前,把钱、粮票都分成了四份,各人的主要衣物也理好了,雯雯如有机会回上海,就把这些东西带在身边,以防万一。

雯雯眼前出现了空荡荡的家。宿舍里,有人在讲鬼故事,大呼小叫的。雯雯穿上鞋跑到院子里,坐在冰凉的台阶上。

大半个月亮清清冷冷地照着院子里的石板地,石板地上有一小撮垃圾,被风吹过来,吹过去,一会儿聚拢来,一会儿分散去。垃圾里有一片枯树叶,轻轻地扫着地,发出沙沙的响声。"雯雯,怎么啦?"邹老师从男生宿舍走出来,看见了雯雯,"别受凉了,快进屋去吧。"

雯雯不作声。

"想家啦?"邹老师在雯雯身边坐下。

雯雯往边上挪开一点,不作声。

"还在生老师的气吗?"

雯雯不说话。

"老师有很多为难的地方,请你多原谅了。"邹老师眼睛望着前边,自语似的说。

雯雯忽然有点想哭。

邹老师慢慢地低下头,看着地上,石板缝里有一株小草,抖抖索索的。月亮慢慢移过去,将屋檐在地上拉出一角阴影。

"冷吗?"

雯雯摇摇头。

"每个班要派个人回去,给大家拿衣服什么的。你愿意做这件事吗?"

雯雯转过脸,看看邹老师。

"挺辛苦的,不过可以回家看看了。"

雯雯点点头。

邹老师看了雯雯一眼,又去看那株小草。石板地上湿漉漉的,像是蒙了一层烟,天在下露水。

雯雯只身回上海了,走十里路,乘汽车,再摆渡,好有一番周折。她要回家,虽然是一个空无一人的家,可究竟是家啊,这是后盾。雯雯发现自己是这样地恋着家,她从小没离开过它。她希望它好好儿的,别出什么差错。她想起有一次军事活动,步行去长风公园。回来的路上解散了队伍,她走不动,就一个人乘车,不曾想坐错了车。又急又热又饿又渴,但想到回了家便可以洗澡、喝水、吃饭、休息,她就打起了精神,一步一问,终于回到了家。

雯雯随着人群走出码头,正是下班时候,车水马龙,熙熙攘攘。沿街住家的玻璃窗上,果然贴着米字条。虽然轰炸的飞机还没来,却已经是一派七零八落了。弄堂口,几个小孩子在玩,唱道:"你们要请什么人,什么人来同他去……"雯雯小时候就会唱的儿歌,如今还在唱。雯雯漠然地走过,在这种时候,玩这种游戏,她觉着无聊透了。

弄堂里很冷清,没有人进出,只有一个围着方巾的老太太,在敲着一扇门。雯雯匆匆往家走,掏出钥匙,摸索着钥匙眼儿,那门却开了,把雯雯吓了一跳。

"雯雯!"

"姐姐!"雯雯抱住姐姐,一下子哭了。

霏霏也哭了："家里怎么没有人啊,我想家想死了,好容易请了假,高高兴兴回来,家里只有妈妈一张字条儿。"

雯雯说不出话来,只是哭。家里冷冷清清,贴了米字条的窗户,蒙了一层灰,把光线遮暗了。床上的铺盖全卷了起来,露出了棕棚,只有角落里一张小床上铺着薄薄的被褥。毛巾架上孤零零地挂了两条霏霏的抹布似的毛巾,煤气灶上停了一只黑糊糊的钢精锅。看来,第三次世界大战是要打起来了。

霏霏黑了许多,雯雯也黑了许多。两人一起烧了晚饭,一起吃了,然后一起去到雯雯同学家送信、拿衣服。

商店已经上了排门板,橱窗里全暗着灯,路灯一杆杆地独立着,把柏油路面照得下了雨似的发亮。几个人匆匆走着,几辆自行车无声地驶过。霏霏和雯雯紧紧搀着手,一家一家去送信,拿衣服。10点钟时,才到了邹老师家。

邹老师家住在一条老式石库门弄堂里,弄堂黑而且深,两边是高高的大黑门,透出一两线灯光。

雯雯敲敲门,门里有人问:"谁啊?"接着便听到脚步声,穿过天井来开门了。

是一个老太太,知道了雯雯的来意,赶忙把两姐妹让进房间。房间里还有一个年轻的阿姨,长得挺清秀,两条辫子盘在脑后,正哄着一个小男孩睡觉,这会儿也丢下小男孩和老太太一起开衣柜找衣服。那阿姨一边找一边问:"他身体还好吧?"

"好。"雯雯回答,其实她并不知道邹老师身体究竟好不好。

"他的胃又出过血没有?"

"没有。"雯雯对他的胃一无所知,可她不愿让那女人失望。

"妈妈,来呀!"那小男孩在床上踢腿伸胳膊地闹。

"别吵!"

"哦哦,阿娘来了。"老太太走过去哄他了,"他爸爸饭还吃得下?"

"吃得下。"雯雯回答。

"你们在下面要劳动吧?"阿姨问,她翻腾出一床的衣服,屋子里充满了一股樟脑丸的气味。

"不大劳动。"

"妈妈来呀!"

"吵什么!阿娘在陪你呢,"老太太叹了一口气,"当老师真苦。现在的学生仔,真正要喊他们小爷叔了。"

"我们和邹老师蛮好。"雯雯说谎了。

"小妹妹,你回乡下,告诉他爸爸,我们家里蛮好。他妈妈——就是我,身体也很好,血压不高,叫他放心,啊!"

"好的,叫他放心。"

"叫他不要吃冷饭。唉,最好给他带只热水袋。可是,又怕影响不好。"阿姨已经叠好了一件毛衣,正拿着一个热水袋在犹豫。

"不要紧的,不要紧的。我们都带热水袋的。"

"你们学生不要紧,他……"

"真的不要紧,工宣队也带热水袋的。"雯雯又说谎了。

阿姨笑了,把热水袋夹进毛衣:"谢谢你了,小妹妹。"

"妈妈,来呀!"

阿姨抱着孩子送雯雯出来。"弟弟,给小娘娘再见。"阿姨拉着孩子的手朝雯雯挥动,不料他撒开手冲着雯雯说:

"滚蛋!"

"小鬼头一点没规矩。"

雯雯却笑了,在他肚子上捅了一下。

这孩子长得很像邹老师,可是却胖多了,神气多了,因此也好看多了。这一定是邹老师的孩子，那阿姨是邹老师的妻子，老太太则是邹老师的母亲。雯雯忽然惭愧起来，她对邹老师太凶了。她，多么不懂事啊！

晚上，她和姐姐挤在一张小床上，叽叽咕咕地谈到很晚。姐姐告诉她，大丰农场是个劳改犯农场，所以那些农场干部特别粗暴。她们知识青年非常希望战争爆发。一打仗，就没有什么户口不户口了，他们全可以回上海了。雯雯告诉姐姐，她们在乡下多么想家，在陈水桥镇多么开心。两人商量着，打起仗来，一定要回上海，就在家里，守着家，怎么都不分开。要么一起去打仗，要么一起去大丰农场。看来，还是去大丰农场比较切实可行，于是就开始进行更具体详细的讨论。雯雯去和学校讲，霏霏则和场领导讲……

过了两天，雯雯要走了，霏霏送她到码头。

正等着船，忽然人群骚动起来，全都转身翘首向西望去——西边，一柱烟在慢慢地腾起，越来越浓，越来越浓，弥漫了小半个天空。

"怎么回事？"

"怎么回事？"

人们互相询问着。不知是哪位消息灵通人士传过来了消息："着火了，文化广场着火了。"

哦，文化广场。

浓烟逐渐呈现出一个巨大的蘑菇形。

"啊，活像原子弹爆炸。"

"是啊，和原子弹爆炸一模一样。"

西边，一个蘑菇形的烟雾慢吞吞地升腾。

这是一个非常时期。

第五章

雯雯要到农村去，和贫下中农在一起，改造世界观。

雯雯到农村去了，和贫下中农在一起：一起睡、一起吃、一起劳动，日日夜夜在一起。

她想要一间屋子，自己的屋子，可以做一些自己的事儿：自个儿吃点东西，自个儿流点眼泪，自个儿想些什么，自个儿怕些什么。

一

形势忽然有了缓和，一级战备解除了。窗上的米字条揭掉了，花了好大的劲才洗刷干净。防空洞依然在挖，战备终究是一桩长远的任务。疏散在农村的学生们纷纷回来，回来进行毕业分配，走上山下乡的革命道路。这是防修反修的要策，一天也误不得。

69届的方案，仍然是"一片红"，任何特殊情况都不予照顾。妈妈急了，连夜跑到舅舅家，好像舅舅应该对政策负责似的。舅舅搓着手，一时没能应答上来，他也感到有些意外。不过，舅舅终究是舅舅，他只困惑了那么一小会儿，很快为妈妈出了一个主意。

"让雯雯赖,赖着不走。我不信会永远没有工作,上海这么多单位永远不要人了?哪个单位没有生老病死?年年'一片红'?哼,不可能!"舅舅越说越有理,自己首先被折服了,更加振振有词。

"哪怕拖它三年四年,实在没路可走,再插队也不迟。还怕没地方给你插队?"舅母考虑得更实际一些。

"农村户口和城市户口有一道不可逾越的鸿沟,跨出去容易,跨回来难上难。"舅舅说。

"五八年,国家困难号召到农村落户,说是经济好转了就回来。一去就回不来了。"舅舅出论点,舅母摆事实,两人合力做成了一篇具有说服力的议论文。

妈妈只是频频地点头,得了主意,便回家转了。

雯雯却不依:"我不待在家里做社会青年,我不干。"

妈妈说:"这不由你。我不让你走,爸爸妈妈身边不能没有人。"

"噢,为了你们自己有人伺候,就不惜牺牲我的前途?"雯雯无情无义地说。

"不让你去,是为了我们吗?"

"就是的!真自私!要我做家庭妇女我是不干的!"

妈妈气得发抖,真想动手打她。爸爸插了进来:"假如你去农场、去军垦部队,新疆、西藏都可以,我们不拦你,因为那是有组织的。一个女孩子跑去插队落户,这,这简直不可思议。你不懂,那年部队精简,我们离开了组织……"他沉浸在往事的回忆中了。

雯雯没规没矩地打断了爸爸:"我也要去锻炼嘛!为什么只许你们锻炼,不许我去?"

"你，你，你，岂有此理！"爸爸也火了。

"让她去好了，不知好歹的东西！"妈妈对爸爸说。

"我明天就去报名！"雯雯说，摔摔打打地收拾起东西。好像报好名就要拔腿了。爸爸妈妈不理会她，她更加生气，一边收拾一边恨恨地说："还跑到舅舅家去呢！舅舅是诸葛亮？舅舅是市革会主任？舅舅是神仙？在一起嘀嘀咕咕有什么好事……"听那口气，好像妈妈和舅舅一起策划了一个阴谋，专门对付她，不让她奔赴锦绣前程。

第二天，吃过早饭，洗好碗，雯雯准备上学校，却发现爸爸妈妈抢先一步把她反锁在房间里了。雯雯徒然地捶了一会儿门，哭喊了一阵子，便只好躺在床上生闷气了。生着气，不觉迷迷糊糊地睡着了。睡了一会儿，又醒了，再接着生气，忽听有人轻轻地敲门。

"谁啊？"雯雯发泄地大叫一声，她终于有了发泄的机会，顿时抖擞起了精神。

"我。"

"谁知道你是谁！"

"你怎么了？疯啦！我是阿卫。"

"门反锁了，进不来了。你走吧！"雯雯稍稍客气了一点，仍然没好气。

"怎么回事？"阿卫哥哥自言自语地走了。

"谁知道怎么回事。"雯雯的火还没发够，对象又没了，不觉有点寂寥，自己可怜起自己来了，鼻子酸酸的，有点想哭。

过了一会儿，却听前边园子的墙头外有窸窸窣窣的声音。雯雯紧张了起来，站起身试试落地窗。落地窗锁着，不仅里面上了锁，外边还加了一把弹子锁。妈妈真周到啊！雯雯冷笑了一下。

围墙上露出一个头,梳理得挺整齐的头发,戴一副秀琅架眼镜。等半个身子升上墙头时,雯雯才认出,是阿卫哥哥。她感到一阵委屈,眼泪落了下来。

阿卫哥哥跳下墙头,还是进不来房间,只好站在窗口,和雯雯说话。

"你怎么戴眼镜了?"雯雯擦着眼泪,一边打量着阿卫哥哥。阿卫哥哥长好看了,高高的个子,虽然依然瘦,可到底不像小时候那样,三根筋挑着一个头了。他穿戴得很整齐,笔挺的毛料长裤,翻着底边,底下是一双锃亮的皮鞋。他现在是江南造船厂的工人,开铣床,一个月十八元学徒工资。

"稍微有点近视,"阿卫哥哥似有些不好意思地扶扶眼镜,转移了话题,"怎么把你关在屋里了?"

"不让我去报名。我看他们能关我一辈子吧,我总归要去报名的。"

"也是为你好。你应该冷静地想一想,别闹小孩子脾气。"

"我不做社会青年,"雯雯急了,"上海有什么好的?非要赖在这里。这日子我过够了,真的,过够了。"

"你懂什么!你没去过农村,凭着一时冲动跑了去,你要后悔的。"

"像你这样,有什么好呢?"雯雯轻蔑地看着阿卫哥哥山青水绿的一身。

"我总归有饭碗了,能自食其力了。"阿卫哥哥不无骄傲地说。

"人活在世上,不能只为了一碗饭。"

"你算了吧!"阿卫哥哥不客气地打断她的话,"看来,是该把你关起来,关对了!坚决支持娘娘的革命行动。"一边说一边跑去爬墙头。

"你滚蛋，小市民！要我像你，庸庸碌碌过一辈子，我才不干呢！"

阿卫哥哥不理她，爬上墙头，准备往下跳的时候，对她说："什么时候来玩，我养了一群鸽子，活泼泼的，可好了。"

"我把它们统统放跑！"雯雯余怒未消。

阿卫哥哥笑了："你放吧，它们会飞回来，它们认识家的。"

"这些鸽子太倒霉了！"雯雯挖苦他，可他已经跳下了墙头。只听得他吹着口哨，"丁零零"地响着铃，远了。他骑自行车来的，他有自行车了，还有手表。不久的将来，还会有女朋友，谈恋爱，谈着谈着，结婚。哦，这生活怎么能够忍受。不行，雯雯一定要走的。

这时候，发生了一件事，使得雯雯无心与爸爸妈妈吵闹，暂时的对上山下乡分了心。他回来了，他来电话，要求和雯雯见见面，谈谈。

正好，妈妈对雯雯的禁锢稍稍放松，反正不再反锁门了。因为爸爸前天解除了靠边，已经是革命群众了。消除了顾虑，留住雯雯的条件更有利。妈妈料定雯雯再犟也犟不过自己，她也明白，如果和雯雯闹得太对立，反而坏事。爸爸给她一句警语："欲擒先纵。"

于是，雯雯便有了机会，和他见面。

早上九点钟，在中山公园门口。雯雯八点三刻就到了，她从一早起就坐立不安了，心跳得厉害，手脚都有些发软，脸红一阵，白一阵。她以为，走出家门就会平静下来，不料越近中山公园，心跳得越快，她简直觉得这一刻钟永远也过不去了。八点五十分，他就来了。哦，他来了。雯雯的心，干脆不跳了。

他来了，虽然已经通了半年的信，信上他们互诉衷肠，已经相当熟稔，然而在现实里，他还是个陌生人。雯雯从来没有贴近地正视过他，他们没有面对面地说过一句话。雯雯想把他看个仔细，可又不敢看他。当他跑到雯雯面前时，雯雯转过了脸。

"你好。"他握住雯雯的手。雯雯的手又凉又软，他握了一会儿，仔细看了看这手，苍白的皮肤下露出细细的蓝蓝的筋脉。

雯雯也想说"你好"，可是她嗓子像哑了似的，什么也说不出来。她忽然渴望这约会快快地结束，她太紧张了，紧张得受不了了。

"你们69届也要分配了？"他问道。

"是的。"雯雯回答。她奇怪地听见自己的声音非常喑哑浑浊，赶紧咳了一声，重新回答："是的。"心里有点懊恼。

"也是'一片红吗'？"

"'一片红'，有黑龙江、云南、贵州、安徽、内蒙古、江西。"雯雯这会儿回答得多了一点，她希望他忘记她刚才那喑哑的声音。

"愿意来江西吗？"他看着雯雯。

雯雯不响，她有点怕他。

他笑了，建议道："吃点冷饮好吗？"

"不，不不。"雯雯慌乱地连连摇头，她怎么可以和他一起吃东西呢，这是绝对不可以的。

"吃一点儿吧，我渴了。"他坚持着，跑去买了。买冷饮的人很多，很拥挤。雯雯低下头不去看他挤，可又忍不住要抬头看他。正看到他捧着两块简装冰砖往外挤，身子已经挤了出来，脚还在里面。雯雯有点难为情，好像是为他，又好像是为自己，说不清。

他捧着冰砖跑来了,递给雯雯一块。偌大的一块,什么时候才能解决啊,雯雯简直绝望了。

他大口大口像吃饭似的吃着冰砖,一边滔滔不绝地讲起他们插队的生活。雯雯的注意力全在这块冰砖上了,她希望迅速而毫不狼狈地解决掉它。然而还是赶不上它溶解的速度。它慢慢地,不可阻挡地溶化着,顺着手腕流了下来。雯雯窘透了。她从来没觉着冰砖是这么难吃,这么讨厌。

好了,两点钟了。雯雯说:"我要回家了。"

"我送你。"

"不要,不要。"雯雯想到汽车是那么挤。

"送你到汽车站。"

"不要不要。"雯雯不愿让他看着自己挤汽车。

"我送你嘛!"他一定要送。好在汽车不挤,雯雯从从容容地上了车。车开了,雯雯一阵轻松。一身的重负卸了下来,幸福感油然升起了。这时候,她方才感到会晤的快乐,而会晤却已经结束了。

这一天所有余下的时间里,雯雯都沉浸在会晤那愉快的回味之中。第二天也是,第三天仍然是,却有点后悔那天自己太急着分手,那匆匆忙忙的一晤太不够充实她的回忆了。第四天,她不自觉地在等待着他再来电话约会。可是,当她又一次同他并肩走在公园里时,她又盼着快点结束。也不晓得怎么搞的,她和他在一起,会这般紧张,这般不自在,害羞得要命。她既怕自己留给他不适当的印象,也怕他留给自己不适当的印象。这使她不由自主地做作起来,她觉得很累。这么贴近地和一个男人——就是一个男人——走在一起,使她又激动又害怕又不安。她觉得他很陌生，完全是一个陌生人。她至今没有勇气好好儿地打量他，只影影绰绰地知道他剃了一个平顶头，脸形长长的，一双眼睛看起人来很灼热。他穿着旧的藏青卡其学生装，裤腿很宽，显得有点邋遢。她看不出他有什么特别吸引她的地方，也不明白自己有什么吸引他的地方。雯雯和他在一起，感到惶惶不知所措。只有当他们分手的时候，她才觉出约会的快乐。于是，她这么一而再，再而三地同他约会，为的只是能有一场快乐的回忆，她在回忆中才是放松的，自然的，自由自在的。

他始终在鼓动她去江西，到他们那儿去插队。而雯雯则推说学校没有井冈山地区的名额。她不愿意去江西了，她不能想象和他在一起烧饭、吃饭、爬山、干活，是一番什么情景。雯雯的爱情，只能是写信。一封信去，一封信来，即便是散步，那也须是一条挺直平坦的路。路上没有冷饮店，也没有拥挤的人群。也许，十五岁的年龄，需要的并不是爱情，而仅只是一种爱情的想象吧。

一个月后，他要走了。他们在中山公园分的手，雯雯奇怪自己非但不难过，相反还感到一种解脱了的轻松。

他站住脚，凝视着雯雯。雯雯叫他看得浑身冒汗，只有低头的份儿了。他握住雯雯的手，忽然，把手递到唇边，亲了一下。他吻得很笨拙，很胆怯，焦干的嘴唇只是轻轻地碰了碰雯雯的手背。雯雯的血都凉了，羞红了脸。她抽回手，头也不回地走了。那只被他吻过的手不自然地垂着，好像那个吻是一样实物，一直停留在上面，叫她不晓得怎么办才好。这简直太不好了，怎么可以呢？刚到家，他就打来了电话。雯雯拨通电话，他第一句话便问道：

"你生气了吗？"

"你晚上几点钟的车?"雯雯扯开了话题,她不愿意同他去纠缠那个吻。她希望彼此都忘记它,就像不曾有过它似的。

"晚上八点钟的车。"

"再见!"雯雯轻轻地说,挂上了话筒。

晚上八点钟,雯雯望着窗外,想着:他走了。她想象着,他一个人静静地坐在火车靠窗的位子上,托着腮在沉思。火车在他的沉思中启动了,开了。雯雯心里涌上一阵淡淡的伤感,这伤感有一种甜蜜,叫她觉得幸福。牵牛花"沙啦啦"地在晚风中摇曳,一朵紫色的花伸进了窗户。

他走了,雯雯渐渐平静了下来。那几次约会的回味,渐渐抵挡不住日常生活的枯燥和烦闷了。雯雯有时出去打酱油,倒垃圾,看到一辆辆欢送知青上山下乡的汽车张灯结彩地驶过马路。一列列向光荣奔赴农村的知青报喜的队伍,敲锣打鼓地走过弄堂,心里便不可抑制地激动起来。在那锣鼓和红旗的辉映下,她的生活越发显得平淡乏味,像是一潭死水。

近日里,学校也加紧了动员,工宣队、老师已来过几次,雯雯每日在家闹着要走。爸爸妈妈腹背受敌,真正焦头烂额。

妈妈对雯雯说:"我养你那么大,就算要求你留在家里伺候伺候我,也不算过分吧。"

雯雯心软了,流着眼泪,只是反复说:"我不当家庭妇女,我不当家庭妇女。"

"家庭妇女有什么不好?那一年,有个家庭妇女还写了一个剧本呢。"爸爸说。

"我不!为什么要我当家庭妇女?让姐姐当好了,我要走。"好像让姐姐去农村而不让她去,是一桩极大的偏心事似的。

妈妈哭笑不得:"早知道是这种政策,我一个也不让走,统统留在家里当家庭妇女。"

"不行，不行。我这一辈子不能这么样无所作为。"

"你说说，你到农村去，究竟能有什么样的作为，我看看，能不能补偿你一点儿。"

雯雯一时还真想不出在那里能有什么样的作为呢，只能说："反正，会有作为的。"

妈妈冷笑道："我看你自己都不知道自己想要什么，瞎起劲。"

"改造世界观嘛！"

"你有什么世界观？说出来给我听听。你算个什么知识分子？才上五年小学，哼！"妈妈越说越来气，"反正，你别想走。"

"我就要走。"雯雯倔强地说，两个眼睛瞪着妈妈。

妈妈忽然感到一阵软弱，她隐隐地觉出雯雯不会听她的话了。她知道雯雯的犟脾气，那是继承爸爸的，而雯雯的任性则是她自己宠出来的。妈妈哭了。

雯雯没见过妈妈哭，卟坏了，不敢再吱声，心里却还嘀咕："你哭我也得走。"

雯雯终于还是走了。去的是安徽淮北，一个叫五河县的地方。雯雯在地图上找了半天，才在淮河边上找着了这个县名，那是极小极小的一个县。

妈妈成天阴沉着脸，不和她说话。阿宝阿姨闻讯赶来，一个劲儿地掉眼泪。雯雯嫌她坏了自己的好兴致，转身出门买日记本了。她买了许多日记本，好像去了农村，便有了许多可以大书特书的东西。阿宝阿姨骂她"小没良心的"，把带来送她的东西交给了妈妈——四条印着小狗小猫的手绢。

雯雯的心情很激动，她给各路先行的朋友写了信，也给他写了一封长而充满豪情的信。告诉他,自己去了安徽,信的末尾写了一句毛主席诗词:"战地黄花分外香。"

生活崭新的一页即将揭开了,她期待着有一个轰轰烈烈的开幕式。

然而,雯雯走的时候,气氛出乎意外地冷清。

要好的几个同学,均走在了她的前头。娜娜去了黑龙江,她这种成分是留不住的,还不如早些走了为好。魏玉娥去了云南,云南是建设兵团,一去便有工资。每个学校只有寥寥几个建设兵团的名额,专门给成分好而经济困难的同学,晚了就没了。梁芬芬去了江西,是她妈妈积极主动送她走的,传说是因为她那些不三不四的朋友太多,她妈妈怕她真学坏了。阿卫哥哥本来说好来送她,可是正好轮到他做中班。最后,除了爸爸妈妈以外,就只有姐姐那个同学周介龙来送雯雯了。周介龙正在自学英语,他学的办法很怪——背字典。背熟一页单词,便把这一页撕去。因此他口袋里始终放着一本残缺不全的字典,这字典则是渐渐地薄下去。

上山下乡进入高潮,天天都有人奔向天南海北,举行欢送游行已无精力也无必要了,戴花乘车游街这一项就免了。北站的压力太大,有几路车,就安排在彭浦货车站上车。那货车站没有站台,空阔得无当,灯很稀疏,显得荒凉。

雯雯就这么冷冷清清地走了,没有锣鼓,没有红旗,连大声的哭泣也没有。妈妈小声地啜泣着,又恨又怨地看着雯雯。

雯雯忽然想到了一件事情。有一次,好像是纪念毛主席首次接见红卫兵三周年,在人民广场开会,游行。雯雯又热又渴,当队伍走到离家不远的地方时,看见了妈妈。妈妈正从水果店出来,手里捧着几段削好的甘蔗。发现雯雯后,就把手里的甘蔗朝雯雯送过来。雯雯脸一红，一扭身跟着队伍朝前走了。这会儿，她仿佛又清清楚楚看见妈妈手捧着甘蔗伫立着，脸上的表情似有些扫兴，又有些困惑。雯雯鼻子酸了，却没有流一滴眼泪。她的新生活要开始了，心里充满了一种新鲜感，充满了喜悦。雯雯多么自私啊！她只爱护自己的一切，只注意自己的感情。她终于告别了那琐碎平凡的生活，走向了一个广阔的天地。在那天地里，她究竟要做些什么，那天地究竟是什么样的，她一片茫然。而想象在这茫然中便一无羁绊，自由自在地飞翔。

车窗开着，茫茫然的夜色，把前景遮断了。

"风太大了，把窗关上吧。"坐在对面的一个男生说，他是面朝开车方向坐的，风直扑到他脸上，那是很冷的风。

窗关上了，夜色更加朦胧，几乎是黑漆漆的一片，只有一串灯火飞速地穿断这黑暗。雯雯的影子，在车窗上清楚地映现出来，像是一面黑色的镜子。雯雯看着自己在车窗上映出的影子，看得出了神。看着看着，忽然茫然了起来："你是谁啊？你究竟是谁啊？"那影子像是另外一个人。她觉得好玩，微笑了一下，车窗上的人影也微笑了一下，因为是影子，所以笑得有点茫然。

车在开。

夜色微微颠簸着，像是有节奏的颤抖。

二

弯弯曲曲的大路。

那个叫百岁子的年轻人拖着雯雯的两三件行李，跑在前边了，翻过前面那道坝子，不见了。雯雯随着这位城郊公社大吴大队的严书记，慢慢悠悠地走在后边。这是个矮矮瘦瘦的干巴老头儿，蔫不拉唧的，说话、走路、做事，都不紧不慢，不慌不忙，不大能引起人们的敬畏。

"这闸叫作分洪闸。"严书记停下脚步，边背着身子点烟袋，边告诉雯雯。

"哦。"雯雯仰起脑袋来看这闸，闸顶上塑着高大的红旗。

"那年发洪水，为了保蚌埠，把闸全打开，咱们这儿都淹了。"

"啊！"雯雯崇敬地低头看看桥下的闸门，闸门里正缓缓摇进一条水泥船。

严书记抽着烟袋，一路走，一路打着招呼，好像这一路的人互相全认识似的。雯雯背着书包，跟着他，常常性急地跑到了他前边去。他跷起脚，在鞋底上敲敲烟袋："不慌，不慌。"雯雯只好站在那里等他。

两个人，并排走着，默默的，没有什么话说。雯雯想找点话，却找不出。而严书记，根本不想找。这么专心地走路，雯雯有点累了，而且越慢越觉着累。雯雯还是要找点话：

"我们大吴大队有几个知识青年啊？"她已经把"大吴"叫成"我们"的了。

"不多，不算你，三个。一个蚌埠的，两个街上的。"

"怎么才这么点儿？"

"咱们是城郊公社，人多地少，从来不收外来的。这会儿知青多了，别的公社就咬咱们了——婊孙养的！要就要两个吧，多了可不管。"

"哦，是这样。"雯雯明白了。

穿过一个庄子，庄子里的狗狂吠起来。先是一条狗叫，然后四面八方都响应起来，响成了一片。雯雯惊慌失措，拔腿就跑。

严书记把她拉住了:"不碍事,不碍事。一跑,它们就追来了。别回头,不碍事。"

雯雯不敢跑了,却忍不住要回头。不回头则已,一回头可吓得不轻,一条狗就在她脚后一二米光景的地方看着她呢。雯雯本能地撒腿奔了起来,那狗果然追了上来。严书记在身后喊道:"蹲下,蹲下!"

雯雯怎敢蹲下!严书记摇摇头,抄上两步,抢在狗前头蹲下来去拾地上的石头,石头还没拾起来,那狗就回身跑了,真灵啊!严书记直起腰,狗也停住了,蹲在原地叫着。

"这狗太凶了。"雯雯惊魂未定地擦着汗。

"这庄子叫大方庄,是个回民庄子。里头的人很抱团,怕人欺侮,养的狗特别凶。"他解释道。

大路,弯弯曲曲,伸到坝子底下,到头了。可是翻过那坝子,大路又在前边弯弯曲曲着。弯到大沟底下,到头了,可是过了桥,那路又甩到了前头白杨树林里,走也走不到头。太阳,越来越高,把路边笔直的白杨树的影子都揉团了。严书记依然是不慌不忙地走,点烟,抽烟,在鞋底上敲打烟袋锅。雯雯却渐渐落后了。

好不容易,严书记才指着前边一个庄子说:

"到了。"

这庄子是狭长狭长的,房子一排比一排高上一步,排与排之间是大路,大路两边栽着各种树:柳、槐、枣、榆,形成一个坐北朝南的绿色的阶梯。朝南望去,是一片无边无际的田野,在极远极远的地方,有一道树影,影影绰绰,婆婆娑娑地分出了天和地。

"那是淮河。"严书记告诉雯雯。

"哦，淮河。"雯雯眺望着，天地之间，朦朦胧胧的一条绿线，再也望不过去了。

"严书记！"前边台子上一个妇女支着门框歪着头叫，"上海小蛮子来了吗？"

"来啦。平侠子妈，你怎么老不下地干活哪？"严书记笑眯眯地对她说。

"谁想干谁干，我不干。嫁汉嫁汉，穿衣吃饭。"平侠子妈一扭身，背倚着门框，同时将什么东西填到嘴里，"咕滋咕滋"地嚼着，"这就是上海小蛮子吗？脸真白噢，真洋乎噢！"

严书记"嗳嗳"地应着，也不知道应着她哪一句话。雯雯尴尬地朝她笑笑，她便往台子前走了几步，冲着雯雯亲热地说："来玩啊！"

"哎。"雯雯应道，她看清了，这个平侠子妈吃着的是半个生洋葱。

前头井沿上，两个十来岁的女孩在提水，老远看见他们来就停住不动了，迎接他们走近，又目送他们走过，拐弯，上台子。过了一会儿，两人抬着一桶水匆匆地从后面赶了上来，走到雯雯前边二三步，就放稳脚步，一边慢慢地走，一边回头毫不顾忌地看雯雯。后面的女孩笑盈盈地看，好像很希望雯雯搭理她似的，前面那个女孩稍微小一点，她皱紧眉头，很认真很挑剔地看雯雯，看得忘了走路。于是后面的女孩就推她，她踉踉跄跄跑上几步。水，泼了一路。

严书记带雯雯走进一座砖墙草顶的房子里，冲屋里叫道："兰侠妈！"

屋里没有人，大大的，空空的，迎门放着一张矮矮的小方桌，靠墙是一张三屉桌，三屉桌上方墙上是一幅毛主席像。左边隔开了三分之一，垂一幅旧布帘子做了门，门上挂了一个镜框，镜框里放着很多张小照片。雯雯没顾得细看，只看到照片上大都是一个解放军的头像。右边，靠墙放了两张床，一张床上铺了一张席子，席子上有一条叠起的被。另一张床上什么也没铺，露出绳网着的床榻。雯雯看见床旁边靠着自己的一个箱子和一个行李卷。

严书记又对着屋外叫道："兰侠妈！"

"哎。"这回有人应了。屋外窗下一个低低的小草屋里，走出一个大娘，黄黄的脸皮，脑后窝了一个髻，手里提着拨火棍："来了吗？"

"来了，"严书记在小凳上坐下，慢悠悠地对雯雯说，"那是兰侠妈，你叫大娘吧。"

"大娘。"雯雯小声叫道，她不习惯这种称呼，叫起来有点别扭。

"哎，"兰侠妈答应得很响亮，上下打量着雯雯，"是从上海来的吗？"

"是的。"

"上海，"兰侠妈注重地说道，好像是在说一个另外国家的名字似的，"离此地有一千里地吧？"

雯雯答不上来，只好笑笑。

"搭火车来的？"

"是的。"

"火车，"兰侠妈又注重地说了一遍，"俺前年走明光上蚌埠也坐过，那快。"

严书记细心地装着烟袋，对雯雯说："你就住这里吧，兰侠子同你差不多大，你也有个伴儿。"

"就住这儿吗？"雯雯有些意外。

"就住这儿，队里没有房子。"

"我有安家费的。"雯雯有点急了。

"是啊，等拿来了安家费，拉来了料，就给你盖房子。眼下，暂时就住这儿。"严书记好声好气地说，像在哄小孩子。

"严书记，我把话说在前边，我可只让住到收麦。"兰侠妈不客气地说。

雯雯眼圈红了，她咬住嘴唇，低下了头。

"再说吧，再说吧。"严书记起身要走，这时，又进来一个人，亮着嗓门说："上海知识青年来了吗？"

"这是你们五队队长。"严书记向雯雯介绍。

"欢迎，欢迎！"队长说。队长比严书记还要矮，不同的是，严书记老是驼着背，队长则挺胸，昂首，从腰至脖子，都在努力地往上升，因此，看上去，比严书记似乎还高一点。他走起路来步子迈得很大，那步子不是单纯向前的，还稍稍往外了一些，"噔噔噔"，迈得急促而有力。也难为他了，身穿一件西式剪裁的白衬衫，扣子一直扣到下巴下，连风纪扣都严密地搭上了。头戴草帽，白色的草帽带子紧紧系在下巴上，正好同衬衫领子会合。

"队长。"雯雯站起身，恭恭敬敬地叫了一声。

"坐，坐坐，"队长连声地叫坐，自己先在雯雯对面坐下了，"今年多大啦？"

"十六了。"

"父母都好吗？"

"好。"

外面跳进一个五六岁的黑黝黝的小男孩，扑到兰侠妈跟前，撩起她的裙子，嘴凑到怀里，含住了奶头，腮帮子有力地一鼓一鼓咙着。一边吮，一边侧过眼睛看雯雯。雯雯可不敢看他，扭过头去。

"姊妹几个啊？"

"两个，我和姐姐。"雯雯一一回答，像受审似的。

"今后，咱们就是一家人啦！"

"哎。"雯雯抬头看了他一眼，这是她进庄后听到的第一句亲切的话。

"哎，队长，"兰侠妈又说话了，"我再说一回，我这里可只让住到收麦。收了麦，我们社会子就要复员回家了。"

"当不成社会子还要提干呢！"

"我要他回来，前天刚打信去。"

"你别扯他后腿吵，提干有前途哩。"

"管他提干不提干，我这里只让住到收麦。"

正说着，门口围上了一群人，大都是妇女。显然她刚从地里回来，手里拿着锄，头上顶着毛巾。她们一个个挤在门口，往里张望，小声议论着："小蛮子真洋。"

"多白。"

"她身上那褂子是灯草绒的吧？"

"草帽子多大，像棵转莲。"

雯雯清清楚楚地听到了这些议论，浑身不自在，低下了头。队长笑嘻嘻地说："这都是咱们队里的社员，这些小姊妹都和你差不多大。进来，进来吵！"

她们嘻嘻笑着不肯进，你推我，我推你，推重了，就恼了："你挤啥，把我鞋都踩掉了。"

"这是咱们队的铁嘴根侠子，这是平侠子，这是吴侠子……"

他每介绍一句，就招来一句骂："龟孙队长！"

"进去坐呀,挤在门口干啥?"门口响起一个细细的声音,一个短发圆脸的姑娘挤了进来。

"这就是兰侠子,从今以后,你们在一个锅里摸勺子了。"队长说。

雯雯站起来,对着兰侠子勉强笑了笑,她已经微笑得很疲劳了。

"快坐。"兰侠子看着雯雯说。她的眼睛很温和,左颊上有一个浅浅的酒窝,笑起来挺甜,说话柔声柔气,和她母亲完全不一样。一头齐耳的短发掠在耳后,很素净的样子。她转过脸对着角落里的那张空床说:"这是你的床,铺起来吧。"

"好。"雯雯立刻站起身,有事干了,不必这么专事展览了。

铺席子、铺褥子、铺床单,放上被子、毯子、枕头、枕巾……门外的姊妹媳妇们渐渐地拥进了屋,把雯雯的床围了起来:

"这单子,咦唏!"

"这绸子被面,咦唏!"

"这毛毯……"

"这……"

雯雯的小床,使得整个屋子都有了光辉,叫人满目生辉。而对面那张兰侠子的床则显得黯淡极了,要多寒碜,有多寒碜。

兰侠子呵斥道:"快把爪子缩回去,别弄脏了。"

"不要紧,不要紧的。"雯雯说。只是对兰侠弟弟那两条一伸一缩的鼻涕,心里有点忐忑。

"满意子,快过来,"兰侠子吆喝她弟弟了,"别把你的虱子弄人家床上了。"

雯雯不由得打了个寒噤。她立刻就想走到床跟前,仔细地检查检查。

那边，严书记正同队长说话："县里下通知，家家都不留鸡。鸡、鸭、老鹅，统统不留。"

"一只不能留？"队长不相信。

"不能哩。"

"留了又咋的？"

"怕是还要来检查呢！我这就回去，让他妈杀鸡。"

兰侠妈咋呼起来："咱们看吴主任家的。他家那一大群要都杀了，咱就杀。我谅他舍不得杀，一天拾一篮子蛋哩。"

"他家怕是已经杀了吧。昨天就没见他家的鸡出来找食。"兰侠子说。

"他杀我也不杀，他家是公社主任，有工资，我没有。"兰侠妈又后悔了。

"杀吧，杀吧。"严书记好言好语地劝。

"哎哎，都听见了没有！"队长对一屋子姊妹媳妇嚷，"今晌午就把鸡杀了，下午我来检查。"

"行了，有肉吃了！"那个外号叫铁嘴的根侠子说，扛起锄子走了，大伙儿也跟着走了。

"吃饭吧。"兰侠子招呼雯雯，桌子上放着红褐色的饼子，红褐色的糊状的稀饭。雯雯咬了口饼子，有一股带霉味儿的腥味，很粗糙。喝一口稀饭，也带着一股同样的霉味儿。她去夹盘子里的豆子，一股霉臭味儿，咸得发苦。除了咸和臭之外，什么味儿也没有。雯雯心里满满的，什么也不想吃了。但还是努力吃着，她以为这是特为她准备的忆苦饭，可兰侠子一家都在呼呼噜噜地吃。兰侠妈一边转着碗喝稀饭，一边唠叨："我和队长书记都说了，只让住到收麦，咱家供不起。粗茶淡饭的，要饿瘦了怪哪个?"于是雯雯便知道这不是忆苦饭,因此没了兴趣,放下了筷子。

吃过饭,兰侠爷就霍霍地磨刀,准备杀鸡。此地很怪,父亲叫"爷",祖父倒叫"爹"。兰侠爷是个老实头,进了门后没说过话。满意子跑进跑出地唱:"吃鸡肉,喝鸡血,吃鸡肉,喝鸡血。"他妈却坐在门外地上,踢腾着两脚哭,一边哭,一边骂:"婊孙养的,你要我杀鸡,你断我的活路,你不得好死。走到大沟淹死,走到树下雷劈死,出门碰枪子儿,进门门槛儿绊死……我的鸡唉!"三只下蛋的母鸡和一只报时的公鸡,为了断绝资本主义的后路,在这歌声和哭声的葬礼交响乐中,壮烈牺牲了。

傍晚,整个庄子都飘着鸡香,人们提着酒瓶,纷纷往邻庄金岗嘴合作社打酒,或者走到各处请亲戚朋友,倒也有一片洋洋的喜气。兰侠子特地到三里地外的鲍庄请来她家几个亲戚。

因为来了客,兰侠子没有上桌,在锅屋吃饭。雯雯吃好了要离桌,兰侠爷却硬不让雯雯走,要雯雯和他们一起喝酒,兰侠妈也拖住雯雯,他们实在把雯雯当作了客人。雯雯窘得脸通红,死也不干,最后,兰侠妈只得让她走了:"走就走吧。"

兰侠坐在床上,就着床头上一盏小油灯,补一双袜子。这是盏很简易的灯,一个墨水瓶,插了一根灯芯,灯芯上穿了一个铜钱似的铁片儿,豆大的火苗便在铁片儿上摇曳着。雯雯坐在自己床上,看着她补。

"你不给家里打封信吗?"兰侠问。

那边正喝得热闹,五啊六地猜着拳。

雯雯这才想起应该写封信了,可是她一点儿写信的兴致也没有。

"杠子!"

"老虎！"那边又换了一个酒令，筷子啪啪地在桌子上捣着。

雯雯的头垂了下去，她困了。

"困了就睡吧。"兰侠子对她说。

雯雯望望那边，摇了摇头。

"睡吧，睡吧，又坐车又坐船的，累得不轻，我也想睡了。"兰侠子吹熄了床头的灯，拉开了被子。

雯雯又坚持了一会儿，实在撑不住了，拉开被窝，脱了一半衣服躺下了。没洗脸，也没洗脚，就这么睡下了。眼睛一闭，白日里种种印象纷沓而来：

分洪闸下的水泥船，大方庄的狗，严书记的烟袋，队长扣得紧紧的白衬衫领，兰侠妈的奶头，躺在血泊里的鸡……乱七八糟搅成一团，慢慢地模糊了，混沌了。

"老虎！"

"杠子！"

离她床头仅一米半的地方，正热热闹闹地喝着酒。

雯雯只来得及想：没洗脸，也没洗脚，便沉沉地睡去了。

"六啊！九啊！七啦！八啊！……"

三

雯雯睡觉老觉着有东西咬，痒得睡不着，她怀疑自己长了虱子。兰侠妈说："麦子扬花，虼蚤动把抓，是虼蚤。"

雯雯不信，在床上翻来覆去地找。却见床单、被子上到处是一个个褐色的斑点。她吓了一跳："这是什么东西的血？"

兰侠妈说："哪是血，是虼蚤的屎。"

"是血。"雯雯宁可是血，她不愿是屎。

"哪来的血？虼蚤怎么会出血？"兰侠妈从嘴里拔出烟袋嘴，望着雯雯。

"我翻身把它们压死的。"

"你压得死虼蚤？瞧你能的。"兰侠妈不屑地撇撇嘴，把烟袋嘴又送进嘴里。

不管虼蚤留在床上的遗迹究竟是什么，它在雯雯身上留下的却是非常明确：雯雯浑身都是疙瘩。白天还好，晚上，一进被窝，被窝一暖和，浑身便奇痒难熬。雯雯用手抓都抓不赢，她想了一个法子：冷冻法。把被子揭掉，让身子冻着，一冻就不痒了。可是总不能老冻着啊！还得盖上。盖上又痒……折腾得她一夜一夜睡不好，雯雯下巴都瘦尖了。

雯雯的安家费，严书记替她从公社领来了，给了雯雯六十元前半年的生活补助。

雯雯关心地问："什么时候给我盖房子呀？""就盖，就盖。"严书记说，敲敲烟袋走了。

雯雯放心了，有了指望，高高兴兴地回到兰侠家，把一个月的粮本和十块钱补助交给了兰侠妈。兰侠妈先是不要："咱不稀罕，不要！"

雯雯一定给她："这是伙食费，您不收，我怎么好意思吃饭。"兰侠妈这才接了过去，撩起衣服，放进贴身的口袋："有啥饭给你吃的，一天三顿芋干子面。也不能给你单弄，单弄了，满意子会跟你抢。你住这儿你自己受委屈。"好像雯雯自己要住这儿似的。叨叨了一会儿，她又压低声说："你可别告诉别人你有生活费啊！"

雯雯莫名其妙地点点头。

下午，雯雯向队长请假，去公社落户口。队长沉吟了一会儿，说："去吧。"

雯雯刚要走，他又叫住了雯雯，眼睛看着她，沉吟着，半晌才说："你有钱吗？"

"有。"雯雯赶紧回答。临来时，妈妈将三十元钱装在一个小布袋里，小布袋穿了根绳子，让雯雯贴身挂在脖子上。以防万一用的，比如发大水啦，就可以做车费，再比如闹灾断粮啦，就可以买米。在人们印象中，安徽充满了灾荒和饥馑。妈妈说，不到万不得已不能动用，可是雯雯不会说谎呀。

"我父亲生病了，想送他上街看大夫，能借两个来使使吗？"

"能。"雯雯一口答应，她是极愿意帮助人的。再说，她不好意思拒绝人，人家都开口了。

"借五块吧。"

"晚上给您送去。"

"行，去吧。认得去公社的路吗？朝东走，走到冯井子再朝南拐……"他东西南北地说了一大阵，雯雯一句也听不懂，她不懂东南西北，只知前后左右，反正，走着问着吧。

上了路，才知道问路的难。一路上，很少碰到人。她只能盲目地往前走，等到终于碰上了人，却已走错一二里地了。

七里地，雯雯摸了一个多小时才走到。可是公社负责办户口的人却不在，要她改天来，雯雯只好打回票。天色突然暗了，太阳被云彩遮住了，像要下雨。

雯雯的心情也突然地黯淡了。四下里静悄悄的，一个人也没有，这是在哪里啊！她来了已经七整天了，这七整天里的每一分钟都过去得那么不容易，磨磨蹭蹭的。什么时候才能回去呢？唉，脚还没落定，瞧，户口都没安呢，却已经想回去了，雯雯感到一阵绝望。天下起了雨，细细的雨落在正扬花的麦子上，"沙沙沙"地响。四下里显得更静了,更暗了。雯雯好像置身在一个灰蒙蒙的世界里,她闷极了,她并不想哭,哭不出来,她觉得哭是没意思的。雯雯发现,笑,要有兴致,哭,也要有兴致。

走到一个岔路口,雯雯又犹豫了起来,她想不起来路了。正好,左边一条路上走来了一个姑娘,打着一把黑布伞,手提人造革黑皮包。雯雯站在原地,等她走近,好向她问路。可她走到跟前,却自己开口了:

"走吧,"她把黑布伞往雯雯头上递递,又说了一声,"走吧。"

"你也上大吴庄?"雯雯好奇地问。

她不说话,只笑笑,眼睛望着前方,过了一会儿问:"过得惯吗?"

"还好。"雯雯说。

"兰侠家还好?"她说话的态度不卑不亢,也不表示对雯雯太大的兴趣。雯雯在这里,到处受到好奇的目光和询问的包围,她浑身不自在。

"还好。"雯雯说,一边偷偷地打量她。她个头挺高,脸儿黄黄的,不怎么黑;两条又细又长的辫子梳得很靠后,对在后脑勺上了,额前一排刘海垂到眉毛上;双眼皮,宽嘴,腮帮稍稍嫌大了一些,却也不难看;一件碎花长袖衬衫,一条蓝卡其裤子,灰面的布鞋,滚着黑边的方口里露出雪白的袜子。她不大像农村的姊妹,可也不像下放的知青。

"兰侠家在我们庄上,算是生活好的了,不过,还是得吃芋干面吧?"

"不要紧。"雯雯客气地说。

说着走着,不知不觉进了庄,雯雯朝东去,她则朝西去。分手时,她指指前面说:"那是我家,井沿上,有时间来坐坐。"

最高一级的台子上,有一口井,井旁边有一棵大槐树,大槐树下有一座青砖青瓦,两进六间的房子,高高立着,在一片草墙草顶或砖墙草顶的房子中间,显得挺威风。

"这是一个庄子的,我怎么没见过?"雯雯纳闷着回自己住处了。她没见过的人多呢,可这里人人都认识她。

雨,还是不紧不慢地下着,路,有点泥泞了。

到家不久,雨大了起来,兰侠了提早收工,进门就说:"雯雯,你和吴绍华一路回来的吗?有人看见你们了。"

"她叫吴绍华?"雯雯奇怪路上一个人也看不见,却能被人看见。

"吴绍华是吴主任的大闺女,长得很俊,是吗?"

"还好。"雯雯不觉得她有多俊,不过有点斯文罢了。

"成天不干活,不晒太阳不吹风,硬捂出的白。"兰侠妈不以为然地说。

"妈,看你说的。人家怎么不干活?人家在合作医疗抓药哩。"兰侠子厚道地说。

"她还让我去玩呢。"雯雯说。

"你去就是了,你要能在她家带饭才好呢,她家顿顿小麦面。"兰侠妈正色说道。

"对,雯雯,你和吴绍华好好处,在她家带饭才好呢。"兰侠子说。

"不,以后我自己烧。严书记说马上就给我盖房子。"

"盖房子,不孬。"兰侠妈说。

第二天,下了一天雨,不出工,兰侠家就只吃两顿饭了。吃两顿饭倒也不饿,只是一个白天给划分得乱七八糟,感觉上经常容易发生错误。吃过下午饭，熬过了大半夜，赶紧上床，可广播里却刚刚响七点。

第三天，还是下雨。雯雯穿上套鞋，一步一滑地找到严书记家，问他："房子，什么时候盖呀！"

"等雨停了，上街拉料，啊？"严书记说。

雯雯望着门外扯不断的雨，忽然意识到，那房子是不会盖起来了。她多么想有一间房子。有了房子，便有了自己的世界。有了自己的世界，便可以自己想些什么，做些什么，而用不着像现在这样每时每刻都和贫下中农相结合。她终究还应该有权利为自己留下一点生活。雯雯怕孤独，可这会儿，她跻身在人群中，每一分钟都不能离去，她怀念起孤独来了，她觉得一个人是很幸福的。

村道上，人们冒着雨，一歪一歪地踏着泥，走来走去地串门，像是在翻地，整个庄子给翻得个七沟八渠，一世界的烂泥。天一晴，太阳一晒，干爽的风一吹，那七沟八渠就定了形，不知要车碾人踩多少日，才能平坦。

雯雯的户口落下了，雯雯的房子遥遥无期。有一天，在场上干活，清场，准备收麦子。百岁子点点牛棚上一根横梁说："这是雯雯的料。"从此以后，雯雯那房子的梦算是彻底破灭了。她不再找严书记要房子，她要得自己都难为情了。她知道，再要也要不到了。

吃晚饭的时候，村道上走过来一大群鸡、鸭、鹅，一个十来岁的小男孩挥着一根树枝在赶着。

"绍明子，吴绍华的弟弟。"兰侠告诉雯雯，一边端着碗站起身走到门外，叫道：

"绍明子，打哪儿来？"

"俺姑家。"绍明子匆匆回答一句,走过去了。

雯雯也跟了出来,问兰侠:"不是不让养鸡吗?"

兰侠咯咯地笑了起来:"你怎么说养鸡?难听死了,要说喂鸡,可不敢说了。"原来此地的"养",同"生"是一个概念,绝不能乱用。雯雯不大懂这里语言的忌讳,常常犯错误,而兰侠子不时给她纠正,很尽责任。比如,此地问人年纪要问:"你多大了。"而雯雯却习惯说:"你几岁了?"这只适用于十岁以下的孩子。再比如,女孩子不能说"干"这个词儿,"干活"要说成"做活",似乎"做"要比"干"字来得文雅一些。可是却有许多骂人的粗话是不在此忌讳范围内的,尽可以胡骂一气,这叫雯雯十分不解。

兰侠笑完了才回答雯雯:"恐怕政策又变了,准喂鸡了。他爸爸是公社主任,消息灵。"

"那么,他们家的鸡鸭,原来没有杀掉?"

"看样子,是送到绍明子姑家去的。他姑家在泗洪,不属咱们安徽,算江苏,政策不一样。"

"那么,他事先怎么知道政策会变?"

"他爸是主任,是干部,干部什么不知道?什么都知道。"兰侠耐心地解释着。

"这怎么可以呢?"雯雯觉得这一切不可思议极了。她不明白,这政策怎么可以如此多变,而又多样,像夏季的天,东边晴,西边雨,下一阵雨,出一阵太阳。也不明白,干部怎么可以这样两面派,这不明明在欺骗群众吗?她尤其不明白,尤其觉得不可思议的是,社员们对这一切,居然会是这么泰然,坦然。

人们骂了几句"婊孙养的",便四处去筹钱,上街买小鸡小鸭了。一庄子又响起了小鸡崽子"叽叽喳喳"的叫声。兰侠妈没哭也没骂，至多比旁人多骂了两声"婊孙养的"。此地人不骂"婊子养的"，而骂"婊孙养的"，被骂者连做婊子儿子的资格也没有，只能做曾孙子，显然就更不是东西了。此地人骂人是颇讲究言简意赅，同时，也讲究实际。鸡死了，哭也哭不活，骂也骂不活，杀鸡的时候则不同了，那活活的鸡哪能就这么不声不响地死，总要为它们鸣几声冤，心里才能安慰一点。倒是庄子里传说雯雯在兰侠家带饭，给兰侠家占了便宜的时候，兰侠妈坐在门前，对着台下的村道、村道前的房子，结结实实地骂了一个下午："谁说这烂话烂嘴、烂舌头、烂牙、烂腮帮子、烂心、烂肺、烂穿肚……"

这种骂，在此地叫作"掘"，有路数，有套数，随编随骂，有腔有调。此地人很相信"掘"的作用，丢了东西，"掘"了能找回来；吃了亏，"掘"了能大大出气。雯雯有一次掉了支钢笔，多少人劝她"掘"啊！兰侠妈特别擅长此道，在庄上很有名。人们说："兰侠妈掘上十天十夜都不重样。""掘"了果然有效，再没有人说这等闲话了。雯雯却有些胆战心惊，她想，她从来没对别人说过发生活费的事呀！兰侠说："没有不透风的墙。"确实，大吴庄的墙是透风的。在这里存不住一点点秘密，一切都是公开的。唉，雯雯多么希望有一间房间啊。

妈妈每隔半个月，就寄来一个包裹，肉松啊，饼干啊，雯雯写信让她不要寄，寄来了反成负担。拿出来大家吃吧，雯雯到不了嘴多少，不拿出来又怎么处理？雯雯不能偷偷地吃啊，她找不着一个可以偷偷吃东西的地方。雯雯也知道家里不宽裕，而妈妈以为雯雯是在客气，依然寄。好像只有缩衣减食地为雯雯寄上几个包裹，才能与女儿共患难似的。雯雯真不晓得该如何阻挡这包裹，这包裹不仅成了她的负担，而且还给人们造成了一个极阔绰的印象。队长已经向她借了第二个五块钱。平侠子则就这么直接地向雯雯说:"雯雯,向你要样东西,不知道你给不给。"

"你说吧!"雯雯还能说别的?

"跟你要块胰子,你看我这裌子,都洗乌了。"平侠子长得很像她妈妈,长眉秀眼,眼睛很活,有几分风流劲儿。毛头小伙子挺爱招她,可是至今却还没说上婆家。

"给你。"雯雯给了她一块。接着,就有来要肥皂粉、旧鞋子、草纸——草纸,他们要去祭死人当纸烧的。平时,他们不用草纸,他们用树叶。

雯雯很愿意帮助他们,他们太穷了,而且他们对雯雯挺不错。可是,雯雯也有限呀。从小妈妈不大给她钱花,她不会用钱,买一个一元二角钱的相册都要下好久的决心。而如今,这五块、十块的。她有些发愁了。

第二天,队长又跑来了:"雯雯,拿两个钱来使使。"雯雯嗫嚅着说:"我没钱了。"

队长脸色有些尴尬,雯雯比他还尴尬。望着他迈开八字步往外走去,心里很难过。他父亲生的是瘫病,半边身子不能动了,想上蚌埠看病呢!她几乎想上去叫住他,可是她又有多少呢!她即使把脖子上小布袋里的钱都给他,又能解决他多少困难呢?

下午抬粪,雯雯照例同兰侠合一副杠子,队长上筐。她感觉到筐明显地比往常重了。她明白这是为什么,心里有些气,也有些委屈,眼睛都湿了,可她咬着牙坚持了百来回。雯雯的肩膀已经有些练出来了,抬筐也悠得起来了,一悠起来,便觉得轻松了一些。

此后,向雯雯要东西,雯雯也不统统给予满足了。于是,人们便说雯雯"小"。"小"就是小气,吝啬,此地还叫"啬刻"。

兰侠从来不向她要这要那，有时和雯雯一起去洗衣服，雯雯给她用肥皂，她也不要。硬塞给她，她才稍稍用了一点，而从此再也不和雯雯一起去洗衣服了。她悄声悄气地对雯雯说：

"咱俩好，咱不能叫别人说咱是为了东西和你好。再讲我不能叫你为难。我向你开口，你要有也罢了，要没有呢，又觉着不答应不好，这不犯难了吗？"

雯雯感动了。

兰侠的婆家就在金岗嘴，她告诉雯雯："有一天正在湖里做活，歇歇时，我大表嫂把我叫一边儿去，和我说，她有个姨表兄弟，怎么怎么的，我对她说：'这事儿你怎么能和我说，你该对我爷我娘说……'"

兰侠把雯雯当知心的小姊妹，雯雯却有点抱歉。她虽然觉着兰侠是个好姑娘，可同她总不大合拍，倒是同吴绍华还更合得来一些。雯雯常去吴绍华家玩，有时自己去，有时带着兰侠去。每逢她邀兰侠去的时候，兰侠总是要问一声："我也去吗？"有一点兴奋，又有一点犹豫。然后便拿了一只纳到一半的鞋底跟雯雯走了，那鞋底是给她女婿纳的，针脚又细又密，亏她好耐心。

到了吴绍华家，雯雯和吴绍华说话，她就坐在门边小板凳上，一针一针地纳鞋底。偶尔抬起头看看：粗大结实的横梁，水泥地、白粉墙、大方桌，铺了床单的大床，漆得通红的板箱……假如目光正与雯雯或吴绍华相遇，她就腼腆地微笑一下，重又低头去纳鞋底。从吴绍华家出来，她就带着几分激动地说："她们家真好，比你们上海还好吧！"

雯雯想向她描绘一下上海，可是又没有信心。人的想象力都是受环境制约的，因此就不说什么了，只笑笑。

吴绍华和这里一般的女孩子是很不一样的，首先表现在旁人对她的态度上。此地未出嫁的女孩子，统统直呼小名，而她的小名小华子却很少被人叫，雯雯只听她母亲，大队妇女主任叫过。别人都称她大名——吴绍华。她在县里念到初二，就搞"文化大革命"了，便回了乡，回乡后一直在大队合作医疗，跟着几个蚌埠下放的医生学医。她很好学，学习也很聪敏，雯雯常听那几个医生夸她。她的床头有一个竹子的书架，放着很多书，大都是医学方面的，还有一些课本和文艺书籍：《艳阳天》啦，《欧阳海之歌》啦，《三里湾》啦等等，居然还有一本《包法利夫人》，扉页上盖着县中图书馆的图章。她已经十九岁了，却还没有婆家。在这里，十九岁没婆家便是桩大心事了，会招来很多议论。可她无所谓，也没有人议论她，这也是与众不同的一点。

　　她弟弟绍明子在公社上小学，还有个妹妹小凤子在县里上中学。她母亲是妇女主任，不大下地，家务管理得很好，家前的菜园子，家后的自留地，一片青，一片黄，还有那一大群的鸡、鸭、鹅。是个能干女人。她父亲吴主任，平时不在家，星期天晚上回来，星期一早晨就走了。碰巧，雯雯见过一回。有一次，她正在吴绍华家，吴绍华要照雯雯的毛衣花样织一件，雯雯在帮她出点子。吴主任来了，骑着一架锃亮的自行车，穿着黄色纺绸衬衫，手腕上锃亮的坦克链手表一闪一闪地发光。他一进门，吴绍华就丢下毛线，到锅屋烧火，她妈妈炒菜，绍明子则上金岗嘴打酒，撂下雯雯一个人。雯雯要走，吴主任却请她坐坐，并且问她在农村有什么想法没有。

　　雯雯也不知道自己有什么想法，她下来之后，好像什么也没想过，懵了似的。她笑笑说："好好干就是了。"

　　"想招工，还是想上学？"他问。

　　雯雯不知道，招工和上学，她都没有想到过。她到农村来，想得到的要多得多，大得大，以至她自己都有点糊涂了。

"好好干，会有前途的。"他鼓励雯雯。

菜上来了，酒也打来了，他开始专心地喝酒吃菜，吃了几筷，他又停下了，从包里掏出一包东西，对吴绍华说：

"这包果子，送到你祖奶奶那儿去。"

妇女主任正提着热水瓶进来，热水瓶在三屉桌上重重地响了一下，雯雯看见她的脸色一下子阴沉了。

吴绍华接过果子，雯雯说："我陪你走，我还没见过你祖奶奶呢。"

"她住在我二爹家。"吴绍华说。

她二爹就在她家紧隔壁，也是两进六间的砖房，不过屋顶上没有铺瓦，房子也没她家那么高大，小上了一轮。她祖奶奶躺在里三间右边，用秫秸拦起的屋子里，窗洞被堵上了，黑洞洞的，雯雯好半天也没看见个人。

"我祖奶！"绍华叫道。

"小华子吗？"一个微弱的声音从屋角里传出来。雯雯看见了，角落里有一张凉床，一个骷髅似的脑袋正努力抬起："你给我一碗水吧。"

绍华去倒水了。雯雯怔怔地看着，那干枯的头无力地垂下了，一动也不动了。雯雯看不见她的身体，只看见一条薄薄的被子，皱皱巴巴地窝在凉床上，被面破了几个洞，露出了棉絮。

"你祖奶奶是什么病？"雯雯问绍华。

"老病，"绍华说，"八十多岁了，老了，心力衰竭了。""哦。"雯雯轻轻地出了口气。走过一小片麦地，麦子成熟了，黄黄的。

"乡里人真可怜。"绍华摘着麦地里成熟了的豌豆，一边放在嘴里,一边递给雯雯。这里种小麦,把豌豆也掺在一起种,一起收,一起打,一起磨成面,因此,这儿的小麦面不是白的,而是隐隐地发绿。

"生的吃?"雯雯拿着豌豆角犹豫着。

"生的吃,可嫩了。"

果然,又嫩又甜。雯雯自己也动手摘了。

"一个人,从生下地就望得到头,"绍华咬着一个豆荚,嘴唇都染绿了,"刚会走路就下湖割猪草,做活,十七岁定婚,十九岁男婚女嫁,生孩子,做婆婆,然后老死。"

"真没意思。"雯雯说。

"她们这些小姊妹最大的快乐,就是做一件新衣服。"

"就是。"雯雯想起今晌午根侠子和她爹吵,说她十二岁爹就答应给她做一件里外三新的棉袄,而今十八岁了,还没还愿,根侠子哭得好伤心。她看看绍华,绍华穿着一件白短袖衬衫,新做的,裁剪得很合体。

"还有就是找个好婆家,她们所谓的好婆家,就是三间大瓦房,弟妹少。你没见过兰侠女婿吧?"

"没有。"

"比兰侠小两岁,矮半头,就是家底子厚,这会儿,他家还有三口袋粮食呢。"绍华轻轻地笑了一声。

"是吗?"雯雯很为兰侠难过。

"雯雯,你身上的疙瘩好了吗?"绍华关心地问。

"在出水呢!"雯雯苦着脸说。

"晚上到我家来,我们烧热水洗澡,洗了澡就舒服了。"

"好的。"雯雯很感激地答道。

吃过晚饭,兰侠对雯雯说:"我在地里摘了几把豌豆,煮给你吃。"雯雯为难地说:"我和绍华讲好,上她家洗澡。"兰侠愣了一下,她好像从来没想到过雯雯还有洗澡的需要。她说:"我们家也能烧水洗。"兰侠妈在里屋嚷道:"烧吧烧吧,明天不烧锅不喝稀饭就成。"雯雯不敢出声,拿出换洗的干净衣服匆匆走了。兰侠看着她,眼光有些惆怅,雯雯心里也有点惆怅。

她知道绍华不如兰侠厚道、淳朴,而且在庄上的地位很特殊,享受着很多不尽合理的特权。可她还是喜欢和绍华在一起,她和绍华容易接近一些。绍华有文化,讲卫生,自己的床铺收拾得干干净净。而兰侠,身上有虱子,并且坚持认为虱子和头上的屑皮一样,是从皮肤里长出来的。绍华也许没有这些小姊妹善良,可是她理解人。她知道雯雯孤身在外,难免想家,就从不招雯雯谈上海,谈父母,谈一切会引起想家的话题。而那些姊妹媳妇们就不同了。有一回,雯雯刚收到妈妈的信,心里难免有点儿伤感,干活时比较沉默。她们就发问道:

"雯雯,想家吗?"

雯雯摇摇头。

"这么大老远的,咋不想,想死了。"

雯雯依然摇摇头。

她们不罢休:"看你这阵子瘦的,黄的,打张票回去看看啊。"

雯雯每时每刻都在想家,可是她才来一个半月啊!她还是摇摇头。

"家里大人可想你呢,一下子跑出千把里地,你走的时候,你妈哭了吗?"

雯雯的眼泪已经在眼眶里了,随时会掉下来。她吸了一下鼻子,她们这才沉默了。过了一会儿,有人轻轻地说:"雯雯哭了。""想家哩。"雯雯的眼泪终于落了下来。

"别哭,雯雯,收过麦子,回一趟家。"她们劝道。而雯雯的眼泪既已落了下来,便益发不可收拾了。于是她们也陪着掉起了眼泪,尤其是那些媳妇儿,她们想起了她们出嫁,离开了从小长大的娘家……好像把雯雯惹哭,然后自己也哭,她们方才满足,才觉得痛快。雯雯明知道她们是一片好心,全无恶意,可终究有些受不了。因此她有意无意地有点躲她们,于是她们便说雯雯"大"。"大"就是骄傲,有架子。

雯雯听到这些又"小"又"大"的评价,心里很不是滋味,她感觉到了一点做人的难处。

四

绍华的祖奶奶死了。

她从后屋被挪到了前屋,躺在一张迎门的床上。上身穿一件大红斜襟袄,下身是一条宝蓝色的长裙,裙边露出一双尖尖的绣花鞋,脸上盖着黄表纸,头上戴一顶黑平绒帽子,帽子上有一个大红绒线球。雯雯始终没看见她完整的一个人,上回她被掩在破棉被里,如今又被这大红大绿堂堂皇皇地包裹了起来。

床前放了几个蒲团,几个妇女坐在上边哭,有绍华的二奶奶,绍华婶婶,还有几个表婶表姑之类的亲戚。兰侠妈也坐在中间哭着,她好像和绍华家并没有一点亲故。她哭得最响亮,最动情,最有内容,最有韵律。她边哭边说,述着死者的生平和恩德,表示着对死者的惋惜,感慨着人生之无常:"昨晚上你还喝了一碗稀饭今天怎么就走了……"说一回,哭一回,再说一回,再哭一回,语调抑扬顿挫,很有点长歌当哭的味道。不过,雯雯清清楚楚地听见她转脸对着兰侠说了声:"看你奶奶个头,快回家烧锅。"绍华妈站在那里,偶尔抹一下眼睛。她妇女主任的身份,是不适于这么坐地拍腿地号哭的。门口站了很多人,饶有兴趣地听着,掉着眼泪。

当天晚上,吴主任从公社赶回来,商议办丧事。据说,吴主任坚持三天内下葬,马上要收麦子,不能影响农忙。并且仪式要简化,移风易俗嘛!商量的结果,双方都退一步,采取折中主义:三天内下葬,这个听吴主任的。而别的,披麻戴孝啦,吃丧饭啦,摔孝盆啦,等等,一概按照惯例。这么一来,一切仪式就必须集中在三天之内完成了。

绍华二爹家门口搭起了一个灵棚。棺木直放,前头是灵牌,灵牌前边放着一个大猪头,猪嘴里衔着一棵葱,猪头前是一溜四个碟子,盛着各式果子,左右前后挂了一幅幅的幛子和花圈。幛子就是各色布料,均一丈来长。一天上下,源源不断地有人来奔丧。兰侠告诉雯雯,喜事要请,丧事则不请,闻讯便赶来,全凭自觉自愿。

女客们在一里地远就拉开嗓子哭了起来,一路哭着,一路念着,一直哭到灵前,哭毕,送上幛子,或是几元钱。

送花圈的大都是吴主任的同事们,各公社、各大队的干部。他们骑着自行车来,花圈就挂在后车架上,到了灵前,献上花圈,哭是不哭的,念一段毛主席语录,"人总是要死的,但死的意义有不同。中国古时候有个文学家叫作司马迁的说过:'人固有一死,或重于泰山,或轻于鸿毛'……"究竟也不知死者的死是鸿毛,还是泰山。总之,是一番表示吧。

无论是哭的,还是不哭的,来了都不走了,等着吃饭。有的被请进堂屋里坐,有的被请进院子里坐,有的自己找地方坐。井沿上，槐树下，搬块砖头，拾个破板凳，或者干脆席地而坐。

屋里摆满了桌子，院子里搭起了帆布棚，摆了两排案板，像饭馆似的。也不看时间钟点，吃一批，换一批，吃一批，换一批，这叫流水席。表示对奔丧者的酬谢，自然，难免也混进一些吃白食的。小学校放学钟一敲，小孩子便直奔而来，就像大跃进时奔食堂似的。几乎所有姓吴的，或不一定姓吴的都来帮忙了，烧火，上菜，刷碗，送往迎来……出工只剩一些妇女，干活也没心思，急着同庄看热闹。看来，三天内办完，确实有必要，麦子都熟透啦。

大吴庄，大吴庄，大凡都是吴家的人，哪怕走出了十万八千里，根子还是一条。绍华祖奶奶辈分极高，有些四五十岁的人都得喊吴绍华姑，那该喊她祖奶奶什么呢？几乎一庄的人都戴了孝。那孝是长长的白纱布，绍华的工作便是不停地踏缝纫机轧纱布边。后来人来得太多，来不及了，就不轧边了，见人撕一条，见人撕一条。那纱布，有的系在腰里，有的缠在头上，还有的挽在脖子上，形形色色。曾孙一辈的，白纱上还得缀一点红。因为老死是白喜，该带点喜气，兰侠告诉雯雯的。于是，一庄上下，白披素裹，妖娆不妖娆，一个个倒是都显得飘逸起来。

绍华从头到尾没掉过一滴眼泪，只是利索而又有点不耐烦地踏缝纫机。她对灵棚里挂着的，人家送的幛子很感兴趣，已经在暗暗地进行挑选和考虑。因为花圈过后要烧掉，幛子则是两家直系亲属分掉。她还拉着雯雯做参谋：

"这块大花的怎么样？"

"那块格子的更好，做衬衫大方。"雯雯正说着，忽然有人叫她。回头一看，是个不认识的男青年。高高大大的个子，穿一件打了补丁的大红球衫，不大像此地人。他笑笑，露出一排整齐而洁白的牙齿:"我在三队,蚌埠下放的,姓高。"

"哦。"雯雯点点头,她早知道有这么个蚌埠知青,据说这个小高不大在队里干活,到处乱窜。所以,还没见过他呢。

"我们找你商量个事儿,"他说,"还有四队的小李,九队的小楚。"

雯雯跟着他走出了人群,台子下边果然站着两个女孩子。雯雯第一次看见她们,听队里人说,她们家就在街上,在家一住就是半年,找短工做哩。小李是中等个儿,稍稍有点胖,眼睛弯弯的,很甜。小楚子很小,很黑,头发也很黑,一丝不苟地编成两根硬硬的辫子,从后脑勺上搭下来,她年龄好像不小了。雯雯朝她们笑笑,不知道他们找她是商量什么事。

小高开口了:"吴主任奶奶去世,我想,我们也该有个表示才好。"

小李和小楚点点头。雯雯不知道自己和死者什么关系,可人家点头,她也点头。

"咱们送一个花圈吧。"

大家又一齐点头,雯雯也点头。

于是,派小高去买花圈,当天晚上就送去了,也由雯雯在灵前念了一段:"人总是要死的……"第二天,吴主任专门派人请他们四个去坐席。雯雯直摆手,可还是被绍华拉去了。绍华把她按在凳子上,说:"今天我跑堂,给你们上菜。"雯雯坐大席了,吃的是吴主任奶奶的丧饭,同桌的都是知青,本队的、邻队的,有合肥的、有蚌埠的、有街上的。

里里外外都在喝酒、猜拳,先是笑,后是恼,恼过之后再笑,笑过之后再恼。不断有奔丧的人来,哭声传到后头,与猜拳声合成一片。"老死是白喜。"雯雯这么想,只有这么想才能解释这一片喧腾。正吃着，绍华妈来了，对小楚说："要你破费，还送幛子。"

小楚脸红了："没什么，没什么。"

小李沉下了脸，眼睛不弯了。小高一扔筷子起身就走，站起又停下说道："我先想到送花圈，拉上你们大家，哼！"说完拂袖而去。雯雯只是纳闷，送花圈像是一桩什么好事。也不明白小楚为什么又同他们合伙买花圈，又要额外地送幛子。既已决定送幛子，又为什么要入买花圈的伙？不过有点惋惜，难得知青聚会一次就这么莫名其妙地不欢而散了。

出殡的日子到了。

曾孙绍明子举着幡旗出来了，十六个壮汉扶着杠子唰地上了肩，棺材抬出来了。绍华的二爹、大爷、老爷等男性后代，手里拿着半尺长的棍子，弯腰拄地，"呜呜"哭着跟在棺材后头。吴主任也在队伍里，他没缠白布，没拄哭丧棍，只在臂上套了个黑袖章——这是唯一的黑袖章。他没哭，只是皱紧了眉头，背着手走在弯腰下背的队伍里，显出高大和庄严。然后是哭得死去活来、恨不得触槐而死的女眷们。她们互相拉扯，互相搀扶，那尖锐的哭声与男人闷雷似的低声，合成了一部宏大的交响乐。绍华也站在女眷中，她到底是哭了，不知真为祖奶奶流泪，还是被这气氛所感染。她穿着一件素花布短衫，长长的白纱布随随便便挂在脖子上，从肩上滑下，落在胳膊弯里，像是仙女的飘带。她婷婷地站着，用白布梢擦着眼泪。雯雯欣赏着她，心想，她果真是俊的。

棺材停在门前大路上，绍明子端起预先放在地上的黄瓦盆，由他老爷扶着手，摔在地上。黄盆碎了，棺材重又上肩，哭声大作，浩浩荡荡地向墓地开去。老远老远了，还听到一片"嗡嗡嗡"的哭声，一列素装的队伍在坝子行进。

雯雯只是不明白，这老人的生是那么惨淡，而死，却是这般显赫。几天前，她躺在黑屋子里，从破被子下抬起骷髅似的头要一碗水喝。这会儿，她是极威风、极尊严、极喧腾地上了路。这生和这死，雯雯是怎么也联系不起来的。直到过了相当长一个时期以后，她才明白，这一切的威风和喧腾不是为了死者，而是为了生者。并且，人们这么热心主动地为吴主任家操持丧事，是出于真心的感激。

吴主任吴荣升，始终不忘故里。每年的回销粮，他总为大吴庄争来许多。省里一个名叫稻香楼的高级宾馆来招工，指定要贫下中农子女。二十五个名额到了城郊，吴主任一气为大吴庄争来了十三个。十三个贫下中农子女，当然，也包括他的小女儿小凤子，欢欢喜喜进了省城，吃上了商品粮。

马上要收麦了，兰侠妈说的期限到了。她碰到严书记和队长就叫唤："你怎么还不给人家房子啊，你们把人家安家费吞肚里去了啊。我可不让住了，我早有话在前头的，你们再不让搬走，我可要掘了。"还不时地催雯雯："你自己也得说话啊！"干部们被逼得无奈，只得商量了一下，看把这个上海知青往哪儿放合适。有人出了个主意："吴主任奶奶死了，她那间屋子不闲下来了吗？给她砌眼灶，不就管了吗？"

"小妹妹一个人，不害怕吗？"有人置疑。

"人家上海人，大地方的，有科学，不迷信。不信，去问问她。"

果然，雯雯不迷信，答应住进去了。她本来对房子已不抱任何指望，想不到忽然之间，有了。她很高兴，也很感激兰侠妈，她明白这全靠兰侠妈帮忙。队里给她在庄子借了些锅碗瓢勺，本来,这费用是包括在安家费里的,不过,安家费去租拖拉机来翻地了。反正,好借好还就是了,大家心底里都认为雯雯是留不了多久的。

雯雯高高兴兴地搬走了。走的时候,兰侠妈特地让兰侠爷上街割了两斤肉,煮了顿肉给雯雯吃。她对雯雯说:"你自个儿做着吃能吃好。你们知青有照顾,能多吃小麦面,何苦同咱们一起受呢?会做饭吗?"

"我能学会。"雯雯自信地说。

"让兰侠教你做饭去。"

"不用。"

"瞧你能的。"兰侠妈又撇嘴。忽又大声地说:"你可别一去就不来了呀!"

"雯雯,你别害怕啊!"兰侠忽然说。

"怕啥?吴主任奶奶是老死,又不是冤死的。不是恶死,不会回来闹的。"兰侠妈说。雯雯不由得毛骨悚然起来。

这是三间屋,雯雯懂得这三间屋的概念了,以梁为界而划分出一间,两间,三间。左边,绍华二爹的小儿子——也就是绍华的老爷——夫妇俩住的,右边一间则是雯雯住的。当中,迎门设着他祖奶奶的灵牌。

雯雯睡在床上,瞅着墨水瓶制成的油灯上的火苗。豆似的火苗摇曳着,在墙上投下形形色色的怪影。这怪影变幻着,互相勾连着,好像一群鬼魂在跳舞。可是雯雯不敢吹灯,她怕黑,她甚至不敢闭眼睛。眼前什么东西也没有了,便会出现一张床,破棉被里努力昂起一个骷髅般的头,这头忽而又盖上一张黄表纸,破棉被则变成了红袄绿裙。她不知道偌长的一宵将如何才能过去。她大睁着两眼,看定了那些群魔乱舞似的黑影,生怕他们舞着舞着,忽然从墙上舞了下来,又怕在这黑影里还藏进了别的。

她终于有了房子,有了自己的世界。她原本是想自由一些,自在一些,可不曾想这世界却充斥了这许多鬼魂鬼影,连闭眼的自由都没了。雯雯一时间有些恍惚起来,她这是在哪里?这可是地狱?可是阴间?像于小蔓说的,像阿宝阿姨说的,在这里等着做猪做狗,等着轮到自己投人生,去做人。

雯雯不认识自己了,她好像变成了另一个自己。在这个完全陌生的世界里,她也成了一个完全陌生的自己。她依稀记起自己被反锁在房间里,哭着,踢着门;自己站在中山公园门口,心跳着……这一切都好像发生在上一世里。那时候,一切都是那么好,无忧无虑。她依稀忆起,那时是无忧无虑的。她不记得,那时候是不是也有过一些忧虑。

雯雯哭了,眼泪从眼角里流下来,流在枕头上。

她忽然发现自己是睡着了,于是拼命想醒来,却醒不过来。她是太困了,可她一定要醒来的,因为她看见那里,有个红袄绿裙的人走进来了,她一定要醒,可是醒不过来。梦,是这样沉重地压倒了她。

早上醒来,她觉得筋疲力尽,好像经历了一场恶斗。可是,她却连一点搬回去的念头也没有。在这里,她毕竟是一个人了。她可以做一点自己个人的事情,自己单独地想着点什么,自己单独地流几滴眼泪,甚至是自己单独地怕着点什么。她原先以为自己是怕孤独的,而如今发现,自己喜欢孤独。孤独很可怕,可是在这熙熙攘攘的世界里,孤独也很可贵。

收麦了。

此地收麦全是男劳力用大刀割,他们叫作"放大刀":长长的刀把,夹在腋下,双手平端,而脚叉开,走一步,挥一刀,走一步,挥一刀;不但用臂力,还要用胯和腰的力量,因此,割起来,要转身,扭腰,那姿态十分雄健优美。天热,男人们全脱了光着膀,只在背上披一方白纱布。远远望去,齐崭崭的一排,大刀在太阳下闪闪发光,白纱布随风飘起,金黄金黄的麦子,一排一排地倒下,实在好看得很。

妇女全部在场上干,赶磙子,或者数十人拉一盘磙子,翻场、打垛、颗粒归仓。

大路上,牛车辘辘辘辘地来回拉麦,赶车的吆喝声,像唱歌一样悠长婉转。到处洋溢着劳动的热情,每个人都不知不觉地被感染着。人们喜欢收割,这恐怕是耕耘者几千年留下的一种习惯吧。

十来天下来,湖里的麦子全收上了场,打了出来,装上了口袋,过了秤。县里粮站来了大卡车,收走了该收的粮食,留了明年的麦种,就只剩下很少的一摊麦子。根侠大爷一个人用木锨一锨锨地扬着,场上一下子冷清了许多。

兰侠家,四口人两个半劳力,分了几十斤小麦,要熬到秋天收黄豆,还得靠红芋干啊!

红芋下来了,从地里刨上来,拉到场上,再一簸箕一簸箕地把自己那份背回家,然后抓紧时间把它切成一片一片,或是穿在线上挂起来,或是直接铺在房顶上、院子里,让太阳晒干。不等它完全晒干,太阳就躲进乌云,下起雨来。赶紧把它收回屋里,等雨停太阳出,再搬出去晒。又是雨……几起几落,等它完全晒干时,芋干片已经有了霉味儿。一天夜里,雯雯正迷迷糊糊睡着,忽然听得有人嚷:"下雨了!"她赶紧爬起来,去收晾在院子里和屋顶上的芋干片。一整个庄子都醒了,起来了。天很黑,雨点急骤地落了下来。一片寂静中,只听到雨点"啪啪"的声音。

大吴庄沉默着，在黑暗中默默同风雨争夺着大半年的口粮，这是生命赖以存在的保证，这是一场真正的生死搏斗。

雯雯先把地上的一摊收进屋子，还有屋顶的一摊。要爬上去，要踩着木梯子爬上去。木梯子被人们夺来夺去，不等这边用完，那边就搬走了。雨水打湿了雯雯的衣服，眼前模糊一片。知青的口粮补助这个月就要结束，下个月，雯雯要和大吴庄一起，吃红芋干了。她会吃红芋干馍了，用水和好红芋面，一团一团贴在锅边上，中间煮一点咸菜，可以吃两天……

县里召开上山下乡学习毛主席著作积极分子代表大会，雯雯被推选为先进个人代表，进城去开会。她自己感到非常惭愧，她学习毛主席著作并没有怎么突出呀，她也并没做出什么成绩，她说："我不去。"严书记说："去吧去吧，学习学习。"既然是学习，那就去得安心一点了。

雯雯和绍华结伴进城。绍华要上大学了，进城去办手续。这是"文化大革命"以后第一次招生，不考试，凭推荐，面向工农兵，凡插队两年以上的知识青年也在此工农兵范围内。城郊公社有两个名额，大队推荐了绍华。这推荐只不过是个手续和过场而已，表格早已装在吴主任提包里了。不过，话又说回来，绍华又为什么不可以被推荐呢？她样样都符合条件。

"雯雯，以后年年都要招生了，你也争取上大学吧。我爷对你印象不错，夸你老实肯干呢。"绍华安慰雯雯。

雯雯却只微笑了一下，她并不怎么太羡慕绍华。上大学固然好，可雯雯却并非很热衷，这不是她所向往的。她究竟向往什么？她也不知道，她向往的总是那看不着也摸不着的东西。反正，她觉得离家这么远，来到这异乡，吃了偌多的苦，绝不仅仅只为了上个大学。

"噢,要和这里告别了。"绍华昂起头望了望白杨树梢。她把长辫子齐肩剪短了,显得利索精神,辫子也不显得那么黄而细了。她的叹息里听不出一点留恋和遗憾,有的全是快乐。上了大学,她今后的整个生活就彻底改观了。

雯雯也抬起头看那白杨树梢,树梢上停着一缕阳光,把那树梢染得金红金红。

走过分洪闸,到了街口,绍华向东去,雯雯向西去。

"积代会"在县中学住宿,"积代表"成群结队,住满了十米间大教室,乱哄哄的。大会报告,小会发言,分组讨论,每个人都要讲话。每个人说话都字斟句酌,小心翼翼地绕过"扎根"二字。因为招工消息已传得满城风雨,何苦为了一时的风光,而弄得做一世农民呢?自然,农民也是人当的,可是当今世界,根生土长的农民都舍得背井离乡、舍生忘死地争做城里人,又凭什么硬要城里人非做农民不可呢?开会之余,大家便是分头活动,收集情报、打探门路,做战前准备。

雯雯瞧不起他们,觉得他们眼光短浅。招工吸引不了她,她到这里来,绝不是为了找个工作。开会之余,她跑去看淮河。

淮河,波光粼粼。她脑子里跳出一句诗:"宽阔的大江闪闪发光,太阳在江心洗它的翅膀。"

淮河边上,一驾驾运水的板车吃力地爬着坡。拖车人光着膀,肩上斜挎着绳子,双手紧握车把,身子和地面形成了一个尖锐的锐角。地不平,板车颠簸着,水从汽油桶里晃荡出来。那一片土就变得泥泞起来。走一步,滑一步;进一步,退两步。

这里汇集了淮、黑、中、通、陀五条河,街上小孩儿都唱着:"五河五条河,吃水要人驮。"

江心闪闪发光,太阳只顾在那里洗自己的翅膀,偶尔溅出一两线余光，映在拖水人赤裸的背上，那背脊便成了金色的，滴下了金色的汗珠。那地，则成了金色的泥泞，脚和车轮在这金色的泥泞里跋涉。

雯雯望着淮河，心胸变得十分开阔。远远的，有一片白帆。太阳的翅膀好像在它顶上掠了一下，于是它变成金红的了，成了一叶红帆。

红帆，雯雯看过这么一个电影。一个小姑娘得了一个预言：当她十八岁的时候，一个繁星满天的夜晚，会飘来一只红帆，上面走下一个王子，手里捧着鲜花，向她走来……

雯雯好像也在等着一只红帆，不过，她希望的不仅是王子。王子，是远远不够的。她始终在等待着什么，却又始终不知道在等待着什么。也许魅力全在这不知道之中了。

每个人命运里都应该有一艘红帆，因为每个人都有十八岁。

板车在泥泞里"叽叽咕咕"地挣扎，脚，徒然地在原地踏步，把一地烂泥搅得乱七八糟。

从蚌埠开来的船呜呜叫着靠了岸，一群肩挑手提的人从船里争先恐后地拥出，"嗒嗒嗒"地走上摇摇晃晃的木板，另一群肩挑手提的人则拥上码头，向船里挤去。来者，去者，拥挤着，相撞着，争着先，夺着路。

太阳远去了，翅膀上滑下一串水珠，洒落了一河的赤橙黄绿青蓝紫。

五

大豆收过了，场清了，地翻过了，麦子种下了。第一批招工结束了，小李走了，小楚、小高白忙了一阵，暂时安定了。

要过冬了。

这里的冬季是沸腾的冬季,要挖河,冬闲成了冬忙。这是一个大兴水利建设的时代。

雯雯渴望参加这沸腾的工程,为此她下决心推迟回家。可是大队组织了文艺宣传队,要她参加,还有兰侠,每个生产队抽两名年轻人。公社要搞"学大寨,超纲要"的文艺会演,每个大队都要参加。节目内容自定,可以直接与学大寨,超纲要有关,唱唱"虎头山",唱唱"学习大寨赶大寨"。也可以间接关联,演一段样板戏。据说花园大队排了一段《白毛女》,那喜儿真的立起了脚尖,千真万确,有人作证。那是双普通的布底鞋,可确确实实立了起来,这是一个文化艺术普及繁荣的时代。

雯雯挺积极,把她从造反时期的上海街头看来的小分队演出,尽其所能地学习移植过来。二队有个吴绍立,是个人才,会拉二胡,会作曲,做出的歌曲似曾相识。小高也被生产队推荐来了,主要的工作是坐在板凳上吸烟、聊天,要他唱一句,做一个手势,他便意义不明地笑,好像很辱没他似的。

兰侠的工作是纳鞋底。她死不愿意来的,还推荐平侠子,说平侠子又活泼又大方。可队长偏不要平侠子,说平侠子"浪",更确切地说,是平侠子妈"浪"。这"浪",也像是四类分子的帽子,要株连子孙,平侠子至今未说上婆家,与此是不无关系的。兰侠妈嚷兰侠:"给你轻闲不要,不受抬举,贱!"兰侠只好来了,唱,不肯出声;跳,连站都不肯站。让她说三句半的那半句,她不识字,得一句一句教她念。念了一天,总算背下来了,一看要和两个男的同台,又不干了。于是,每天只好背靠着门框,心情沉重地纳鞋底。纳一会儿,抬头往南面望望——南面在挖沟;再纳一会儿,扭头往屋里瞅瞅——屋里在排"学大寨,赶大寨",一溜儿八个人,一会儿做挑担状走八字,一会儿做推车状走八字,从头到尾,一把二胡吱吱溜溜拉着,努力却艰难地制造出热烈的气氛。纳一会儿,看见雯雯在边上,就悄声说:"咱们名下的土方,都分摊给别人了。"或者说:"这么闲着我都要急疯了。"雯雯说:"你来呀!"她却立刻红着脸低下了头,什么也不说了。

有一天,她纳着纳着,忽然重重地叹息了一声,把线在鞋底上缠起来了。缠过了又拉开,再缠,好像下了什么决心,却又下不了似的。终于,缠上不再拉开了,她站起身,红着脸,站到了队伍里,趴在雯雯肩膀上,小声跟着唱起了"公社是棵常青藤",居然出声了,至少,雯雯是听见了。

下大雪了,一下四五天,雪天雪地,白白的雪光,衬得人脸更黑了。

庄上不少人家只吃两顿,甚至一顿。有限的粮食和烧草,要维持到明年麦收。麦子在雪被子里"呼呼"睡着,一点动静都没呢。有人开始动脑筋:上外乡去吧。

宣传队的人心早已散了,都想着出去。大家很羡慕吴绍立,因为他会拉二胡,到人家门口,拉一段二胡,人家便知来意,再不用开口了。因此,都抢着要与他合伙。雯雯灵机一动,说:"干脆,我们宣传队一起去吧!"大家先是一怔,然后便哄然了。一起筹划起种种事项,安排哪些节目,怎么个形式,走哪条路线,要不要带口锅,可以烧口热饭。越谈越起劲,越谈越具体,好像明天就要打行李出发了似的。一直讨论到天黑,才余兴未休地各自回家。

雯雯兴致勃勃,还继续一本正经地与兰侠商议,兰侠却在她肩上拍了一下:

"你别穷开心了。"

"不是都说好了吗?"雯雯一愣。

"有哪个是正经的,说着开开心的。"

雯雯失望了。

有人动身了。有一家子锁了门走的,有的是父母带着小毛孩去,留下大闺女看门的,因为闺女马上要过门,不好往外乡去。严书记的老婆孩子去了,他把她们送上去蚌埠的轮船,自己踏着雪回来了。雯雯看见他弯着腰走回来的,他更加佝偻了,走得很吃力。脚上穿了一双笨重的毛窝,为了防滑,也为了取暖。他慢慢地走过去了。据说,他一个人在屋里躺了一整天,一整天没见他家烟囱冒烟。

雯雯心里沉甸甸的,这是一桩很严肃的事情,这里面没有一点点可以开玩笑的成分,没有。雯雯想回家了。

回家这个念头一旦有了,便无论如何也压制不下去了。她觉得一定要回家了,在这里是一天也待不下去了。然而,回家,尚有一条曲折艰难的路。十五里雪地的步行,一天一班上蚌埠的船。早上6点船就从大柳巷开来,只停二十分钟,错过一班就得等一天,下午四五点钟到蚌埠,要赶紧去买当天晚上的车票。据说这会儿正是上海知青回沪高潮,加了几班临客,还挤得要命。车一停,不等人下,就拼命往上挤,或是从车窗往里爬。总之,停车九分钟是一场激烈的战斗。雯雯能否回家,全看她能不能打赢这一仗了,雯雯好发愁。兰侠安慰她:"我送你上船。"小高说:"我正好也要回家过年,同你一路走吧。到了蚌埠,我负责把你送上车。"雯雯心里这才踏实了,赶紧收拾东西。

雯雯要回家了,一庄上都知道了。兰侠妈给雯雯捎上一包自家腌的臭豆子,说:"让你家大人尝个新鲜。"绍华妈给了雯雯五个大鸭蛋,一定让她带上,又掏出几尺全国布票,十元钱,让捎几尺布。平侠子妈闻讯跑来,让雯雯给她捎两块香肥皂,钱嘛,先帮着垫了,回来就给。平侠子在旁边说,也要带几颗有机玻璃扣子,被她妈喝退了:"哪件破裤子上不能拆几个下来用,非要买吗?"平侠子翻着眼小声嘀咕着:"就兴你买,不让我买。"她妈觉察到了她的不满情绪,骂道:"死妮子,叫你爷揍你个臭妮子!"队长跑来,坐在小板凳上低着头,抽了半晌烟袋,才闷闷地问道:"回家有钱打车票吧?"雯雯心里明白,赶紧说:"有,有。"虽然她时时都期待着队长把钱还给她,可看到他这么作难,心里早不要那钱了。根侠子爷带着根侠子跑来,站在雯雯面前,对根侠子说:"你苦了一年,要件什么东西,给雯雯说吧,你爷让她捎。"根侠子抿着嘴幸福地笑着,把眼珠子翻上去瞅着房梁,笑了半晌,想了半晌,最后摇摇头:"我什么也不要。"严书记也来了,对雯雯说:"回去后代咱们向家里大人问个好,在家好好休息,也别惦着这里,别忙忙地赶回来,啊!"平侠子忽然笑盈盈地问:

"上海的楼有符离集的山高吗?"

"这……"雯雯不知道怎么回答,这两者似很难比较,"上海国际饭店有二十四层。"

倚在门口看热闹的百岁子说:"听人说,看上海大楼,帽子都得掉。"

大家笑了。

"上海吃啥?"根侠子问。

"上海……"雯雯又不知道怎么回答了,这是一言难尽的。队长发言了,他开始活跃起来:"上海嘛,每顿都要炒个小菜,喝二两酒,油条啦,果子啦,随时都吃一点。"

"上海大街上，男的和女的挽着胳膊走路，可是啊？"平侠子妈问。

大家哄地笑了起来。

队长说："咱大吴庄也兴挽胳膊走路呢，我和你挽。"

"我 × 你个婊孙养的。"平侠子妈扑上来，揪住队长的耳朵，队长一转身，伸手就往她怀里插……以下便是一场不堪入目的打闹。打过了，闹过了，又憧憬了一会儿上海的大楼，广播已经结束了，大家各自回家。走到门外，有人说："天晴了。"果然，天，碧蓝碧蓝的，好像把雪地都映上了一层暗蓝的光。三星已经偏西了。

夜里，月亮还在头顶上，兰侠子就来敲雯雯的秫秸编成的门了。而雯雯老早就坐在行李上等着呢。走到村口，便见小高肩上背个马桶包，摇摇摆摆地走来了。于是三个人一起向城里走去。

大雪早遮断了路，脚不知道该往哪儿踩。兰侠走在最前面，小高殿后，雯雯在中间。

"雯雯，你踩着我的脚印儿走。"兰侠关照雯雯。

"哎。"雯雯回答。

走到雪深的地方，兰侠一脚踏下去，不马上拔起，而是左右前后地歪着，使那脚印儿成了一个大大的雪窝，雯雯只需把脚放进这窝口里就行了，少费了好多力气。兰侠脚上的一双单布鞋早已湿透了，雯雯的防滑胶鞋干干净净的，雪，反而把它擦得更黑更亮了。小高是一双高帮篮球鞋，破虽有点破，倒也没湿。就这样，兰侠的单布鞋为后边两双胶鞋开着路，一径到了码头。

码头上人虽不多，气氛却很紧张，一个个肩上挑着，手里抱着，嘴里衔着船票，眼睁睁望着大柳巷的方向，只等船一靠岸，马上往前冲去。一派剑拔弩张的气势。

一艘船慢慢吞吞地吐着黑烟往这里开来，兰侠挤在雯雯身边，不肯回去，非要看着雯雯上了船，看着船离了码头。

船靠岸了，雯雯还没来得及同兰侠打个招呼，她们已经被挤散了。雯雯被人们拥上了踏板，兰侠则被人挤了出去，看不见了。雯雯和小高挤上船，在底舱里找了个角落，放下行李，坐在行李上，小高开始点烟。船，起锚了，雯雯忽然从窗户里看见了兰侠。兰侠站在码头上，对着船，直抹眼泪。

"兰侠！"雯雯大声叫，可是兰侠却听不见，也找不见她。底舱的窗户外正是甲板，一双双脚走来走去，把窗户遮住了。船，离了码头。

船到蚌埠，是下午五点。小高不顾回家，带着雯雯直奔火车站，买了一班乌鲁木齐去上海的快车，十点钟开。然后便带雯雯去吃水饺。他一边一口一个地吃，一边催雯雯："吃，吃饱了才有劲上车呢！"好像上车是一场恶斗似的。雯雯归心似箭，食而不知其味，一斤水饺倒有八两入了小高的肚子。吃过饭，两人就去车站。小高找了一个熟人，带雯雯提前进站，坐在站台上等车。

天阴了，很冷，小高脱下棉袄扔给雯雯，自己却只穿大红球衣。

"不要。"雯雯说。

"穿吧，穿吧，别冻病了。"

"你怎么办？"

"我没事，我棒呢！"

雯雯披上他的棉袄，棉袄上有一股浓重的烟味和油汗味儿。说不上是难嗅还是好嗅。雯雯忽然想起他还没回家呢："你回家看看好了，现在才八点。"

"送走了车再回家，没事儿。"

雯雯对他的印象有点改变了,她一直以为他是个游手好闲的人。

"你干得不错,人家挺夸你的。"他点起了一支烟,和雯雯聊起来。

"我觉得我挺需要锻炼的。"雯雯认真地说。

"嘿嘿!"小高笑了起来。

雯雯有点不高兴,不说话了。过了一会儿,小高说:

"我可锻炼够了,犁地、扬场、放大刀、摇耩子,我不比农民差。"

"那你为什么不干呢?"

"不想干呢,没劲儿!"

"为什么没劲儿?"

"怎么说呢!"小高把烟拿到鼻子前边,望着那一亮一亮的烟头,"假如,他们现在告诉我,五年以后,把我抽上去;又假如,他们现在不告诉我,什么时候才能抽上去,而实际上也许不到三年就把我抽调了。那么,我宁可前者。这五年,我会干得特带劲儿。你懂吗?"

雯雯想了一会儿,懂了,点点头。

下雪了,雪粉落在干干的地上,被风扫来扫去,像一些白色的灰尘。

"车站同志请注意,从乌鲁木齐方向开来的五十三次,误点六个小时,从乌鲁木齐方向开来的五十三次……"

"呀,误点六个小时!"雯雯失望极了。

"没事儿!"小高把烟头往地下一揿,"来哪一趟车,就上哪一趟。"

"要不要去签票呢?"雯雯问。

"你知道签哪一次？你知道哪一次先到？"

雯雯不知道，沉默了。

"没事儿，上就是了。"

"人家要查票呢？"

"查票？你有票怕啥？多少知青不买票也照样坐车。"

"人家会说吧？"雯雯顾虑重重。

"会说啥？知识青年上山下乡，回家探亲，买票就是客气的了。"

小高把雯雯两个旅行包结在一起，一前一后背在肩上，交代道："你跟着我，听我的，没事儿！"

"好。"雯雯的声音微微有点哆嗦，她想起小时候在少体校那一段不光彩的历史。篮球场上，稍有争夺，她便束手无策，只有退却的份。打球，退却不要紧，不过是挨教练几句训，至多，开除。雯雯不等开除，就自动退了出来。而这会儿，要退却，就回不了家了。她是一定要回家的，她离家已经七个月了。这七个月里，她每一分钟都在想着家，每一分钟，都在憧憬着回家的快乐。总算熬过来了，到了车站，就只差这么一挤、一拼了。

车灯划破了黑暗，一柱雪花雪亮雪亮地翻卷着，直刺过来。天桥上"嗒嗒嗒"地响起了脚步声，人来了，潮水般地涌下天桥，布满在月台上。寂寥的站台，顿时喧腾起来。

"往前跑！"小高嚷道，像一支脱弦的箭，向前直射了过去，雯雯急急地跟在后面。

小高一边跑，一边急骤地敲打着一扇扇玻璃窗，要求着开窗。而窗户不开，他急了，大声地说："求您啦，小女孩子一个人出远门，身体不好，求您啦！"他忘记那车厢里是一点听不见他的声音的。他把雯雯拉过来，推到窗户跟前："求您啦！小女孩子一个人，求您啦！"不知是里面到底听到了一点声音，还是他的焦急和雯雯的单薄感动了他们，窗户打开了一半，却只答应送上行李。行李上了车，轻身一个人就好办了。小高拖着雯雯跑到车门口，车门口挤得满满的，一根针都插不进去，雯雯绝望极了。小高甩下她，挤上前，把堵在门上的人三把两把拖下来，跳上车，抓住把手，嘶声叫道："雯雯，上啊！"

雯雯被他的激情感染了，也不知从哪儿来了一股劲，居然挤到了车门口。天哪，上车的踏板都没放下来，雯雯跨不上去，小高拖住雯雯的胳膊，老鹰捉小鸡似的把她提了上去，一把塞进车厢。雯雯站稳了脚，回头一看，小高用力过猛，失去了重心，摔了下去，却摔在了拥挤的人头上。雯雯这才发现，自己身上还穿着小高的棉袄，她赶紧脱下来，叫道："小高！"

可是，车开了，小高对她摆摆手，使劲儿地摆摆手，是说"再见"，还是说"棉袄不要了，没事儿！"雯雯抱紧棉袄，眼泪流了下来。小高随车走了几步，便停下来低头点烟了。

车到上海，是早上八点左右，雯雯随着人群，走出了站台。

哦，上海。

仍然是高高的楼，熙熙攘攘的人行道，人从人行道上漫下了马路，马路上车水马龙，自行车"叮叮当当"响成一片，正是上班时间。一个老太太挽着一只菜篮，小心翼翼地过马路，过了半天也没过去，菜篮里有几块臭豆腐，几块大排骨，一把葱。

雯雯奇怪，上海怎么一点没有改变，真的，怎么依然如旧？这七个月，她只觉得是天也翻了一个，地也覆了一个。她恍恍惚惚的，有一点地上千年，天上一日的感觉。

黄浦江水仍然在黄浦江里流着。

海关大钟在唱："东方红，太阳升……"

第六章

爸爸在干校围海造田。未来的世界，沧海会变良田，高山会变平川。

妈妈在市里召开青年作者学习班，讨论什么是英雄，这是集中了各种优秀品质的人物，是代表人类发展方向的人物。

姐姐从农场抽回上海，分配在轻工局，暂时抽出来挖防空洞，为了备战。

这是一个为未来而奋斗的时代。

这一年里，雯雯在寻找一个饭碗，她要解决吃饭问题。

一

雯雯到家第二天，便给小高、兰侠、严书记、队长，以及吴绍立为代表的全体宣传队写信。一大把信发了出去，却只收到兰侠一封回信。信是请别人代写的，问雯雯身体可好，大人身体可好，姐姐身体可好，又问雯雯打算什么时候回来，雯雯的回销粮卡，她已经代领了，一定好好帮她收着。雪停了，天晴了，因为雯雯不在，她已坚决退出了宣传队，去挖沟了——简简短短的大半张信纸。雯雯立即写了一封回信，热情地赞颂了兰侠的纯朴、热情、善良、勤劳，真心表示要向她学习；又谈了谈这半年多来在农村所得到的种种收获，她是真心实意的。回到家的兴奋和快乐，使她心情十分好，因此回想起大吴庄，脑子里出现的尽是好事。她是怀着愉快的心情回想这七个月的生活的。过了十来天，兰侠才又来信，信里照例问了一番好，告诉雯雯队里去挖沟，回销粮卡她一定好好收着。然后，便写了这么一段话："咱俩好，不是一天两天的了，心里都知道，都记着。你在上海，总要探亲访友，一定比较忙，咱们就不要再写信了，也省点钱。"雯雯很扫兴，不再写信了。

插队落户的朋友们都回来了。

张维真胖了，却不黑，她是那种永远晒不黑的皮肤。她对农村是一肚子的怨气和牢骚："到乡下的第一天，我们在庄上转了整整一个上午，也没找到厕所。后来看到房子后边有一个玉米秆子搭的小棚子，心想，要么到那里去吧。我们轻轻地走过去，天哪！里边有个大男人！"她自己也笑了，"那还真是厕所呢！以后我们知道了，走过去要放重脚步，要咳嗽，如果没有咳嗽声传回来，就可以过去，简直像在搞地下工作。"有时候，她说着说着会哭，比如说到烧窑。为了抢时间，不等窑里凉下来就冲进去搬砖。"塑料鞋底都烫烊掉了，手上、脚心，都烫出了泡……"她哭了起来，可哭着哭着又笑了，"我们那里结过婚的妇女都赤膊的。有一天晚上，我们去宣传毛主席最新指示。毛主席不晓得怎么搞的，喜欢晚上发指示。几个男生去敲乡下人的门，门一开，一个赤膊人！"总之，她是哭哭笑笑地在插队落户。

娜娜却是出奇的沉默。她黑了，头发老老实实地编了两根辫子，都有些不像娜娜了。

雯雯到她家去看她，她给雯雯倒了杯茶，默默地在她对面坐下。

"你们那里还好吗?"雯雯开口了。

"还好。"她回答。

"吃大米?"

"吃大米。"

"几个人一个集体户?"

"四十八个人。"

"哟,这么多啊!"

"就是呀,太多了。"

雯雯问一句,她答一句,没有再多的话了。雯雯坐得无味,站起身告辞:"我走了。"

"再坐一会儿,再坐一会儿。"她执意要雯雯再坐坐,又去拿来一碟瓜子,那是很大很厚实的瓜子。

"你们黑龙江的瓜子?"

"黑龙江的瓜子。"

"很大的嘛。"

"哎,很大。"

雯雯也没话了,两人默默地嗑瓜子,一会儿,便嗑了一大摊瓜子壳。

雯雯无聊地东看看,西看看。娜娜家被抄过之后,便搬到阁楼上来了。阁楼收拾得很干净,破烂家什都清理掉了。雯雯想起小时候,她们在这里玩的情景。可这时的阁楼与那时的完全不一样了,好像是另一个阁楼,好像那个阁楼从来不曾有过。它和那些破席梦思,破柜子,破吊灯,一起消失了。不过,破吊灯上那颗珠子,至今还在雯雯的抽屉里,一直没丢掉。她老是认为它是一颗宝石。

魏玉娥没回来，她们是生产建设兵团，两年才有一次探亲假呢！在她家只看到她寄回来的一张相片，站在橡胶园里，穿一身少数民族的服装，那服饰远不如电影里的少数民族衣服灿烂，甚至是有些褴褛。

他也回来了，他们仍然约会在中山公园，到十点多钟时，就一起慢慢儿地走回来。雯雯不再那么怕羞了，他说要吃冷饮，她不推辞，也不觉着有什么难堪了。而且，这回见面，雯雯不再是一个劲儿地洗耳恭听，她也说了一点她的安徽，她的淮河，她的大吴庄。雯雯也有了一点经历，一点故事，一点体会了。可是她常常是说着说着就没了信心，生怕人家没有兴趣，于是便有些着急，想尽快说完。越急越找不到恰当的词儿，越拖延了叙述的时间。对方也不由得为她着急起来，两人便都有些紧张和发窘。雯雯很沮丧，她总不能在他面前表现得好一点儿，她以为他要对自己失望了。她努力使自己做得好一点，给他的印象不至于太坏。注意力全在了自己身上，便放过了他。

有一回，他们在距离雯雯家弄堂口一百米的地方分的手，不知怎么却叫张维真看见了。张维真多了一个心眼儿，没问雯雯，而是去告诉了雯雯的妈妈，"人家看见雯雯和一个男的在逛马路。"她这么说。

妈妈立即问雯雯，雯雯心里一惊，脸红了，矢口否认，连一点余地都没留。其实她承认了又会怎么样呢？妈妈会骂她？打她？还是阻拦她？她也不知道，可她绝不肯向妈妈承认的，连对自己，她都不肯承认。

既然否认了，而且这么起誓发咒地否认，那么以后就得小心一点了。他们不再去公园，更不能在马路上走走了，他们通信。在农村时，一个南，一个北，山高水远的，通信却很稀疏。主要是因为雯雯，雯雯在农村，不想写信呢！她没有兴致和精力写很多的信，很长的信。她的信总是很简短，而且字迹潦草。如今，他们都回到了上海，相距不到两站路，却开始极其频繁地通起信来，那都是很厚很长的信。雯雯对他的信，不像过去那么充满崇敬的心情，饥渴似的等待着了。她的注意力更多地移到了自己的信上，她对写信这桩事赋予了很大的热忱。她写信比过去进步多了，内容丰富，文字生动，不再感到吃力和困难。她感到要写的东西很多，她很愉快，很流畅，很想写，好比一个初学会自行车的人最最喜欢骑自行车了。

除了写信，他们还偶尔看一两场电影。电影院里，一片黑暗，头顶上却有几道彩色的光柱在旋转变幻，他轻轻地握住雯雯的手，雯雯的手微微出汗了，他的手也出汗了。就这么面对着"急令飞雪化春水，迎来春色换人间"的抒怀，紧紧地相握着手，出着微汗，坐上两个来小时。雯雯心里充满了一种带有点神秘色彩的幸福感，这神秘加强着幸福，雯雯觉着自己很幸福。

回到上海之后，雯雯一直觉得很幸福，她对上海挺满意。她依然要买菜、烧饭，依然是很空闲，可她不觉得无聊和烦闷。她像是打了一场恶战，这会儿下了阵地，精神松弛下来，觉出了疲倦。她感觉有点绵软，很爱睡觉。睡着时，像是醉了，又甜又醇。半睡半醒着，她觉得身轻如一片羽毛，随着和风飘荡。有时，她是完全醒着，半合着眼，脑子里不由自主地东想西想，十分慵懒，而又十分活跃。她任随意识自由自在地活动，懒洋洋的，很舒服。雯雯从来没有这种无牵无挂、无忧无虑的心境，她好像一直是有着什么心事，有着什么期待，冥冥之中总有着什么牵挂似的。

她心情很好，她过了一个兴致勃勃的春节。她积极主动地排队买年货，照着菜谱制作了很多新作品，不免有失败，可还是成功多。她有很多年的春节，没有这种好兴致了。小时候，她是喜欢并且重视过年的，她会为过年没有新衣服而哭。可后来不知怎么，她不喜欢过年了，越是热闹，她越觉着无聊。

除夕夜，她们放了一弄堂的炮仗，直到里弄小组长出来干涉，"当心火烛"，才余兴未休地住了手。可雯雯又提出守岁，一家人吃着糖果瓜子聊到凌晨三点钟。才六点钟，雯雯就起来搓圆子，蒸年糕，把一家人拉起来。大家一个个睡眼惺忪地吃着汤团年糕，姐姐说："过年真辛苦啊！"

大年初一，给舅舅舅妈拜年，阿卫哥哥远远看见她们来，"呼啦啦"地放出一群鸽子，表示欢迎。

大年初二，舅舅一家来拜年，雯雯大显身手，烧了一桌菜，一直吃到初四也没吃完。

大年初三，爸爸妈妈的同事们来拜年。周介龙来，一小时之后，便同姐姐两个人极其神秘地消失了。

大年初四，雯雯和姐姐一起到各人同学家拜年。晚上，雯雯偷偷溜出去和他看了一场《小螺号》，互赠了新年礼物，他给雯雯一本红皮的日记本，雯雯则给他一本蓝皮的。

初五，爸爸回干校，妈妈上班。

初六，姐姐去买三天以后的船票。

初七，年货吃完，雯雯又要去买菜。

……

一地的炮仗皮、瓜子壳，给山东爷爷一笤帚一笤帚地扫完了，露出白生生的水门汀。

雯雯坐在后门口剥冬笋，剥了一层又一层，剥了一层又一层……

张维真哭哭啼啼地来向她告别，说："我实在不想回去，可是不回去以后招工就不会推荐我。没有办法，我真恨死了。"然后又问，"雯雯，你什么时候回去啊？"

雯雯这才想到，她是不是也该回去了。

想到回去，她不由得打了个寒噤。她发现，大吴庄早已经远去了，好像从来没有存在过；好像，隐隐的，有过这么一个长梦，可是，后来醒了，便什么也没有了。

初春的太阳已经开始明媚起来，小鸟在梧桐树上唱着，树叶子遮住了它，看不见它，只听见它的声音，这是一只莫名其妙的歌。

生产队的产屋里，有很多麻雀。下雪天，百岁子带了几个小伙子去抓麻雀，说把网张在门上，再把门推开，麻雀就扑啦啦地往亮处飞，结果全投进了罗网。可是他们刚把网张好，门却自动开了，走出了看场的根侠子她爹。百岁子们惊呼着四下逃跑了，撒下了网，网缠在了老头身上。老头一边挣扎一边大骂："婊孙养的鬼孙子！"百岁子们乐得在雪地上打滚。

那是厚厚的雪地，好像白色的毛毯，又好像白色的草地。严书记的毛窝踩在上面，他到船码头送老婆孩子，老婆孩子去蚌埠要饭哩。雪地上还有兰侠踩出的脚印儿，雯雯踩着那脚印儿回家来的。

大吴庄越来越清晰地浮现起来，先是像浮雕一样凸起，再然后便像电影一样活了起来，动了起来：鸡叫了，狗吠了，小孩在哭，妇女在"掘"，牛拉着磙子转啊转啊，人跟着牛转，热辣辣的太阳把场地晒裂了，那裂口在转……

雯雯睡不好了，她天天夜里梦到大吴庄，大吴庄慢慢地朝她逼近了，她躲也躲不掉。

她不安心了，要走。妈妈说："你又不比姐姐，在农场有纪律。你想待多久就能待多久。"

"我待得安心吗？"雯雯没好气地说，"待得再久还是要去的。""能少吃点苦就少吃点苦嘛。"

"我怕苦吗？"雯雯很生气，她难道是怕苦吗？她不承认。

妈妈只好让她去。户口都去了，人多留一两天又有什么意思？一旦准备要走，才发现走的准备工作是多么烦人。有那么多人托带东西，却没给钱。是带好呢？还是不带好？雯雯晓得，这钱一垫下就不要指望他们还了。不是他们不想还，是他们没有钱还。农民怎么会没有一点钱呢？难道已经进入到共产主义社会，无须货币了。唉！他们怎么与这一整个商品世界交流啊！回去，总要带点东西吧，比如年糕片、挂面之类可以速成就餐的东西。雯雯想带两包白糖，拿着日用卡去买，营业员不卖，说户口上只有两个人，却要买那么多的白糖，不行！知识青年真好比嫁出去的闺女，泼出去的水。收拾行李，一减再减，也有满满的两大旅行包。刚下农村，国家负责行李托运，以后可就任其自便了，谁让你们要来来去去，自找麻烦？这一路上，车啊船的，怎么办啊？去买火车票，跑到江西中路售票处，只见人山人海，无数个窗口，每个窗口前都是一条长龙。雯雯茫然极了，不晓得哪个窗口才卖自己需要的票。她排了一个长长的队，却没有半夜到蚌埠的票。只有半夜到蚌埠才能赶上一天中唯一的一班船。雯雯又累又急又恼火，干脆不买了，转头回到家，一进门便哭了起来。哦，哦，她心里真是烦啊！

妈妈说："买不到也好，我才不想让你走呢！"

雯雯忽然发现不走也是可以的，便不哭了。心里松快了一点，似乎还有点高兴。太太平平地过了十天，却又不安起来，又要走。她说：

"我待在这里，有一种倚人篱下的感觉。"

妈妈简直要笑出声来了："你去查查成语字典，什么叫'倚人篱下'。"

"我知道，我知道。"雯雯很恼火，她知道自己用错了词儿，可是她不晓得该怎么来形容自己的心情。她确实觉得这里不是她久留的地方。她的生活，好像是在大吴庄，哦！噩梦般的大吴庄。

那么就走吧，一大堆琐事又迎面拥来。临到买票的时候，雯雯又怯阵了，又动摇了，于是又推。

就这么拖到了四月，他走了。他这次回沪也待了很长时间，足有三个月。他和雯雯在电影院门口分的手，他们看的是《智取威虎山》，也不知是第几遍了。他对雯雯说："做思想准备的时候往往要比亲身经历着的时候更痛苦，更可怕，更折磨人。"

雯雯抬起头，看了看他。这是他们交往以来，他所说出的对雯雯最有用的一句话。雯雯发现，他苍老了许多，脸色很暗，和当年坐在主席台上的他，决然是两个人了。可是眼下这个他，雯雯倒觉得更真实一些，也更亲近一些。雯雯眼眶有些湿润。

"调到江西来吧，雯雯，或者我去安徽。"

"这怎么可以随便调呢？"

"就说，我们是……"

"不不！"雯雯连连摇头，不不，我们不是……雯雯不承认，不承认。尽管她已经说过"我爱你"了，可是，她不承认。她好像永远不需要把爱情推到近处。

他走了。第三天，雯雯便毅然去买来了火车票。

雯雯终于走了，回大吴庄去了。火车开动的时候，她哭了。

二

　　果然，事实并不像想象的那么好，却也绝不像想象的那么糟。雯雯很快地重新习惯了大吴庄的生活，甚至也不像去年那么强烈而绝望地想家了。她在上海与大吴庄之间来回了一遭，晓得了这个距离是完全有可能跨越的，绝不是互相都那么可望而不可即的。她望着南湖，视线被拦断在那隐隐约约的树影之前。虽然望不过去了，可她知道在那边，再往远处去，确确实实有个上海，上海有她的家。也许因为地球是个圆的吧，所以不可能把一切都尽收眼底，看个一清二楚。它非要叫人不断往前走着，才能越来越多地看到景色。走一步，看一步景，谁也得不着便宜。

　　兰侠的哥哥社会子从部队复员回家了，全家老小高兴得什么似的。兰侠妈又哭又笑，毫不犹豫地杀了一只鸡。她想儿子都快想疯了。乡里人祖祖辈辈在一个小庄子生活，不少人到老都没上过蚌埠，他们把距离看得非常重大，经得起死别，却受不了生离。记得有一回，社会子寄来一张相片，是在公园里一个什么湖边照的。他坐在湖里一块孤零零的石头上，四周全是茫茫的湖水，他神情严肃地眺望着远处。这实在是一种抒情，然而兰侠妈认定他是想家了，脸上一丝笑都没有。照相是一定要笑的，更何况社会子是最会照相的，怎么会不笑呢？一家人哭了好几个晚上。社会子带回了几百元复员费，一分不留地交给了父亲；一大包糖块和一条烟卷，庄上每个人都尝到了。他给大伙儿讲述城市里的马路、高楼、人——中国人和外国人。他见过外国人，国庆节晚上游园会，有外宾参加，他们全体值勤。讲电影院、戏院，讲火车、轮船——那是真正的大轮船，在海上航行的，可不是淮河里的小汽轮。大家听得津津有味。尽管雯雯有时也讲,却唤不起他们这样的热忱。因为雯雯是城里人,而社会子是乡里人,是自己人。自己人的话总是可信一些,虽然雯雯听出社会子有很多误会,开始,她还指出纠正一两处,后来发现大吴庄的人宁愿相信社会子而不相信她,也就不发言了。

然而,他回家的欢欣还没过去,就惹大人生了气。他执意要退婚,而他爷他娘盼他回家,就是急等着抱孙子的。他不干,一定要退。那姊妹是东边三里堡的,是社会子上部队前定下的亲,还见过面呢。当时社会子明明点了头,就差没画押,可这会儿,他却说这是父母包办婚姻,没有感情,说了一串能把人大牙酸倒的话。他自己跑到三里堡去,要找那姊妹单独谈谈。人家姑娘死也不干,哪有这种规矩,和没成亲的女婿单独谈谈。没法子,他只好当着她父母兄嫂的面,把话说了。姑娘哭了,他拔腿就走。第二天,人家父母就上门来了,一定要社会子说出道理来,究竟为了什么要退婚,闹得不亦乐乎。社会子不理会,翻来覆去,咬定一句话:"我的事我自己做主。"

他不仅要给自己做主,还要给妹妹做主。去年,兰侠的婆婆家就想要娶亲了。大人写信给社会子征求意见,人在外,说的话就金贵一些。再说儿子穿着军装,吃着官粮,在大地方做事,就好比是干部了。社会子写信说了一番晚婚的道理,号召妹妹把青春献给社会主义新农村。那时候,他的话大人还真听了,或许本来就有一些犹豫吧。过了年,兰侠长了一岁,二十了,没有理由不过门了,社会子又反对。这一回,他爷他娘可不听他的了。他算个啥?脱了军装,扛着锄头,从土里刨吃的。人站在跟前,他小时吃奶的模样,吃屎的模样,都历历在目,再无敬意可言,因此他是再挡不住历史洪流了。

于是，兰侠要出嫁了。

嫁妆是小五件。最多的有大七件、大九件，最少的还有小三件，比上不足，比下有余。那五件是一个三屉桌、一个案板、一个板箱、两个方凳，全部漆成彤红彤红的颜色。不知是木质的关系还是油漆的关系，油漆未干时还红得亮堂，干了之后却大大地黯淡了，令人失望。

填箱十件衣服，棉袄算是两件，一里一面嘛，有一件毛线衣、一件灯草绒褂子、一条毛涤裤了，其余全是花布和粗线呢的。少虽不算少，可是去了婆家，头五年是甭想开口提做衣裳的。

出嫁的那天，一大早就阴着，九点多钟便"滴滴答答"下起雨来。此地是黏土地，下了不少一会儿，地就泥泞起来，没走几步路，鞋上就团了个大泥坨子。兰侠妈拖了两个大泥坨子，走进走出忙着，兰侠在屋里"哼哼唧唧"地哭，小姊妹们都陪着她掉眼泪。雯雯闷闷地坐在一边，总觉得一点没有喜庆的气氛，不像是办喜事。兰侠这几天动不动就哭，雯雯送给她两块手帕两块香皂，她哭了；小孩子调皮，追着她喊新娘子，她也哭。此地有个规矩，娘家这边人不兴叫出嫁的姊妹新娘子，叫了新娘子，要生气的。

中午了，男家的大车才到。社会子背妹妹上车了，兰侠哭出了声，并且开始述说起什么。可她哭得太伤心，使那述说不时被打断并且模糊不清了。社会子咬着牙，眼睛里却也落下泪来。

兰侠上了车，车走了。木头轱辘在烂泥里咕滋咕滋扭着，慢慢地出了庄。那哀哀的哭声，一直缭绕在耳边。

兰侠出嫁了，从此，她不是小姊妹了，是媳妇儿了，很快，还要做妈妈。

绍华去安徽医学院已有一年,是二年级大学生了。

他从井冈山来信,说他入党了。

雯雯什么都没有,什么都不是。可她也和绍华、兰侠她们一样,长了一岁,她十七岁了。

她来到这广阔的天地里,抱着的那一片无边无际的希望,究竟是什么?她不由得要认真考虑了。

收了麦子,种下黄豆,刚锄完第一遍豆子,便下起大雨,直下了七天七夜,南湖成了一片汪洋大海。雯雯忽然懂得了此地人为什么把"田"叫作"湖"。或许在许多年前,这里确实是一个真正的湖,后来干涸了。

严书记、队长们蹲在高台子上,望着那白汪汪的湖。

"婊孙养的!"严书记说。

"婊孙养的!"队长说。

"这水,没有七天,退不下去。"

"那是,要七天。"

"能赶上一茬荞麦吧?"

"差不离。"

"我 × 他奶奶的。"严书记又骂。

"我 × 他妹子的。"队长也骂。

队里赶着种荞麦,大队宣传队忙着排一台学习大寨、生产自救的节目,公社又要会演。雯雯和社会子(兰侠走了,他参加了宣传队)、吴绍立一起写了一个戏。社会子编的故事,雯雯写的词儿,吴绍立配的调儿:一半儿是泗州戏,一半儿是梆子,还有一半儿是黄梅戏。故事是这样的:

一个大队闹了灾荒,一个社员背着渔网要出去捕鱼搞副业。走到村口,被大队老支书拦住了,给他讲了一番生产自救的道理，忆苦思甜了一番。接着又查明，他所以要出走全是听了一个四类分子的挑拨。事情弄清楚了，思想通了。忽然有人送来消息，党给受灾地区拨了救济粮。皆大欢喜，只有那四类分子被押下了历史舞台。

戏是独幕的，反正也没什么幕，先是那出走的人上场，再是老支书叫喊着上场，然后众人陆续上场，疏密有致地围着他俩站成半圆形，便再也不动了，谁有台词上前半步，说完再退回原地。

在公社会演得到了好评，从公社捧着一面锦旗回来时，已看见一湖雪白的荞麦花了。荞麦花好看，荞麦面却不好吃。第一次和荞麦面，雯雯简直要哭了。一双手插在面里，就再也拔不出来，像生了根似的。雯雯一用劲，把黄盆给甩下了锅台，黄盆碎了，面却还好好儿的一大团，包牢着一双手。面太黏了，可黏也黏不了几顿，还得靠芋干子、回销粮。

又到冬天了，又是挖沟。这条沟正好横断了去年挖的那条沟，这才发现，那条沟始终是干涸的，从没流过一滴水。沟底长了些枯黄的茅草，这一处，那一处的，又踩出了几条横穿沟底的光光的小路。

雯雯抬着土筐，心里想着：这条沟会不会也是这么个下场？数九的天气，大伙儿却都脱了棉袄，穿着单裤子。这里的人没有春秋两季的衣服，脱了棉袄便是单衫，好比这里的天气，没有春天和秋天，说冷就冷，说热就热。

下午收工了，社会子走到雯雯身边，递给她一本书，一本《牛虻》，是向雯雯借的。

"看完了？"雯雯问。

"看完了。"他说，一低头走了。

雯雯吃过饭，刷过锅，躺在床上，随手拿过《牛虻》翻翻，才发现里面夹了一封信。

"亲爱的雯雯同志：

你好！你响应毛主席知识青年到农村去的伟大号召，来到大吴庄插队落户，你积极学习毛主席著作，努力改造世界观，与贫下中农相结合。你是贫下中农欢迎的知识青年，我要向你学习。我很钦佩你、爱戴你，我衷心地希望能和你成为战友、同志、朋友、兄妹，永远地在一起战斗，为建设社会主义新农村奋斗终生……"最后是"致以革命的敬礼！孙立平"。

雯雯掩住嘴笑了起来，她知道这个孙立平就是社会子。社会子是小名，孙立平是大号。她觉得挺有意思的，又从头到尾看了一遍，不由得笑出了声。

"这丫头子，是疯了！"平侠子妈推开门，进来了。

"没有。"雯雯把信收了起来，却还忍不住地笑。她一边笑一边向平侠子妈解释："在看书呢，写得真有趣。"

"还是识字的好哇，看看书也能解闷。我都快闷死了。"自从上次雯雯给她捎来了香皂，又没向她要钱，她和雯雯就亲热起来，常常喜欢到雯雯这里来坐坐，看看这，摸摸那。

"那你为什么不学呢？"雯雯有一句没一句地和她搭着，这女人有点二五，不是个正经人，庄上人都瞧不起她。

"没福气啊！投错娘胎了。我怎么没能投到上海去做人呢？就是投街上去也比在这里活受罪强啊！"

"下一世吧！"雯雯开玩笑。她想起了阿宝阿姨说的话，要做几世猪狗，才能投人生呢。她忽然庆幸自己投胎胜利，投到了上海。

"我就是喜欢读书人，"平侠子妈翻着那本《牛虻》，"读书人知书识礼，会疼人，不像乡里人，打你吧，往死里打；疼你吧，也叫你受不住。嘻嘻，不和你说这话，你是小姊妹。"

雯雯莫名其妙，只盼着她快走。

"我娘家有个远房表哥，在城里读师范。他脸白得发亮，皮子比你还细嫩哩；说起话来细声细气，从不说粗话；走路，吃饭，坐哪儿，站哪儿，消消停停的，比个大闺女还秀气，还稳重；可懂道理了，从来不跟人红脸，我可是喜欢他了。我做闺女的时候不难看……"

"你现在也不难看。"雯雯安慰她。

"嗨，老娘儿们了，丑死了！"她笑了，"那时候，不是我吹的，像棵水葱儿似的。不瞒你说，咱们还真有点情投意合呢！"

"后来呢？"雯雯听出了神。

"有什么后来，我打小就和平侠子爷订的亲。什么没落着，只落着个不规矩的名声。"她遗憾地拍了一下腿。

"唉！"雯雯不由得为她叹息了。

"他说话，就像在念书，叫人心里暖暖的，酥酥的。哪像平侠子爷，只会……哎，不和你说，小姊妹的。"她好像有点伤感，低下头，闷闷地翻着书，翻到一张插图，牛虻跪在琼玛脚前，她就嫌恶地说："咦唏！"却又仔细端详了一会儿，再翻了几页插图，便丢下站起身走了。

她走后，雯雯也烧水洗脚上了床。闭眼之前，想了一下：社会子的信，当然是不回了，也不必退给他，不回信就算是表态了。想好之后，便睡着了。

从此以后，社会子再也不能看见雯雯了，一看见她就脸红，就低头，就手脚没地方搁，一条大大的汉子变成了闯了祸的孩子。雯雯心里暗暗好笑，却也被他弄得不自然起来。可她认为完全没必要反目成仇，完全可以自然一些，就有意识和他接近，找话说。开始，他简直要逃跑，后来就慢慢镇定下来了，有一天，他忽然问道：

"你为什么不回信？"

雯雯一愣，她没料到这桩事至今还是个问题，她以为早已解决了呢？

"你瞧不起我们农村人！我知道，"社会子眼睛火辣辣地瞪着雯雯，"别看你平时对人挺客气，你心里是瞧不起农民的。你也不打算在农村待下去的，你劳动好，就是为了早点走，离开这里。"

"不……"雯雯想解释。

"我说得没错。你们知识青年都是这样的，把农村当跳板，来蹈一趟，然后招工上大学！我原先以为你和他们不一样，其实一模一样！"社会子说完头也不回地走了。

雯雯站在那里愣了半天，又好气又好笑，心里说："你，怎么会理解我呢？"然而，她不得不承认，他的话里有几分真情。农村是有点像跳板，在这里，是可以争取招工或者上大学的。不知道从什么时候开始，雯雯发现自己到农村来，是为了有朝一日上大学的。她认为自己以前不这么想，是因为没有认清自己。一个人，常常会自己认不清自己的。雯雯以为这会儿，她是认清自己了，她是想上大学的。

她从小就喜欢读书，她读书一点儿不觉得是负担，很轻松就拿了满分，妈妈曾经是希望她考上海中学的。在中学里，每逢号召"复课闹革命"，她总是兴冲冲地整理好书包，等待着开课，可是始终没有开课。她是喜欢上学的呀！她回顾着自己短短的历史，找出许多例子来证明自己从小就是爱读书，从小的愿望就是上大学。

她的理想，有了，是上大学，而且变得很具体，是上医科大学。是吴绍华上了医科大学给她的启发呢，还是因为她从小就喜欢素色的衣服？医生那一身白长衫，是很好看的。

是巧合，还是命里该她上大学，这当儿，大学真的开始招生了。

三

由于很长一段时间没有招工，并且没有任何招工的消息，于是大学便成了眼下唯一的离开农村的途径。许多本来对大学没有兴趣的人，也都纷纷踊跃起来。大学招生处很热闹。

大队把雯雯、小高、小楚，三个知青统统推荐了上去。可是公社退了下来，只让推荐一名。因为公社只有三个名额，这三个名额推荐去县里，就又只剩一个半了。真是百里挑一，千里挑一啊。大学面向工农兵，那门却好像更窄了。

这三个人究竟推荐谁呢？干部们左右为难。论年龄，小楚最大，66届高中生，二十四了。这个年纪，在乡里，孩子也抱上两个了，可她呢，无着无落，该照顾。只是她不大在队里干活，老在街上打短工，这总不能算表现好。要论表现，还是雯雯最好。人家从上海跑到这里来插队落户，就不容易了，劳动态度和对贫下中农的感情，都可算一等的了，只是下放时间还不到两年，不过差也就只差那么一点了。小高呢，大伙儿最最烦他了，不干活不说，还经常偷鸡摸狗，个子又大，据说在蚌埠街上拜过个拳师傅，学过拳，谁也不敢惹他。然而，这就更加迫切地需要把他推荐走，走吧，赶紧走吧！到底推荐谁呢？讨论来讨论去,还是想全部推荐上去。好在,大吴庄有个吴主任,去开个后门,推荐上去,定哪个,让公社做主吧!星期六晚上,吴主任回家了,正喝着酒,吃着菜,严书记跑去了,蹲在门槛边抽着烟袋,把那意思说明了。吴主任自然是一口答应,这点面子总是肯给的。于是,大吴庄便推荐了三个知青,究竟谁能留名,就看公社的了,或者说,就看他们自己的了。

雯雯一旦动了上大学的念头,她便比任何人更急切、更紧张、更不安心。她是第一次被推荐,第一次投进这种争取中。她对前景的设想中,全是成功以后的情景:上哪个大学,报到的第一天,上课的第一天……这想象已经具体到她走的时候应该带走些什么,又应该留下些什么,她没有一点失败的设想。她,一定要成功,失败是不可能的,是不可以的,决不行的。然而,成功是那么遥远,如何取得成功,她是无从下手,一片茫然。于是,她变得十分焦虑。她不可能去干活,没有一点心情。而她又不知该上哪儿去争取,所以,她不干也是白不干,成日价坐在屋子里发呆、发急。

小高和小楚比雯雯要沉着得多,他们毕竟经历过几次招工了。他们有了经验,知道这种争取的过程中,哪一步是关键,哪一步则无足轻重;哪个人是关键,哪个人又无关紧要;什么时候要紧,什么时候要松,他们已经做到心中有数了。这些日子,他们倒常常露面了,不时地出上一天半天的工。

这天傍晚,雯雯到井沿上去打水,看到小高从台子下走过,她丢下水桶奔了下去:

"小高!"

"嗯?"小高站住了,"哦,雯雯,打水哪?"

"小高,你听到什么消息了吗?"她问。

"什么消息?"小高反问。

"招生的消息呀!"

"没听到什么消息。哦,听说你们上海的大学也要来招生的。""是吗?"雯雯的心都跳起来了。到此为止,她的憧憬还只停留在安徽医学院,而从未超出过这界限。要能在上海上大学,那——雯雯不敢想了。

"反正你总有希望的。"

"为什么?"雯雯认真地问。

"你是'积代表'呀!听说这次招生优先考虑'积代表'。"

"真的?"雯雯的心又跳了。可是她眼前闪过了那一大会场的代表,一个公社有二三十个呢,而大学名额只三个。那希望又迷茫了起来,"小高,什么时候,我们一起进城打听打听好吗?"

"可以。"

"明天好吗?"

"可以。"小高说着走了。雯雯慢慢走上台子,心里踏实了一点。

第二天,雯雯早早地吃过早饭,刷好锅,就走到村口大槐树下等小高。那年冬天她回上海,就是在这里和小高碰头,一起上街赶船的。左等不来,右等不来,社员们上过早工回来,吃了早饭又出上午工去了。村里静悄悄的,只有几个老太婆,抱着孩子蹲在墙根晒太阳。雯雯急了,掉转身向小高住的地方跑去。

小高住在一间半茅草顶泥坯墙的小屋里。那小屋好像趴倒在地上,又好像慢慢地陷到地底下去了,屋檐正齐雯雯头顶。那么大个儿的小高住在里面,叫人很难想象。门锁着,还是一个很小的、人家用来锁旅行包的红颜色的弹簧锁锁着门,小高不在。雯雯心里暗暗叫了声"糟糕",以为小高已到村口去了。她赶紧又跑到村口，大槐树立在那里，树根下的影子团团的，墙根下一个老太太哄着孩子唱："小燕子，白肚子，咱俩下湖拾豆子……"声音"嘎嘎"的，像一把钝了的锯子在锯木头。

雯雯转身向自己住处跑去，她怕小高上那儿找她去了。一边急急地跑着，一边心里后悔着，昨天傍晚没有与他约定碰头的地方。仍然没有小高，她还不灰心，又回到小高的屋子。

一把红颜色的小小的弹簧锁。

雯雯望着锁，心里忽然明白了，在这桩事情上，小高是不会和她同心协力的。不会的，一个公社才只三个名额，绝不可能一下子给大吴庄两个。这笔账，她很明白，只是，她总也忘不了，小高站在车门口，大喊道："雯雯，上啊！"雪花落在他的大红球衣上。

雯雯慢慢走回去，要奶孩子的妇女已经收工回来了，有个妇女对她喊："队长那里有你一封信，是吴绍华给你的。"

呵，绍华！雯雯心里一亮，她想起了绍华。绍华走以前，对她说过，让她去找她爸爸。

恰巧，今天是星期六，他下午一准回来。吃过晚饭，雯雯去吴主任家了，她不愿意在他喝酒的时候去。

吴主任已经在吃饭了，在他旁边坐着小高，他也在吃饭。

雯雯万万没想到，居然在这里碰到了小高。小高显然也喝了酒，脸红红的。

"吃过了吗？"吴主任问。

"吃过了。"雯雯慌乱地回答，在门槛边小板凳上坐下了。这样，她要同坐在高凳上的吴主任说话，就必须稍稍抬起头来。小高也坐在高凳上，他在吴主任桌子上吃饭，还喝酒。

"你是自己做着吃，还是在人家家里带饭？"吴主任问。

"自己做。"雯雯回答,她竭力不使自己去看小高,小高也不看她,闷头吃饭。

"自己吃,可以吃好一点儿,买点罐头啦,熟菜啦!"吴主任说。

"我也吃得很随便。"

"你们上海的馆子不错,南京路上有个川菜馆子,叫什么名字来着?"

"我不大清楚。"雯雯很抱歉。

"专门做川菜,还有广东馆子,专门做广东菜。广东菜吧,什么都是生吃,半生不熟的就上桌了。"

"那怎么吃?"小高很谦虚。

"嗯,好吃,有一股特别的味儿……"

雯雯低着头听吴主任大谈天南地北的菜肴,她不再打算开口提那上大学的事。她知道,小高在这里,她是不适宜提这事的。她总算明白了,这桩事情,他们得背对着背干。

雯雯自个儿跑公社,公社的干部回答她:回大队好好干活吧,领导上会全面考虑的。

雯雯自个儿跑县上,县上干部回答她,上大学的条件首先是具有安心插队落户的思想觉悟,又谈了一点安心务农与大学之间那种微妙的辩证关系。

雯雯又决定去县里的大学招生处,直接去找那大学来招生的老师。她打听到某某大学有个老师住在县招待所里,她去了。一路上,心里盘算着怎么自我介绍,怎么表示自己想上学的心愿。

她敲了半天门,没人理会,侧耳静听,里面好像很热闹,她干脆推开了门。一推开门,她愣住了,屋子里满满的,床上、床架上都坐满了人。欢声笑语、烟味、人气味儿,叫人一时感到窒息。没人问她是谁,只抬眼看了看她,好像这屋里忽然破门而入一个知识青年,是极其正常的事。

她只能站在门口,里面没有坐的地方了,她也没有勇气挤进去。这么多的人,雯雯不知道该不该说明自己的来意。这么多的人在这里,难道都是为了说明自己的心愿?可是又不像,他们天南海北地乱扯,所扯的事与大学相距十万八千里,风马牛不相及。雯雯想走,可这么快走又有点不甘心,她暂时只是背着手靠在门口。

"听说林彪爬飞机,鞋都掉了。"一个女孩子对着一个坐在窗下床沿上的中年人问。那中年人披着棉大衣,戴一副眼镜,稍稍有点败顶,因此前额显得很大,斜斜地推上去。大概他就是那个大学来招生的人了。

"嘿嘿。"他挺欣赏地望着那女孩子笑。

"我早就觉得林彪这个人不正经。"一个獐头鼠目的男生说。
"嘿嘿。"那老师只笑。

"你聪明。"女孩子撇撇嘴。这女孩子长得挺好看,娇小玲珑。

"不过,林彪是不像大人物。"坐在另一个角落里的一个女生说,她好像年长一些,脸色有些憔悴。"人家说,大人物的相,应该是天庭饱满,地角方圆,喏,像蒋老师就是大人物的相。"

大家都笑了,纷纷说:"真是的呢!""哎,真的?""就是。"

"嘿嘿嘿嘿!"蒋老师笑着,看看这个,看看那个,这时,他看到了雯雯。他说话了:"那个女同学怎么站着,来来,到这儿来坐。"他热情地招呼着,大家全都转脸望着雯雯,那眼神是各式各样的。大家默默地让开一条路,让雯雯走过去,在那老师身边坐下。

"你是哪个公社的?没见过嘛?"他问。他说话是那种"吱吱事事"的省城口音,不大好听。

"城郊公社。"雯雯回答。

"哦,城郊公社。个子这么高,打过篮球吗?"他拍拍雯雯的肩膀。

"没打过。"雯雯很快回答,她从来不承认自己在少体校的那段历史,她认为是羞辱的一段。

"跳过舞吗?"

"没,没有。"雯雯惶惑地回答,直摇头。

"你的体形很像舞蹈演员。"

"不,不是的。"雯雯一个劲儿地摇头。她感觉到蒋老师的手停留在自己背上,背上出汗了。

"哎,她身材很好的。"那个年长的女同学说。

"细细长长的。"大家都附和着说起来。雯雯只是低着头,窘得要命!可是,内心里隐隐的终究有点得意,她还从没想到自己的身材是个优点呢,她从小就嫌自己太高了。

"咱们县剧团跳的《白毛女》,您看过吗?蒋老师。"

"没,没有。"蒋老师的手慢慢地从雯雯背上滑下来,没滑到底又回到了原地。雯雯动也不敢动,她感到很不舒服,她不习惯这种亲昵的动作。

"咱们县剧团的《白毛女》可有意思了,喜儿胖得像只柏油桶。"

"嘿嘿!"蒋老师笑着,手在雯雯背上抚摸着。那路线是从上至下。

"这也难怪,他们过去都是唱泗州戏的。"

"嘿嘿。"蒋老师抚摸的起点越来越高,现在是从雯雯的头上往下抚摸了。

"泗州戏真难听啊,唱来唱去是一个调儿……"

"你唱唱看。"

雯雯坐不住了,她站起身,说了声:"我走了。"便慌慌张张地向外走去。

走出屋子,关上门,那热腾腾的世界隔开了,远去了。飘飘忽忽的,好像有人在唱,还有笑声。新鲜的、凉爽的冷空气,使雯雯不由自主地打了个寒噤。

天很黑,人很少,街灯很稀疏。雯雯机械地迈着腿,往回走着。塑料鞋底踏在石子路上,发出清脆细碎的"嗒嗒"声。迎面来了一个人,走到一米开外,看清了,是小高。

他们互相看着,停了一会儿。也许并没有停,但雯雯觉着确实是站住脚停了一会儿。她看着小高,小高也看着她,那眼光好像在说:

"这事儿,咱们谁也帮不了谁了。"

他们擦肩走过了。街灯,昏昏地照着石子路。

过后,雯雯才知道,这一天的第二天,便是最后定夺的日子。她和小高,谁也没拿到招生表,小楚也没拿到,他们统统被刷下了。而在此同时,上面下来正式文件,一切招工都冻结,何日解冻,不得而知。

这失败,是雯雯料所未及的,她大哭了一场,又大病了一场,然后便告了假,回上海了。

四

姐姐从农场抽调回上海了,分在轻工业局,工作是挖防空洞。暂时的，还是永远的，谁也不知道。从人类发展来看，世界终究要走向大同，备战是暂时的。可是，世界上只要有帝国主义，就会有战争，所以，备战又是长期的工作。说来说去，目前，霏霏总是一天八小时挖防空洞。

雯雯回到家，除了买菜烧饭看书睡觉以外，便是望着窗外发呆。她像是蔫了似的，成天无精打采，闷声不响。

爸爸妈妈很高兴，两个女儿都在身边了。无论是得胜了回来，还是战败了回来，只要回来，在身边，看得见摸得着，便放心，便踏实。只是雯雯的精神状态有点叫他们担心，他们一起劝雯雯："别去了，在家里吧，我们还能养不起你？"

雯雯不响。

妈妈说："你们下农村的第一天起，我就在存钱，存到我和爸爸死，这钱也够你生活的了。"

雯雯突然哭了，没有声音，只是流泪。这和过去哭是不同的，雯雯从来哭起来都要出声。小时候是哇哇的，再大一点便是呜呜咽咽，抽抽搭搭，一边哭，一边还要诉说着什么，好像天大的委屈都叫她受去了。

他回来了，回来度暑。他约雯雯出去，她不再推辞，也不怕被妈妈识破。和他在一起，雯雯能稍稍愉快一点。她感到很奇怪，如今不知怎么，心里有了委屈，有了不痛快，不愿去告诉妈妈了。还老是有意无意地回避妈妈，好像妈妈是再也安慰不了自己了，雯雯确实是长大了。

其实妈妈对雯雯的行踪一清二楚，但她是很开通的。女儿有个男朋友，并不是什么不正当的事情。像霏霏和周介龙，她是挺给予方便的，有电影票、有戏票，只要成双，总优先照顾他们。只是觉得雯雯毕竟小了点，可是目前她的精神状态，是不适于管制得太严的。并且,每次雯雯与他约会回来之后,脸色都开朗了一些。妈妈已经会从她的脸色上推断出他们的行动了,所以也就睁一只眼,闭一只眼,随她去了,不过却让霏霏去打听那人的情况。霏霏发动了周介龙,怎么七绕八绕的,了解到了以下情况:此人名叫任一,圆明中学 66 届高中生,现在江西井冈山地区插队落户。至于他们是如何认识的,经回忆和推理,认为此人就是多年前曾给雯雯写过一封信的那人。当时,雯雯把信退还给了他。

任一在江西也争取上大学了,没争过人家。回到上海后,他便开始温习功课:数学、物理、外文。他劝雯雯也和他一起温习,雯雯说:"我怎么温习?我根本不会,我没学过。"

"我教你。"任一说。

"从头学起?"

"从有理数学起。"

雯雯还真的学了几天,反正她也无聊,有点事情做做,她没什么不愿意。可学着学着,她便想:"这究竟是为了什么?这究竟有什么用?"于是就不想学了。如今她变得非常吝啬,吝啬自己的能源。无论干什么,她都要问问清楚:"这有什么用?"有用的她才做,没有用的,她则不做。雯雯老是从一个极端走向另一个极端,以前是抽象得过了头,如今是具体得过了头。恐怕人生必须是这么走着"之"字形前进的吧,要是这么说,那么人生也许不是一条路,而是一座山了。

她把课本又还给了他。

"学完了?真快!"他说。

"不想学了。"

"怎么?"

"没意思。"

"有意思的。你不是要上大学吗？现在虽然上大学不会考这个，可是进了大学还得学这个。"

"要是我学了，却上不了大学呢？"

"你既然决定了上大学，就一定要上，懂吗？"

雯雯笑了："你太天真了。"她经历了一场上大学的竞争，便以为自己饱经了一世的沧桑，把谁都不放在眼里了。

"雯雯，"他耐心地引导她，"你学了这些，即使——退一万步说——即使上不了大学，你又会损失什么呢？"

"损失了时间呀？"雯雯奇怪他连这个都不懂，惊讶地睁大了眼睛望着他。

他看着雯雯，微笑了一下："你现在的时间是用来做什么的呢？"

"不做什么。不做什么，我也不愿浪费。"

"只要在做什么，就不会浪费。"

"你又说空话，"雯雯皱起了眉毛，"你自己就浪费很多时间。"

"怎么？"

"你们造反啊，打派仗啊，闹革命啊，又上井冈山啊，真无聊……"

"你懂什么？"他厉声喝断了雯雯。

雯雯怔住了，她还没见过他发火。老实说，雯雯从来没见过他任何的喜怒哀乐，他在雯雯眼里，始终只是一个幻影，一个象征，一个抽象意义。雯雯愣愣地看着他，他脸红了，太阳穴上有一根筋在跳。过了一会儿，他慢慢平静下来，柔和地说：

"你呀你，什么都不懂！听话。"

"不听。"雯雯一扭头走了。回到家,买菜烧饭之后,依然是看书、睡觉,看着窗外发呆,或是一场一场地看《龙江颂》《海港》《红色娘子军》。她不说看电影,而说"孵冷气"。坐在开着空调的电影院里,身上的汗干了,滑溜溜的,昏昏欲睡,直打瞌睡,确是全心全意地享受冷气。

任一约她出去,她也去。可是,她对他越来越有些反感起来,她不喜欢他的高谈阔论,不喜欢他那种红卫兵腔调,不喜欢他那种以天下兴亡为己任的自负。总之,她看这不顺眼,那也不顺眼。连她自己都苦恼起来,这是怎么搞的,是不是该分手了。这一阵,他们接触多了,雯雯发现任一不是原来认为的那个他了。任一远不是她心目中的那个他,好像是另一个人了。其实,任一就是他,他就是任一,任一就是任一,他就是他。只不过雯雯从来没有机会好好地看看他,认认他,她尽是用自己的想象塑造他。如今他这么活生生地到了眼前,她自然要失望的。何况,雯雯大了,她不会像十五岁的时候那样,全心全意地去崇拜一个人了。她有了见解,也许这见解是歪理,是偏见,然而毕竟是见解。

而他,却对雯雯越来越爱了。他是那种比较善于约束自己想象的人,所以他正与雯雯相反,这段时间的接近,使他觉得雯雯比他的想象生动得多。他总是那么温存地看着雯雯,雯雯越是歪理十足,越是颓唐,他便越觉得自己有责任保护她。他千方百计地诱惑雯雯学习:

"你学外语吧,咱们可以用外语对话,多有意思。"

雯雯则淡淡地说:"不都会说中国话吗?"

叫人哭笑不得,他又和她说阿基米德算皇冠的故事。她听得倒认真,听过后则说:

"洗一个澡,发明一个定律,倒蛮合算的。"

她这种心不在焉的蠢话,却更加吸引他了。他情不自禁地抱住了雯雯,雯雯吃了一惊,推他的胳膊,推不动,推他的胸,也推不动。他凝视着雯雯,雯雯垂下了眼睛,不动了。他把雯雯的脑袋按在自己胸口上,喃喃地说:"傻瓜,你这个傻瓜!"

雯雯心跳着,这是一种极其奇异的心跳。

这是一个懒洋洋的却又热腾腾的夏天,蝉唱着一支长长的歌,人做着一个长长的梦。

"你爱我吗?"他老是这么问。

雯雯不响,她不是摆架子,而是真有点糊涂。他在她眼里是平凡了许多,这使她失望,她以为自己不爱他了。可是她却比过去更愿意和他在一起,她又好像是爱的。她不响,只是往他胸口上靠靠,耳朵贴在他的胸上,"怦怦"的心跳声撞击着她的耳膜,那是极有力极沉稳的心跳,雯雯觉得挺幸福。

"我爱你。"他说。

"为什么?"雯雯探询道,她一直不大明白他为什么要爱她。

"没有什么理由,爱情好像不需要什么理由。"

雯雯微笑了一下。这话最对她胃口了,她从来把爱情看得朦朦胧胧,不可言传,只可心领神会。

"我常常想我们的将来,你调到江西来,或者是我调到安徽去。我们要有一间小房子,白天上班,晚上回到家,一起烧烧饭,听听音乐,看看书,吵吵嘴……"

他的憧憬使雯雯觉得扫兴。

"我们还要有个孩子,这是我们爱情的结晶……"

雯雯简直吓了一跳。

"眼睛最好像你,你的眼睛好看。"

雯雯回到家，仔仔细细地照了照镜子，端详了一会儿自己的眼睛，她没想到自己的眼睛会是好看的。这一天，她挺高兴。

有时，晚上，他也约她出去，到外滩散步。

夏天的夜晚，外滩是拥挤而又宁静的。人很多，成双成对。一条长凳上坐了两对，甚至三对。江边上，一对和一对之间相距不过二十厘米，然而却悄无声息。每两个人是一个世界，世界和世界拥挤着，交叉着，互相没有沟通也没有感觉。

雯雯和任一走在江岸，她好奇地东张西望，那一对对的，旁若无人地偎依在一起。雯雯有些感慨起来：小小的外滩，居然会容纳这么多的爱情，那么一个上海呢？一个中国呢？一个世界呢？唉！爱情怎么会是这么泛滥着。她一向以为，真正的爱情很少很少，没有几个人配享有爱情。雯雯认定这些都不是爱情，人家都不是爱情，是庸俗，是小市民。她一边走，一边不屑地撇撇嘴。他们来来回回走了一个多小时，好容易碰上一个空位子：一条长凳上的一对站起来走了，他们赶紧坐了下来。在他们身边不到七十厘米的地方，有一对恋人，头靠头坐着，好像睡着了。

任一伸手搂住雯雯的肩膀，他们也默默地坐着。一对对恋人从他们前面慢慢走过去，又走过来。雯雯忽然想到，在这些人眼里，自己是不是也很"庸俗"，也很"小市民"？哦，她大吃了一惊，她想着自己的爱情究竟同这众多的爱情有什么区别，好像没有。她怀疑起这爱情来了，也许这根本不是爱情。爱情应该是更加丰富，更加崇高，更加神秘，更加美好，是的，那是非常非常美丽的。雯雯对爱情的希望是那么无边无际。

大学没上成，招工又冻结，没有工作，没有户口，无着无落。在这么绝望的境地，却还有着那么多而无边的希望，真是莫名其妙。没法子，雯雯十八岁了，十八岁本来就是一个莫名其妙的年龄。

立秋了,十八天的秋老虎里,下了五六场雨,硬是把秋老虎给冲走了。天高气爽的秋天来了,梧桐树上的蝉精疲力竭地叫着:"伏凉,伏凉。"国庆节到了。雯雯已经有两年没有过国庆节了,农村里从来不过纪念日,只过传统节:中秋、端午,即使农活再忙,也得放半天一天的假。而上海是重视纪念节日的,尤其是国庆节。

雯雯从小就喜欢国庆节,这一天有两大节目,一是早上看游行——前一天晚上就激动不已了,一大早,便抱着板凳去弄堂口等着。而游行队伍迟迟不来,等着等着便没了耐心。在她的记忆中,还没有一次是等到游行队伍的。可是下一个国庆节,她仍然激动不已,兴致勃勃地去等,站在小板凳上踮脚昂首张望着。于是,国庆节的第一项节目便是这种激动却毫无结果的等待。第二项节目是晚上看焰火。他们一家人都跑到爸爸的朋友王伯伯家看焰火。王伯伯家住在七层楼,站在阳台上看焰火是再好不过了。下面是灯火辉煌的城市,上面是五彩缤纷的天空。看焰火是国庆节的高潮节目,每次总是尽兴而归。

又要过国庆节了,可是这个国庆节没有游行,也没有焰火。姐姐加班挖防空洞,爸爸在干校不放假,只有妈妈和雯雯在家。妈妈让雯雯多买点菜,雯雯懒懒的没兴致,不想去。妈妈自己去了,可没跑到菜场又回来了,说:"算了。"林彪事件之后,从国家到个人好像都感到了疲惫,打不起精神来了。

国庆节,冷冷清清地过去了。

任一要走了。

"要走了?"

"要走了。"

"队里要你回去？"

"没有。不过，该回去了，待长了影响不好。"

"你这么在乎影响？"

"我还指望他们推荐我上大学呢！"

"你有把握吗？"

"不知道。有一分希望就要付出一百分努力。"

雯雯不响。

"你也争取吧！"

雯雯不响。

"再争取一次，好吗？"

雯雯眼圈红了。

"一次上大学的失败又算什么？我们这代人，要经历的多了。我们生在这么一个时代。"

"在我们身上，有很多历史的误会，这注定我们要失败，可也注定我们非努力不可，我们生活得很吃力。"

"你也赶上了，挤到我们这里来了，要和我们一起吃苦，"他怜惜地抚摸着雯雯的头发，"我真疼你。"

雯雯哭了。

"调到我这儿来吧，我一定尽力让你少吃苦。什么时候你想通了就告诉我，好吗？"雯雯点点头。他动情地抱住雯雯，"傻瓜，你晚生两年多好，你为什么急急忙忙地赶着来！"

他走了。雯雯望着他的背影消失在人群里，心里一阵空落落，她难过了。和他分手，这是第一次感到难过，她发现自己还是爱他的。

雯雯回到家里，一进门，霏霏就告诉她，扫弄堂的山东爷爷死了，殡仪馆的车刚刚把他拉走。

雯雯怔怔地站在门口,一时还没明白过来,是发生了什么事。霏霏在洗头,一边绞着长长的头发,一边说:"一定是肺癌,他老咳嗽,死以前咳了一个多月的血。"

雯雯这才想起,有好多日子没看见他出来扫弄堂了。弄堂都是由一个老阿姨扫的,没他扫得干净。

"真可怜啊!"霏霏绞着头发,水珠子一直甩到雯雯脸上。

雯雯恍恍惚惚想起,很早很早的时候,弄堂口有个天蓝色的小木板房子,门口架着一口平锅,火舌欢快地舔着锅底,锅上是黄澄澄的,冒着小米粒儿大小的油珠儿的包子,一小瓢水洒上去,"嗞嗞啦啦"地响。那包子嚼在嘴里很有劲儿,她先是吃包子的肉馅,后是嚼包子皮,然后把那硬硬的底子也嚼着咽下去了。山东爷爷用筷子蘸了醋塞进她嘴里,她又皱鼻子又咧嘴,山东爷爷说:"妞妞,不吃酸有啥滋味。"雯雯还向醋伸手。也许,人活在世上,就是为了把那甜酸苦辣都尝上一尝。

她恍恍惚惚地记起,那天蓝色的木板房变成了一堆废木板和烂钉子。

山东爷爷挥着扫帚扫弄堂,弄堂里一地金黄的落叶。

"妞妞,生谁的气啊?"

"妞妞,一道杠是个啥军衔哪?"

"妞妞……"

以后再不会有人叫她妞妞了,不会了,妞妞没有了。

五

严书记让社会子给雯雯来了一封信,信写得很简短,很冷淡。他告诉雯雯,她住的那房子,绍华二爹已经收回。她的箱子、铺盖、床什么的，都搬到社会子家来了。队里活儿也不忙，目前也没有任何招工消息，她完全可以在上海多住住。雯雯看了信，第一个感觉是，大吴庄似乎已经没有她的位置了。他们从来就认为雯雯只不过是大吴庄的过客，她是上海人。

早上，姐姐妈妈急急忙忙地起床、梳洗、吃早饭，最后一口饭还没咽下去，已经冲出门外，赶汽车上班去了。马路上，自行车像一股湍急而喧闹的河流，雯雯提着菜篮走在人行道上，好似走在河流的岸边。上海的生活，颇像流水，日夜不停地向前奔流，始终是那么急忙忙、气喘喘的。在这里，似乎也没有她的位置。

她的位置究竟在哪里？不知道。雯雯没有位置，她只不过吃一口饭而已。妈妈常常这么安慰她："家里总有你的一口饭。"雯雯听了便在心里冷笑：好像她只需要一口饭似的。这个世界把雯雯遗忘了，有没有雯雯都一样。其实，假如她鼓起勇气回到大吴庄去，她也许就可以提醒起这世界的注意。别的不说，就说小高和小楚吧，就不能无视她的存在了。因为在那里有没有雯雯是太不一样了，有雯雯，三个人平分一份希望，没有雯雯，则是两个人平分一份了。一个大世界是分成无数个小世界的，一个人有一个世界。雯雯的世界是在大吴庄，然而她绝没有勇气回去，没有。她想都不愿想起它，她要把它忘记，那就怪不得它也要把她忘记了。她就只能寄居在旁人的世界里。

日子一天一天过去了，秋天走了，冬天来了，冬天走了，春天来了。

这是1973年的春天了。下来一个文件，专门针对知识青年问题。文件规定：凡是独生子女，身体确实有病，或多子女插队，身边只有一个孩子的，均可以照顾回沪分配工作。当时由于以上原因尚留在上海的知青,也将逐步解决就业问题。妈妈懊恼死了,一个劲儿地责备雯雯当时不该走。如果不走,这次也能争取争取。可是她走了,如今姐姐又回来了,她便不再在文件所指的范围内了。妈妈一天到晚嘀咕,雯雯本来就够烦恼的了,因此,她一听妈妈啰唆,便躲开。有时上公园走一圈,有时上电影院看场电影,有时,上舅舅家去。

阿卫表哥正在谈恋爱,女朋友是一个百货商店羊毛衫柜台的营业员,长得很漂亮,态度很傲慢。看雯雯,是在眼角里看的,毫不掩饰自己在上海工作的优越感和对插队落户的雯雯的轻蔑。那轻蔑是用怜悯来表示的,她总是说:"雯雯也不小了吧,怎么办呢?挺伤脑筋的。"

阿卫哥哥很迷她,每个晚上都和她在一起,幸而两人的休假日不在一天,雯雯才有机会和阿卫哥哥在一起待一会儿。傍晚,阿卫哥哥带她爬上屋顶,招呼鸽子回家。

鸽哨响起了,远处,灰色的屋顶上停了半个太阳,一些黑色的点儿聚集起,又分开,分开,又聚集。黑点儿从太阳前飞过,变成金点儿,红点儿,五颜六色的点儿。渐渐近了、大了、飞来了,又飞去了。在太阳跟前炫耀地一掠,太阳便给了它们一阵灿烂的爱抚。

雯雯坐在屋顶上,抱着腿,下巴搁在膝盖上,出神地望着天边的鸽子和太阳,哨音很悠扬。

太阳和鸽子嬉戏够了,渐渐地消失在屋顶后面,只留下一片瑰丽的晚霞。鸽子回来了,"扑啦啦"地停在了雯雯的身边。雯雯凝视着它们,心想:"它们,真是活泼泼的!"

雯雯觉着自己是要死了,她非常懒散,非常喜欢睡觉,并不睡着,只是半睡半醒着。明明是梦,她会以为是真实的,而明明是真实的,她又以为是梦。她就这么半梦半醒着过了一天又一天。她常常以为自己是要死了,想到死,眼泪便从眼角里流了出来。妈妈对她这种萎靡不振看不下去了,终于开口了:

"雯雯,你看才几点钟?这么早就睡觉了?你不能找点什么事干干吗?"

"你要我干什么事呢?"雯雯讥诮地微笑着反问。

"你自己找一点嘛,你不能老是这么无聊!"

"难道我愿意无聊吗?难道我愿意吗?"雯雯克制着,声音在发抖,她眼睛已经红了。

"人不怕境遇差,只怕意志消沉,你这么萎靡下去,我真为你担心!"

"你用不着担心,我活不了多久了,不会吃你们多久了。"雯雯的眼泪直流下来,她忽然变得非常狭隘。

霏霏吃惊地叫了起来:"你想到哪里去了?真怪啊!这思维真是特别。"

"一点儿也不怪,我知道你们嫌我,我走好了。"雯雯爆发地嚷着。

"谁嫌你啦,真怪……"霏霏还在奇怪。

"你别多嘴!"妈妈喝住了霏霏,"家里嫌过你吗?当初,家里不让你走,你自己硬要走,不是吗?"

"我自己负责任,不要你们为我负责任,不要!"雯雯大叫大喊着,痛哭着,直哭到半夜。第二天,她两个眼睛红肿着,谁也不理睬,谁也不敢和她说话。她默默地买菜、烧饭、洗衣服、收拾厨房、打扫浴室,谁也不晓得她在想什么。整整三天,雯雯没有和任何人说一句话,沉默得叫人担心。第四天晚上,她开口了,告诉妈妈和姐姐,她要走了,车票已经买好,明天晚上七点开车,东西也都收拾好了。

妈妈和姐姐愕然了,半天,半天,霏霏才叫道:"你怎么动这么大气啊!"

雯雯却出奇平静:"我没有动气。"

妈妈望着雯雯:"雯雯,你真以为家里多你吗?你要这么想,才叫没有良心呢!妈妈是怎么对孩子的,等你自己做了母亲才会知道。"

"我那是气话,完全是胡说八道。"

"那你为什么要回去呢?"

"我想,那儿总归还要招工的,我不想错过机会。"

"你不说真话!"妈妈哭了,她是又绝望又伤心。这几年,她在女儿身上是用尽了物力和精力,不到五十岁的人,头发已经花白了。

雯雯的眼泪涌了上来,她轻轻地吐了一口气:"我说的是真话。再在上海待下去,我怕我会疯了。"

妈妈不哭了,雯雯说的也许真是实话。

雯雯不要任何人送,妈妈和姐姐硬把她送到火车站,可她捏紧车票硬是不让她们去买站台票,她们只好留步了。雯雯这次是轻装,只带了一个旅行包,里面没有挂面、香肠、白糖等等副食品,却有两瓶酒和两条烟。她想,招工了,也许用得着。她好像是准备去打仗,心情很沉重,可也很踏实,她心里有一个目标,一个不大的,小小的目标:她要争得一个饭碗。文件证明她又闹了一个误会,那么她只有把这个误会纠正过来,才能平静。她决定去纠正。这几天来,她心里想的全是这个。

正是麦收季节,南湖里一片金黄,极远极远,天和地之间,一道隐隐约约的树影,那是淮河,再也望不过去了。

离开大吴庄一年，大吴庄依然如故，一无变化，在这里，时间好像是停滞的。只发生了一桩事，就是吴主任在一打三反运动中犯错误了，犯的是贪污案。由于他认错态度好，并且全部退赔赃款，因此没降职，没开除党籍，只给了个党内处分，把他调到三十里外的小圩公社。为了退赔赃款，他把自行车、手表、收音机都卖了，两进六间的砖瓦房也卖了，卖给本大队做大队部。卖了多少钱不知道，只知道卖了房子之后，他们家又在更偏西的高台子上盖了一座六间两进的砖瓦房，自行车、手表、收音机又都买了回来。大队有了大队部，大队部里放了一张账桌，大队会计坐在账桌前算账。除此以外，大吴庄便是又发生了几出极平常的生死轮回的男婚女嫁。社会子也结婚了，他娶的仍然是他退了的那门亲，是他主动上门负荆请罪的。女方一直没找到合适的，被人退过婚的姑娘好像历史上有了污点，见他回头，自然欣然答应，脸上还挣回了几分光彩。只是社会子家又破费了两身衣服，四包果子，他妈气得直骂。现在好了，社会子媳妇已经凸起了大肚子，七月里就要生。

雯雯搬到九队，和小楚住在一起。这是极小极小的两间泥坯屋，里面勉强放下两张床，床和床之间只有一尺半宽的距离。外屋半间是锅台，半间是烧草。为了避免产生矛盾，雯雯不开伙，在兰侠家带饭。她仍然在五队做活。

小楚在九队做活。几次招工和招生败下阵来后，她就经常在队里而不常回家了。她和雯雯一整个白天见不着面，只有晚上睡觉在一个屋。半个月下来，她们之间除了说"回来了？""走了？"之外，还没说过别的。雯雯本来不容易同人接近，小楚则更是沉默寡言。下雨天，一世界的烂泥，雯雯不想出去。两个人膝盖碰膝盖地坐着，小楚低着头织毛线。她总有织不完的毛线，那也不

是什么毛线,只是一种不知从哪儿拆下来的、染成黯淡的红,或蓝,或绿的线。雯雯想找话和她说:

"小楚,你是66届高中生吗?"

"是的。"

"66届你们这里全部下放吗?"

"是的。"

"我们上海66届有百分之四十留城呢。"

"是吗?"

实在索然。雯雯只好穿上套鞋,一步一滑地踏着烂泥出去了。

有一次回家,小楚带回来了四只小鸡。于是,除了织毛线以外,她又常常坐在小板凳上看小鸡。小鸡在她脚边啄着地,"叽叽"地叫着,跳到她脚背上站了一会儿,屙下一泡屎。她端着碗看着它们,不时从碗里拨一点米粒儿、碎面条儿给它们啄。油灯照着她的脸,这是一张没有表情的脸。皮肤很紧地绷着,并没有皱纹,可却显得苍老,没有青春,好像从没有过青春。叫人想象不出这张脸十八岁的时候该是怎样的,她好像没有过十八岁。

有一次,她生病了,发高烧。雯雯很慌,想送她回家,她不要;给她去请医生,她不要;给她下面条儿吃,她也不要,只是蒙着头睡觉。雯雯很可怜她,坐在她床沿上,隔着被子围住她,一心想给她一点安慰。她一动不动,被子下面的身体是硬邦邦的,雯雯不由得有点害怕。她站起身,轻轻走出去了。中午收工吃完饭,她又跑回来看看,小楚已经起床了,正对着一面小圆镜子梳头。头路很直地从中间挑开,分成很平均的两半。每一半又被很平均地分成三份,一丝不苟地编织成整齐的辫子。那辫子每一股花都一样大小,严整得叫人怀疑不是头发编成的了。

全国都在"批林批孔",大队隔三隔四地召开批判会。严书记宣布开会。

公社下来一个干部带来一些批判材料,找个人念念。

严书记推荐雯雯:"雯雯念,会说标准话。"

雯雯推托:"我不念,念不好。"她有过经验,没念几句,便是遍地鼾声了。停下也不好,念下去也无味,真正骑虎难下。

小楚突然说话了:"我来念。"她从那公社干部手里接过材料,一字一句地念了起来。声音平而直,很响亮,却不悦耳。她坚持着念完了,连那干部自己都有点瞌睡了。她把材料递给他时,他一哆嗦,醒了,然后连连点头:"好,好。"也不知是说什么好,小楚朝他笑了笑。雯雯第一次见她笑,笑得很苦,很难看。

晚上,睡在床上,雯雯望着墙上的日历发呆。每天,什么事情都可能忘记,却决不会忘记去撕掉一张日历。雯雯看着日历,会有一种奇怪的感觉,好像每一张日历上都写着自己这一天的命运,只是自己看不出罢了。那日历最底下的几张,写着什么呢?当这日历撕完的时候,她是在哪儿呢?是走,还是留?最近关于招工解冻的消息很多,雯雯是又想听到这消息,又怕听到这消息。明天再进城跑跑吧!雯雯叹了一口气,翻过身想吹灯睡觉,忽然发现小楚正看着她,好像已经看了很久,见她转过身,便翻身朝里去了。

"真是个怪人。"雯雯在心里说,吹灭了灯。屋子里很黑,伸手不见五指。

雯雯在县"五七"办公室碰到了老梁,老梁是省里的下放干部,本来在沫河口,现在抽到县里搞知青工作。小高也在那里,雯雯朝他点点头,他也点点头。他们之间的关系只能用点头来表示,一切尽在不言中了。老梁操着一口"知知事事"的省城口音对雯雯说:"你怎么也对招工积极起来了?"

"我为什么不能积极?"雯雯笑着反问。

"因为,你……"老梁也说不清楚,"你向来是挺有追求的。"

"我是退步了。"雯雯谦虚。

"当不成是进步呢!"小高在一边油腔滑调地插嘴了,"什么是进,什么是退,根本说不准,地球是圆的。"

"怎么……"老梁还没反应过来,愣了一会儿才恍然大悟,哈哈大笑起来,"诡辩,真是诡辩!"

是啊,地球是个圆的。地球怎么会是圆的?雯雯小时候经常奇怪,地球是个圆的,而且一刻不停地在转。这么一来,哪是天,哪是地,哪是左,哪是右,似乎都没个定规了。这怎么可能呢?然而,地球是圆的,千真万确。

下午五点钟,雯雯从城里走出,长长的,弯弯曲曲的大路,前面没有人,后面也没有人。视力所及的范围内,只有雯雯自己在赶路。是阴天,又是傍晚,天色灰蒙蒙的。灰蒙蒙的天地之间,只有雯雯自个儿走。雯雯急急地走着路,路不断地延伸着,没有尽头。回头看看,很远很远的路上,有一架板车。哦,雯雯振作了一点,脚步轻快了。这漫长的路上,还有一架板车。雯雯走上坝子,回头看看,那板车在弯曲的路上,小小的,像一只甲虫似的爬着。雯雯走过大沟,回头看看,那板车不见了,正纳闷,却见它从坝子上伸了出来,艰难地翻过了坝子。雯雯不断地回头看看它,有了它做伴,路途就不那么孤寂和无望了。走到大方庄前头岔路上,它往那边去了。雯雯一边走在自己的路上,一边不断地回头目送它,直至它消失在越来越浓的暮色里。

走进大方庄,狗吠了起来,雯雯不跑也不回头,她不怕狗了。只要自己不惹它们,它们不会怎么着的。走出庄子,狗陆续安静下来。雯雯照例走上一个小小的土坡,取一条直路,可以少走两步路,土坡上已经踩出一条小道了。不料跟前忽地站起了一个人,像是从地里长出来的。雯雯吓了一跳,定神一看,是一个十二三岁的男孩子。他对雯雯说:"大姐,你别走这儿,我爷昨晚托梦给我妈,说老有人踩他脚,把他脚都踩疼了。"雯雯低头看看脚下,这才发现,小土坡是几个坟组成的,她正站在其中一个坟头上呢。她一下子毛骨悚然,头发根都竖起来了。

"我在这里守了两天了。大姐,你往后别踩我爷脚了。"

雯雯魂飞魄散地退下土坡。天,彻底黑了,路上没有人。她情不自禁地跑了起来,可没跑上半里地就喘得再也跑不动了,她简直要尖叫起来了。她气喘喘地走着,分明是自己的脚步声,她以为身后有人追来;分明是自己的喘息,她以为有人突然地靠近了她,真是草木皆兵。然而,前边还有长长的一半路,她绝望透了。找个庄子投宿吧,周围没有庄子,只有刚刚种下豆子的地,默默地躺在那里,一大片,一大片,同黑黝黝的天连了起来。路边的白杨树,直直地立着,风在树梢上穿行,"沙啦沙啦"响。哦,雯雯,哦,雯雯!黑暗从四面八方向她逼来,她是躲也躲不掉的。

这时,忽听身后一阵"克嘟嘟"的自行车响,这好像是社会子的自行车,他用复员费买了一辆旧车子,除了铃儿不响,哪儿都响。雯雯放稳了脚步。自行车"克嘟嘟"地越来越近,还响起了轻松的口哨声,吹的是一支老歌,小时候很流行的一支歌,歌词是:"让我们荡起双桨,小船儿推开波浪……"这不会是社会子吹的口哨。自行车驶近了,从雯雯身边过去了,是小高。他一摇一摆地踏着车子,往前去了。夜色里,只能隐隐约约地看见一点红颜色的背影,他老是穿着大红球衣。

雯雯松了一口气,她身上衣服都湿透了,冰凉冰凉地贴在背上。那隐约的一点红,仍然在前边,似乎永远不会被夜色融入了。欢乐的口哨声在晚上寂静的田野里传得很远:

"小船儿轻轻,飘荡在水中,迎面吹来凉爽的风……"

风,果然是凉爽的。雯雯愉快地呼吸着清甜的晚风。这世界上,是断断不可没有人做伴的,哪怕是一个敌手,也会使世界增添些活气和暖意。

庄子越来越近了,平地耸起的那一大团黑影,便是了。

假如没有这些倒霉的招工,该有多好。大家永远亲亲热热的,像歌里唱的那样,坐在一条小船儿上,一齐荡起双桨。可是,似乎谁也不甘心永远坐小舢舨,世界上明明有大船、有火车、有飞机,还有宇宙飞船……谁都不愿意没有招工,谁都盼着招工。

六

到了年底,冻结稍稍融化,出现了一些裂缝。开始极小范围、极少人数的招工了。蚌埠重工业局有二三十个名额,要求是蚌埠本地人,可不必解决食宿。淮北矿务局有三四十个名额,要求都是男的。县委招八名干部,要求是党员……县乡办尽力做了一些讨价还价。比如:蚌埠要三十个人,非搭上十个非蚌埠知青,否则一个也不给。淮北矿务局要四十个男性,非搭上十五个女性,否则一个也不给。这样,才为各地男女知青,每人争来一小份希望。于是,每个人便都须为这一小份希望付出一大份努力了。

大队照例把三名知青全部推荐了上去。城郊公社知青少，平均下来，大吴庄可得一又三分之一个名额。

雯雯和小楚，各自奔波活动，早出晚归，仍然只能寥寥见上几面。可是也不知怎么，她们之间的话却好像比以前多了。只要同在屋里，彼此都要搜肠刮肚地找点话来互相问候问候：

"你吃过了吗？"

"吃过了。你吃过了吗？"

"也吃过了。兰侠家吃得还好？"

"还可以，芋干子里总还掺上了一点小麦面。"

"掺点小麦面好多了，不过，芋干子总是难吃。"

"是啊，很难吃。"

好像不说话沉默着是很不好的。其实以前她们常常一整个晚上没有话说，可如今不行了。为了这种伤透脑筋的交谈，雯雯简直害怕进这屋了。有时她就在平侠子家里住一宿，可一早回去刷牙洗脸，见了小楚，似乎非要解释不可似的，她不由自主地要讲个明白："昨天在平侠子家玩儿呢，天晚了，三星都偏西了，她们就留我……"

"就是，昨晚上天很黑呢！"

"昨晚上月亮倒是有的。"

"是啊，月亮挺好的。"

雯雯比上回能干了。她把填表的截止日期、上报日期、体检日期摸得清清楚楚，三天两头跑公社、跑县城，和招工办公室的干部没话找话地聊上几句。她跑来跑去，总是背个书包，书包里放着两瓶酒和两条烟。可是，她不知道给谁更合适，不知道在什么场合送更合适，也不知道该怎么送，送的时候应当说一些什么话。因此，酒和烟始终在她的书包里，沉甸甸的，脚步一快，

"哐啷哐啷"地响，她便立即大惊失色地按住了它们。每次背着它们回来，雯雯总要为自己找理由："这个老张很严肃，不能送给他，送给他反而会坏事。""送给老李没意思，他不是关键人物。""这么多人，是决不能拿出来的。"她安慰着自己，方才觉得不太懊恼和沮丧了。

就在公社要往下发招工表的前两天，雯雯又到公社去，公社广播员上官常请雯雯捎东西，和雯雯挺好。她把雯雯一把拉到广播室，悄悄地问："你有个对象？"

"对象？"雯雯一下子悟不过来。

"也在哪个地方插队落户的，是吗？"

"是个同学，朋友。"

"噢，反正一回事。他给你来了封信，让你们队的小楚给交上来了。"

雯雯的脸唰地一下红了，她首先想到的是任一的信息是写得很柔情。

"招工办公室的人都看了，信里说了一些不大好的话呢！"

"也没写什么。"雯雯嘴硬地说，心里却发虚。她想起任一的信里常常对现实发表一些不满的看法。

"你说没什么，他们可说有什么。而且像你这么早考虑个人问题，影响总不好。"

"嗯。"

"这个姓楚的，真孬！你也告她，她有什么把柄在你手里吧？"雯雯摇摇头。小楚是一个装在壳子里的人，她不会留出任何把柄的。

这一天，雯雯没敢和招工办公室的人照面，便往回转了。

第二天，她鼓起勇气又跑到公社去，招工办公室的干部们看到她，那种冷漠而神秘的表情，便使雯雯彻底绝了希望。她走在回去的路上，紧紧咬住嘴唇，可眼泪还是沿着鼻梁流了下来。走到一个岔路口，她不由得站住了。记得她第一次上公社落户口，扑了个空回来，在这里遇到了吴绍华。后来她知道吴绍华是从县里领药回来，这条路是通县城的。是不是再去一次县里？雯雯知道，每一次招工，招工单位总会留一两个名额，以备不时之需。她还听说县商业局招工中有一个内定的附带条件，尽可能招会打篮球的。因为县上篮球赛，商业局得了最末一名，想要争回一口气呢！雯雯有过打篮球的历史，有过的，尽管她打得很糟，她根本不了解中锋、左右锋、左右卫，各自应尽的责任，连篮球记分法她都糊涂着，可是她打过篮球。她有一米六十八的身高，也许应该去争取一下。去争取一下，就算得不到什么，也不会失去什么。可是雯雯感到累极了，她现在最强烈的愿望就是，马上，马上，招工冻结。让招工见他妈的鬼去！不要有什么招工，让人们平静下来吧！可是，去一次，说不定——不是什么事儿都会有万一吗？成败有时候会决定于一念之差。假如今天不进城，也许以后回想起这次招工，会觉得全是因为这一天没有进城的缘故，她会懊恼的。假如进城了，即使一无所得，但也就心安理得，问心无愧了。

雯雯转过身，踏上了进城的道路，她决定再做最后一次努力。而这一次努力，已经不仅仅是为了招工本身了。

雯雯直接找到商业局，她很幸运，负责招工的是一个胖胖的女干部。雯雯开门见山就说："我会打篮球！我从小受过训练，很正规的训练，在上海一个区少体校，上海一个区比这里一个县还大呢！我们少体校在市里比赛是第一名，我能打篮球！"她越说越快，气急败坏，语无伦次，这是背水一战了。

女干部看着雯雯，一言不发，好像愣了。

"我十六岁就响应毛主席号召插队落户了，不到三个月就评上了'积代表'，有案可查的。我插队三年多了，劳动表现可以去打听。而且我会打篮球……"雯雯简直是声泪俱下了。

女干部看着雯雯，眼光变得很柔和。"你是哪个公社的？"她说话的声音也很柔和，是个善良的人。

"城郊的。"雯雯呜咽着回答，她恨自己在这种时候哭，又丢人又会坏事，可眼泪止不住地流着。

"是上海的？"

"是的。"

"真会打篮球？"

"会，你看，我的个头。"雯雯挺起腰站站直，她真希望自己是一米七十八。她小时候为什么要为身高羞愧呢？

"多大了？"

"十九了。"

"家里有什么人？"

"爸爸，妈妈，姐姐。"

"老小？"

"嗯，我最小。"

"出这么远门，妈妈心疼死了。"

雯雯的眼泪又流出来了。

"在下面也干活？"她打量着雯雯纤弱的身子，像是不相信，又像是怜惜。

"什么都能干，拉犁，拉耩，赶场，锄地，还放过几下大刀呢！""哟，还会放大刀，行啊！"她笑了，笑得很慈祥。她不像个干部，像个好脾气的老阿姨，"在这儿吃饭吧，食堂有大米饭。"

"不了,我回去了。"雯雯站起身,不好意思地擦干眼泪。遇见这么一个好心肠的人,这么亲切随便地聊了几句,使雯雯心里平静了一些,松快了一些。她已经好多天感受不到这种轻松和平的气氛了,她好像在紧张激烈的战斗中得到了一次小憩。走出商业局时,她长长地吐了一口气:好了,就这么了。无论成或是不成,她总归是努力到最后一分钟了,她可以安心了。

是雯雯这步棋走成了,还是小楚那步棋没走成?第二天,雯雯便领到了招工表。她填好表送到大队部让他们写鉴定,回来的时候,门锁着,小楚回家了。开开门,走进屋子,雯雯发现自己的热水瓶砸烂了,一地的碎玻璃片。空竹壳子底下压了一张一元钱的钞票,还有小楚的一张条儿:"不小心打碎了你的暖壶,对不起。"雯雯对着空竹壳子愣愣地站了半天。

雯雯终于要走了,要离开大吴庄了。严书记、队长、兰侠家、平侠子家、左邻右舍,都请她去吃饭。吃着吃着,他们就抱歉地说:"雯雯,你在咱们大吴庄,受屈了,也没个安身处。"或者说:"雯雯,上回让你捎东西,还没给你钱呢!"雯雯赶紧说:"快别提了,那是我送你的。"兰侠特地从金岗嘴赶来送她。兰侠一胎生了两个儿,一对双。小名起得很奇怪,一个叫文化,一个叫革命,是为了纪念"文化大革命",还是立志学文化闹革命,弄不清。她一进门,就对着雯雯抹起眼泪来了。雯雯说:

"你别难过,我走不多远。就在街上,你什么时候上街,就上我那儿吃晌午饭。"

兰侠擦着泪说:"我也不知怎么的,总觉得你是远走高飞了,再也见不着了。"

"哪能,我每个星期天都可以来,才一二十里路呢。"

"还来？"

"还来。"雯雯肯定地说。可是，当她走的时候，站在高台子上望着南湖，那极远极远的地方，天和地之间，一道绿色的地平线，她觉得这是最后一眼了。是的，最后一眼，她好像不会再来了。

雯雯慢慢地走下台子，走出大吴庄，跟着严书记派给她拉行李的百岁子。他总是在距雯雯一百米远的地方，保持着一段距离。

三年半以前，雯雯第一次来到大吴庄，也是这位百岁子给拉的行李。三年半了，雯雯的十六岁到十九岁，是从大吴庄走过的。

大吴庄在身后，越来越远了。

"大吴庄，愿你天天吃得饱。"雯雯没有回头，在心里祝愿。

上分洪闸，远远地看见百岁子弯下了腰，吃力地往上登。雯雯加快脚步，想上去推他一把，不料书包里一阵"哐啷啷"地响。雯雯站住了脚，按住书包，快步下了河岸，站在河边。她惊慌失措地四面张望了一下，手忙脚乱地打开书包，掏出酒和香烟，扔进了河里，看都不看一眼，转身就跑。她一身轻松，三步两步便赶上百岁子，推着车，上了分洪闸。啊，太阳明晃晃地照着河水，碧蓝碧蓝的天上，一缕白云慢悠悠地飘。雯雯抬起头，眯起眼睛望着高天、白云、红日，她觉着自己从梦里醒来了，一个长长的梦。好了，一切都过去了，一切都要重新开始。是的，重新开始。她要把那个梦忘记，让新的生活，好好儿地开始，好好儿地延续。

雯雯分配在百货大楼的日用品柜台，一天八小时站柜台，很清闲。这个百货大楼名曰大楼，实质只有两层楼，然而却是这县城里最高的楼,确实是"百货大楼"。雯雯的宿舍在二楼,朝南,两个人一间。一人一张床,两人共用一个洗脸架、一张桌子,一人一个抽屉,房间很整洁。她的同屋也是个上海知青,年龄比她大,对她很照顾,名叫郑亚男。有食堂,吃饭不用操心,星期天要想开小灶,一街的鸡鸭鱼虾。此地人不懂得吃蟹,螃蟹只卖两角钱一斤。然而当他们知道上海居然吃蟹,便涨价到五角钱一斤,那也是极便宜的呀。一个月十八元工资,一年以后,加到二十一元,两年以后二十四元,三年满师转正。最主要的是,雯雯从此吃上商品粮了,每月有定量,三十一斤半粮,半斤油。有了这份商品粮,今后一辈子的生活似乎都有了基本保证。雯雯从小吃着它长大毫不觉得什么,而当它失去之后再重新获得的时候,便深深体会到了它的可贵。

她被编进了局里的篮球队,每星期一三五下午便脱产训练。雯雯不再惧怕打球了,虽然她仍然要比别人弱一些,可是她究竟不以争夺为难事了。从带球疾跑的人手里夺过球,或者带球疾跑防止别人夺去球,雯雯以为是很正常的事。她的拼搏精神虽不如人,可大家也承认雯雯的动作都很正规,很是那么回事儿。"究竟是上海少体校出来的啊!"人们说。

雯雯没料到多年前偶尔发生的一次误会,会对她的命运起到这么关键的作用,她感到很庆幸。生活对人犯下的一些误会,尽管会蹉跎一些时间,浪费一些感情,但有时候也会变,想不到地解除一些危机。也许,任何一种误会里都包含着一种必然的因素。不管怎么说,误会既然已经发生了,就让它为命运做出些什么吧!总不能让它白白地误会一场。

家里仍然每个月给雯雯寄钱,让她尽可能过得好一些。雯雯把这钱全存着,一半儿买衣服,她喜欢穿合身的衣服,喜欢经常换洗衣服。另一半，她悄悄地决定寄给他，做他的生活费。她有工作了，她可以负担他了。雯雯愿意有一点负担，有一点付出，这使她感到很幸福，也很骄傲。

他上大学又落空。本来很有指望，这次招生规定要考核，那些题目，据他说，容易得连雯雯都能做。那位来招生的老师特地把他叫到一边，进行了一番口试，老师对他非常满意。不料，半路杀出一个张铁生，对考试制度置疑。于是一切都不算，重新来过。他身为中共党员，居然辞掉生产副队长的职务，回上海三个月，闷头读书。回到生产队，晚上不读毛主席著作却读数理化。一切都恰恰和张铁生相反，他被撸了下来。可他仍然准备再争取上大学。

雯雯离开农村了，那农村的生活她是想也不愿再想起。看到他还在农村挣扎，很同情他，可是又从心底里觉得对他同情不合适。屈指一算，他在农村已待了整整五年了。五年啊，一个孩子五岁，已经满地乱走，满口胡言乱语；五年，可以完成五年一贯制的小学教育；五年，可以大学毕业；听爸爸说，战争时期，打五年仗可以当师长了。

他呀，究竟是怎么样一个人！雯雯忽然觉得自己从来不曾认识过他，她要重新认识。现在，她好了，有饭碗了，有安身之处了，她可以有心思想想别人了。

雯雯好像重投了一次人生，一整个世界都变得新鲜而陌生，需要她从头地，重新地去认识。

第七章

商业局篮球队,所向无敌,全县第一。

姑娘小伙子,又健康又活泼。每每胜利班师,一路上必要大唱特唱。

唱什么?流行什么唱什么。

一

这一年,三星陨落,恸天哀地,大放悲声。广播里哀乐不断,于是他们便唱哀乐。哀乐让他们唱得很雄壮,很快活。他们就这么快快活活地唱着哀乐走回来。

这是一个吃商品粮的村庄,居民的住房是自家盖的砖房或土坯房,屋前屋后种着一小块菜园,喂着鸡、鸭、羊,甚至还喂着猪。因此,街上便常常能看见一头膘肥体壮的猪在安闲地散步。空气很清新,田野的清香夹着粪臭,夹着酒厂铺了一街的酸酸的酒糟味儿。人们在河边洗衣,用棒槌捶打着。这里没有自来水,只有少数的几眼机井,那压上来的水却含有太多的一种什么矿物质,会使油腻污垢凝结固定,再也洗不下来。这水也不能喝,喝了会生结石病。要喝淮河水,想省钱的自己去河边挑,有钱的便去买水，一油桶的水是五角钱，给送进家门，倒进水缸。因此，这里就有了一种专以拉水为职业的人，叫作水客。居民们的饭食习惯也与农民相近。收豆子的时候，腌一缸臭豆子，收菜的时候，腌一缸咸菜，终年靠此下饭。然而，那咸菜臭豆子毕竟是充足的，这比农民就要强了。并且，街上人认为没有就饭的菜是怎么也不行的，这种观念，农民也没有。

县城仅有两条相交叉的街道，那十字路口便是商业区。雯雯所在的百货大楼在这里，饭馆儿在这里，肉铺在这里，理发店在这里，邮局、银行在这里，照相馆也在这里——橱窗里放着各种彩色照片。照片上的人涂着鲜红的唇膏，没涂准，从嘴唇边上漫了出来。他们脸色苍白，眼睛像黑豆似的，彼此都很相像，身后是各色背景：长江大桥、高楼大厦，还有天安门。这十字路，南边通码头，北边通汽车站，东边通向县委以及一切直属机关，西边通向粮站、中学、农机厂，再往西，就是分洪闸，大吴庄就在那边。

居民们彼此都认识并熟悉，走一路打一路招呼。几次招工以来，这里来了一大批新的居民，绝大多数是上海知识青年：在饭馆里端盘子、炸果子，在电影院里卖票领座儿，百货大楼里站柜台，剧团里演样板戏，上海人顶去了小半个天。开始，大家好奇地望着这些新居民，喃喃地议论着，后来，便与他们熟悉起来，完全接受他们参加了这个大家庭。

上海知青们之间，也受了这种家庭式社会结构的影响，彼此都认识，彼此都熟悉。一个人的困难是大家的困难，一个人的欢乐也是大家的欢乐，一个人的事，大家都来关心，不让关心也不行。在这里，没有秘密，假如要想给自己单独保留一点东西，那么这个人便会使大家觉得古怪，觉得特别。比如，雯雯就有一点。大家都传说她有一个在远处的朋友，她的信很多，都是厚厚的信。可是同屋的郑亚男问她时，她却矢口否认，死不承认。而当篮球队的大栾、手管局的小魏、邮电局的小袁给她写信时，她又一概不考虑。说她小吧，也二十了，该考虑这事了吧！大家都很关心她，可她却拒绝关心，滴水不漏，只惹得大家莫名其妙，议论纷纷。

县城里的上海知青都在成双成对地谈恋爱，谈着谈着不合适了，吹了再重新谈。由于所结交的范围有限，就一个小小的县城，因此这种谈恋爱的表现形式很有些像一种队列游戏：列队，解散，重新组合，重新打散，再重新组合。总之，人们只能在这小小的范围里尽自己最大努力寻找最合适的配偶。

小城的生活，一如乡村一样寂寞，唯一的娱乐便是电影。城里有一个电影院，没有天花板，吊着一些蜘蛛网的横梁上是三角形的深而黝黯的屋顶，颇像生产队的仓库。屋顶下是挤挤的骚动的人头，贴着人头飘浮着一层腾腾的烟雾，混沌的空气，嘈杂的人声，浓郁的人味儿。座位是长长的连椅，很不平均地标着座位号码。连椅是活动的，可以随意地拖来拖去。小孩子从人群里跑来跑去，大人呵斥着，拍打他们，于是在他们的棉袄上就腾起一蓬灰尘。电影开映了，观众却还在骚乱，安静不下来。没找到座位的，失落了同伴的，电影的开映，更加强了他们的紧迫感，于是一片大呼小叫。等大家坐定，场灯关闭，正式看电影时，电影已放完了一卷。要换片了，场灯重新亮起。最不幸的莫过于停电断片了，一停就是一两个小时，睡完一觉再接着等电看电影。

在这枯燥的生活中，谈恋爱不仅成了人生确实的需要，也成了一桩娱乐。在这"队列游戏"之外的人，就更加寂寞了。雯雯是一个不参加的，郑亚南也是一个。她不参加的理由人所共知，她是决不在这里找的,她说,结了婚就算是定了终身。她要往南方找:南京、无锡、苏州,离上海越近越好。总之,她是打算利用一生只一次的婚姻,从这里跳出去。在这里是不能待一辈子的,她说。她还告诫雯雯,万不可在这里找对象,雯雯不说话,只笑笑。她从没有真正地认真考虑要在哪里生活一辈子,她还从来没想过一辈子的事,她才刚满二十岁,离一辈子还远呢。自己的一辈子是怎么样的她想知道,又不想知道,她愿意在她前边是一个神秘的谜。她急急地一步步地去接近它,可它总是一步步地后退着,于是便引得她始终那么气吁吁而又兴冲冲地向前走。

而就眼下来说,雯雯还是喜欢这个小城的。她喜欢它的清静,喜欢它的人情味,喜欢它那股夹着酸酸的酒糟味的清新空气。当然,也还有很多不那么喜欢的,但她现在心情很好,她只关心那些喜欢的,全心全意地去体味那些她所喜欢的。

局里负责招工的那位慈爱的女干部姓范,大家从来不叫她老范,只叫她范大姐,年轻一辈的则叫她范姨。她是极富有同情心的,对局里的年轻人就好像对自己的儿女。尤其是上海知青,她更是照顾得体贴入微。每个星期天,都有一伙上海知青在她家包饺子吃。她常说:"你们在这里,把我家就当成自己家。星期天就回来,包饺子、蒸干饭,爱吃什么吃什么。"于是,大家也真把她家当成自己家。过夏了,把被褥棉袄送到她家收着;过冬了,把凉席送到她家收着。她家成了仓库,她则成了保管员,遇到好太阳,还给他们拿出来晒晒,拍拍。想家了,只要让家里拍个电报,电报上写"母病速归,父字",这"父字"是个暗语,即是"无事"。她看了电报十有八九给假。她平生有一大怕,就是怕眼泪。女知青犯了生活错误,肚子里有了三个月的娃娃,范姨找她谈话,她一进办公室就哭,哭成个泪人儿。结果,范姨亲自带她上蚌埠堕了胎，把事情压了下去。她怜惜女性，深知女人的苦，女人的难，因此也最恨女人自己不爱护自己，自己糟蹋自己。这也可算是她平生一大恨。所以，她对年轻人的恋爱婚姻，也就特别关心，能过问的总要过问。无论是怕，还是恨，都是出自她对于妇女、对于人类强烈而广博的爱。范姨是个好人，大家都这么说。

而在雯雯心底里，范姨不仅仅是个好人，还是她的恩人。在这次招工中，雯雯付出了很多努力，而她总认为这许多努力中最关键、最有力的是获得了范姨的帮助。她认定范姨在帮助她，这么认为着，心里便觉得安慰，好像人世有了一点暖意，她不愿意世界是冰冷的。范姨也特别地对雯雯好，雯雯的纤弱强烈地打动了她的同情心，她觉得自己有责任保护这么一个孤身在外的女孩子。她每星期天都要叫雯雯上她家去包饺子，雯雯从心底里感激她，可是在她家过星期天却并不感到愉快，她愿意自己过星期天。星期天，需要干的事挺多：洗头、洗澡——她始终不习惯在澡堂洗澡，她不习惯大家裸着身子在一起挤来挤去地洗。她宁可打水来关着房门在小盆里洗，虽然洗不痛快，还有些冷，可终究可以安心而从容地洗。洗完澡就要洗衣服，打扫房间，写写信，然后跑上街买一包果子。这里的点心都是极油腻、极实在的，一吃便饱。只有一种叫作"京果棒"的小果子可以磨磨牙，既消磨了时间，又解了馋。一边吃京果棒，一边看书，真是其乐无穷。有时亚男也不出去，那么就和亚男一起上街买点菜，自己在煤油炉子上烧一顿午饭。总之，要比在范姨家包饺子有趣得多，也自在得多。她尊敬范姨，可是同范姨在一起，却没什么话可说。为了这个，她感到很抱歉。她还感到抱歉的是，好几次拒绝了范姨的好意。

范姨问她:"有对象了吗?"雯雯就笑着摇摇头,她觉得"对象"这两个字与她联系不上。范姨就说:"这孩子,真老实。"问过几次之后,她便开始给雯雯介绍对象了。介绍了一个县医院的年轻大夫,第一届工农兵大学毕业生。又介绍了一个县委副主任的儿子,正在省里读大学。还介绍了一个县武装部长的儿子,在北京当兵,已经入党提干了。可雯雯一概摇头拒绝,她说:"我还小,不考虑这事。"范姨说:"二十岁了,不算小了。反正不是马上结婚,先谈谈,了解了解嘛。"

雯雯还是摇头。

范姨又问:"你是不是有了?"

雯雯赶紧摇摇头。

"不谈也好,可以安心工作,安心学习。"范姨疑疑惑惑地看着她,叹了一口气。

雯雯也在心里叹了一口气,她很抱歉地觉得,被人过于关心着,也会成为负担的。她感到有点不自由,在这小城里,一举一动都引起人们注意。为了这,她也感到很苦恼。

他来信,对雯雯的胜利祝贺了一番,大大地夸奖了雯雯。雯雯寄给他的十元钱,他收下了,说:"这个月,我就用这钱买菜买油买书,有了雯雯的工资,我们不愁没饭吃了。"看到这里,雯雯抿着嘴得意地笑了笑,可他接下来就叫她下回不要再寄了,说她一个月十八元自己够用就很了不起了。他想来看看雯雯,问雯雯同意不同意,雯雯很为难。她也想他,过年,他们都没回上海,各自忙着招工和招生,算起来,已经分手八个多月了。从前,他们还分手过更长的时间,可雯雯那时候并不怎么想念他。那时候她还小,她不是在和一个真实的人恋爱,而只是在和幻想塑造出来的一个偶像恋爱。她只需要他对她说"我爱你"。而她又对他说"我爱你",就满足了,就神魂颠倒了。如今,她的他是一个真实的人了,会呼吸,会心跳,会教训她,会夸奖她,会朝她发火,会温存地拥抱她。雯雯想他了,真的想他。

雯雯真想叫他来,马上来。她将带他去看看大吴庄,不走近,只是远远地看一眼。她上调之后,再也没有回过大吴庄。不晓得为什么,在街上遇到大吴庄的人,她都会下意识地躲开。她好像再也不想见到大吴庄的人了。她要带他走一走大吴庄、分洪闸,告诉他,她曾经怀着怎样的心情走这些路;她要带他去码头,要在傍晚的时分去。她要带他去看一场电影,每半小时必断一次片;她还要带他在馆子里吃一顿饭,那厨子会有这等本事,在一只锅里同时盛出四个不同的菜;她还将带他去买菜,买五角钱一斤的清水大闸蟹,烧给他吃。凡是雯雯走过的路,看到过的景色,生活过的地方,她全希望他能体味一下,似乎是出于一种骄傲。这是雯雯自己的生活,是雯雯自己的位置。这里,有一个雯雯,这里,是属于雯雯的。雯雯想得正来劲,可是忽然眼前出现了一幅图画:她和他走在街上,街上所有的人都朝他们好奇地看着……唉,不行,不行,他不能来,雯雯绝不愿意让他成为公众的话题。他是雯雯自己的,一个人的。他和雯雯老是分开着,没有机会看到对方在众人中间生活,因此这种只属自己的感觉就特别强烈。雯雯把他深藏在自己心里最宝贵的角落里。雯雯叹了一口气,翻身趴在枕头上给他写了回信,请他不要来了。因为,因为什么呢?因为这是那么样的一个地方。

一星期中,最开心的是球队训练的三个下午,雯雯从来不曾想到篮球会给她带来这么大的快活。在这枯燥的小城生活中,这三个半天给人带来的快活是莫大的。篮球队的姑娘、小伙子是最健康活泼的,这种活泼健康的气息强烈地感染了雯雯。雯雯是板凳队员,一场比赛难得上场几分钟,主要任务是给人看管衣服。她虽然比小时候要争气一点,可是战斗力仍然比较弱。她坐在板凳上,看着激烈的比赛,情不自禁地喊着,为自己队助着威,觉得很快乐。她感受到冲撞运动给人的美感和快感,这是一种力量和拼搏的美。这争夺又是以集体为单位,大家团结一致,齐心协力。场下闹了再大的别扭,一上场,一打起球,什么都忘了。战斗是庄严的,神圣的。男队有个大张,原本是上海区排球队的,是个大松博文的崇拜者。他提议大家在上场之前,交替相握着手,大吼一声。雯雯每每听到这声吼,便会激动起来。她心甘情愿地为大家看管衣服、倒茶水,大家也都对她不坏,并不以她的球艺稍差而轻视她,这毕竟不是一个专职的球队。大家都是知识青年啊!这是一个愉快的集体。每次比赛回来,大家都放声地唱着歌,一路上就这么快快活活地唱着歌回来。

在这集体中,雯雯觉得自己也变得开朗活泼了,渐渐地和大家融合起来。只是有一条,她是无论如何也做不到的,那就是和大家一起洗澡。

训练之后,球队可以在县委招待所洗淋浴。雯雯从来不洗,总是回到宿舍打水洗。大家纳闷极了,纷纷说她。

"你这是何苦呢?一身大汗,放着现成的澡不洗,自找麻烦。洗吧,洗吧。"小五金柜台的杨小萍劝她。

"不洗,不洗。"雯雯直摇头。

"你怕什么呢?咱们都是女的,洗吧!"

"不洗。"雯雯很固执。

"你洗不洗?"杨小萍用手做成一支枪,对准她。

"不洗。"雯雯转身想走,可大家已经把她紧紧地围住了。这显然是事先早已商量好的。

"我不洗。"雯雯再一次强调,却被一下子拥进了浴室,一团潮热的水气把她包裹住了。

"我不干!"雯雯徒然地抗拒着,大伙儿七手八脚把她汗透了的球衣扒了下来。她只好退一步要求:"让我自己来,让我自己来,我自己来。"

杨小萍她们这才放过了她。

雯雯迟疑着,慢慢地脱着衣服,她简直是羞死了。

"你快点呀!"杨小萍催她了。

雯雯身上还穿着三角裤和衬衫:"就这么洗算了。"

"你简直活见鬼!"杨小萍又嚷嚷起来,她又响又脆的声音在雾气中有点瓮声瓮气的,雾气把人的声音都蒙住了。雯雯抬头看了一眼杨小萍,她衣服全脱了,靠在门框上在等她。雾气裹着她细高而丰满的身子,活像一条美人鱼。

雯雯终于下决心把最后的衣服脱了,她羞得头也抬不起来。杨小萍却说:"这有什么?不是蛮好的,我还以为你有什么毛病呢!""去你的!"雯雯小声骂道。

浴室里,十来个莲蓬头"哗哗"地冲着水,腾腾雾气里,一群赤裸的人体,影影绰绰,晃来晃去。雯雯只觉得这有点像地狱,她转过身,脸朝着角落站着。水冲在身上,热乎乎的,很舒服。

"雯雯,你身材挺好看。"雾气里传来声音。

雯雯惊慌失措地摇摇头,抬起胳膊交叉着抱住肩膀,企图把自己遮住。

"这有什么难为情呢!"大家都觉着很奇怪,"你身上很白,一点儿不难看。"大家告诉她,想让她安心。可雯雯简直是无地自容了。

"雯雯,你的肚脐眼儿怎么回事?好像在出水。"

雯雯狠狈地看看自己的肚脐眼儿,感到有必要解释一下,然而这必须回溯到很远的过去:"我生出来的时候,那个接生的医生把脐带剪得太短了。"

"唉,这个医生真是。"大家都为雯雯不平。并且开始检查起自己的肚脐眼儿来了。看着肚脐眼儿,总有种奇怪的感觉,它使人想起很遥远很神秘的过去。

忽然,一块肥皂"啪"地贴到她背上,上上下下地抹着。"我来给你擦背。"杨小萍说。雯雯一动不敢动,由她擦去。她先抹肥皂,然后把肥皂冲掉,就用毛巾搓了起来,一边搓一边喊:"挤面条啰,挤面条啰!"擦过之后,她把毛巾塞给雯雯:"你帮我擦。"她一转身,双手撑着浴室中间的水泥台子,把一整个背信任地交给了雯雯。很白的皮肤,汗毛密密的,茸茸的,打着旋。雯雯很茫然,觉得无从下手。

"擦肥皂呀!"杨小萍反脚踢了她一下,雯雯才醒悟过来,赶紧用肥皂擦,用水洗,用毛巾搓。自己又出了一身汗,再到莲蓬头下面去冲。这洗澡实在不仅是洗澡,而成了一种游戏,一种享受,一种娱乐了。

姑娘们把洗过的头发绞起来,在头顶上打个结,显得身材修长挺拔。雯雯觉得挺美的,或许是如今的衣服都太难看了吧。

洗完澡,披着一头湿淋淋的头发,走在街上,买一个青萝卜,竖劈成几片,一人掰一片吃着走着。身上暖暖的,心里凉凉的,其乐无穷。

二

上午,雯雯拿了一张十块钱,到楼上小五金柜台去换零票子。其实她完全用不着绕这么大的圈子，紧隔壁的文具柜台就可以换。她只不过想借此机会走一走，去和杨小萍聊一聊。站柜台虽不累，却很乏味。她几乎每一分钟都要看看表，所以，表上的指针就好像是从来不动似的，使她更加焦急了。因此她经常需要借故走动一下，来调剂调剂。

杨小萍的个子有一米七二，很匀称。她圆圆的脸，一双细细的然而却是双眼皮的眼睛，嘴唇小小的、厚厚的，白白的皮肤上有一些黑黑的痣。大伙儿在一起谈起找对象的事儿，她总爱教训挑剔人家，重外貌的人："要那么漂亮干吗？漂亮的脸蛋儿不会出大米。"这是从电影《鲜花盛开的村庄》里听来的一句话。人家便反击道："漂亮的脸蛋会出芝麻。"于是她哑口无言。她一直为自己的黑痣苦恼，直到有一次在一本外国小说里看到那些贵妇人为了使自己更俏丽，还特意贴上一些黑点儿，她才平静了下来。她正在和大张谈恋爱，他们倒是挺合适的一对。年龄、个子、形象、志趣都挺投合，有人说他们是天生地配的一对。

雯雯走到小五金柜台，杨小萍正坐在那里发愣，双手抱着膝盖，昂着头，脸朝天，百无聊赖的。这个柜台接待的大都是农民，因为卖的是农业小五金嘛。杨小萍是局里和顾客吵架最多的营业员，批评她，她就说，谁跟我换换试试。

雯雯磨磨蹭蹭地数好零钱，要走。杨小萍却拉住她不让走："说一会儿嘛！我和你说，你屋里的亚男，和县公安局的小史在谈呢。""不会吧，"雯雯疑疑惑惑，"她妈妈刚给她在苏州找了个对象，今年过年就要见面呢。"

"真的，有人看见呢。看见他们俩在分洪闸逛呢，晚上 10 点多钟的时候，化肥厂的莉莉看见的。"

"她这些日子，倒是天天很晚回来。"

"亚男是67届的吧,那么小史比她还小一岁。小史是68届的!"

"小一岁,不大好噢?"

"喂,同志!"有人在叫。

"你要什么?"杨小萍不耐烦地问,"要什么要什么?"

"同志,这个小碟子多少钱?"一个中年农民指着盛螺丝的碟子问。

"不卖!"杨小萍干脆利落地回答,又转向雯雯,"你估计亚男和小史能成吗?"

"挺难说的。年龄不大合适,而且,亚男是要往南边调的呀。不过,真要是感情好,也就没话说了。"雯雯分析着形势。

"喂,"那个农民还没走,"同志,这个小碟子卖多少钱?"

"不卖,告诉你,这不卖。"

"你放在这里,不卖是干啥的?"

"那你怎么不问我,我这件衣服卖多少钱?"杨小萍提了提自己身上的两用衫。

"你这人什么态度!"那人火了。

"什么态度?什么态度?"杨小萍站起来,咄咄逼人地朝他走去,她对吵架像是很有兴味似的。

那人不禁后退了一步:"你这态度太孬了。"雯雯忽然认出那人了,是大吴庄的,大吴庄的呀!是五队的队长,她和小楚住一屋时,和他做邻居。雯雯赶紧朝后一站,躲在了柜台后面。其实她不用躲,那人根本认不出雯雯了。雯雯大变了,脸捂白了,辫子留长了,盘在脑后,衣服整齐了,完全像个街上人。

"你找我们领导提去好了!"杨小萍吵得起劲。雯雯很想拉她一把,叫她不要吵,可是她不敢开口。她觉出了尴尬,好在那人终于走了,她才松了一口气。"雯雯,你看,碰到这种人要不要生气?""是挺可气的。"雯雯轻声说,她心里不舒服,对那人有点抱歉。其实用不着抱歉,又不是她对他凶的。

"我恨死这个柜台了,真想换啊!我讨厌乡下人!"

雯雯不作声,停了一会儿说:"我走了。"

"再说会儿嘛!你说蛇和兔子冲不冲?"

"谁是蛇?谁是兔子啊?"雯雯知道小萍是属蛇的,有意问她。

"你别问,反正是蛇和兔子,冲不冲?"

"不知道。反正,鸡和狗是冲的。"

"雯雯,你是属马吧?马要配……"

"什么都不配。"雯雯打断了她。

"瞎说,怎么能不配?我可不愿做老小姐,一个人,苦死了,本来就够苦了。"

"嘻嘻。"雯雯笑,小萍也笑,过了一会儿,雯雯说:"我们家阿宝阿姨说我这匹马也要配一匹马。"

"真的?这可难了,要么同年,要么相差一循。同年不好,差一循也不好。"小萍为雯雯发愁起来。

她们耐心地讨论着婚姻的最佳年龄差距。这是她们生活中的乐趣之一,小城生活实在是太寂寞了。

自从听小萍说亚男和小史在谈恋爱,雯雯越看越像这么回事。亚男的煤油炉子不知被谁改造了,又省时又省油。亚男在织一件男式毛衣,白天黑夜地织,很是经心。亚男心情比过去开朗了,好像很高兴似的,常常没话找话,可是有时候又很容易急躁,小小一点事便会发火。她是那种喜怒不大形于色的人,最近明显地心情不安定。雯雯把这一切都看在眼底,当小萍传递给她一些情况时,她就也有材料可以交流了。否则,只进不出,就太吝啬了。

有一次,雯雯忍不住问亚男:

"亚男,小史这个人怎么样?"

亚男不响,停了一会儿说道:"是个好人啊!"就再也不说什么了。

雯雯倒默然了,自己觉着有些无聊起来。

别人的事,说到后来,不知不觉地会转移到自己身上。杨小萍终于憋不住了,把她和大张的事和盘托出,然后便盯着雯雯问起来:

"你到底有没有朋友?真的没有吗?我不信。"

雯雯被催逼不过,再说她到底也被这种大谈恋爱的气氛感染了,自己这么严守着秘密,就不能参加进这"轰轰烈烈"的恋爱"运动"中,有一种被冷落的感觉。而且,不知从什么时候开始,她觉得有朋友不是一桩需要害羞的事了,而是很值得骄傲的一桩事。雯雯便迟迟疑疑地、一点一点地把自己的事儿告诉了杨小萍,她让杨小萍起誓不告诉任何一个人。可是在另一个场合,她和亚男拉起心里话,她又自动告诉了亚男。渐渐地,大家都知道雯雯的男朋友在江西插队落户了。这么一来,也就不再有人给雯雯写信啦,献殷勤啦,少去了很多麻烦。

然而,雯雯却时常觉得心里空落落的,有一个本来是满满的角落空了。她原先是常常一个人闭着眼睛,在这角落里翻翻看看,心里很充实。如今这角落里没什么可翻可看的了,为了克服这种空落落的感觉,她就更多地和人谈他、谈自己,谈那些本来留给自己回味的东西。谈的时候,心里好像充实了一点,可谈过之后,便发现那角落里又空了一些。她渐渐地有些厌烦,不由得沉默了下来,却又没有什么可供沉默下来享用的,她便感到了无聊。

终于发生了一桩事,百货大楼二楼的手表柜被窃了。小偷是从外面爬上二楼,打碎玻璃窗进来的。这天晚上,二楼一排四间女生宿舍里,八个女孩子都听到玻璃窗的破碎声、脚步声、撬柜台的声音。可是八个女孩子统统大被蒙头,打着哆嗦,大气不敢出一声,直至天亮。因此,这天第一个来上班的人,除了看到门被撬开,柜台里的表不翼而飞以外,便看到四扇紧闭着的门,谁也没有起床。

领导很生气。她们八个人,哪怕有一个人,起来打开门张望一眼,看了那贼是什么样的,也行啊!再退一步,哪怕拉开房间的电灯,或者大叫一声,让贼知道这二楼上还有人,说不准也能吓退他。可是,她们居然一个都不起来,一齐蒙着头打哆嗦。

杨小萍振振有词地说:"我们又不知道他们有多少人,他们要糟蹋我怎么办?要杀了我怎么办?"

"你怎么不想想那些英雄,刘文学、董存瑞。"书记老王忍不住说她。

"我又不是刘文学、董存瑞,我也不想当英雄,我不想牺牲。"

"我们胆小。"一个姑娘说。

"我们都是小人物。"郑亚男说。

"都当英雄,英雄就不稀奇了。咱们让给人家当。"

姑娘们说着这些胡搅蛮缠、似是而非的道理,老王真火了:

"你们,你们都是胆小鬼,打起仗来准备当逃兵。"

"好像除了牺牲以外,就只能当逃兵了。"杨小萍诡辩。

"没有中间道路。"

"我就要走中间道路。"

一时上吵得不可开交。最后郑亚男说:"咱们是不行。不是有公安局吗?让他们去查好了,他们挺行的。"

"对,对,让公安局去查好了。"大家附和着。

雯雯也挤在人群中吵着,可在她心底深处,隐隐地有一点懊恼。当时,她曾想过叫喊的,千真万确,她想过要叫的,大声地、神经质地、不顾一切地叫一声。只要有人带头叫一声,别人一定都会叫起来。可是她没叫,因为她看别人都没叫,她就一动也动不了了,这也是千真万确的。这是人的本能,自卫的、求得安全感的本能,她安慰自己。她把这事写信告诉他,他来信却说:

"假如我是你,我一定会出去的。"

雯雯看了很生气,立即回信说:"我不像你,有着当英雄的强烈欲望,我是个平凡的人。"

他也立即回信:"我们都是平凡的人,但是我以为一个平凡的人都不妨有一些特别的精神。"

雯雯不理他了,不再给他回信。可是,他忽然来了。

"你怎么来了?"雯雯目瞪口呆地看着他。

"想来就来了。"他微笑着放下手里的旅行包。

"你也没问我一声。"

"来不来,是我的事,为什么要问你呢?"

"要是我不欢迎呢?"

"哦,那就是你的事了。"

"你这人真是。"雯雯哭笑不得。

"你不高兴我来?"他微笑着朝雯雯走去,小心而温存地抱住雯雯,"我想死你了。"

"我也是。"雯雯把脸埋在他的胸口,胸口发出汗味、烟味和一股尘土的气味。雯雯心里甜甜的,他是那么好,那么亲,他就这么闯来了,来得真好。

"我要上大学了。"他轻轻地说。

"真的?"雯雯忽地抬起了头。

"上海,复旦,中文系。"

"上海,复旦!哦,太好了!你真行!"

"有什么行的。这次全凭推荐,凭活动,找关系。我不想上中文系,我喜欢的是数学,再说吧。"他淡淡地说。没上成,他不怎么沮丧,上成了,他也不怎么高兴,这人,唉!"我还没吃饭呢!你这儿有东西吃吗?"

"有,我给你下鸡蛋面条。"能在他面前露一手,雯雯挺得意。

"太好了。要我帮忙吗?"

"不要,你洗脸。"

雯雯一边打蛋,切葱花,点火,一边看他洗脸。他把外衣脱了,穿着毛衣开始洗脖子。毛衣是咖啡色的,袖口已经破了。雯雯想着:应该给他织一件毛衣。哦,给他织一件毛衣。他的毛衣织在手里,一针一针的,是个什么滋味儿呢?

明亮的电灯柔和地照着整洁的小屋,葱花儿在油锅里"噼噼剥剥"地爆响着,发出馋人的香味儿。他在脸盆架边上"哗啦哗啦"地洗脸,抹了一脸的肥皂,泼了一地的水。雯雯觉得很幸福,她从来不曾知道下面条、洗脸,这些琐事,会有这么大的乐趣儿。这些琐事非但没有亵渎她那神圣而高尚的爱情,反而使爱情更甜蜜了。

他坐下来吃面条了,雯雯坐在对面看他吃。他吃得迅速而利索,"呼"地一口便把一筷子面全吸了进去,毫不拖泥带水。

"好吃吗?"

"比我下得好,你还行呢!"他夸奖雯雯。

雯雯扭了一下脖子,表示谦虚,实质是得意。

"以后你专门做饭,我洗衣服。"

"你能洗干净?"雯雯认真地问。

"尽力而为吧。"他实事求是地回答。忽然放下筷子,握住雯雯的手:"等我。大学毕业了,咱们就结婚。"

雯雯的脸绯红了,可她没有抽回手。想到结婚,她又害羞,又觉得幸福。唉,人大了,会有这许多改变。

他在这里只能待五天,这五天里,他几乎时刻都和雯雯在一起。雯雯上班,他陪雯雯坐在柜台里;雯雯训练,他坐在场子外面看。雯雯一如心愿,带他去了分洪闸、大方庄,远远地看了看大吴庄。带他去看了电影,逛了街,吃了大闸蟹。雯雯尽力在这五天里向他展出她五年的生活。她带他认识了她的同事、朋友,篮球队的伙伴们,也带他去了范姨家。范姨仍然请他们吃饺子,对他们日后的生活却表示了担忧:"今后恐怕要分两地了。"

"到时候再搞调动吧。"他说,好像他早已在考虑这事儿似的。

雯雯可没想这些事,她觉得这一切都是极次要的,问题只在于,要有爱情,真正的爱情。

他和人接触比雯雯想象的要老练沉着多了,他和雯雯的朋友们很快就熟了,有说有笑。对待小城居民的注视,他也很镇静,不像雯雯那样如同犯了错误似的红着脸低着头。他很放松,很自然,不时迎着目光微笑一下,使得人家也不好意思再看他了。雯雯为他骄傲,觉得自己是世界上最幸福的人了。

临走前的晚上,他们到码头散步,他默默地抽完一支烟,把烟头抛到淮河里,说道:

"雯雯,我说,你再争取上大学吧!"

"为什么?"雯雯站住脚,回头看着他。

"你还是要改变你的生活,你生活得并不好。"

"营业员的工作是很平凡,但总要有人做。"雯雯冷冷地说,她觉得他是在看不起自己,于是说出了这么一个自己都不感动的大道理。

"你不是一个好营业员,你并不喜欢你的工作。"他安静地说。

雯雯脸红了。她虽不会像杨小萍那样和顾客大吵大闹,可她对顾客的态度是极淡漠的。

"你应该改变你的生活。"他又说。

"我刚刚休息下来,你又……"雯雯忽然哽住了。

"没法子,"他抚摸了一下雯雯的手背,"没法子。"

"我这辈子根本不再想上大学了。当时想上也是为了谋求生路。我是69届毕业生,什么都没学过,我和大学根本没有缘分。"

"69届,唉,69届。只能从头学起。"

"还从头学呢!我都多大了!要不是'文化大革命',我已经大学毕业了。"

"那么我呢!要不是'文化大革命',我出国留学都回来了。"

"都怪'文化大革命'。"

"也别怪,要不是'文化大革命',我们也许不会认识。"

"谁要认识你,去!"雯雯转身向河边跑去。河水在月光下闪着粼粼的光波,对岸大柳树像一道暗绿的墙,沉默在黑暗里。雯雯心里乱糟糟的，她心乱了。好多年未有过的好心境，又让他给搅坏了。

他走了。

走后好几天里，他成了这里的主要话题。女孩子们都十分羡慕雯雯，各人有各人羡慕的理由。杨小萍羡慕雯雯比他小七岁，这是个很吉利的数字，七巧、七巧嘛！亚男则羡慕雯雯以后离开此地有了保证，上海复旦的毕业生，总有好地方去。可雯雯却再也不愿意和她们谈论他。

他是和她们完全不一样的人，不能让她们这么样谈论他，雯雯觉得他似乎是被亵渎了。而且自从他走后，雯雯和大伙儿在一起，也不再感到有多大的愉快了。和他在一起，所有的感觉都是那么两样，绝对的两样。以致从他身边再回到朋友们身边，雯雯觉出了她们的庸俗和无聊。雯雯不习惯和她们在一起了，她又变得孤僻起来。她做不到像他那样，在人群中间，却又保持着完整的"我"。雯雯要么远远地离着人群，要么完全彻底地和人群混同和溶解。她永远是这么从一极走向另一极，她找不着中间的捷径。雯雯的人生也许是一座极陡的山。

雯雯仍然打篮球，打了球仍然洗澡，洗完澡仍然买青萝卜吃，吃着青萝卜仍然和大家一起唱着歌回来。不过，上班的时候她不再窜来窜去找人谈天了，那些聊天叫她有些腻烦。她工作比过去认真了，对顾客的态度不算热情却决不怠慢，她居然得到了几次表扬。因此，当大家在一起抱怨这抱怨那地发牢骚时，她自然没了参加的权利。她到县中学找了些书，都是过去看过的，可再看一遍仍然很有意思。她重新看着这些书，从那才子佳人、悲欢离合中看出了别样的东西，看出了一些人生的奥秘，人性的奥秘。于是，她对看书的兴趣十分浓厚起来，看书占去了她绝大多半的业余时间。不方便的是,小史这些日子几乎每天晚上来,雯雯自然不好意思也待在屋子里。她只能到店堂里去看。空荡荡的店堂,一盏日光灯照亮了一个角。

有一天,杨小萍和一个顾客几乎打了起来,领导批评她,她不认错,一边哭一边说:"我不干了!我不干了!"雯雯忽然说:"我和你换好了。"杨小萍不哭了,愣愣地看着雯雯,大家都看着雯雯,雯雯不好意思了,嗫嚅着说:"我这个人耐心比较好。"于是,她在农具小五金柜台上班了。她的顾客全是农民,三铺的、小圩的、大吴庄的。她遇到过一次社会子,社会子骑着他那辆除了铃不响,哪儿都响的自行车。

"上街?"她说。

"上街。"他说。

"还好?"

"还好。"

"你买啥?"

"买这玩意儿。"他指点着。

"两角四分。"雯雯拿给他,他从怀里摸出一张一角的烂票子,一个五分的,三个两分的,三个一分的。他的军装洗白了,领口已经补了一条补丁。

"兰侠还烦她男人吗?"

"现在好了,惯了。"

"家里够吃吗?"

"凑合吧,走了。"他走了,向日用柜台走去。雯雯忽然跑出柜台,跑到玩具柜,买了一辆小汽车,到处地找社会子。最后在卖布的地方看见了他,他正在看一块蓝卡其布。雯雯把小汽车递给他:"给你孩子玩儿。"

"不，不要。"他推着。

"要，要的。"雯雯往他挎包里塞。也是洗白了的军用挎包，上面绣着"为人民服务"。

"不。"他们推推搡搡着，雯雯脸红了，她感到很多人在看她，可她固执地把小汽车塞进了社会子的挎包。

这天，亚男来客人了，从南京来的，显然是来与她相亲的。亚男一面与小史打得火热，一面又积极进行在南方找对象的事业。令人不解，也令人担心，这将会闹出什么样的后果来。人家都饶有兴味地等着看好戏，雯雯只是为亚男着急，她不明白亚男这么个看起来稳重冷静的人，竟会干出这等糊涂事。

南京的那位，实在其貌不扬，年龄看上去要比亚男大得多，像是四十岁上下的人了，个子看上去却要比亚男矮小。好在，还挺有身份的样子。听亚男说他是绝对保证把她调到南京去的，他住了两天便回去了。之后，亚男便常常收到从南京寄来的信和邮包，包裹单上所寄物品栏目上总是写着：衣服、食品、食品、衣服。至于亚男和小史之间的那段，究竟打算怎么交代，谁也不知道，没有任何动静。两个月过去了，到了年底，有人看到小史跑进领导办公室，两个小时之后才出来。然后，整个百货大楼，整个商业局，整个县城，都知道亚男和小史实质上已经不是一般的关系了。

满城风雨，亚男却很镇定，打来了结婚证明，请准了婚假。小史说的一切都不足为凭，领导没有理由不让她结婚。她已经大大地超过了结婚年龄，二十六岁了。

雯雯准备回家过年，存了半个月的假，又请了半个月的假，与亚男同行。在往轮船码头的路上，迎面碰到了小史，雯雯不由得站住了脚。小史扭头就走，亚男脚步都没停，早已跑到前头去了。

买了船票，船来了，上了船，找了个背对码头的座位。亚男怔怔地望着窗外的江水，雯雯忽然看到她在流泪。很细很细的两滴泪珠，缓缓地流下来，又停住了。她自己并没觉着，那泪珠太细小了。

船开了，离开了河岸。岸边浮着泡沫的河水被划到身后去了，汇总着五条河的乡村似的小城被划在身后了，旧的一年也被划在身后了。

三

新的一年到了，这是1976年。

1976年，发生了多少大事啊！周总理、朱老总、毛主席，三颗巨星陨落。地震、洪水，"天安门事件"，"四人帮"被打倒——真正是天翻地覆。

这乡村似的小城是太偏僻了，任何信息传到此地，需经过曲曲九十九道弯，小城居民的反应也就变得迟钝起来。直到一年以后，总理逝世纪念日的时候，小城居民才大放悲声。文工团演了一台纪念总理的节目，看的人无不痛哭流涕。这几桩大事中对小城最有力、最具体的波及，则是地震，这里被划为地震中心地区。县委成立了抗震指挥部，满街贴起"地大震，人大干"的标语，家家盖起防震棚，速度毫不慢于外面大世界的人们，对生存的触觉反应还是一样的灵敏。

小城太偏僻，世事与他们的联系，难免有些曲折。不管"天翻地覆"这里依然是一片和平景象，码头上水客吃力地拉着水，水"滴滴答答"浇了一路的泥泞。谁家丢了一头猪，正对着大街

"掘"！从祖宗骂到子孙，从七大姑骂到八大姨，上下几千年，纵横几万里。上海知青们，仍然进行着排列组合的队列游戏。不过，这游戏似已到了尾声。自亚男打了结婚第一炮，接着，又有几对先后结了婚。重新排列组合的队伍趋于缩小，并逐渐彻底解散。百分之九十的成员结了婚，成了家，有了归宿，终于平静下来，生活便日益显示出它的枯燥和乏味。

"四人帮"被打倒了，县委在进行着新的改组换班，那是干部们的事。在老百姓生活中，最轰动的一桩事，则是一名华侨，在我国开放政策的实施下要还乡了。那是住在街南头的一户人家，他家老二早年去了香港，要回来看看。方圆几十里都被惊动了。早在一星期之前，城里各家各户，几乎都从远近地方邀来了亲戚朋友，来等着看"外国人"。此地人喜欢走亲戚，对亲戚的接待中总要安排一些节目。假如来了一班好戏班，来了一台好戏，那么就会让孩子去接亲戚来住两天。前两年，城里来了样板戏电影《智取威虎山》，是最早的一部黑白纪录片，在城里总共只放两天，一天二十四小时地放，那也是很热闹了一番。各家各户都接来了客，肉店里排了老长的队，上街卖豆腐不到晌午头就卖光打回转了，都赶着割肉打豆腐招待客人哪！

这几日，小城热闹了起来。将要有一个"外国人"，乘着火车到蚌埠，再搭上开往大柳巷的船，在这里下码头，这叫人们十分激动。虽然，来人是地道的中国人，黄皮肤，矮鼻子，正宗的炎黄子孙。香港，也是天经地义的中国领土，不过让英国暂占一时，日后还是要归还的。可是，人们仍然叫他"外国人"，岂止是"外国"，在人们眼里，他简直是从外星球来的，大家激动不已地等待着。可他忽然来了个电报，让他家老大全家都到南京去见面团聚，还汇来了路费，他不来了。来这里太不方便，坐火车，坐轮船。不过，这天轮船上，走下一个卖艺的，脱着光膀，用砖头铁棒往自己头上身上乱砸，又吞剑又吐火，绕场一周，念道："有钱的捧个钱场，没钱的捧个人场。"然后又是吞剑吐火。看的人越来越多，有些人看了一场不走，再接着看第二场，百看不厌，这终究稍稍弥补了一点没看到"外国人"的遗憾，人们又高兴了起来。啊，这远离世界，乡村似的小城，太阳一落，它就睡了，紧紧地闭上了门，只从门缝里透出一点昏暗的灯光。

亚男调到南京去了，杨小萍和大张结婚了，几乎所有的同伴都结婚了，雯雯还是一个人。他正上大学二年级，还有两年多才能毕业呢。雯雯一个人住一间宿舍，一张床、一张桌子，吃食堂，偶尔自己下下面条。晚上看看书，看电影也很少去了，伙伴们都有了家，没人与她做伴了。她也不愿同任何一对夫妇去玩，自觉得妨碍了人家，还更觉得冷清，只是偶尔地上他们那儿坐坐。

他们总是真心地留雯雯吃饭，表示出主人的慷慨和热情。雯雯坐在他们的家里，心中十分向往家庭生活。她常常憧憬，她和他，有一间小屋，白天上班，晚上到家一起烧烧饭，听听音乐，看看书，吵吵嘴……她没发现这情景曾被她厌烦过的。她曾经以为爱情是缥缈不着边际的，她以为远处飘来一艘红帆船，红帆船上走下一位王子，送给她一束鲜花，她们捧着鲜花，在璀璨的星光下，踏着蓝色的波浪，便能走到人生的终点。而如今，她只想有个小小的家，自己的家。她发现爱情是很具体的，爱情的乐趣好像全在一些具体的琐事里，她有些羡慕那些成了家的伙伴。雯雯的羡慕，使他们有点得意。得意之余，他们也羡慕雯雯每年可以享受一次探亲假，他们是没有了。他们是再离不开这里了，他们将是这小城的主人了。他们尽力把上海的生活方式搬到这里来，以弥补永远回不了上海的遗憾。他们把房间布置得很好看，从家具到风格都是上海派头。每顿饭都像像样样烧上几菜一汤，剩饭第二天早上泡泡饭吃。于是，县城里的一些小木匠，开始仿照上海家具的式样，学着打蜡光，把木器家什油得锃亮。人们炒菜，做饺子馅，也学会放一点糖调味。姑娘们在夏天也学着穿一条花布的睡裤，人们也学着吃螃蟹，螃蟹涨到一元二角一斤了。

雯雯虽然寂寞，可她并不愿意和伙伴们一样生活。他们的生活，使她有一种到了头的感觉。雯雯不愿意自己也到了头，她永远不愿意到头。假如这么快就到了头，那么还有什么吸引人再往前走的呢？究竟下一步该往哪儿去，雯雯不知道，可她尚存着希望。她总是这么盲目地存着希望，这希望和寂寞在一起。

不多久，伙伴们都有了孩子。他们有的把孩子送回上海，让老人带，他们不愿意让孩子学一口安徽话。还有的，自己带孩子，却迟迟不给孩子落户口，他们不愿让孩子做安徽人，总妄想着有朝一日打回上海去。杨小萍不要孩子，已经到县医院做过两次人工流产了，搞得议论纷纷。有人说她是要好看，怕生孩子坏了腰身，还有人给她送礼，让她把生孩子的名额出让，可多得一次传宗接代的机会。杨小萍对外宣扬："不生孩子是对'四化'最大的贡献。"背地，却和大张在积极地跑调动。省体校有意思要他们俩，他们想跳出去。两个人一齐跳出去，谈何容易。因此他们计划是先让大张调去，然后再调杨小萍。这是一个持久而艰难的计划，需要付出很多的时间，很多的努力，还要花很多的钱。可是他们毫不动摇。杨小萍告诉雯雯他们跑调动的种种经历，雯雯都听呆了。有一次，大张辗转得到一个关系，一个极高级的关系，是省委的一个相当有实权的干部。他们夫妇带着"炸药包"（杨小萍的原话）上门了，没遇到那干部，只遇到他夫人，态度十分傲慢，不断地说："你们把信留下好了，回头我会告诉他的。"言下之意是你们可以走了。而他们就是不走，并表示没有地方住宿，最后只能让他们宿了一夜。杨小萍说："我们早想好了，就是睡厨房，睡楼道，我们今晚上也不出这个门了。这样，第二天我们便可以说，昨晚我们住在某某家，人家立刻对我们另眼相看了。不过，那一夜，我们谁也没睡着，睁眼到了天亮。"

雯雯微微地摇了摇头："何苦呢！"

杨小萍眼泪一下子涌了上来："你说风凉话，你以后总能跳出去。我不想待在这里，我不干。为什么非要我待在这里？我闷死了，憋死了。一到晚上，整条街像死了一样，只有一桩事可以做——睡觉！"

雯雯赶紧解释："我是说你们这么跑调动，太苦了。真的，太苦了。"

"有什么办法？咱们这些人，也没什么靠山，只有靠自己。"

"花了九牛二虎之力，要一无结果，就……"

"谋事在人，成事在天。我反正要把一切都做到，这样，就是不成，我也没话说了，我从命。"

雯雯默然了。她想起自己那年招工，走在那个岔路口时心里所想的。她发现，世界上有很多争取，目的都不仅是争取的对象，而是为了自己心安，为了自己能有一个平静的心境。

"雯雯，你的朋友还在上学吗？"杨小萍擦擦眼泪，问道。

"嗯，上二年级。"

"你们快登记吧。"

"登记？"

"是啊，登记。婚龄长对调动有好处。再说，他在上海那种地方，大学里女同学又多……"

"不不，他不是那种人。"雯雯还从来没想过这码事呢。

"我不是说他这个人怎么的，而且这和人好人坏也没关系。这是很实际的问题。虽说你们谈的时间很长，你的条件也不错，长得还可以，可是，你毕竟是在这小地方，这么远，这么偏。"

"他不会……"

"我知道他很好，可是，还是登记牢靠一些。"

雯雯还是一个劲儿地摇头。然而，这天晚上，她失眠了。杨小萍提醒她一个实际的问题，她不怀疑他对自己的忠诚，也决不愿意用法律来保证他的忠诚。可是她决不愿意拖累他，成为他的负担，让他为自己做出牺牲。是啊，将来，他大学毕业了，说不定就分在上海，说不定还能当个作家、记者。而她在这小小的县城，站柜台，一月三十六元。这太不平衡了。雯雯的自尊心接受不了这种不平衡，她想了一夜，早上起来便给他写了一封信，表示要断绝关系，并请他不要再来信了。可是，信刚寄出，她便开始焦虑地等起回信来。他没有让她焦虑很久，很快就来了信，信上写了一些别的事情，根本没有理会雯雯的提议。他根本不理会雯雯，只把这当作一场无事生非的、小孩子气的心血来潮。

雯雯看了信，很安慰也很失望，她本想做出一个高尚的举动，制造一出悲剧。可他一点不配合，雯雯连享受一下失恋的机会也没有，她好无聊。

关于知识青年问题有了新的精神：知识青年如有病、有困难，经当地领导批准，都可回城等待分配工作。如父母退休，也可顶替工作，但必须是知识青年。雯雯不再是知识青年了，她已经抽调上来，是国家工作人员了。雯雯眼睁睁地看着大批知识青年从街上走过，走到码头，上了轮船，回上海了。假如那时候，她不要这么拼命争取招工，那么，她也可以回上海了。哦，上海。她做梦也没想过要再得到它，它是太好了，因此，得到它就太不可能，太渺茫了。雯雯发现这世界上尽是误会，努力去纠正吧，不曾想纠正了这一个误会的同时，又制造了下一个。人生是太叵测了，真不知该怎么才好。而且这世界永远要不断地发生一些什么好事，引诱人，打扰人，不让人平静，不让人满足。雯雯的心活动了起来，这是绝望的活动，她知道这好事没她的份儿了。从她身边走过的那些知识青年，是最苦的知识青年，他们在底下等了八年，九年，甚至十年。屡次的招工、招生中，他们都惨败了下来，他们曾经是多么妒忌雯雯这些抽调上来的知青。可是，现在他们是最幸福的人了，他们回上海了。从那里走出时谁妄想过还要回到那里？兴许就是因为他们吃了太多的苦，才有了今天的酬报。看来，什么苦都不会白吃的，总会得到一点什么补偿。插队三年的，留县城；插队八年的，回上海，公平合理。这世界上，不会有特别倒霉的人，也不会有特别走运的人。

"在上海上班真开心啊！"杨小萍时常说，"每天早上一边吃大饼油条，一边去挤汽车。"

"衣服正好被车门夹住。"雯雯补充。

"然后叫一声月票。"

"下班以后洗个澡。"

"一路上淘淘零头料作，觅觅便宜货。"

"唉——"雯雯叹口气。

"唉——"杨小萍也叹口气。

她们是早已绝了这念头的。

这时，大学开始招生了。这是恢复高考制度的第一年，人人可以考,择优录取。很多人报了名,单位一律酌情给予一定的复习假准备功课。范姨特地来问雯雯:"你考吧!你要考上了大学,和你对象说不准能分到一起去。"

雯雯摇摇头,轻轻地说:"晚了。"

"晚什么!你才二十多岁,人家三十多岁的也去考呢。"

"不,不,您不知道,我是69届初中生,我什么也没学过。我连有理数都不懂。"雯雯眼圈红了,她想起插队落户那年,在上海度暑假,他曾经要她学,她不听。现在,晚了。

"给你时间学习好了,还有两个月呢!"

"可是上大学必须要有三年初中和三年高中的文化水平,"雯雯绝望地说,"来不及了,来不及的。"

"你试一试好了。"

"不行,不行,不行的。"雯雯直摇头。她蹉跎了,她耽误了。唉!她为什么早没想到呢?然而,谁能想到呢?人的视力有限,站在大吴庄最高的台子上,只能看到渺渺茫茫的一道树影,再也望不过去了。

高考的那一天,雯雯远远地站在县中学对面。那里是考场,她看到很多人走了进去,有年纪轻轻刚念完高中的,也有胡子拉碴的老三届知青,十年里的考生一齐拥进了一个考场。雯雯望着他们,心里说不出是什么滋味,她觉得自己又像做了一个长梦。可是,梦醒来,却发现自己被人遗忘了,甩下去了。她的眼泪不知不觉落了下来,她抬起手悄悄地抹去了。

有人出来了,一路说着:"不难,不难。"又有人出来了,说道:"够呛,够呛。"有人垂头丧气地出来,有人趾高气扬地出来。无论垂头丧气,或趾高气扬的,雯雯都羡慕。她悄悄地跟在一对年轻的考生后面,他们在热烈地讨论着一道关于陈胜吴广的古文翻译题。其中有一句"今亡则亡",一个说第一个"亡"是死亡,另一个说不是"死亡",而是"逃亡"。雯雯不晓得他们谁是对的,只觉得十分深奥。她没有学过古代汉语,只来得及学会"谁知盘中餐,粒粒皆辛苦","文化大革命"就开始了。

"假如我去考,只能交白卷。"雯雯轻轻地对自己说,心里似乎平静了一点。这时候,她的心情很奇怪,越是知道考题难,她越高兴。她需要确切地证实自己再没有上大学的份儿了。雯雯很脆弱,没有希望她活不下去,可是一旦有了希望她又怕、怕累、怕苦、怕失望。

年底,他又来了,带了一旅行包的酒和烟,他要来为雯雯办调动。

"怎么办?"雯雯很茫然。

"恢复你知识青年的身份,办困退。"

"退到哪儿去?"

"退到上海。"他一边洗着脖子,一边说。好像上海是个平平常常的地方,拔腿就可以到似的。

"能行吗?"雯雯心里燃起了希望。

"试试看吧!"

"你看能有几分把握?"雯雯向他讨保证。

"没数,办着看吧!"他不给保证。

"你估计估计看呢?"雯雯非要他说出几分希望。

他看了雯雯一眼,不说话。擦干手,挂好毛巾,把窝进去的领子拉拉直,然后说:"估计不出。"

雯雯叹了一口气。

他却笑了:"你呀,你呀!"

四

"这次行动要绝对地保密。"他关照她。

雯雯点点头。

"你只需带路,我来作战。"

雯雯又点点头。

"作战方案是……"他压低声音说了半天,雯雯听了个稀里糊涂,只知道必须走一条迂回曲折的道路:先要恢复知识青年身份,然后才能办困退。要打通商业局,派出所,雯雯插队所在的公社,大队,等等一系列的关节。雯雯简直望而生畏,先就失去了信心。"这太不可能了。"她沮丧地说。

"我做事情,从来不去想可能或不可能,我只是去做。没法子。"他拍拍雯雯的肩膀,这是唯一表示鼓舞的举动。

"你为什么要帮我调到上海去?"雯雯又怀疑起他的动机。

"你打算在这里待一辈子?"

雯雯当然不打算,可她还要问:"是为了解决我们两地的问题?"

"是一个原因。"他承认。

他承认。

雯雯有点失望,她本想听他几句豪言壮语的。

看到雯雯失望的模样,他又笑了:"我们应该在力所能及的范围内,改变生活,使生活好一些。"

他开始着手办事了,雯雯亲身领略了他的力量。未开口,先送烟。眼看着要谈崩,他神不知鬼不觉地送上一条烟或者两瓶酒,便又峰回路转。他在县城最大的饭馆里请了两次客,斟酒、让菜，酒过三巡，即把话都说明。待到在座的均有了七八分酒意，说出的话均有了回应，甚至当场就得到了一个大红印章。他很能喝，脸红心不跳，头脑依然十分清醒。他会划拳，"三呀四呀！"该赢的时候赢，该输的时候输。一切都恰到好处，天衣无缝。在座的干部们，雯雯都很陌生，连名字也叫不上来，白在这里吃了五六年的干饭。而他，就这么五天工夫，已经稔熟得称兄道弟了。雯雯默默地坐在他身边，只感到他变得陌生起来，显得那么遥远。

酒席散后，他们一起回宿舍。他嘴里喷出一股酒和烟混杂的气味，很刺鼻。雯雯下意识地躲开了一点，她一整个晚上都没说话。他一进屋，就仰脸躺在床上，呼呼地睡着了。雯雯坐在桌子旁边，竭力不去看他。她不想看他。她忽然记起第一次和他约会的时候，他去买冰砖，捧着冰砖挤出人群，当时她多么难为情，扭转着头不去看他。今天，哦，雯雯也觉着难为情。她动了一下身子，脚踢着了桌子底下的旅行包，旅行包里还有四瓶酒，四条烟。雯雯忽然想抬起脚一下子把它们踩碎，可是她不敢，事情已办成七分了。

雯雯站起身，离开桌子，在门边的小板凳上坐了下来。

他睡得很熟，鼾声很匀。两只胳膊枕在脑袋下，两条腿搁在床档上，两只脚正好对着雯雯。袜子上破了一个洞，后跟的颜色很深，可以看出那是很硬的一块，是让脚汗浸透了板结的。浓重的脚臭弥漫了整个屋子。雯雯感到一阵嫌恶，她站起身走出了房间。这几天，她睡在糖果柜的小王那里，小王是本地人，在这里占了间宿舍。当她洗好脸洗好脚睡了下去，才想起应该叫醒他，让他洗过脚再睡，至少也该脱了衣服再睡，这样要受凉的。

还需去一次大吴庄。

雯雯抽上来后第一次回大吴庄。走到村口，她的心就剧烈地跳动起来，她简直想扭转身跑掉了。

一整个大吴庄的老少男女都跑来看雯雯了。雯雯窘得很，不说话，只是低着头给孩子们分糖。社会子的孩子已经四岁了，很霸道，自己从雯雯书包里抓糖不算，还跑去夺人家的糖，把一个小孩子惹哭了。那小孩的哥哥——一个背书包戴红领巾的孩子追过来打他，为弟弟报仇。他尖声地大叫，引得他奶奶跑出去嚷："你怎么能打他呢？你是学生，他是社员，学生能打社员吗？"那孩子只得领着弟弟撤退。根侠、半侠一辈的姊妹都出嫁了，下一辈的小姊妹长成大姑娘了。那个挤在门框里瞅着雯雯笑的大辫子姑娘，就是雯雯第一次进庄在井台上遇见的挑水的女孩。如今她出落得很漂亮，两条黑黑的辫子垂在高高的胸脯上，两只眼睛不怕人，一闪一闪的。严书记老了，好像更瘦更矮了，依然是咬着那杆旱烟袋，不紧不慢地行动、说话。他低着头听任一绕着弯子说明来意，不时说一声："明白了。"或者是："管。"说完之后，任一就要拿酒送严书记。书包在雯雯的膝盖上，雯雯用手紧紧压住书包，不让他拿。她觉得不能这么对待严书记的帮助，不能！雯雯压住书包，低着头不看他，他莫名其妙，不明白是怎么回事，只得作罢，跑出去上厕所了。

严书记从嘴里拿下旱烟袋，对雯雯说："是你女婿？"

雯雯点点头红了脸。

"不孬！"他评价了一句又接着抽烟，过了一会儿说，"早知道有今天，那时你不如让小楚走了，她要早两年抽到街上，这会儿怕也有女婿了。"

"她，现在走了吗？"

"走了，人也熬干了。"

雯雯低下了头，过了一会儿说："大伯，您不怪我不知足吧？"

"这是常情，水往低处流，人往高处走。"严书记慢慢悠悠地说。

雯雯的鼻子忽然酸了。她看见干活回来的社员手里抱着棉袄，身上穿着单褂；她看见一个小孩子哭了，母亲塞给他一片生洋葱；她看见家家锅里煮着红芋干稀饭；她看见地里七八个人拉着一架犁。南湖，极远的地方，那天与地相接的地方，仍然是朦朦胧胧的树影，仍然是望也望不过去，可雯雯要走过去了，她要走过去了。

雯雯走了，她一步三回头地走了，她知道这一去是再不能回了。她曾在这里吃过很多苦，她想家，麦收时，胳膊上晒起了水泡；割豆子，手心给黄豆秸子扎出了血。她没有房子，只好住在灵牌的下面，她吓得一夜一夜地睁着眼。可她忽然想起，她还在这里待过，收麦子的时候在地里燎麦子吃，割黄豆时在地里烧黄豆吃。夏天，百岁子带她们去二队瓜园偷瓜，兰侠一步一个雪窝送她回家……痛苦原来是和欢乐掺和在一起的，苦和甜怎么分也分不开地搅和在一起，变成了一团忘也忘不掉的回忆，变成了一片抹也抹不脱的眷恋。

走到坝子上，雯雯告诉他："有一次从城里回来，黄昏了，走在路上，一个人好不凄凉，可是，忽然，身后来了一驾平车……"

走到大方庄，雯雯告诉他："这是个回民庄子，这里的狗很凶。有一次，一个孩子站在坟前对我说：'别踩我爷的脚。'……"

走到白杨树下，雯雯告诉他："天黑了，我一个人正害怕，忽然小高吹着口哨来了……"

每一程路，都有一个故事。雯雯说了一路，是说给他听，又是说给自己听。

上分洪闸了，一驾平车放慢了脚步，雯雯上去推了它一把，拉车的老头回头想说一声："难为。"却找不着人，雯雯早跑到前边去了。

"高兴吗？"他问雯雯，桌子上摆着户口、油粮关系等等。雯雯看着那上面的大红印章，眼前浮起了任一那张喝酒喝红了的脸。她说不出是高兴，还是不高兴。

"没想到这么顺利。"他仰脸躺倒在床上，雯雯发现他很喜欢这么躺在床上。她的床向来很整洁，她连坐都不坐的。她心里忽然有点烦：

"你起来好吗？这儿有椅子。"

"累坏了，躺一会儿，"他满不在乎地躺着，伸手伸脚，形成了个大字，"比我上大学顺利多了。我们公社五七办公室的主任，胃口可大了，烟、酒、布料，根本不放在眼里。我认准，这种人贪得无厌的，怎么也填不饱的……"

"别说了！"雯雯打断了他的话，"这有什么值得炫耀的。"

"我没有炫耀。"他看了雯雯一眼，雯雯烦恼地低着头。

"这简直是丢人，这几天，我真难过。"

"你只会难过：烦恼、苦闷、发牢骚、自命清高，却不愿做一点点改变现状的努力。"他认真起来，有点生气了。

"我宁愿不回上海，真的，我不回！"雯雯嚷道。

"你现在当然可以唱高调了，反正，一切都成了。"

"不不，我不是高调。我不回去了。"被他误解，雯雯又气又急，伸手去夺那些油粮户口。

他早已把它们抓在手里了："你别胡闹，我为你的调动费了多少心血,你也太不知好歹了。"

"我不要,我还你好了,我赔你好了。"雯雯掰他的手,她一定要把这些东西都撕碎。

"你是怎么搞的,雯雯,你是怎么了?"他被雯雯的激怒弄得不知所措起来,只能把她抱住。

"我不愿看到你那个样子,"雯雯哭了,"我不愿看到,我不愿,我不!"

"我是没有办法,没法子!没法子!我也不愿意那个样子。我那个样子很丑恶吧?雯雯,你看不起我了,是吗?"他也哭了,眼泪很汹涌地从他眼睛里流了出来。雯雯心软了,一把抱住他的脖子。

"我们都是很普通的人,我们都是小人物。我们没法子把这地方变成上海,可我们能够回上海去,我们从小在那里生长。"

雯雯呜咽着,他们的眼泪交流在一起。于是,一切便在这交流里冰释了。

"让我们把这一切都忘记。"他喃喃地说。

雯雯点点头,她要把这一切都忘记——要是能够的话。她紧紧地抱住他,她发现自己很爱他,这爱里带了一点怜惜,因此更爱了。她不明白,在发现他缺点以后为什么还爱他。

为了防止事情节外生枝,这一切,能瞒就瞒着了。雯雯的伙伴们都蒙在鼓里。雯雯本想请大家聚会一次,可任一说都是上海人,后会有期,这一次就免了吧。

走的前一天晚上,雯雯一个人挨个儿到那些比较要好的朋友家坐了坐。杨小萍一个人在家,大张已经调到省体校去了,他们开始过两地分居的生活。

"雯雯,任一这次来是商量结婚的事吧?"

雯雯尴尬地点点头,她对外一直这么说的,以免人家对任一的突然到来起疑。

"你们什么时候办?"

"'五一',或者'十一'。"雯雯吞吞吐吐地说。

"早点告诉我们啊!大家都等着给你还礼呢!"

"嗯。"

"准备旅行结婚吗?"

"不,不了。"

"旅行结婚好。去苏州,去杭州,还是去黄山?黄山好,你跟他提嘛!"

"好,再说吧。"

"江苏一个什么地方的文工团来演出,咱们去看吧?"

"不知道怎么样,人家看了来都骂呢!"

"骂人家跳光屁股舞,一边骂,一边还去看,其实人家跳的明明是芭蕾舞。"

"是芭蕾。"

"明天我们一起去吧,到那儿就能买到票。"

"嗯。"雯雯犹豫着。

"明天任一不是走了吗?陪陪我。"杨小萍可怜巴巴地哀求道。她一个人很寂寞。

"好吧。"雯雯答应了下来,心里想着,到了明天,杨小萍不知该怎么骂她了。

天没亮,他们便出门了。街上静悄悄的,几辆送水的平车"咕噜咕噜"地碾着石板路。他们上了船,船开了,慢慢地离开了码头。县城越来越远了,早晨的雾气缭绕着它。远远地看去,小小的,小得叫人有点心疼。雯雯望着它,忽然对它觉着了抱歉。

"没法子，我们都是小人物，很难为你造福，只能努力为自己做一点什么。我们很自私，可是，我们生活得很认真。"

淮河两岸是高大的柳树，太阳升起来，在柳树林子后面追随着船。船向前开着，太阳向前跟着，一步不落。

这里的太阳和上海的太阳是一个。雯雯想着，心里好像安慰了一些。

太阳在柳树林子里穿行，走到哪里，哪里是一片灿烂的金红。它抛下一段树林，又迎来一段树林。

他在对着河水抽烟，雯雯温存地把烟从他嘴唇上拿了下来，在船栏杆上掐灭了。

柳树林子里穿行着一团光辉，这光辉跟着船，船上有一个雯雯，还有雯雯的朋友——任一。

第八章

妈妈做了三十年的编辑，评上了职称，才成为正式的编辑。

爸爸干了十年的杂活，这会儿重新开始写小说，才成为名副其实的作家。

姐姐从轻工局考上了师范学院，四年后便是正牌的大学生，人民教师。

大学里，成批地造就着记者、医生、工程师、技术员、导演、编剧……这是一个人尽其能的时代。

雯雯发现自己一无所能。

一

雯雯上班了，在街道的一个压瓶盖的生产组，就在隔壁弄堂口，既用不着咬着大饼油条挤汽车，也没有月票。没有月票，也没有工作服，只发了一副袖套、一条围裙。没有浴室，没有食堂，这只是一间普通的街面房子。轰隆隆的机器声响彻了半条马路，好像这里有一座钢铁厂，而不是一个压瓶盖子的工场间。行人从门口走过，总要回头看一眼，门口常常围着一些小孩子，出神地看着里面那些声势很大、效率很小的机器。机器轰隆轰隆，铁片送到冲头下,脚一踏,一个圆圆的瓶盖很威风很不平凡地诞生了,似乎负有极大的使命。这种半手工半机械的操作很能够吸引孩子,尤其是男孩子。他们似乎很崇拜这里的工人们,又用手又用脚,还驾驭着一部野兽般轰鸣的机器,很有一番英雄气概。因此这里成了附近居民哄孩子的一个场所,孩子一到这里,立刻目瞪口呆,不吵也不闹,灵验得很。而工人们则看孩子,八小时地看着那扁圆的铁皮瓶盖,看见孩子们活活的小脸儿,便觉得分外有趣,他们就这么互相欣赏着。

此外,还有一个可供工人们消遣的节目,可惜不是经常开演的。工场间贴隔壁有一户人家,家里有一个精神病人,是个近三十岁的小伙子。他发病的时候,便是推开窗唱歌表演。他有着很多打击乐器:铃鼓、手鼓、木鱼、快板,一边打鼓一边唱歌,唱的全是"文化大革命"中的歌曲:《敬爱的毛主席》《草原上的红卫兵见到毛主席》《毛主席的战士最听党的话》……他声音很好,唱得也有激情,能唤起人们对那个年代的很多回忆。他唱歌的这一天,几乎变成了工人们的节日。

雯雯花了好大的力气,总算学会并协调了这种手脚并用、左右开弓的操作。熟练之后,她便觉得自己也变成一部机器了,凭借着习惯的动力,重复一个简单的动作,每天要重复上千遍。在隆隆的机器声中,她和机器已经合二为一,分不清谁在操作谁了。八小时之后,她回到家里,耳朵里还充满着隆隆的机器声,以后就再也消除不了了。她觉得整个世界都是噪音,她永远安静不了。

"我恐怕是有什么病了,耳朵里老有声音。"雯雯惶恐地和娟娟说。

"上海就是这样,噪音很厉害。"娟娟说。

"我以前怎么不觉得。"雯雯还是不明白。

"你在外地待惯了,就对比出来了。比如我刚从黑龙江回来,总觉得上海的水有股漂白粉味儿,慢慢就好了。"

"这也有道理。可是,总归不应该一天到晚地响,我头都昏了。"

"我也是,头昏脑涨,一天到晚睡不醒。我简直想回哈尔滨了。"娟娟说。娟娟是从黑龙江顶替她母亲回来的,她在那边已经抽调到哈尔滨了,据说在那边已经有了朋友。

"哈尔滨好吗?"雯雯问,她最远只到过蚌埠,对东北感到很神秘。

"好,"娟娟不假思索地说,"哈尔滨的房子很漂亮,一栋一栋的花园洋房,尖顶的,大多是俄国人造的。哈尔滨的水好,对皮肤对头发都好,所以,哈尔滨的女孩子长得都很好看。哈尔滨有条松花江,星期天,我们就带了啤酒、面包、红肠去玩一天。哪像上海,玩都没地方玩。"

"你朋友是哈尔滨人吗?"

"是天津人,他是很走得出来的,长长大大。哪像上海男人,一个个肋排骨可以弹琵琶。我们好了有七年了。"

"其实,在那里安家也蛮好的。"雯雯为她有些遗憾。

"谁晓得呀,忽然之间可以回上海了。唉,上海,总是要回的。"娟娟手里玩着一块废铁片,翻过来,翻过去。

隔壁精神病人又把窗户推开来了,打起了手鼓。

"真是作孽。"娟娟说。

"作孽。"雯雯也说。

机器隆隆地响,手鼓嘭嘭地敲,汽车开过去,一整条马路都被噪音淹没了。

下班回到家里，也得不着清静。姐姐和周介龙结婚后住在家里，生下一个儿子便双双去考大学。姐姐考上了师范学院中文系，周介龙考上了复旦生物系。两人都住在学校，星期天才回来，星期天晚上就都走了。他们看到儿子好像是很怕的，星期天晚上像逃跑似的争先恐后地走了。儿子迪迪已经一岁了，请个小保姆带着。这小保姆才二十二岁，浙江绍兴人，大家都叫她山妹。她出来做人家起初是为了还债，她父母硬把她说给一家人家，她不答应，无奈父母已收了人家的彩礼，她就决心出来赚钱还那彩礼。做了两年，彩礼钱是早已还清了，可她却不愿意回去了。如今她除了口音是绍兴的以外，一头一身全是上海姑娘的做派了。烫发、高跟鞋、连衣裙、尼龙丝袜、睡衣睡裤都很齐全。手脚很快地做完了活，哄迪迪睡着，自己就上街蹓百货公司或者看电影。她还喜欢看小说，晚上看到很晚才睡觉。这是新一代的保姆，与阿宝阿姨是完全不同的。阿宝阿姨帮人家，把东家当成自己的家，充满了感情，也充满了依附感。而山妹则不一样，她是她，东家是东家，她里外分得很清楚，好像是很要求自己的人格独立性。雯雯一到家，她便提出要加两块钱工资，因为多了一口人。她还不喜欢人家指示她干这干那，你越说她越不干；你不说，她会干得更好。家里有客人来，她决不倒茶送水，好像会辱没了她的身份似的。因此，她干活是无可挑剔，感情却总亲切不起来，家里好像住了一个外人。大家都很怀念阿宝阿姨，可惜她已经回乡了。而且，即使不回乡又会怎么样？说不定也和过去不一样了。现在的保姆们似乎成立了一个什么团结工会，互相介绍人家，共同商议向东家提条件，共同要求提高薪水。于是那工资的水平线日益高涨起来，再老实的保姆也不能平静了。

迪迪刚学会走路，便老是要立起来摇摇晃晃地走。只能用一根围巾吊在他的肋下,牵着他,像牵一条小狗似的由他走去。他往左扭两步,又往右扭两步,张着嘴,睁着眼,究竟也不知想要走到哪里去。雯雯回到家,就必须牵着他,好让山妹腾出手去烧饭。这是很紧张的事,因为他是活的,一不小心就会出岔子。雯雯真是累了,有时把他扔在床上,想不去管他,可他翻个身四脚着地又站了起来。再把他推翻,他又爬起来,还向雯雯笑笑。雯雯心软了,唉,他是个活的呀,叫人不能不理会。吃过晚饭,雯雯已经筋疲力尽,只能上床去睡了。每一天都过得很忙碌,好容易到了星期天,姐姐姐夫从学校回来,家里顿时热闹了起来。雯雯洗头洗澡,料理料理一个星期积下来的琐事,与他出去看一场电影,一个假日便这么过去了。

因此,雯雯打算回上海后找同学们聚聚的愿望一直不可能实现。一直过了两个月,她才抽出一个晚上去了娜娜家。娜娜的妈妈接待了她。她们家又从阁楼上搬到了三楼,可是一二层楼依然没有还她们。娜娜妈妈老了,打扮得仍然很漂亮,很讲究,因此倒也不太显出老态。她把雯雯当大人接待了,倒茶、端糖,然后告诉雯雯,娜娜走了,上香港了,香港有个姑妈。

"什么时候走的?"雯雯很失望。

"打倒'四人帮'前一年,已经走了三四年了。她哥哥先去,她再去的,想到那儿上学啊。"

"她要再等一年就好了,我们大学现在也一样择优录取。"

"我的意思是让她在那里嫁人,找份好点的人家。可她一定要上学,哪有这么容易。"

"就是。她和我一样,是69届的。"

"不过,她在黑龙江自己温课的,把初中课程都学完了。尤其是英语很好。"她妈妈流露出了母亲的骄傲。

"哦,"雯雯不由得低了低头,"她在那里还好吗?"

"现在找了一个工作,给人家带小孩,她准备挣一笔钱去美国读书。"她妈妈脸色黯淡了下来,点了一支烟。她抽烟的姿势很优雅。

"她姑妈不管她吗?"

"他们香港那边的人,都是这样,情义很薄。"

"那么,现在家里就只有伯伯、伯母两个人了?"

"就只有老太婆老头子了。"她眼睛红了一下,下垂的泪囊便分外地显露了出来。

"也挺清静的。"

"挺清静。"

雯雯坐了一会儿,向她要了娜娜的地址,站起了身:"我走了,伯母。"

"再坐一会儿嘛!"

"不了。明天还要上班!"

"你以后常来啊,"她真心地邀请着,一直把雯雯送下楼,送到后门口,不断地说,"再来啊。娜娜不在,你也可以来的,来啊!"

雯雯走了,走出老远回头望望,黑洞洞的后门口,还亮着一点火星,一明一暗,一明一暗。

本来,她还想去魏玉娥家,可这会儿却一点儿兴致也没了,她一个人慢慢地往家里走。

马路上人不多,几对谈恋爱的慢吞吞地走着,这是比雯雯要小得多的孩子,二十二三岁,大约是75届76届的毕业生吧。一个门洞里,偎依着一对青年,女孩子在哭,男孩子在给她擦眼泪。雯雯不由得微笑了一下,她知道眼泪会使爱情更甜蜜。公共汽车靠站了,老远就听到售票员通过麦克风在报站名,声音很浑浊,却响彻了一条马路,这是近两年新兴起的现代化设施。雯雯好像有一种奇怪的感觉,上海是回来了,可上海却是另一个上海了。

二

"我小时候很喜欢吃棉花糖,现在怎么没有了?"娟娟对她说。"我到现在也不明白这么大一块棉花糖,怎么一放进嘴里就没了。"雯雯也想起了棉花糖。

"一放进嘴就没了,可是满嘴都蜜甜蜜甜了。我记得是一个老头子推车子卖的,用手摇,摇,摇,摇,摇出了一大抱。"

"好像,我很小很小的时候,还有卖糖粥的。"

"我不记得了,那糖粥什么味道的?"

"忘了,只记得,很烫。"

"我记得有一支卖糖粥的歌'笃笃笃,卖糖粥,三斤核桃四斤壳'……"

"对对对,我也想起来了:'买你肉,还你壳,张家老伯伯要不要……'"雯雯兴奋地接了上来,她似乎努力要使她熟悉的那个上海再现。

雯雯在生产组里交了几个好朋友,比如娟娟,还有阿珏。她们互相介绍裁缝,买同一块料子计划着套裁。她比以前容易和人熟悉了,可她觉得再交不着像小时候那样的朋友了。人大了,再要好也都要保留一些,总不会把什么都端出去的。她很想念娜娜,给娜娜写了一封信,却没有回信。也许她太忙太累了,也许她已经去了美国。张维真也从安徽回来了,在另一个做线圈的生产组工作。她家又恢复原样，给资产阶级落实政策嘛！她结婚了，对方也是工商界人士的子弟，家里极有钱。她请了长病假，几乎不上班。前一段还回回娘家，这一段据说生孩子了，也没见回来。有一次，雯雯带迪迪去公园，看见了陈建江，他们前几年就从那黑窗户的房子里搬走了，据说搬到静安寺那儿，她已经有十多年没见他了。可没想到一见他立刻就认出了，也认出了他的妹妹。这个黄毛小丫头如今出落得那么漂亮，真是没想到的。雯雯现在看二十岁左右的女孩子，觉得个个都漂亮，兴许是她自己有点老了。小妹妹走在她哥哥身边，吃一块简装冰砖，陈建江自己不吃，不时看妹妹一眼。雯雯忽然想起他小时候说过，赚了钱都给妹妹，他一定实现了自己的诺言。他在哪儿赚钱呢？他一定也认出了雯雯。可是他们都没说话，他们交臂而过，雯雯回过头去看他，他也正回过头来看雯雯。他们不好意思说话，似乎小时候的芥蒂至今也没忘记似的。可是那芥蒂如今想起来，却变得十分美好。雯雯老是回忆小时候的生活，她只有这一段生活是无忧无虑的，是黄金的，是宝贵的。她只有儿童时代，只有小学生的时代。

而这小学生时代也不能供她好好儿地凭吊了。小学迁址了，迁到黑篱笆后面的女中里面，女中——早已不是女中了，女中另外造了新校舍。

这一天，家里来了客人，一个五十多岁的妇女带着一个二三十岁的小伙子。那妇女头发完全白了，显得很苍老，小伙子很高大，很黑，抽着廉价的烟，手指头和牙齿都发黄了。妈妈看到他们先是一愣，然后便大吃一惊："是你啊！这是哪个？黑熊？哎呀，这么大了。雯雯，你看，这是黑熊！你还记得吗？"

雯雯望着面前这个又高又大，笑嘻嘻地抽着烟的小伙子，一点儿也想不起什么来。他的表情也有点茫然,好像也并不记得起雯雯,虽然他在微笑。

"小时候,两个人成天在院子里玩。"妈妈提醒她。

"小时候,你抢雯雯的小自行车呢。"那女人提醒他。

两人微笑着茫茫然地对视着。

"你现在在哪里?"雯雯客气地问。

"在东北,农场中学里教书。"他说着一口纯粹的东北话。

"哦,那是很远的地方。"

"五七年反右,我爸爸戴了帽子,我们全家都跟去了。"他们慢慢地互相启发着,试图能记起一些什么来。

"从哪儿去的?"

"就从上海,我们原先就住在这里。"

"哦。"雯雯想起来了一点,但却朦朦胧胧、缥缥缈缈,像是上一世的事似的。她记起了一辆大卡车,从一地金黄的秋叶上碾过去,是去黑龙江。对了,她还记起院子中间挖了一个炼钢炉,一个小男孩挺着赤裸的胸脯,肋骨间一块皮肤有节奏地颤动,那是心跳。"我妈妈来上访的,要求落实政策。这两年,腿都跑断了。"他又在烟头上接上一支烟抽着。

"你们吃了很多苦吧?"雯雯同情地说。

"别提它了,"他一摇头,一摆手,"说句时髦的话,向前看,向前看。"

雯雯笑了,她觉着这个人挺有意思,可却是个完全陌生的人。她努力回想着他小时候的模样,怎么也想不起来了。她发现自己原来已经走出了很长的一程路,回头望望来路,前方模糊了,早已出了视线以外。而再掉回头,向前看,去路倒是清清楚楚,笔直一条大路,一眼望到尽头。

每天八小时地压着瓶盖子，就这么一天一天地压下去，没有任何变化，不会有任何变化。同事们喜欢讨论退休的事：

"现在存一点钱，退休以后出去玩玩。"

"买张公园月票，学学打太极拳。打好拳，再喝一碗豆腐浆，真是神仙过的日子。"

她们都只有二三十岁，离退休还有二三十年，可是这二三十年里除了瓶盖子，还有什么呢？世界上永远需要瓶盖子。

雯雯时常怀念那淮河边上的小城。在那里，她至少可以想想家，做个回家的梦。如今到了家，梦变成了现实，她没什么可想、可梦的了。她甚至怀念插队落户的大吴庄，那极远极远的一道树影。再也望不过去了，望不过去是一种幸福。如今，是一眼便可望到底了。

人生中所有的谜都解开，就变得索然无味了。雯雯现在只剩下一个谜了，也就是这个谜使她觉得生活还有点意思，一天天过下去还有点指望。这个谜便是结婚。

雯雯悄悄地准备着自己的嫁妆，她很挑剔。一个星期天的上午，从南京西路走到南京东路，看遍了所有床上用品商店，只买了一对枕头套，可是回到家，在隔壁百货公司却看到一对同样的，于是这一对就显得平凡起来，她便把它退了。有时候，买回的东西后悔了，又退不掉，她就另外放着，准备小姊妹们结婚时送礼。她一点不愿意将就，她自己用钩针钩桌布、沙发巾、茶巾，钩完了这一切后，她又向一个宏伟的目标进军——钩两条窗帘。她是悄悄地做着这一些准备工作，她决不愿意让别人知道，更不愿意让他知道。当她准备着这一切时，心里总是又恬静又幸福。

然而，他好像把结婚这桩事忘了。

他现在正苦恼，他后悔自己早两年上大学，当了工农兵学员。他说，如果考，他也是能考取的，而且他可以选择自己喜欢的学科，学数学。他在中学里数学成绩总是最好的。自从第一届考试录取的大学生进校之后，老师们的注意力全集中到他们身上去了。对前几届学生全然是一派敷衍的态度。总之，送佛送到西天，送走了事。他决心要考研究生，考数学专业，忙得要命。忙着准备研究生的考试，又忙着准备本科毕业的考试，这两次考试的内容又没什么联系，雯雯觉得他是自找苦吃，她看着他这么干都觉得累。

他们一起上街，雯雯喜欢逛布店、日用品商店、家具店，他总是不耐烦地催促雯雯："走吧，走吧。"而一走进书店，他自己却再也走不动了，轮到雯雯催他了："走吧，走吧。""等一会儿，等一会儿。"他这么说。雯雯发急了，说："你不走我一个人走了。"他什么也不说，好像没听见。雯雯只好转身一个人走了。雯雯一个人走在路上，心里空落落的，她发现他不需要自己。

是的，他不需要自己，至少不像雯雯需要他那样需要。他除了雯雯，还有很多别的东西，而雯雯除了他，就再没别的了。当发现这一点后，雯雯嘴里说："我不稀罕他。"心里，却变得十分小气，时时刻刻要他陪伴着自己：逛公园、逛马路、看电影——

雯雯什么电影都要看，只要是在方圆五站路以内的电影院，每一部电影她都不放过。他常常就在电影院里睡着了。有一次，有一部关于航海故事的电影，他从头至尾在睡觉，错过了一连串的悲欢离合，最后电影结束了，只剩下一片海阔天空，一只船乘风破浪地在前进。雯雯把他推醒，要他快走，待会儿人多了就难挤出去了。可他却不愿走了，两眼直瞪瞪地望着银幕，直至那只船消失。他说："这是一只很现代化的船。"

渐渐地，他开始躲雯雯了，他没有时间，他陪不起了。雯雯生气、发火、流泪，他虽生气，却不能发火，也不能流泪，还要哄雯雯，向她赔不是。雯雯，越来越成为他的负担了，他比雯雯还苦恼。

雯雯看不见任一的苦恼，她只觉得自己苦恼，苦恼得无边。她认为任一心里没有她了。他一心里全是数学、研究生、考试，说起话来三句不离此道。雯雯没有兴趣，她想说一些自己的事，他又没了兴趣。常常是他们在一起谈了一整个晚上，各人说各人的，各人也只听各人的。他们变得隔膜起来，无法交流了。雯雯伤心地说：

"你对我的生活一点不关心。"

"你也不关心我的事业。"任一也发急。

"你有什么需要我关心的，你前途无量。而我，天天压瓶盖子，瓶盖子。"

"你脑子里就想一些别的嘛。"

"我还能想什么？"

"唉，你呀你呀！"

是为了启发雯雯，还是为了给雯雯排遣排遣，他带雯雯去参加他们同学的聚会。可雯雯半当中就跑了出来，她受不了。

一屋子的大学生，有三十多岁的，也有十八九岁的，一个个胸前别着校徽，指天画地，高谈阔论，国家兴亡似乎都在他们一张嘴上了。不时夹上几句外文，说着说着放声大笑起来，笑着笑着又叹息起来。然后，有一位女同学开始唱歌。她二十来岁模样，长得不漂亮，但却青春勃发。穿一条窄窄的牛仔裤，白衬衫的下摆系在裤子里，一头齐肩的长发，一边各夹一只普通的铁夹子。她自己弹着吉他，唱道：

"不要问我从哪里来,我的家乡在远方……"

屋子里静了下来,只有她的歌声在回荡。她的声音有点喑哑,但却有一种打动人的力量,叫人有点想哭。雯雯就在这时候跑了出去,除了任一,谁也没注意她。怎么会注意她呢,一个压瓶盖的女工。

"你怎么了,又不高兴?"任一拉住雯雯。

"你以后别带我到这种地方来。你们都是大学生,我算什么?这不协调。"

"协调不协调,不在于身份,而在于精神。"

"你别给我说这些虚无缥缈的道理。我不要听。"

"可我还是要说,你要改变你的生活。"

"怎么改变?又是考大学?我能考哪一科呢?中文,外语,数学,物理?我什么都不行,什么都不行了。"雯雯绝望地捂住了脸。

"你究竟喜欢什么?你喜欢什么,就学什么,追求什么。"

"我不知道我喜欢什么。"雯雯捂着脸直摇头。真的,她不知道,不知道!她只受了五年一贯制的小学教育,这教育远不够帮助她发现和认识自己的才能,远不够帮助她真正懂得自己喜欢什么。她不是天才,不是那种一出生就显示出天赋的天才,她是个普通的人。任一愣愣地站在她身边,不知该怎么去指导她生活,只能轻轻地抚摸着她的胳膊。雯雯一扭身躲过他的抚摸,跑了。

雯雯再不要见任一了,她不要见比她处境好的任何一个人。她只有在生产组,和娟娟阿珏她们在一起,心里才平静一点。

她们每天互相招呼着上班压瓶盖子,休息的时候谈谈山海经:佩佩新谈了个对象,家里人都在国外,他们结了婚也要出去的。吴亚琴结婚,在华侨商店买了一套一千多元的家具,颜色、木质、样式都是上等的。最近,谈论的比较多的是阿珏和小章的事。他们两人都在这个生产组,自己谈上的。阿珏家里死也不同意,妈妈说:"你们两个人都是生产组,将来小孩子顶替,也是生产组。难道我们家就该祖祖辈辈做生产组?"阿珏回嘴:"我的小孩要上大学。""你嘴硬!大学这么好上的?大学是人人都上得的?对面毛弟吃了一年的阿胶、牛奶,也只考上个技校。"阿珏哑口无言。生产组的同事们也都劝她慎重考虑。可是,别人越反对,他们越来劲,到底好成了,准备结婚了。家具、床上用品、电视机,都买全了,各人也做了几套像样的衣服。然而,祸从天降,被人撬了门,把能搬的都搬走了,价值一千多元,这可是血汗钱哪!雯雯不明白他们是怎么从这四十二元工资里省下这一千多元的。阿珏急得跳脚哭,也没办法。到派出所报了案,派出所来人做了调查,把生产组里一个曾经进过庙(即劳教所)的青年借去参加破案。可能就是像反特电影上演的那样,派他打到坏人内部去,以便掌握情况。可是谁又能保证不是他参加作的案呢!

大家议论纷纷:

"这个贼,熟门熟路得很,一定是个熟人。"

"不过人家讲,兔子不吃窝边草。"

"吃不准。"

"现在的小贼,偷东西本事可大了。我们那里有一户人家,忽然来了一辆大卡车,开开门,就把东西一件一件往车上搬,连酱油瓶也搬上了车。隔壁邻居以为是搬家呢,也不疑心。你看要死吧!"

"我姊姊家被人撬过一次,大橱、五斗橱都撬坏了。现在他们把家里的存折、钞票都带到单位里去,橱门上插着钥匙,意思是,你小偷来,也别撬了,就用钥匙开吧,反正也没什么了,别把门撬坏了。"

"现在新造起的工房出事最多,太偏僻了。"

"又都是双职工……"

大家互相交换着新闻,然后,雯雯听了来又回家去讲。爸爸听着当消遣,很开心。妈妈则很紧张,不断关照山妹:

"门户要当心。你有时候一等迪迪睡着,就跑出去买东西,太危险了。"

山妹就不高兴:"我跑出去过几次,每次都没超过二十分钟。"妈妈也生气:"是没有超过二十分钟吗?昨天迪迪一觉都睡起了,你还没回来。"

"那是因为小姐姐在家。"她管雯雯叫小姐姐,管霏霏叫大姐姐。"她在家我才放心的。"山妹不肯让人,哪怕她心里知错,嘴上也不肯承认的。妈妈就特别不喜欢她这种样子,很看不惯,对她总不大客气。

雯雯一见她们吵嘴就心烦,很抱怨霏霏把孩子生下来毫不负责任。周介龙倒是蛮识趣,有时把迪迪带到他家,让他奶奶带几天,山妹也跟去住几天,家里便可清静一些。可是才走了一二天,家里便觉得空荡荡、冷清清,简直是一点生气也没有。雯雯下班回到家就觉着无聊,于是又跑到周家把迪迪接回来。抱着他一路走回来,一路"咬牙切齿"地骂:"臭外甥!我为什么要想你呢?臭外甥,扔掉算了!"他在雯雯手里不停地扭过来,扭过去,踢踢腿,挺挺腰,不时无端地大吼一声。他的精力实在太充沛了,不晓得要干什么才好。还没到家,雯雯就累了,后悔过早地领他回来,真是没办法。他就是这么一个活活的东西,给人快乐,又给人烦恼,快乐和烦恼交织在一起,你要就统统都拿走,不要,就统统没有,简直是整个人生的象征。

迪迪也对压瓶盖有兴趣，雯雯有时带他来生产组玩，大家都抢着抱他。这个生产组有不少老三届刚从外地回来的，还没结婚，有的连朋友都没有，年龄却不小了，很喜欢孩子。

"叫我娘娘，给你糖吃。"娟娟逗迪迪，手里拿着一块糖，像引蟋蟀似的在他鼻子跟前晃着。迪迪似乎很愤慨，不叫她，眼睛盯着那块糖，冷不防扑过去，娟娟早已让开了。于是他便愤怒地低声吼着，大家便笑。

"真好玩。雯雯，什么时候带你的孩子来玩啊？"大家开雯雯的玩笑。

雯雯对这玩笑不觉得害羞，她觉得这是很自然的事。她当然是要结婚生孩子的。她只说："早呢。"

"什么时候吃你的喜糖呢？"

"早呢。"雯雯说。

"你可别放过了他，"娟娟说，"让人家看看，我们生产组的小姑娘，也可以嫁个大学生。"

"我不稀罕。"雯雯淡淡地说。她早已停止准备嫁妆，她把已经买来的也处理掉了。有的送人，有的转让给人家，还有的，她现在就用了起来。她不要结婚了，她看出她和任一的不平等，她决不愿意用自己的全部去换得他的一部分。雯雯懂得了，爱情决不能代替一切的，即使她愿意让爱情代替一切，任一也不会愿意。而她除了爱情以外，还有什么呢？

她看到阿珏和小章两人一同进，一同出，一同吃饭，一同上街，心里很羡慕。她想，自己也应该找一个和自己一样的人，和自己一样除了爱情什么也没有的人，那么她就会得到全心全意的爱。

阿珏被窃的东西一直没有下落，她也不抱任何希望。已经从悲痛中挣扎起来，又在一分一厘地准备着第二份嫁妆。那位派去帮助破案的小崔回来说，至今没有线索。他说，东西还没从贼那里脱手，很可能送到外地去处理了，那就更加渺茫了。也不知他是从什么地方了解到这些情况的，说起来胸有成竹，十分有把握。他很有一点江湖义气，建议生产组的人每人捐两块钱，帮助阿珏小章渡过难关。他说："都是生产组一只船上的。生产组的人办事情，办得体面一些，也是为生产组挣面子。"颇有几分道理，大家纷纷响应。可是阿珏和小章却坚决不收，阿珏说："我们收了以后，要给每个人磕头呢，不要。"

看着她这么积沙成塔地建设家庭，真是恨不能像佩佩那样，找个华侨，一下子衣食住行全都解决了，因此由不得不叫人钦佩阿珏的志气。

尽管和大家相处得不错，可是雯雯仍然感到孤独。这些谈话满足不了她，充实不了她，雯雯很寂寞。她又寂寞了，她总是感到寂寞。

她看书，如今的刊物多如牛毛，看也看不完。她看归看，心里可是不相信。她亲眼看见姐姐晚上趴在写字台上写了大半夜，居然也写成了一篇小说，在一个什么省的刊物上发表了。可是，那小说的神圣感，从此荡然无存。她看书，只是为了解闷，她不会为其中的悲欢感动了。她好像把什么都看透了，看穿了。因此，什么也激不起她的热情了。她不喜欢她的工作，有事没事的请半天病假在家睡觉。可是当山妹请假或迪迪生病，家里同她商量，让她请假在家里帮着照看照看，她又会生气：

"为什么要我请假呢？又不是我的孩子。姐姐自己不能请假吗？周介龙也能请假。"她从来是直呼周介龙为周介龙的。

"他们学习很紧张。"

"是啊,你们的事情都重要,就我的工作是无足轻重的。"

最后,她假是请了,可牢骚脾气也发得吓坏人。她还经常无缘无故地哭,哭得非常伤心。大家觉得她应该结婚了,可是任一却有几个月没有上门。小心翼翼地问她,她便发火:"你们怎么了,又多我了?"或者就是流着泪一个劲儿地摇头。

其实,任一几乎每个星期六都在她们生产组附近等她,可雯雯就像没看见他似的。假如他硬要同她说话,她就会发火,结果便在马路上闹了起来。任一给她打电话,她一听是他的声音,便把话筒搁上了。雯雯变得十分怪僻,越是亲近的人,她的态度越是烦躁、生硬、冷淡。倒是和生产组的同事们,她还和颜悦色,连她自己都不知道是什么道理。心里明明是觉得爸爸、妈妈、姐姐对自己好,自己也想对他们好,可一到了跟前,心里的温情全变成了一团怒火。她心里烦,她的烦闷在亲人跟前不知不觉地就失去了约束。她只对一个人好,那就是迪迪,她一天不见迪迪就想他。

迪迪已经送托儿所了,每天送他上托儿所,他总是再三地说:"你看着钟噢,早点来接我噢。"有时接晚了,他就很伤心地哭,用一只手指头按着眼睛,不出声,只是饮泣。雯雯和谁都没有什么话说,和他却有很多话,有一次哄骗他:

"你知道吗,我们单位有个小孩给人民警察抓去了。"

"骗人!"迪迪的眼睛睁得滚圆,他的两只眼睛分得很开,显得很开朗。

"真的,因为他不肯吃青菜,把青菜吐在地上。"

"我没有吐在地上,我是吐在桌子上的。"

"那也不好,青菜怎么好吐掉呢?"

"我就吐掉。"

"不吃青菜要死的。"

"死就死，叫妈妈再生一个好了。"

"再生一个就不是迪迪了，不会说话，不会吃饭，也不会做算术。还要从头教他，多麻烦啊！"

"那我就不死吧！"他宽宏大量地说。

"这就对了，给你买支雪糕吧。"

雯雯和他在一起，心里还平和一些。兴许是母性的觉醒吧，她已经二十五岁了。

有一天，她和迪迪在公园遇到了阿宝阿姨，阿宝阿姨推着一个小男孩。她还是耐不住寂寞，从乡里跑出来做人家了。她看见雯雯又是笑又是流泪，搞得雯雯的眼圈也红了。

"这是你的？"她摸摸迪迪的手，迪迪傲慢地不让她摸。

"不，是霏霏的。"

"你呢？有男人了吗？"

"没有呢！"

"你的男人最好和你同属，也属马。"她强调。

雯雯微笑了一下。

阿宝阿姨拉过雯雯的右手，摊开掌心细细地看了一回，说："你的烦恼很多的，走到哪一步，就会有哪一步的烦恼。烦恼起来，活像犯人坐牢监。"

"怎么办呢？"雯雯不经心地问，她看着阿宝阿姨的头发，已经花白花白了。

"烦恼到了头，自会解脱。乐极生悲，悲极生乐嘛。"

"哦。"

"你这个姑娘是命好，命主贵，可是还不大好。"

"嗯。"

"你四十岁上有个缺,要当心!"她抬起头看着雯雯。

"哇——"那边一声凄厉的叫喊,迪迪把那辆车推翻了,小孩子倒在地上。阿宝阿姨冲了过去,她的步态迟钝多了。

"哦,哦,乖宝不哭,打他,打他,哦,哦,小别重逢……"

雯雯流泪了。她抱起迪迪,把嘴堵在迪迪的罩衫上。

三

下班回家,遇到娜娜的妈妈。她刚从理发店做好头发出来,头发像一顶黑色的帽盔覆在她头上。由于在理发店受热的缘故,她脸上的毛孔都涨大了,显得很粗糙。

"你怎么不来玩啊,雯雯?"她说。

"我是想来的,可是一直没空。"雯雯说。

"娜娜来信,还问到你呢。她去美国了,在加州大学上图书馆系。"

"是嘛,太好了。"雯雯从心底里为她高兴,可是却又有一种说不出来的酸楚。

"蛮苦的。一边读书,一边找工作做,可她蛮高兴的。"

"她从小一直想读大学。"

"是呀,'文化革命',没书读了,她哭死了。你来玩呀!小时候经常来,两个人一天到晚钻在阁楼上,也不怕脏。"

雯雯笑了。她想起娜娜是很娇的,一出门就想家,把新疆看成了天涯。如今到了美国,这么远远的,她想家吗?她该哭成什么样子了,可是她终于上了大学。

"对了,我给你一个娜娜新的地址,你给她写信噢,她会高兴死的。"

雯雯从口袋里掏出一张纸，让她把地址抄在上面，一排斜斜的外文字母，她看不懂。即使看得懂，她也不打算写信的，她同娜娜说什么呢？

是星期天，周介龙和姐姐都回来，他们刚刚考完试，心情很好，有说有笑的，饭桌上挺热闹。

"你记得吧，周介龙，那年我们学校吃忆苦饭？"姐姐说。

"记得，一个人两个糠团子，像两只皮蛋。"周介龙说。

"我吃得快吐出来了，又不敢吐。工宣队在旁边转悠。"

"还是我帮你吃掉了一个。"

大家都笑，雯雯也微笑了，她想起当时她是如何羡慕姐姐有得忆苦饭吃。霏霏很骄傲地拿着一个茶缸子上学校去，那神态至今她还记得。

迪迪也想发言，可惜谁都不理他，只有雯雯一个人理他。他认真地说："今天我们托儿所出事情了。"

"真的啊？"雯雯用筷子夹了一小块炖蛋送到他嘴里去，那是两片极柔嫩的嘴唇，炖蛋很快就在这嘴唇里消失了。

"一个小朋友，鼻子出血了。地板上、桌子上、身上都是血。"

"怎么办呢？"

"后来，老师拿拖把来拖掉了。"

"迪迪，二加二等于几？"姐姐突然袭击，她老是用这种火力侦察的方式来检验迪迪的学习成绩。

迪迪给搞了个措手不及，懵住了。

"等于几？"霏霏厉声问。

周介龙摇摇头："我发现你根本不可能搞教育，没有一点科学方法。"

"怎么啦？"姐姐不服气，"幼儿早期教育很重要。"

于是,话题转到教育问题上。雯雯悄悄站起身走了。

每个人都有自己的事业,而她没有。每个人都有一桩可以喜爱、可以追求、可以为之熬夜的事情,她没有。她有时极想熬夜的,可她熬什么呢?她8点半就上床了。

雯雯抱着胳膊,站在院子里,牵牛花爬了满墙,隔壁传过来音乐声,是一支圆舞曲,是一支叫人直想转圈的舞曲。

"雯雯。"周介龙出来了,叫了她一声。

"哦,你吃好了?"

"你老是不高兴,而且,好像很瘦。"

雯雯不置可否地耸了耸肩。

"学生物这桩事情很奇怪。"他忽然说。

雯雯不明白他为什么要说这个。

"一万个人在努力,努力一辈子,可是有所成就的也许却只有一个或两个。就是说,事情会有一万种可能性,然而也许只有一种可能性是正确的,有结果的。所以,九千九百九十九个人的努力都会没有结果,付之东流。可是,没有这九千九百九十九个,也就没有那一个。你理解吗?"

"好像理解了。"

"我们学校有个教授,他选了一个项目,整整研究了二十六年,举行论文答辩的时候,人们纷纷质疑。他满头大汗,最终,他的结论被推翻了,他二十六年的心血被推翻了。"

"呀。"

"这是那九千九百九十九个中的一个。"

"哦。"

"努力,不总是都有结果的,所以,就少去想结果。"

她不响,她忽然想起周介龙学外语,一页一页地撕字典。

周介龙不响。

圆舞曲还在旋转，越来越快，快得不能再快了的时候，突然慢了下来，轻了下来，像一只小船在随着波浪荡漾。

"周介龙哥哥，"雯雯忽然说，"我要考大学还行吗？"

"我们班上也有和你同届的，69届。"

"你说我考什么系好呢？"

"你先学起来，别管它。哪一门课学起来你轻松而有成效，你就适合搞哪一门。"

"哦。"雯雯轻轻地吐了一口长气，心里松快了一些。

星期一，周介龙又从学校回来一次，带给雯雯许多课本，从初一到高三，这是一条漫长的道路，可雯雯忽然抖擞了起来，她开始自学了。她每天晚上很晚睡觉，有夜可熬了，熬到半夜11点，自己到厨房下一碗方便面。她心里实在了一些。当她学完数学第一册的时候，忽然接到任一的来信。信写得很简短，只告诉她，明年戏剧学院戏文系要招生，考戏文系不须英语和数理化，这是一条捷径。他觉得雯雯看书看得很多，也有一定的文学修养，考文更合适一些。并且，他的一个同学的母亲是学院的领导干部，只要雯雯够分数线，可以优先考虑。雯雯把信团了，没有回信，只是从此把数理化和外语的课本放在了一边。她不知道自己是不是喜欢戏剧，可是她希望努力尽可能有点成效。数学、物理，不是一朝一夕可以完成的。她毕竟已经晚了，她二十五岁了。假如能倒回去重新过一遍的话，她一定好好地过，一定一点儿时间也不荒废。这二十五年，她过得不好。

雯雯把时间安排得很紧，上班以外，还有四小时的功课。她人瘦了，却十分振作。她在努力，尽管不去考虑努力的结果，可是，努力本身却给人带来了一点希望。这希望，充实了雯雯的生活。她懂了,希望是要自己给自己创造的。

雯雯忙了,和小姊妹们疏远了。娟娟邀她去看电影,她要问问是什么片子。娟娟邀她一起去烫头发,雯雯推辞了。虽然她的马尾巴的波浪早已直直的了,就由它去吧。娟娟邀她去买床罩,她笑着说:"我早呢,那属马的人还不知在哪儿呢。"大家都知道雯雯和任一吹了,倒不觉得意外,只是为雯雯惋惜。只有阿珏持不同意见,她对雯雯说:

"还是散了的好。"

雯雯不响。

"我妈妈也托人给我介绍过一个大学生,家里条件很好。我说,我到他家做娘姨去啊!不要。"

雯雯看看小模小样的阿珏,没想到这么柔弱的一个姑娘会有这么强的个性。她真是不屈不挠啊!她和小章两个人白天上班,晚上一个帮人家织毛衣,一个帮人家装电视机。现在已经重新买了一架十二吋的黑白电视机,被面子也买齐了,比原来的还要好,全是软缎的,光是工业券就花了一百六十张。雯雯忽然发现自己过去对他们的认识是错的,他们两人的生活中不仅仅只是爱情一个内容。他们有他们的事业,这事业就是用自己的力量建设起一个幸福的家庭。这事业产生于他们的爱情,又反过来推动并充实他们的爱情。雯雯想到她和任一之间没有这种事业,没有。他们不须为钱操心,也不须为恋爱顺利通过红灯操心。他们之间没有任何可以共同为之操心、为之快乐和痛苦的事情。过去有过,现在没有了。

转眼到了初夏,艺术院校开始招生了,雯雯报了名。

初试,是考艺术常识并做一篇作文,雯雯顺利通过了,取得复试资格。

复试,看一场电影《枯木逢春》,写一篇影评。参加体检的名单上没有雯雯了。

雯雯落选了。她写了一篇观后感。她不懂什么叫作影评,小学里倒是常常写观后感,读后感。况且九十个人参加复试,只取一二十个,本来就只有百分之十几的希望。

她退出挤着看榜的人群,慢慢地转过身,忽然看到了他。他站在人群外面,向她伸着手,他眼睛里充满了怜惜:

"雯雯。"

雯雯本能地向他走过去,只迈了一步又回过头跑了,眼泪夺眶而出。

"雯雯,雯雯。"他紧紧地跟在后面,想要安慰她。

雯雯站住脚,抹了一把泪,没回头:"没什么,本来,我就没想要得到什么的。"

"雯雯,我们,结婚吧。"

"不!我命里的丈夫不是你。"雯雯又向前走了,越走越快,走到路口,拐了一个弯,不见了。

回到家,姐姐正在给迪迪上课,今天是学习"11"。开始从个位数向十位数挺进了。姐姐在桌子上放了11张扑克牌,然后教他数:"1、2、3、4……10、11。"

迪迪一数到10就发愣了,那"11"怎么也数不下去,于是就永远进不了十位数的王国,只好在门口徘徊。

"我来教他。"雯雯轻轻地说,她把着他的小手,一起点着扑克牌:"1、2、3、4……10、11!再来一遍:1、2、3、4……10、11!好了,你自己来一遍吧!"

"1、2、3、4……"他数着,可是数到"7"的时候,他忽然跳过了后边第八、九、十张牌,直接指向了第十一张牌:"11!"

他以为那张牌代表"11",而不知"11"是个序数,没有8、9、10,绝没有11。

霏霏惊讶地看着雯雯:"怎么办?他怎么会这样笨!"

雯雯看着姐姐,她也有点意外。两个人互相看看,又看迪迪。迪迪朝妈妈翻了翻眼睛,意思是:"这不是11吗?"两个大人目瞪口呆地看着他,对他一无办法。雯雯发现,要说明一个最最简单的道理,其实是最最难的。

"没有8、9、10,怎么会有11呢?"霏霏几乎要哭了。雯雯悄悄站起身回到自己的房里去了。

"雯雯,今天不是要看榜吗?"霏霏忽然想起了。当她跑进雯雯房间,看见她一声不响地躺在床上,把脸埋在枕头上,便什么都明白了。

吃晚饭的时候,雯雯成了中心人物,全体家庭成员都在安慰她,鼓励她。雯雯则一直在辛酸地流泪,可她一边流泪,一边却有一种骄傲。她好像是为她能够理直气壮地哭而骄傲。她流泪,有了一桩理由,这理由使她内心很充实。雯雯放下筷子,站起身从床底下重新翻出数理化的课本。

"你要干什么?"大家都紧张地看着她。

"我再参加一般院校的考试。"雯雯已经平静了下来。

"来不及了,雯雯,只有一个月了。"霏霏遗憾地说。

"不管它。"雯雯固执地说。

时代的车轮又回到了正轨,加速地迅跑起来。这是一个人尽其能的时代,雯雯一无所能。没有人帮助她发现自己的所长,她只好自己发现自己,自己认识自己。这不容易,可这么样被发现被认识的自己,也许更真实一些。

高考连续三天。雯雯的分数和分数线正正好好距离一百分。

雯雯没有哭，她奇怪自己居然没有失望。是因为原先就没有抱希望？好像不是，她抱希望的。也许，那是大得多的希望，落榜远不至于使它泯灭。

回家的汽车上，一个年轻的孕妇突然临产了，汗如雨下，抱着肚子直哼。司机和售票员很机灵，当机立断，征得乘客们的同意，便掉转方向，往最近的国际妇幼保健医院开去，车子飞快地开着，司机不断向交通警察示意，于是一路绿灯。医院就在前面了，可是孕妇一个人是无论如何走不进产房的。雯雯忽然说了一声："我送她。"她被自己的声音吓了一跳。一车的人全都转向了她，雯雯脸红了。

车停了，雯雯搀扶着孕妇下了汽车，她听见后面有人说："这个妹妹良心真好！"

雯雯不由得微笑了一下。孕妇呻吟着，几乎全部重量都压在她身上了。雯雯忽然觉着自己很重要，好像身负着两条生命，她骄傲了起来，终于走进了急诊室。她为产妇办完手续，又给她家属的单位打电话。当她回到产妇身边，她却又不疼了。医生说还不到时候，暂时不要进产房。

这是一个很年轻的姑娘，她管雯雯叫作"阿姐"。

"阿姐，你陪陪我。"

"我陪你，别怕。"雯雯安慰她。

过了一会儿，她又说："阿姐，你回去好了。"

雯雯说："我没事，我不回去。"

她放心地闭上了眼睛，只闭了一会儿又睁开来看看雯雯还在不在。雯雯笑了，伸手握住她的手，她这才放心，从此便一直紧紧拉着雯雯的手。

她丈夫——一个满头大汗的小伙子赶到了，他也很年轻，身上只穿了一件背心,手里捏着一团衬衫。他不断地对雯雯说:"谢谢,谢谢!"雯雯说:"恭喜你做爸爸。"

她走出医院,一身雪白的连衣裙已被汗水浸透了,揉得皱皱巴巴,狼狈不堪。可是她的心情却出奇地开朗、明澈。

她忽然发现,自己苦苦寻求了半生的东西,在这一瞬间找到了。她老是在苦恼:她终究应该干什么?现在她明白了,她能干什么就干什么,她力所能及的所有事情都是她应该干的。在这个世界上,她应该尽力,尽力。也许她什么特殊的才能也没有,即使有也许也已经像一点火星一样,还没能够燃烧起来就熄灭了。但是,她还有些普通的平凡的才能,比如压瓶盖,比如看书,再比如帮助别人解决一点困难,还比如做母亲——她决心做一个好母亲。她的才能,她的价值,她的所长,会在这力所能及之中。

中午的太阳亮得耀眼,晒得人头昏。可雯雯却格外充实,不管怎么,她要认真地生活,做人,做一个好人,一个少烦恼的人,一个有少许价值的人。尽管生不逢时,但既然已经来到了这世界上,那就认认真真地好好儿地走下去吧。

一地的树荫,阳光穿过树荫,漏下了一地闪闪烁烁的碎银。雯雯从碎银上走了过去,她被碎银包裹了,一身都在闪烁。她觉得自己好像在这闪烁中溶解了,好像变成了树,又好像变成了太阳;好像变成了斑斓的树影,又好像变成了璀璨的阳光。她、太阳、梧桐树融为一体了。她的"我",好像没有了,又好像更博大了,博大得无边。

四

雯雯决定考电大中文系。她白天黑夜地用功,她不再去想结果了。这么样，她反而从用功的本身中汲取了一些乐趣。她学古代汉语，读懂了一条言简意赅的古文，就像破了一个谜。她学历史，从古看今，世事好像看明白了一些。她学地理，越过地平线，看到了上海以外的中国，中国以外的亚洲，亚洲以外的世界，世界以外的宇宙。哦，宇宙这么大，历史那么长，她只是一颗微粒，她觉出了自己的渺小，非但不悲观，反而平静了。她好像能从自己的躯壳里挣脱出来看自己，看自己的半生。那半生中的悲悲欢欢，都变得微不足道了。

她有时也去阿卫哥哥家。阿卫哥哥生了个女儿，他对动物的兴趣全转移到女儿身上了。他多么爱她，鸽子是一只也没有了。看着空空的鸽房，雯雯想起小时候她曾劝阿卫哥哥不要养动物，因为那是活的，活的便会死，死了，就会难过。然而，也就是这活泼泼的生命吸引人哪！有了活，自然有死，而没有死也就没有活了。活给人偌大的快乐，死也就给人偌大的痛苦。生命的乐趣也许就在这苦苦甜甜之中了，而生命的永恒也就会在这生生死死之中了。

小姐妹们有时候要和雯雯开些善意的玩笑："不考上状元不结婚吗？"她只是笑笑，不生气也不作答。

那位年轻的产妇打听到雯雯的工作单位，夫妇俩抱着小毛头来送感谢信。领导在大会上表扬她，她也只笑笑。

她的脾气变得十分平和，气量很大，因为她内心充实。阿珏、娟娟都先后结了婚，问雯雯怎么打算，她说："不急。"人家要为她介绍朋友，她也总去见见面，虽然从来没有成功过。她去见面的态度，也很特别。不紧张，也不害羞，怀着一种强烈的好奇。她要看看这个人，设想一下，这个人成为自己的丈夫。这好像是一桩有趣的事。在雯雯心底里，还记着阿宝阿姨的预言：

"应该是个属马的。"雯雯心想：这个人在哪里呢？世界这么大，人这么多。但她相信，只要让他们相遇，只需看一眼，她便会认出。她好像在等这个人似的，或许，那人已经等不及，结了婚，成了家。然而，她没有什么奢望，她只要看一眼，遥遥地看一眼，就满足了。雯雯对自己的命怀有着莫大的好奇，就好像她本应该走进这个世界，结果阴错阳差，走进了那个世界。她很想知道她应该属于的那个世界是什么样的，只要看一眼。命运真是奇怪，假如事情是这样发生，而不是那样发生，她雯雯如今是个什么境地呢？而事情又为什么偏要那样发生，而不是这样发生，真是个莫大难解的谜。

正在她好奇地东张张西望望的时候，任一来了。

星期天的晚上，雯雯一家团圆的时候，他走了进来，好像走进了自己家里一样自然而随便地和每个人打着招呼。雯雯惊讶地看着他，她几乎有一年没见过他了。他好像老了一点儿，脸庞有点儿消瘦，他很累。他来干什么？会不会是送喜糖来？他已经三十好几了，该结婚了。想到这里，雯雯的心忽然缩紧了。她咬着微微哆嗦的嘴唇，给任一倒了一杯茶。任一端过茶，看着她问道：

"我们什么时候结婚？"就好像问她"什么时候吃饭"一样。

雯雯尴尬地站在那里，不知说什么好。大家都愣住了。房间里一时间很安静，只有电视里的阿童木尖锐地叫喊着，上天又入地。

他又说："我已经三十五岁了，还让我等吗？"

雯雯愣着。

"雯雯，办了吧，你也不小了。"妈妈说话了，她悟了过来！原来雯雯和他一直有着联系啊。"我早就给你买了两条鸭绒被子，一条羊毛毯子。"

任一说："我已经买好了家具,我爸爸找熟人开后门买的。仿红木,足以乱真。"

"要办酒吗?"爸爸问,他最关心的是宴席的问题,他喜欢赴宴。请他去吃饭,他总是穿扮得整整齐齐,兴高采烈地提早两个小时就出发了。

任一说："我想要办呢。你说呢?雯雯。"雯雯看着他,轻轻地说了声:"去你的!"转身走进了自己的房间。

大房间里正在热烈地讨论着结婚的各项事务。

胜利的歌声唱起了："勇敢的阿童木……"

雯雯把脸埋在枕头里,抽泣了起来。

"你不高兴?"他跟了进来,故作惊讶地问。

"去你的。"雯雯呜咽着。

"你不是在等我吗?"

"谁等你!"

"我可是在等你。"

"不要你等。"

"雯雯,别赌气了。我决不放心把你交给别人的,任何一个人,我都不放心,真的。"

"我不要你保护。"

"当然,我保护不了你,我们只能相濡以沫,只能相濡以沫。"

"你何苦,这么苦苦地守着我。"

"我第一次看到你,就想,这个小姑娘应该属于我的。当时在操场上开会,你坐在我前面,在编小辫子。你没有镜子,只能对着影子照,编好了,照照,不满意,又打散了重编。你对着影子编辫子……我当时想,真麻烦,还不如我来给你编呢……"

雯雯笑了,又呜咽了起来,更伤心地哭着,眼泪把半条枕巾都湿透了。

雯雯要结婚了,她重新开始置办嫁妆,仍然很挑剔。在南京路上走了一上午,才下决心买下一对平绒的窗帘,薄窗帘是她自己早就钩好了的,她究竟没舍得把它处理掉,这实在费了她太多太多的心血。

他们在新亚饭店订了五桌酒。正逢号召集休结婚的当儿,雯雯说,是不是不要办了,任一坚持要办。他说:"熬了三十多年娶个媳妇儿,还不该热闹热闹,咱们太不容易了。"

是的,很不容易。

雯雯要做新娘子了。

雯雯要做新娘子了。雯雯想穿一身深颜色的衣服,只在胸口别一朵红花,她说:"我已经二十八岁了。"

任一不同意,他一定要雯雯穿红的。雯雯拗不过他,就做了一件太阳红的毛料连衣裙,胸口别了一朵白色的花。

这一晚上,新亚饭店所有的新郎新娘都要比雯雯、任一年轻,可是他们的婚礼气氛一点不亚于年轻的一辈们。新娘子一走出饭店,周围便出其不意地放起了鞭炮,把大家吓了一跳。这是任一事先安排好的。鞭炮声响了有二十分钟,才欲罢不休地零落下来。

把闹新房的人们打发走,已经是深夜 12 点了。雯雯忽然想起了一桩事,她郑重其事地对任一说:

"阿宝阿姨对我说,我的丈夫应该和我同属,也是属马。"

"哦,两匹马,是取并驾齐驱的意思吧?"他说。

"真的,我和你,完全是误会。假如不搞'文化大革命',我一定能考取上海中学，不会到你们圆明中学来的。"

"这倒是。"他同意了。

"假如没有插队落户，你不去江西，我也不会和你通信的。"

"对。假如你在上海，而我在江西，我不会拖累你的。"

"假如，你在上学，我一直在农村，我也不会拖累你的。"

"哦。"

"反正，假如一切正常进行，我们不会相遇的。"

"可是，"他质疑了，"怎么才是正常进行呢？为什么这样进行就不是正常呢？"

"'文化大革命'本不该发生。"

"可它终究发生了。"

"反正，反正我的丈夫不该是你。"雯雯说不过他。

"再换个人算算命好了。"他提议。

这倒是个办法："找谁呢？"

"找我。"

"你？"

"我为什么不能算命？我一定算个属猪的丈夫给你。"

"为什么是属猪的？"

"我属猪。"

"你属猪？"

"是属猪，我给你算，我比你大七岁，马上面是蛇，蛇上面是龙……"

"龙上面是兔，兔上面是虎……"

他们认真地算了起来，最后，雯雯叹了一口气：

"唉，真是属猪的，你怎么会属猪呢？"

"因为有个猪年在嘛！没法子。"他也很遗憾，伸手把雯雯的脑袋揽在了胸口。雯雯听见,那胸膛里有一颗心在跳,心在极远又极近的地方跳着。

"哦,对了,"雯雯抬起了头,"算命的还说我四十岁上有个缺,要当心。"

"我们当心好了。"他重又把雯雯揽回去,那心跳又响起了:"怦","怦","怦","怦",好像一支生命的歌。

第九章

雯雯三十岁的这一年，做妈妈了。

她挣扎了整整一天一夜，整整二十四小时的天昏地暗。黎明时分，一个六斤七两重的儿子下地了。她觉得，儿子是从她的身体里活活地撕下来的。她从来不曾想到，一个生命的诞生会是这么痛苦，而又是这么幸福。

儿子呱呱地哭着，无缘无故的，声音十分嘹亮。雯雯不曾料到，刚生下来的孩子会这般丑陋，红红的一团，脸儿皱巴巴的，头发一根也没有，完全是一片不毛之地，可是她多么爱他呀。他哭着，不晓得在哭些什么，好像很不情愿到这世界上来似的，很激愤。

那个人类赖以繁衍的东西，在两条奋力蹬着的小腿儿中间，骄傲而矜持地立着，像是一尊不朽的纪念碑。

哦，人类的繁衍会是这般痛苦、幸福，而又喧腾。

> 1983 年 5 月 13 日　徐州
> 1983 年 7 月 18 日　上海
> 1984 年 3 月 12 日　改于上海